한국 현대 비평의 이념과 성격

— 1950년대 비평의 재해석

한 수 영

국학자료원

책머리에

이 책은 몇 년 전 제출했던 박사학위 논문 「1950년대 한국문예비평론 연구 ― 민족문학론·실존주의 문학론·모더니즘론」을 부분 수정한 것이다. 부분 수정이라고는 하지만, 원래의 글에서 결정적인 오류를 바로 잡고, 거친 문장을 다듬는 수준에 머문 정도에 지나지 않는다. 논문이 통과된 직후에 몇몇 곳에서 단행본으로 출간하자는 제의가 있었으나 당시에는 학위 논문 심사 과정에서의 절차와 시간과 타협하느라 충분히 쓰지 못한 내용들이 많이 있어 설사 책을 내더라도 대대적인 보완을 거친 다음에나 내겠다고 생각했었다. 그러나 정작 논문이 나온 뒤 수정·보완하겠다는 애초의 다짐은 하루이틀 다른 일들에 치여 미루어지고, 그렇게 원고를 묵힌 것이 어느덧 사 년이 훌쩍 지나가 버리고 말았다. 이제는 새삼 책으로 내어 무엇하겠느냐는 자괴감이 앞을 가로 막는다. 모든 사단이 게으른 천품에서 비롯되었다.

그럼에도 불구하고 늦었지만 책으로 엮기로 마음을 다잡게 된 데에는 몇 가지의 계기가 있다. 아직도, 논문을 구하기 어려우니 보내 줄 수가 없겠느냐고 연락해 오는 일이 드물지 않아, 아쉬운 대로 책을 만드는 것이 그런 수요에 응대할 수 있는 유일한 길일 것 같은 것이 하나요, 논문 쓸 당시에 제기했던 이 시기 비평에 대한 나의 해석과 입장이 여전히 일정한 유효성을 지니고 있다는 자가당착의 미망(迷妄)이 두 번째의 이유다.

논문 쓸 당시에 내가 각별히 관심을 기울이면서 서술했던 부분은 이 시기 비평에서의 민족문학론의 위상을 새롭게 자리매김하는 일이었다. 특히, 자료를 통해 비로소 발견하게 된 비평가 최일수의 민족문학론은 1950년대의 비평이 우리 근현대 비평사의 '고립된 섬'이 아니라 해방 전과 7,80년대의 진보적인 비평을 잇는 중요한 징검다리였음을 확인시켜 주는 소중한 성과였다. 또 하나, 이 시기 비평과 창작에 고루 퍼져 있는 실존주의에 관한 과장된 선입관을 걷어 내고, 그 실제의 위상과 비평적 역할을 제대로 조명해 내는 일이었다. 그리고, 마지막으로 이 시기 모더니즘의 다양한 갈래, 특히 엘리어트의 영향으로부터 오는 그룹으로 모더니즘의 전회(轉回)를 기도했던 <후반기> 동인들의 생각들과, 현대시의 '모더니티'를 확립하기 위해 이론적으로 고군분투했던 여러 비평가들의 생각을 가닥잡는 데 주의를 기울였다.

대학원 시절 줄곧 지도교수였던 이선영 선생께서는 정작 이 논문을 지도하실 당시에는 퇴임을 하신 뒤였다. 게으른 제자를 탓하지 않고 퇴임 이후임에도 평촌에서 아득히 먼 신촌까지 번거로운 행보를 마다 않으신 노고에 새삼 머리숙여 감사드린다. 그리고, 심사위원으로 참여하셨던 모교의 최철 선생과 김영민 선생, 그리고 서울대의 김은전 선생과 한계전 선생들께 감사를 드린다. 특히 한계전 선생께서는 당신의 전공과도 관계되는 모더니즘론 항목을 집중적으로 검토하시면서 그야말로 내용에서부터 토씨 하나까지 일일이 붉은 펜으로 고치고 지적해주는 수고를 마다하지 않으셨다. 논문의 내용을 깁고 다듬는 데 큰 영향을 주었음은 더 말할 필요가 없다. 또, 김영민 선생께서는 민족문학론 부분이 이 논문의 득의의 장처라고 이르면서 서술 분량을 늘려 민족문학론의 위상을 더욱 강화하라고 지적하셔서 조심스럽기만 하던 나를 크게 고무시켜 주셨다. 논문이 통과되고 난 이후에 일일이 감사의 말씀을 드리지 못한 것을 이 자리를 빌려 용서를 구한다.

글에서 다루고 있는 대상과 주제에 비해 제목이 다소 크다는 느낌이

들어 주저한 바 없지 않지만, 제목이 큰 편이 더 낫다는 편집자의 요구
는 요구대로 인정할 만한 부분이 있거니와, 1950년대 이후의 현대 비평
에 대한 연구와 정리를 계속 해나가겠다는 스스로의 다짐과 약속의 의
미도 띤다고 생각되어 '한국 현대 비평의 이념과 성격'이라는 제목을
단다. 여러 동학들의 관심과 비판이 있기를 바라마지 않는다. 국학자료
원의 정찬용 사장과 한봉숙 실장께 거듭 감사드린다.

2000년 5월에

지은이 씀

목 차

책머리에 / 1

제 1 장 서 론
1. 1950년대 비평의 비평사적 의의 ……………………………………… 7
2. 1950년대 비평 연구에 대한 방법론적 비판 ……………………… 16
3. 새로운 해석의 필요성 …………………………………………………… 25

제2장 1950년대 비평의 좌표와 그 형성조건
1. 전시 문학비평의 이데올로기와 냉전의식 ………………………… 35
2. 신세대 비평가의 등장 —1955년의 의미 ………………………… 47

제3장 민족문학론의 전개 양상
1. 50년대 비평에서의 민족문학의 개념 및 민족문학론의 비평사적
   위상 …………………………………………………………………………… 58
2. 민족문학과 세계문학의 상호관계에 대한 논의 ………………… 80
3. 민족문학과 전통론 …………………………………………………… 104

제4장 실존주의 문학론의 수용과 그 영향
1. 실존주의의 수용과정에 나타난 몇 가지 양상 ………………… 130
   (1) 실존주의에 대한 비판적 논의 ……………………………… 134
   (2) 실존주의에 대한 적극적 수용론 …………………………… 142

2. 실존주의의 모더니즘적 전화(轉化)와 리얼리즘적 계기
   - 50년대 소설과 실존주의의 성격 ……………………………… 150
3. 두 개의 논쟁
   - 최일수 · 오상원 / 김동리 · 이어령의 논쟁 ………………… 183
   (1) 최일수와 오상원의 논쟁 ……………………………………… 185
   (2) 김동리와 이어령의 논쟁 ……………………………………… 192

제5장 모더니즘론의 이념과 방법
1. 50년대 모더니즘론의 성격과 지향점 ……………………………… 202
2. <후반기> 동인의 모더니즘론 …………………………………… 218
3. 현대시의 모더니티에 대한 여러 견해들 ………………………… 242
   (1) 현대시의 서정성과 지성 ……………………………………… 242
   (2) 현대시의 운율과 시형태 ……………………………………… 258
   (3) 시어(詩語)의 모더니티 ……………………………………… 271

제6장 결   론 / 282

□ 참고문헌 / 294

제 1 장 서   론

1. 1950년대 비평의 비평사적 의의

이 글은 1950년대[1] 한국[2] 문예비평의 전개양상과 그 내용에 관해

---

1) 이미 우리 문학계에 '전후(戰後)'라는 개념이 널리 통용되고 있으며, '전후문학'이나 '전후세대'같은 용어들도 두루 쓰이고 있음이 주지의 사실이지만, 이 글에서 '전후'라는 용어를 표제로 쓰지 않은 까닭은, 그 용어의 의미가 지닌 다양하고 폭넓은 내포와 외연의 유용함에도 불구하고, 지나치게 한국 전쟁이라는 사건에 1950년대의 모든 것을 귀속시켜버리는 듯한 인상을 주기 때문이다. '전후'라는 뜻을 가진 '아프레 게르après guerre'라는 말은 제2차 세계대전이 끝난 후에 서구사회에 나타난 새로운 문화적 환경과 사회질서, 젊은 세대의 새로운 지향들을 두루 포괄하기 위해 사용되기 시작한 말로서, 단순히 '전쟁 이후'라는 시간적 의미보다는 2차 세계대전 이후에 형성된 특수한 정서와 관습, 생활환경과 철학사조를 통칭하는 개념으로 쓰였다. 일본의 경우도 '전후파(戰後派)'문학이란 단순히 전쟁 직후의 문학을 가리키는 개념은 아니다. 사실상 이 말이 1950년대의 우리 지식인 사회에서 사용된 맥락은 그러한 세계적 상황과의 동시성을 강조하기 위한 의도가 은연중에 깔려있는 것이어서, 1950년대 당대에나 지금이나 가릴 것 없이 세계대전과 뚜렷이 구별되는 한국전쟁의 의미, 그리고 서구와는 다른 한국의 전후현실을 제대로 밝히는 데에 경우에 따라서는 걸림돌이 되기도 했던 것이다. 또한 '전후'란 구체적으로 어느 시기까지를 말하는가도 불분명하다는 점에서 객관적인 개념을 내포한 용어로 보기는 어려운 까닭에 이 논문에서는 '1950년대'로 지칭하기로 한다. 단, 한국전쟁이 끝난 이후라는, 단순히

연구하는 것을 목적으로 하며, 그와 아울러 이 시기의 비평이 우리 근현대 비평사에서 차지하는 역사적 의미와 위상을 밝히는 것을 연구의 목적으로 삼는다. 1950년대는 한국전쟁을 시작으로 해서 4·19혁명으로 연대의 끝을 마감하는 시기이다. 따라서 이 시기 비평연구의 기본적인 과제는 한국전쟁이 한국 문예비평에 끼친 영향을 밝히고, 전후의 현실에 관한 비평적 모색과 비평 내부의 의사소통 과정을 밝히며, 그러한 50년대 비평의 이론적 모색과 지향이 1960년대 이후의 문학 및 비평의 전개와 어떻게 연결되는가를 밝혀내는 것이라고 규정할 수 있다. 이 시기는 끔찍했던 전쟁 경험과 전쟁 후의 광포한 냉전 이데올로기 아래에서, 남북한이 각기 철저히 이질적이고 적대적인 현대사를 진행하기 시작한 첫머리에 해당한다. 따라서 분단문학의 통일된 연구를 위해서는 무엇보다도 분단 이후의 남북한 문학을 사실에 충실히 입각해서 객관적이고도 과학적으로 연구하는 것이 무엇보다도 중요하다. 1950년대는 그러한 작업이 이루어져야 할 첫시기에 해당한다고 볼 수 있다. 이런 의미에서 최근 분단 이후의 북한문학에 대한 연구가 냉전적 사고방식의 굴레에서 벗어나 새로운 관점에서 연구되기 시작한 것은 매우 고무적인 일이다.

그러나 북한문학의 연구 못지 않게 분단 이후의 남한문학에 대한 과학적이고도 객관적인 연구는 절실한 과제라고 하지 않을 수 없다. 하지만 그동안 우리 현대문학에 대한 연구는 일제강점기를 전후한 시기에 집중되어 있었고, 해방직후의 문학도 그것이 연구대상으로 부각된 것이 불과 몇 년 전인 최근의 일이었다. 연구의 대상시기를 해방

시간대를 가리키는 경우에는 '전후'라는 용어를 적절히 병용하기로 한다.
2) 이하 이 글에서 '한국'이라 함은 특별한 조건이 없는 한 '남한'을 가리키는 말임을 밝혀둔다. '한국'과 '남한'이란 용어는 특별한 구분없이 사용하기로 하되, 북한과 비교하는 대목에서 '남한'이라는 용어를 주로 사용하게 될 것임을 밝혀둔다.

직후나 1950년대로 끌어올리는 것은 단지 시기를 끌어올려 연구소재
와 범위의 폭을 넓히는 차원 이상의 의미를 지니고 있다. 이미 해방
직후 문학에 대한 연구가 활발히 이루어지면서 밝혀진 사실이지만,
이 시기에 대한 문학연구는 식민지시대로부터 해방과 분단, 그리고
전쟁으로 이어지는 우리 현대사의 여러 문제를 밝히고 검증하는 데
절대적으로 중요한 의미를 가지는 작업이었다. 마찬가지로, 1950년대
문학에 대한 연구는 한국전쟁이 한국문학에 끼친 영향을 정확히 밝히
고, 전쟁 이후 분단체제의 고착화에 따라 형성된 전후의 새로운 사회
현실과 양체제를 구축하는 지배이데올로기 아래에서 문학이 그러한
새로운 환경 속에서 이루어냈던 자기발전의 경위를 밝힘으로써, 한국
현대문학의 성격과 구조를 그 출발점으로부터 새롭게 규명해 내는 데
중요한 의미가 있다. 기존 연구의 성과들을 검토하는 자리에서 다소
구체적으로 살펴보게 되겠지만, 50년대 문학연구의 이러한 원칙적인
중요성에도 불구하고, 그동안 이 시기의 문학에 관한 연구성과는 다
른 시기에 비해 상당히 부족하고 미흡한 것이 사실이다. 특히 비평연
구에 있어서는, 실증적 차원에서도 이 시기의 비평에 관한 자료들을
충분히 검토하고 분석할 기회가 적었을 뿐 아니라, 비평사적 관점이
나 자료해석 및 가치평가의 문제에 있어서도 적지 않은 문제점을 안
고 있다. 따라서 이 장에서는 문제제기의 의미로서, 먼저 1950년대 비
평의 특징과 성격을 규정해 보기로 하겠다.

한국전쟁이 전후의 남한 비평에 미친 영향은 다음 장에서 좀더 자
세히 고찰하게 될 것인바, 전쟁의 영향과 전후의 여러 가지 현실적
조건 아래에서 전개된 1950년대 한국 문예비평의 성격과 특징은 비평
사적 관점에서 보았을 때, 다음과 같은 점에서 다른 시기와 구별되는
뚜렷한 특징을 보여준다.

첫째, 이 시기는 한국 근현대문학의 역사에서 그 어느 때보다도 집

중적으로 서구문학과 활발한 교섭이 이루어졌던 것을 그 특징으로 한
다. 이 활발한 교섭은 서구문학의 압도적인 영향과 그에 대항한 한국
문학의 자기인식이라는 상관관계에서 나타나는 역동성으로 규정할
수 있다. 이 무렵에 이루어진 서구문학의 수용을 단순한 '수입'이나
'이입'으로만 볼 수 없는 까닭은, 서구문학의 엄청난 영향에 노출되었
던 것과 동시에, 근대문학의 그 어떤 시기보다도 서구문학의 타자성
(他者性)에 대한 자각이 강하게 나타났기 때문이다. 물론 실존주의 문
학이나 모더니즘 문학에서 볼 수 있듯이 서구문학의 관점에서 우리
문학을 인식하고 평가하려는 움직임이 뚜렷한 줄기를 형성하고 있었
던 것은 분명한 사실이지만, 한편으로는 그러한 서구문학의 도입과
영향력에 맞서 한국문학의 정체성이 치열하게 모색되기도 했던 것이
다. 이러한 비평적 노력은 한국문학의 '전통'을 둘러싼 논의에 집중적
으로 반영되지만, 근본적으로는 이 무렵에 발표되는 수많은 '민족문
학론'의 기본과제에 해당하는 것이기도 했다. 그러므로, 실존주의 문
학론이나 모더니즘 문학론의 압도적인 영향과 일부 비평가들의 무비
판적인 수용양상에만 초점을 맞추어 이 시기 비평의 성격을 일률적으
로 규정하거나, 또는 그러한 서구문학의 영향 때문에 이 시기를 비평
사의 '반동기'로 규정하는 것은 재고해야 하리라 생각한다.

  둘째로, 이 시기의 비평은 반공이데올로기에 기반한 도식적인 냉전
논리와 민주주의의 이름을 내건 독재체제 아래에서, 이른바 '순수문
학'이라는 체제내적 문학이데올로기에 맞서 문학의 사회적 기능과 정
치적 의미가 어떻게 다시 비평의 중심과제로 회복되는가 하는 과정을
보여준다. 이 과정은 궁극적으로 담론으로서의 비평이 한 사회의 의
사소통영역에서 어떻게 그 고유의 비평기능을 회복해 나가는가를 보
여주는 것이기도 하다. 해방직후에 치열한 좌우익의 문학논쟁이 있었
지만, 1948년 이후에는 의사소통의 자유로운 개진과 그 자체의 규범

에 의해 진리를 규명할 기회를 잃어버리고 비평적 논쟁은 정치적 상황에 의해 타율적으로 중단당하게 된다. 그 이후, 남한에서는 '전조선문필가협회'와 '조선청년문학가협회'(이하 '청문협'으로 줄여 표기함)를 중심으로 한 보수우익의 문학론이 주도권을 장악하게 되며, 그 뒤로 전쟁과 분단체제의 고착화를 거치면서 남한 문학계에서는 일제하의 프로문학의 전통에 대한 문학사적 계승은 하나의 금기사항으로 인식되었다. 그것은 문학의 사회적 기능이나 작품을 통한 문학의 사회적 실천 등이 자유롭게 논의되기 어려운 상황이 만들어진 것을 뜻한다. 그러나 이러한 전반적인 상황의 열악화에도 불구하고 비평논의를 통한 문학의 사회적 기능과 실천이 모색되어 나간 점을 우리는 주목해야 하리라 생각한다.

셋째, 1950년대 비평을 통해 민족문학의 세계성에 대한 모색이 적극적으로 이루어지게 된다. 한국문학의 세계성에 대한 논의가 우리 근대문학사상 본격적으로 논의되기 시작한 때가 이 무렵이다. 물론 이 때의 '세계성'은 다시 구체적인 논의양상이 다르게 나타난다. 예컨대, '세계성'을 강조하는 한쪽에서는 한국전쟁이 갖는 세계사적 의미를 매개로 한국문학이 드디어 세계문학의 주변부에서 그 중심으로 부상할 수 있는 시대적·역사적 조건을 만나게 되었다는 인식이 논의의 바탕을 이룬다. 그래서 '전후'라는 상황도 서구의 2차 대전 이후의 '전후'와 동시적인 체험과 의미로 받아들이게 되며, 서구 현대사회의 물질문명 등도 전쟁을 매개로 인식되었기 때문에, 우리 현실을 서구와 비교했을 때 나타나는 지체성(遲滯性)이나 차별성에 대한 구체적 인식없이 보편적인 현대의 조건으로 받아들이게 된다. 실존주의와 모더니즘이 이 시기에 활발하게 논의되는 근본적인 상황논리도 이러한 인식에 뿌리를 내리고 있음은 두말 할 나위가 없다. 세계성의 다른 한편의 논의는 서구 근대사회의 몰락과 위기를 목격하면서, 세계문학

의 극복과 대안의 과제가 아시아 내지는 동양문학 쪽으로 떠넘겨졌다
는 판단을 하게 되는 경우이다. 이것은 대부분 '물질문명'대 '정신문
화'라는 이분법적 구도로 서구문화와 동양문화를 나누게 되면서 생겨
나는 비평논리이다. 그래서, 한국문학은 두 가지의 과제를 동시에 떠
안게 되었다고 보는데, 그 하나는 서구문학에 뒤쳐진 후진성을 극복
하는 것이며, 다른 하나는 서구문학이 해결하지 못하는 현대사회의
모순과 위기를 한국문화의 전통인 '정신지향'의 문화로 극복해나갈
수 있다는 자기확신으로 나타나게 된다. 이와는 또다른 한국문학의
'세계성'에 관한 모색은, 한국문학을 서구문학과는 차별적이며 '제3세
계 문학'과는 동질적이라는 전제 하에서 한국문학이 제3세계 민족문
학의 선진성을 통해 세계문학적 위상을 확보해야 한다는 논의로 나타
났다. 이렇게 볼 때, 이 시기에 비평을 통해 이루어진 민족문학의 세
계성에 관한 논의는 결코 단순하지가 않으며, 다양하고 밀도있는 논
의로 전개되었음을 알 수 있다.

이상에서 범박하게나마 1950년대 비평의 특징적 성격을 규정해 보
았는데, 이러한 성격규정은 곧 이 논문의 연구과제와 밀접한 관련을
가지며, 논문의 연구방향과도 일정한 상관관계를 가지는 것이다.

이 논문의 연구대상과 범위는 1950년부터 1960년 4월까지 발표된
문학비평이 중심이 된다. 그러나 경우에 따라서는 1948년~1950년 사
이에 발표된 글이나 1960년대 이후의 글도 언급하게 될 것이다. 1948
년~50년 사이의 문학이 해방직후로 귀속되어야 할 것인지 아닌지는
매우 미묘한 문제이나, 비평사에서 볼 때 이 시기는 오히려 50년대로
편입해서 논의하는 것이 더 타당하지 않은가 생각한다. 물론 대한민
국 정부 수립이 있었던 1948년 8월 15일 이후에도 김동석과 김동리의
이른바 '순수문학논쟁'이 있었고, 1948년 『문장』복간호의 발표자 면
면3)이나 월북한 평론가 김병규의 글이 1949년 초까지 남한의 신문에

발표되는 등의 사실들을 감안할 때 해방 직후 문학공간의 성격이 1948년 이후까지도 지속되는 것이라 볼 수도 있다. 그러나 해방직후의 문학사적 의미와 특징은 식민지상태로부터 해방된 이후 일시적으로 찾아온 이념과 토론의 자유로운 공간을 그 배경으로 하여 활발한 이론모색을 시도하고, 한편으로는 좌우익 사이에 치열한 문학논쟁을 통해 민족문학이념의 수립과 방법을 모색한 데에서 찾을 수 있게 되는데, 그러한 해방직후의 문학사적 특징은 1948년도 이후에는 더이상 유지되기가 힘들어졌던 까닭이다.[4] 1948년도로 넘어가면 이미 분단체제가 굳어지고, 남한과 북한은 각기 독자적인 정부를 수립하는 데로까지 나아가게 된다. 그리고 1948년도를 기점으로 하여, 남북한 문학은 더이상의 교섭과 상호토론이 불가능한 상태의 고립되고 독자적인 분단문학의 길로 접어들게 되고 만다. 그러므로 비평사에서 1948년 이후는 1950년대 비평에 포괄해서 논의하는 것이 타당할 것이다.[5]

다음으로 문제되는 것은 '1950년대'의 하한선을 설정하는 문제인데, 일단 이 논문에서는 통상적인 시기구분의 관례를 따라 1960년 4·19

---

3) 『문장』, 1948. 10월의 복간호에는 김동석의 「생활의 비평」과 김무산의 「자기조정기의 창조작업」, 윤태웅의 「1944, 1945년의 소연방 스탈린 문학상」 등의 좌파 성격을 띤 글들이 실려 있다.

4) 김동석·김동리의 '순수문학논쟁'과 토론이 1949년 초까지 이어지기는 하지만, 이 무렵 문맹의 주도세력은 대부분 월북한 뒤여서 두 사람의 논쟁이 핵심적인 논쟁으로서의 의미를 가지지 못한다.

5) 전쟁 직전에 있었던 논의로는 백철과 김동리의 논쟁을 꼽을 수 있다. 당시 백철은 중간파의 입장으로 청문협 중심의 김동리의 이론에 비판적이었다. 그런 미학적 입장의 대립이 두 사람 사이에 논쟁을 낳게 된다. 백철의 「소설의 길」(『국도신문』, 50. 2. 25~3. 5)과 「산문문학과 리얼리즘」(『국도신문』, 50. 3. 29~31. 평론집 『문학의 개조』에는 「소설과 리얼리즘」으로 제목을 바꾸어 싣는다)과 이에 대한 김동리의 반박문인 「현대문학의 길~백철의 소설의 길을 駁함」(『국도신문』, 50. 3. 29~31)과 「속, 현대문학의 길」(『국도신문』, 50. 4. 4~7)이 그에 해당하는 글이다. 전쟁 이후에는 같은 구세대 문인에 속하게 된 백철과 김동리의 이런 미학적 대립은 이 논쟁 이후 계속 이어지게 된다.

혁명이 일어나는 시점까지를 하한선으로 설정했다. 그러나 엄밀하게 따지자면 문학사의 시기구분은 사회사나 정치사와 밀접한 관련을 지니면서도 문학자체의 고유한 자기발전과정에 의해 이루어져야 하므로 반드시 사회사나 정치사와 일치하는 것은 아니다. 만일 비평사의 전개과정에서 4·19혁명이 계기가 되어 60년대 비평에 50년대의 비평과 사뭇 달라지는 변화가 일어난다면 4·19혁명을 분기로 50년대 비평과 60년대 비평을 나누는 것이 시기구분상 적절할 것이나, 실상 비평에서는 4·19 이후 상당한 시간이 흐른 뒤에도 50년대 비평의 내용이나 성격과 현격히 구분되는 양상이 뚜렷이 나타나지 않는다는 점에서 4·19혁명이 비평사에서 50년대 비평과 그 이후를 가르는 절대적 구분점이 되는 것인가에 대해서는 더많은 논의가 필요하다고 생각한다. 이 문제는 간단한 것이 아니어서 60년대 비평의 전체적인 내용이나 흐름을 검토하고 경우에 따라서는 70년대 비평까지도 감싸안으면서 그 시기의 비평이 50년대와 어떻게 다른가를 자세히 살펴본 뒤에라야 말할 수 있는 성질의 문제다. 그러므로 50년대의 비평적 성과가 그 이후의 비평에 어떻게 계승되며 어떤 변화가 일어나는가 하는 것은 이 논문에서 본격적으로 다루어지지는 않는다. 그러나 이 시기의 비평을 검토하는 기본적인 관점은 비평사의 계승과 이월, 그리고 지양의 과정을 염두에 두고 살펴보게 될 것이다.

   비평에서 4·19혁명의 정신을 계승하고 50년대 비평의 성과를 충분히 감싸안으면서도 그 한계를 뛰어넘는 비평사적 전환은 1960년대 후반에 이르러서야 가능했다고 생각한다. 무엇보다도 백낙청·김현·임헌영·이선영·임중빈·구중서·염무웅·조동일·김병걸 등, 50년대 문학에 대해 비판적 태도를 취하면서 새로운 문학을 지향하는 신진 비평가들이 등장하게 되고, 이들 중의 일부가 잡지 등의 매체를 중심으로 새로운 문학운동을 표방하게 되는 것이 1960년대 후반의 일이었기 때문이다.6) 이렇게 본다면 실상 50년대 비평의 하한시점은 60년대 중반까지 연장된다고 볼 수도 있다. 다시 말하면 그 시점까지도 50년대 비평의 문제의식과 논의의 수준을 크게 벗어나지 않은 비평활동이 이루어지고 있었다는 것이다.

그러나 이 논문에서는 앞에서 밝힌 대로 4·19혁명까지를 50년대 비평으로 포괄해서 살피기로 한다. 그 이유는, 첫째로 좀더 정확한 비평사의 시기구분은 60,70년대 비평의 충분한 검토 끝에 가능한 작업이어서 차후의 과제로 돌릴 수밖에 없기 때문이기도 하거니와, 둘째

6) 잡지의 창간이라는 개별적 사실을 근거로 비평사적 전환을 이야기하기는 어려우나, 1966년 계간지 『창작과 비평』의 등장의 의미나 백낙청의 비평 「새로운 창작과 비평의 자세」(1966), 「시민문학론」(1969) 등의 의미는 분명히 비평의 새로운 단계를 가늠케하는 중요한 지표적 요소라고 할 수 있다. 그러나 『창작과 비평』의 창간이 결정적으로 50년대 비평과 그 이후의 비평을 가르는 준거가 될 수 있을 것인가에 대해서는 몇 가지 전제가 필요하다. 문학사에서 볼 때 60년대의 문학이 그 이전의 문학과 구별되는 시대적 정신은 민주주의에 대한 문제제기로 파악될 수 있는 4·19혁명뿐 아니라, 그 몇 해 뒤에 일어나는 굴욕적 대일외교 반대를 둘러싼 일련의 반외세자주화의 움직임도 당연히 포함하는 것이어야 하리라 본다. 이미 1965년에 남정현의 「분지」필화사건이나 하근찬의 「삼각의 집」, 「왕릉과 주둔군」과 같은 작품에서 이러한 문제들이 뚜렷이 반영되어 나타나는 정황을 보아도 그 점은 분명하다. 따라서 이러한 문제의식을 담은 논의가 존재할 때 비로소 50년대 비평과 구별되는 새로운 비평의 단계가 시작된다고 보는 것이 옳을 것이다. 그리고 무엇보다도 문학사의 시기획정이 원칙적으로 '단절'의 표상이 아니라 '지양'의 과정이어야 한다는 점에 비추어 볼 때, 『창작과 비평』을 중심으로 개진된 60년대 비평이 50년대나 혹은 60년대 초반의 비평에서 이루어진 성과와 한계를 '지양'한 것인지, '단절'로부터 새롭게 시작한 것인지에 대한 면밀한 검토도 필요하다. 이점에 관해서 임헌영은 『창작과 비평』의 창간과 활동이 분명히 비평의 새로운 시대의 개막을 알린다고 전제한 후, 『창작과 비평』이 기왕에 이루어진 비평의 성과(특히 '참여·순수논쟁'을 거치며 축적된 성과)들을 이어받지 못하고 전혀 새로운 맥락에서 논의를 출발시킨 한계도 함께 지니고 있다고 지적한다. (임헌영, 『한국현대문학사상사』, 한길사, 1988, 117쪽.) 1960년대 비평의 전반적인 전개 과정에 대해서는 한강희의 「1960년대 한국 문학비평 연구」(성균관대 박사논문, 1998)과 김영민의 『한국현대문학비평사』(소명출판, 2000)를 참조할 수 있다.

로는 어떤 의미에서든지 4·19혁명은 50년대 한국사회의 누적된 모순
이 증폭하면서 한꺼번에 터져나온 커다란 사건이었으며, 그러한 모순
을 표면화시킨 4·19혁명의 정신을 기본적으로 민주주의와 민족통일
에 대한 민중적 염원의 표상[7]으로 평가할 수 있다고 한다면, 이 시기
의 비평이 그러한 50년대 현실의 모순에 대해 보였던 대응양상이나
4·19혁명과 맺는 관련양상을 검토하는 작업이 이 시기 비평연구에서
무시할 수 없는 비중을 차지한다는 점에서 일단 4·19를 하나의 하한
선으로 설정하는 것이 커다란 오류는 아니리라 판단되기 때문이다.
그러므로 이 논문의 연구범위는 1950년~1960년 사이에 발표된 비평
을 중심으로 하되, 필요에 따라 1948년~1950년 사이에 발표된 글들
이나, 4·19이후에 발표된 글들도 언급하게 될 것이다.

2. 1950년대 비평 연구에 대한 방법론적 비판

  1950년대 비평에 대한 연구가 체계적으로 이루어지기 시작한 것은
1980년대 이후의 일이다.[8] 그 중에서도 비평사적 접근을 시도했던 연
구성과로는 김윤식의 『한국현대문학사』[9]와 신동욱의 『한국현대비평

---

7) 강만길, 「4월혁명의 민족사적 맥락」, 『4월혁명론』, 한길사, 1983, 13~25쪽
   참조.
8) 50년대 문학 전반을 다룬 연구성과로는 다음의 예를 들 수 있다.
   현대문학연구회 편, 『한국전후문학연구』, 태학사, 1991.
   한국문학연구회 편, 『1950년대 남북한 문학』, 평민사, 1991.
   문학사와 비평연구회 편, 『1950년대 문학연구』, 예하, 1991.
   『한국전후문학의 형성과 전개』, 『문학과 논리』, 제3호, 태학사, 1993.
   송하춘, 이남호 편, 『1950년대의 소설가들, 시인들』, 나남, 1994.
   조건상 편, 『한국의 전후 문학』, 성대 출판부, 1994.
   구인환 외, 『한국전후문학 연구』, 삼지원, 1995.
9) 김윤식, 『한국현대문학사(증보판)』, 일지사, 1983, 264~273쪽.

사』10), 정현기의 「문학비평의 충격적 휴지기(休止期)」11), 그리고 전기
철의 「한국 전후비평의 전개양상에 대한 고찰」12)을 들 수가 있다. 김
윤식의 연구는 해방 이후부터 70년대까지의 문학사를 서술하는 과정
에서 50년대 비평의 개괄적인 정리를 시도한 것이다. 그는 여기서 50
년대 비평을 전쟁에 대한 대응과 실존주의, 그리고 분석비평의 세 항
목으로 나누고, '전통론'을 중심으로 하여 60년대 비평과의 연속성을
강조했다. 신동욱의 연구는 근대비평사 전체를 다루는 방대한 작업인
데 그 중의 한 항목으로 50년대 비평에 대해 언급했다. 신동욱은 50
년대 비평을 민족주의적 비평과 형식주의적 비평, 그리고 실존적 비
평의 세 항목으로 나눈 뒤, 중요한 비평가의 활동을 개인별로 정리하
는 방식을 통해 이 시기 비평을 고찰했다. 이 시기에 이루어진 '민족
문학론'을 비중있게 다룬 점이나 민족문학론과 전통론을 하나의 논의
맥락으로 묶어서 파악하려고 시도한 점은 50년대 비평에 대한 초기의
연구성과로서 주목할 만한 부분이라고 생각한다. 정현기의 논문은 50
년대 비평에 대해 매우 비판적인 태도를 취하고 있어서 비평사적 가
치평가의 측면에서 볼 때 사뭇 문제제기적인 글이다. 그는 50년대가
전쟁과 분단으로 말미암아 근대문학사에서 가장 충격적이고 비극적
인 시기라고 규정한 뒤, 이 시기에 이루어진 일체의 비평들이 그러한
민족현실을 외면하고 서구문학을 맹종한 오류를 범했다고 비판했다.
이상 살펴 본 세 사람의 연구는 그 나름으로 50년대 비평의 지도를
작성하고 거기에 일정한 비평사적 자리매김을 시도함으로써 이후의
연구에 어느 정도 초석이 되었다는 점이 인정되지만, 기본적으로 이

---

10) 신동욱, 『한국현대비평사(증보판)』, 시인사, 1988, 91~107쪽.
11) 정현기, 「문학비평의 충격적 휴지기」, 감태준 외, 『한국현대문학사』, 현대
    문학사, 1989에 수록.
12) 전기철, 「한국 전후 문예비평의 전개양상에 대한 고찰」, 서울대학교 박사
    학위논문, 1992.

시기 비평을 매우 소략하게 언급하고 있어서 50년대 비평의 전체적인 면모와 체계를 보여주기에는 미흡할 뿐 아니라, 실증적인 면에서도 자료의 충분한 검토와 분석이 이루어지지 않은 점 등에서 그 한계를 지적할 수 있다.

그에 견주어 전기철의 논문은 50년대 비평의 전체적인 면모를 조감하고, 그 내용을 비교적 온당하게 재구성하고 있어서 기존 연구성과 중에서는 처음으로 이 시기 비평의 양상을 체계적으로 정리한 논문이라고 할 수 있다. 그의 연구는 주로 실존주의와 모더니즘 비평에 초점을 맞추어, 전쟁으로 인한 불안의식이 당시의 비평에 어떤 방식으로 반영되는가를 중점적으로 고찰한 것이다. 비중의 차이는 있으나, 50년대 중반 이후 등장한 신진 비평가들의 논의를 가능한 한 모두 포괄하고 있으며, 가치평가보다는 논의의 내용 자체에 충실해서 비평의 전개양상을 고찰하고 있다는 점에서 이전에 이루어진 어떤 연구성과보다도 풍부한 작업이 이루어졌다고 할 수 있다. 그러나 이 논문의 부제인 '불안의식의 내재화와 응전력을 중심으로'에서 잘 드러나듯이, 실존주의 문학의 수용과 이해에 지나치게 무게중심을 둠으로 해서, 이 시기에 논의된 민족문학론의 비중이 너무 가볍게 처리되었으며, 무엇보다도 50년대 우리의 현실에 비추어 당대의 비평이 지니는 역사적이고 현실적인 의의와 가치평가가 생략되거나 너무 소략하게 이루어졌다는 점을 한계로 지적할 수 있다.

비평의 전체적인 양상이 아니라 특정한 경향의 비평을 집중적으로 고찰하거나 부분적으로 언급한 연구성과들 중에서 의미있는 것으로는 김현의 「테러리즘의 문학」13), 임헌영의 『한국현대문학사상사』14), 최유찬의 「1950년대 비평연구(1)」15), 염무웅의 「5,60년대 남한문학의

---

13) 김현, 「테러리즘의 문학」, 『사회와 윤리』, 일지사, 1974. (처음 발표지면은 『문학과 지성』4호, 1971.)
14) 임헌영, 『한국현대문학사상사』, 한길사, 1988.

민족문학적 위치」[16], 박헌호의 「50년대 비평의 성격과 민족문학론으로의 도정」[17] 등을 들 수 있다.

　김현의 「테러리즘의 문학」은 비평을 포함한 50년대 문학전반에 관해 고찰하고 있는데, 50년대 문학을 매우 비판적인 입장에서 조망하고 있다는 점이 특징이다. 그가 50년대 문학을 비판적으로 보는 이유의 근저에는 그 자신 이른바 4·19세대 비평가라는 점에서, 50년대 문학의 부정성을 극복한 자리에서 60년대 문학이 일어서야 한다는 당위도 적지않게 깔려 있으리라 짐작할 수 있다. 그러나 비평을 포함한 50년대 문학 전체에 대해 '해방과 전쟁이라는 엄청난 사태를 논리적으로 파악할 수 없는 상황에서, 구체적인 사실에 대한 냉철한 인식과 판단보다도 추상적인 당위에 대한 무조건적인 찬탄에 함몰되어 궁극적으로 논리저 아만주의만이 횡행하게 되었다'고 그의 비뛴힌 것은 설득력이 있다. 특히 그는 50년대 비평의 무비판적이고 부정확한 서구이론의 수용과 맹종을 강도높게 비판하는데, 이것은 이후에 50년대 비평을 부정적으로 평가하는 논자들의 공통적인 논거가 된다. 그는 50년대 비평이 '새것 컴플렉스'와 '감정의 극대화'에 빠진 것을 오류의 원인이라고 판단하는데, 그러나 이 시기의 비평에서 이러한 서구이론에 대한 맹종과 비합리적이고 역사 허무주의적인 입장에 대항한 논의들이 있었다는 사실에 대해서는 별반 주목하지 않는다. 이것은 이후에 김현와 같은 입장에서 이 시기의 비평을 고찰하는 논자들이 공통적으로 지니고 있는 한계라고 할 수 있다.

　최유찬은 50년대 모더니즘 문학론을 중심으로 이 시기의 비평을

15) 최유찬, 「1950년대 비평연구(1)」, 한국문학연구회 편, 『1950년대 남북한 문학』, 평민사, 1991.
16) 염무웅, 「5,60년대 남한문학의 민족문학적 위치」, 『창작과 비평』, 1992, 겨울.
17) 박헌호, 「50년대 비평의 성격과 민족문학론으로의 도정」, 조건상 편, 『한국전후문학연구』, 성균관대학교출판부, 1993.

고찰하고 있다. 최유찬의 논문이 지닌 특징은 실존주의 문학론을 모
더니즘비평에 포괄시켜 논의함으로써 모더니즘을 단순히 일정시기에
성쇠한 사조로 보지 않고 하나의 세계관이나 예술방법론의 차원으로
접근하고 있다는 점이다. 모더니즘에 대한 이런 입장은 루카치의 「모
더니즘의 이데올로기」18)에서 극명하게 제시된 관점으로, 리얼리즘에
대한 대타적 성격으로서의 모더니즘과 실존주의의 이론적 상관성을
전제하고 있는 것이다. 이러한 시도는 단순히 일정한 시기의 비평을
개괄하거나 정리하는 차원을 뛰어넘어 미학적 관점에서 새로운 비평
사적 체계를 기획한다는 점에서 중요한 의미를 띠는 작업이다. 그러
나 리얼리즘 대 모더니즘이라는 두 개의 축으로 비평사 전체를 조망
하려는 그의 방법론이 50년대 비평의 전개양상을 제대로 드러냈다고
보기는 어렵다. '1950년대의 문학비평은 몇 가지 예외를 제외하면 모
더니즘론으로 일괄하여 볼 수 있다'19)는 규정에서 알 수 있듯이, 리
얼리즘 대 모더니즘의 구도로 이 시기 비평을 조망하게 되면 당연히
리얼리즘 논의는 무성했던 모더니즘 논의에 비해 왜소하고 초라할 수
밖에 없게 되어있다. 그것은 앞절에서 살펴본 바 있듯이 이 시기 비
평의 성격을 획정한 문학 외적 상황의 영향이 가장 큰 요인이었다.
그러나 우리가 좀더 관심을 기울여 고찰해야 할 부분은 모더니즘에
비해 리얼리즘 논의가 왜소하다는 사실 자체보다도, 리얼리즘 논의가
자유롭게 이루어지기 어려운 상황 속에서 비평이 어떻게 그러한 성격
의 논의를 회복해 나가는가 하는 '과정'의 문제라고 생각한다. 그런
점에서 이 시기는 오히려 리얼리즘 대 모더니즘의 구도를 적용하기보
다는 모더니즘의 지배적 영향력 아래에서 리얼리즘이나 민족문학론
이 입지를 넓혀가는 하나의 '운동적' 상황으로 파악해서 그 두 쪽을

---

18) 게오르그 루카치, 「모더니즘의 이데올로기」, 『현대리얼리즘론』, 황석천 옮
   김, 열음사, 1985.
19) 최유찬, 앞의 글, 13쪽.

함께 살펴보려는 시도가 더 필요한 것이 아닌가 생각하며, 그렇게 접근해야 이 시기 비평의 전체적인 면모가 제대로 드러날 수 있다고 본다.

임헌영은 『한국현대문학사상사』에서 해방 이후부터 1980년대까지의 근현대비평에 대해 역사적으로 접근하고 있다. 그는 비평과 관련된 모든 논의를 다 다루는 것이 아니라 민족문학과 관련된 논의들을 중점적인 대상으로 삼는다. 50년대 비평 가운데에서는 주로 실존주의의 부정적인 면을 비판적으로 분석한다. 그는 서구사조인 실존주의를 수용했다는 사실 자체를 비판하는 것이 아니라, 다양한 실존주의의 성격과 계보 중에서도 이 시기의 한국비평이 도입하고 이해한 실존주의가 어떤 성격의 것인가를 분석해 보임으로써 설득력을 얻고 있다. 그 점에서 50년대 실존주의 문학론에 대한 본격적인 비판론이라고 할 수 있다. 그는 문학의 측면에서 실존주의가 세 가지 유형으로 나누어진다고 전제한 후, 관념론적 존재론에 연결되는 쿠라적 신화와, 악무한적인 부조리의 세계에 대한 추상적 저항으로서의 시지프스의 신화, 그리고 혁명과 체제부정을 꿈꾸는 프로메테우스적 신화가 있는데, 50년대 당시 우리에게 도입된 실존주의는 프로메테우스적 성격보다는 쿠라적 성격이 짙었으며, 부분적으로 시지프스적 요소가 가미된 것으로 보았다. 결국 실존주의는 탈역사적이고 허무주의적인 관념론을 팽배시킨 부정적 결과를 낳았다고 평가했다. 그러나 그는 한편으로 50년대의 실존주의 문학론이 그 막대한 부정성에도 불구하고 60년대 참여문학론의 '저항'논리에 이론적 자양분을 제공해주는 최소한의 긍정적 기능을 했음도 잊지 않고 덧붙였다.

민족문학의 관점에서 해방 이후부터 80년대까지의 비평사를 관통하는 그의 연구는 50년대 실존주의 문학론을 본격적으로 비판했다는 점에서 선구적인 의의를 지닌 연구라고 할 수 있다. 그러나 그는 50

년대 비평 전부를 일방적으로 실존주의에 모두 편입시켜 논의하고 있어 비평의 전체적인 양상을 살피는 데 일정한 한계를 안고 있다. 또한 이 시기 비평에서의 실존주의의 영향력을 지나치게 과장하고 있기도 하다. 오히려 객관적으로 이 시기의 비평자료를 검토할 때, 실존주의 문학론이 당대 문학의 발전에 미친 영향은 그렇게 크지 않으며, 실존주의의 영향력에 대해 긍정적인 평가를 내리는 논자이든 아니든 간에 그 영향력의 크기가 선입견에 의해 확대되거나 과장된 바가 적지 않다고 생각한다. 임헌영의 연구에서 안타까운 점은, 그가 50년대 논의를 60년대 논의와 지나치게 변별적으로 파악하려고 애쓴 나머지, 실제 60년대의 참여·순수 논쟁의 이론적 맹아라고 할 수 있는 민족문학론의 의미를 발견하지 못했다는 점이다.

염무웅의 논문은 제목에서 보이듯이 민족문학적 관점을 강조한 5, 60년대 문학에 대한 일종의 문학사적 시론(試論)이다. 거칠게 조망하고 있다는 흔적은 역력하지만, 그의 글이 지니는 의미는, 그가 글에서도 밝히고 있듯이, 근대문학을 연구하는 국문학계가 '연구대상의 진보성이 연구내용의 진보적 성격을 담보한다'는 편견에 빠져있음을 경계하고 있다는 점이다. 그러나 '문예이론적 차원에서 50년대 남한문학의 특징을 규정짓는다면 그것은 서구문학에 대한 종속성의 강화와 반역사적 복고주의의 팽창이라고 요약될 수 있을 것'[20]이라 단정지음으로써, 김현의 논지와 별반 차이없는 '부정론'적 입장을 표명하고 있다. 새롭게 형성된 역사적 조건 속에서 진보와 보수가 새로운 운동환경에 놓이고, 그 환경 속에서 일어나는 비평논의의 역동적 과정은 진지하게 검토되지 못한 것이다. 그러나 연구대상의 진보성이 연구내용의 진보적 성격을 결정지을 수는 없다는 그의 문제제기만큼은 숙고할 가치가 있다고 본다.

---

20) 염무웅, 앞의 글, 56쪽.

이상에서 살펴 본 최유찬·임헌영·염무웅의 연구는 대체로 민족문학의 입장에서 리얼리즘을 그 미학적 방법으로 설정한 연구라는 점에서 공통점을 지니고 있다. 이러한 입장과 미학적 방법론은 근대문학을 연구하는 여러 방법과 태도 중에서 민족문학을 하나의 가치규범으로 설정하는 태도라고 할 수 있으며, 이 논문의 방법론적 토대도 역시 이들이 시도한 연구의 연장선상에 놓이는 것임을 미리 밝혀둔다. 그러나 앞에서도 언급한 바와 같이, 이들의 연구는 입장과 방법론에서의 선진성에도 불구하고, 이 시기 비평의 전개과정을 선입견에 의해 평면화시키는 한계를 안고 있다. 특히, 분단 이후에 전개된 남한 문학뿐만 아니라, 북한문학을 연구할 때에도 마찬가지로 적용되어야 하겠지만, 분단 이후에 각기 나른 양상으로 전개된 남북한 문학의 '진보성'이란 어떤 것이어야 하는가에 대한 진지한 천착이 아쉬움으로 남는다. 이 문제는 다음 절의 방법론 부분에서 다시 논의하게 되겠거니와, 이런 점들을 두루 고려할 때, 박헌호의 논문은 앞선 세 사람의 방법론적 선취를 수용하면서 동시에 새로운 관점으로 50년대 비평을 조망한 주목할 만한 성과에 해당한다.

그는 일단 이 시기 비평에 관한 전통적인 '부정론'적 입장에 대해 다시 비판한다. '1950년대가 자유민주주의와 반공주의라는 이념적 스펙트럼 안에 놓여있다는 사실만으로 50년대 남한 사회의 정신적 흐름을 전부 재단할 수 없다(……)50년대를 전체적인 차원에서 파악하기 위해서는 초기에 두드러졌던 전쟁의 영향에만 매몰되지 말고, 그것을 극복하고자 하는 민족적 지향의 흐름도 간과해서는 안된다'[21]는 문제

---

21) 박헌호, 앞의 글, 219쪽. 50년대 소설사에서 이런 관점이 관철되어야 할 필요성을 시론적(試論的) 입장에서 제기한 것으로는 한수영, 「1950년대 한국소설 연구:남한편」(『1950년대 남북한 문학연구』, 평민사, 1991) 36~41쪽 참조. 이 글은 50년대 후반에 발표된 작품들의 리얼리즘적 특징을 주목해서 살피고, 그러한 소설들을 통해 민족문학의 문학사적 연속성을 파악해 보려고 한 것이다. 윤여탁은 「1950년대 한국시단의 형성과 참여시의 형

제기가 그의 입장을 분명하게 드러낸다. 그는 주로 세대론과 전통론
을 중심으로 하여, 보수적인 순수문학이나 서구문학사조의 압도적인
영향 아래에서 전후 현실을 정확하게 인식하고 그것을 비평논의에 반
영하려는 비평계의 노력이 어떻게 이루어졌는가를 세밀하게 재구성
했다. 특히 논의과정에서 50년대 비평가 중의 한 사람인 최일수의 문
학론에 주목하고 그 의의를 밝힌 것은 이 글의 가장 중요한 성과라고
할 수 있다. 다만 그의 글이 이 시기 비평의 전체계를 감당하기에는
어려운 소논문이었다는 점 때문에 이 시기 민족문학론의 전체적인 이
론구조를 체계적으로 거론하지 못하고 '세대론'과 '전통론'에 국한시
켜 살펴본 점이 하나의 한계로 지적될 수 있다. 그는 민족문학론이
전통논의에서 파생된 것으로 파악했으나, 오히려 해방전이나 해방 직
후와는 그 개념이나 위상이 달라진 민족문학에 대한 총론적 논의가
이미 전쟁 직후부터 나타나기 시작하면서 서구문학에 대한 우리 문학
의 전통 문제가 모색되기 시작한 것으로 파악하는 것이 당시 논의전
개과정의 본래 모습에 부합한다고 생각한다. 다시 말하면 전통론이
민족문학의 부분구조로 편입되는 것이 옳을 것이다. 실존주의 문학론
이나 모더니즘이 민족문학론과 어떤 관계에 놓이는가 하는 점, 또는
이 시기의 민족문학론을 포함한 여러 비평적 논의의 성과들을 60년대
이후의 비평과 어떻게 연결되는가 하는 점들을 미처 살피지 못한 것
도 아쉬움으로 남는다.

   이 외에도 이 시기 비평에 대한 각론 성격의 연구로서, 검토할 만
한 가치를 지닌 논문들이 좀더 있다. 이것은 본론을 서술하는 과정에
서 필요에 따라 다시 언급하게 될 것이다. 이 논문은 이상의 선행연
구에서 이루어진 성과를 최대한 수용하고 그 성과의 토대 위에서, 선

   태」(『한국전후문학의 형성과 전개』, 『문학과 논리』 제 3호, 1993)에서 김
   수영·신동엽·박봉우 등의 시를 통해 이러한 가능성을 검토하고 있다.

행연구들이 해결하지 못한 과제와 한계점을 보완하면서 진행될 것이다.

3. 새로운 해석의 필요성

분단과 전쟁으로 형성된 냉전이데올로기는 문학연구와 문학사 서술에도 커다란 영향을 미쳤다. 남북한은 오랜 동안 상대방의 문학을 자유롭게 읽거나 연구할 수 없었을 뿐 아니라, 설사 공식적으로 언급할 경우가 있다고 하더라도 객관적인 비판이 아니라 적대적인 태도로 사실 이상의 폄하를 서슴지 않았던 것이 그동안의 실정이었다. 특히 비평을 포함한 50년대 남한 문학에 대한 문학사적 평가는 이러한 연구에서의 냉전적 사고방식이 가장 극명하게 드러난 경우라고 할 수 있다.

한국문인협회가 1966년에 펴낸 『해방문학 20년』에서 곽종원은 해방 이후의 남한비평의 성격을 좌익의 계급문학과 문학의 정치적 도구화에 맞서 순수문학을 지키고 보존해온 과정으로서 규정하고 있다. 그점은 이 기간의 문학을 개관하고 있는 조연현의 경우도 거의 똑같다.22) 그러나 김동리를 중심으로 1930년대 후반 이후 형성된 이른바 '순수문학론'은 해방 직후에 문학논쟁을 통해 비평사에서 부각되었던 적이 있었지만, 1950년대에 들어오면 일부의 경우를 제외하고는 그 영향력을 잃어버리고 만다는 점에서, 이러한 50년대 비평에 대한 인식과 가치판단은 실상을 왜곡한 것이라고 할 수밖에 없다. '순수문학론'은 그것을 주창한 쪽의 진의 여부와는 하등 상관없이 분단 이후부터 최근까지 남한 지배권력의 관제미학23)으로서의 상징성을 띠게 되

---

22) 한국문인협회 편, 『해방문학 20년』, 정음사, 1966, 45~53쪽.
23) 이 경우는 반드시 김동리의 '순수문학론'을 가리키는 것은 아니다. 60년대

었고, 그러한 상징적 지위와 의미를 유지하고 있다는 점 이외에는 이
미 1950년대 당대에 신구세대를 막론하고 이론적으로 부정되었던 사
실을 우리는 실증적으로 확인할 수 있다.[24]

　흥미로운 것은 이미 50년대 당시에 북한쪽에서 이 시기의 남한문
학에 대한 언급이 이루어졌다는 사실이다. 북한에서 1956년 10월에
열린 조선작가동맹 제2차 작가대회의 보고문에서 한설야는 남한문학
에 대해 다음과 같이 언급한다.

> 　참을 수 없는 인공적 분계선에 의하여 미군과 이승만 도당의
> 탄압 아래 있는 조선 문학의 현상은 복잡합니다. 거기에는 딸라
> 에 양심을 팔고 소위 미국식 생활 양식을 선전하는 민족 배신자
> 로 된 작가들이 있으며 또는 현재의 생활에서 환멸을 느끼고 미
> 제의 문화를 거부하면서도 염세주의 속에서 배회하는 데까단 문
> 학파들도 있으며, <u>민족의 양심을 가지고 남반부에서의 현존 제도
> 를 반대하고 인민의 이익을 대변하는 애국적인 작가들도 있습니
> 다</u>.[25](밑줄-인용자)

───────────────────

참여·순수논쟁에서의 순수문학론은 반드시 김동리의 '순수문학론'을 가
리키는 것이 아니라 문학과 사회의 관계에 대한 일종의 미학적 입장을 총
칭하는 의미다. 김동리의 '순수문학론'은 최근 김윤식 교수에 의해 활발한
재평가 작업이 이루어지고 있는데, 김동리의 논리가 단순히 탈정치적 논
리나 예술지상주의와는 구분된다는 점에서, 그의 '순수문학론'은 문학과
사회의 관계에서 형성되는 미학적 총칭으로서의 '순수문학'과 똑같은 것
이라고는 볼 수 없다.
24) 이점은 본론의 앞부분에서 다시 살펴보게 될 것이다. 그런데, 순수문학의
미학적 영향력이 가장 커다란 영향력을 발휘하는 공간은 사실 창작이나
비평계가 아니라 제도교육과정 속에서의 문학교육이라고 할 수 있다. 아
직도 대부분의 초·중·고등학교 문학교육의 미학적 지배이데올로기는
'순수문학'의 미학적 입장 그것이며, 이것은 분단 이후 거의 50년을 한결
같이 확대재생산되고 있다는 점에서 진작 검토와 비판의 대상이 되었어야
할 부분이라고 생각한다.
25) 한설야, 「전후조선문학의 현상태와 전망-제2차 조선 작가대회에서 한 한
설야 위원장의 보고」, 『제2차 조선작가대회 문헌집』, 조선작가동맹출판사,

밑줄 친 부분에 주목할 때, 한설야의 이러한 발언이 진정으로 50년
대 남한문학에 대한 정확한 인식 아래에서 나온 것인지, 아니면 남한
문학 연구의 당위성을 강조하기 위한 일종의 수사(修辭)에 지나지 않
는 것인지 얼른 판단할 수 없는 문제이기는 하나, 이 무렵 북한에서
이루어진 남한 문학에 대한 발언 중에서는 균형감각을 잃지 않으려고
애쓴 경우에 속하는 것이다. 대부분은 남한의 50년대 문학을 '미제 강
점하의 남조선 반동 문예학'이라고 일률적으로 규정하고, 남한을 미
국식 생활양식에 찌든 '문화 식민지' 또는 남조선 작가나 연구자들을
'미제의 식민지 노예근성'에 사로잡힌 반동으로 규정하고 있다.26) 물
론 이 시기는 냉전체제가 남북한 양쪽에서 극도로 강화되고 있던 시
기이어서 남쪽 못지 않게 북한 사회도 냉전논리의 영향으로 매우 도식
적이고 경직된 상황으로 치닫고 있었기 때문에, 미국과 관련된 일체
의 것이 가치부정되고 남한과 관련된 모든 것은 미제국주의의 영향과
그 괴뢰적 활동으로 규정되고 있었다.27) 『해방문학 20년』의 인식이나,

1956. 여기서는 이선영·김병민·김재용 엮음, 『현대문학비평자료집(이북
편)4』(태학사, 1993)에 수록된 자료를 인용함. 73~74쪽. 실제로 이 대회이
후 작가동맹 산하에는 남조선문학연구분과가 설치된다. 그러나 그 분과의
연구성과가 어느 정도였는지는 현재 자료의 부족으로 확인하지 못했다.
앞으로 나오는 모든 인용문은 그 의미를 해치지 않는 범위 안에서 현대
맞춤법에 맞도록 고쳐 옮기고 한자는 한글로 표기한다. 인용자가 판단하
기에 명백히 오식이나 오자(誤字)로 보이는 것은 바로 잡아 인용하기로
한다. 인용문 가운데 (……) 표시는 글 중간을 필요에 따라 생략했다는 뜻
이다.
26) 고정옥, 「해방 후 15년간의 조선문예학」, 『조선어문』5집, 1960.과 신구현,
「해방 후 15년간 문학평론이 거둔 성과」, 『문학신문』, 1960.10.7.등이 그러
한 경우다. 두 글 모두 이선영·김병민·김재용이 엮은 앞의 자료 제 5권
에 수록되어 있다.
27) 한국전쟁을 전후한 시기의 북한문학과 냉전체제의 관계는 김재용의 『북한
문학의 역사적 이해』(문학과 지성사, 1994), 91~124쪽에서 비교적 자세하
게 고찰하고 있다.

북한문학계의 인식은 모두 일정한 편향을 드러내고 있다.

그러나 연구에 있어서 냉전논리가 낳은 이러한 폐해는 한국전쟁을 전후한 시기에 국한되었던 것이 아니라, 그 이후에 이루어지는 연구에 계속 남아 일정한 영향을 미치게 된다. 남한의 작가나 연구자들에 의해 이 시기의 문학 또는 비평이 '반동기'로 규정되는 경우는 주로 권력과 결탁한 어용문인의 횡포에 대한 저항이나 관제미학으로서의 '순수문학'의 부정적 측면에 관한 비판 때문이지만, 다른 모든 조건을 덮어누르고 그러한 조건만이 부각된다는 사실이 이 시기 문학을 객관적으로 파악하지 못하게 만드는 요인이며, 그것은 냉전논리를 극복하려는 의지가 다소 지나쳐 좌편향을 초래하게 된 것이라 생각한다. 이래저래 분단 이후의 남북한 문학연구는 냉전체제에 속박당했든 그것을 극복하려고 애썼든 간에, 그 영향권의 일정한 영역 내에서 자유롭지 못했음을 뜻한다.

한국 근대문학의 여러 시기 중에서도 가장 침체된 시기가 50년대의 문학이었다고 할 수 있다. 1945년 민족해방이 되었어도 우리의 경우 '해방문학'이라고 부를 수 있는 성숙된 시기를 갖지 못했다. 민족분단에 앞선 문학 분열 때문이었다. 작가들은 남북으로 갈린 뒤를 이어 6·25전쟁은 문학과 문학인을 완전히 마비시켜버렸다. 50년대의 문학은 이러한 진공 상태에서 국적불명의 허무 극단주의의 문학으로 <모더니즘>에다가 실존주의 문학으로 정신의 공백을 더욱 탈색시켜버렸다. 정치인이 아닌 정치깡패들이 온갖 부패와 타락으로 놀아나고 무법천지의 농촌의 폐허와 도시의 파괴된 잿더미 속에서 동포들이 굶어 죽고 매맞아 죽는 자유당 독재치하에서 문학은 이러한 현실을 직시하기는커녕 문학을 위한 문학으로 놀아나기만 했던 것이다. 민족, 민주, 민중운동에 보조를 맞추기는커녕 이른바, 만송족(晚松族)이라 하여 이기붕의 선거유세에 찬조 연설 따위로 정권의 앞잡이 노릇까지 하면서 민중의 실상과는 상관이 없는 문학을 해왔음이 사실이었다. 문학인

은 이런 형편이었지만 민중은 4·19를 가지게 되었으니, 민중이
일으킨 이 4·19에 대하여 한국문학은 할 말이 없는 것이고 없어
야 하는 것이다.[28]

박태순은 4·19를 자유와 민주에 입각한 근대시민혁명의 성격으로
파악하는 데 동의하지 않는다. 자유나 민주주의 개념은 실상 당대 민
중들의 삶 가운데에서 구체적으로 확인될 수 있었던 것이 아니라 단
지 수입완제품이었으며, 민중들에게는 그림의 떡과 같은 것이었기 때
문이라는 점에서 그러하다. 그러나 박태순은 50년대 중반을 넘어서면
서 나타나는 문단의 변화를 주의깊게 보지 못하고 있다. 우선 기성세
대 비평가와는 고민의 내용과 깊이가 다른 신진평론가들이 여럿 등장
하고, 하근찬, 이호철, 송병수 등의 새로운 작가들도 상당수 나타난다.
시에서도 김수영의 변화조짐이 이미 50년대 말에 보이고, 박봉우나
신동엽의 등장도 단지 4·19 이후로만 미룰 수 없는 분명 50년대 문
학의 일인 것이다. 그런 점에서 반동기로 규정하기보다는 이러한 일
련의 변화가 4·19와 어떤 관련을 맺는가를 살피는 것이 더 사실에
부합하는 것이라 생각한다.

결국, 이러한 예들은 냉전적 사고방식의 극복이 북한연구에서만 필
요한 것이 아니라, 사실상 남한 연구에도 필요하다는 문제를 우리에
게 제기하는 것이다. 오늘날 북한을 보는 여러 관점 중에서, 여전히
'빨갱이'운운 식의 극단적인 반공이데올로기적 관점이 전형적인 냉전
논리에 입각한 것이라면 북한을 지상낙원으로 보고 맹목적으로 북한
사회를 동경하고 떠받드는 관점은 그러한 냉전논리의 극복과정에서
생긴 또다른 편향이며 왜곡이다. 1980년대의 막바지에 소련과 동유럽
등 현존사회주의 국가의 몰락을 목격한 뒤 곧바로 '자본주의 만세!'를

---

28) 박태순, 「4·19의 민중과 문학」, 『4월 혁명론』, 한길사, 1983, 280쪽.

외치거나, 남북한 체제승리에서 궁극적 승리가 남한에게 주어졌다고
환호작약하는 태도 역시 역사의 변화를 변증법적으로 인식하는 지혜
로운 태도는 아니며, 남한이 전후 30여년 동안 경제발전을 통해 이룩
한 물질적 성장과 자유민주주의 체제가 그 나름으로 발전해나온 사실
등에서 나타나는 뚜렷한 역사적 변화를 일체 외면하고, 남한 사회 전
체를 천민자본주의에 바탕을 둔 돌볼 가치가 없는 사회로 치부하고
남한사회에 대해 도덕적 혐오로 일관하는 자세도 결국은 냉전논리에
묶이거나 그것을 이겨내려다 또다른 편향으로(즉, 자기부정으로) 내달
은 것이라 보지 않을 수 없다. 분단 50년이 가까와 오는 현 시점에서,
더욱이 어떤 형태로든 통일이 조만간 이루어지리라는 기대가 그 기대
의 실현가능성과 상관없이 모든 사람들에게 널리 퍼져나가고 있는 이
시점에서, 우리에게 진정 필요한 자세는 분단 이후의 남북한 연구를
통해서 관념적인 동질성의 회복을 부르짖을 것이 아니라 각기 다른
체제 속에서 무엇을 이루어내고 무엇에 실패했는가를 정확히 따져보
는 태도일 것이다.

　50년대 남한의 비평에 국한시켜 생각하더라도 이러한 연구와 접근
태도는 절실한 것이 아닐 수 없다. 그런 점에서 이 논문에서는 무엇
보다도 당시의 비평을 비평적 논의가 형성된 내재적 요인과 비평담론
의 소통과정에 주목해서 살펴보려고 한다. 이것은 이 시기의 비평을
'서구문학의 무비판적 수용'이나 '지성의 식민지화'라는 관점에서 부
정 또는 비판하는 기존의 논의들을 극복하기 위한 하나의 방법이
다.29) 다른 말로 하면 이것은 비평담론의 발생론적 필연성을 밝혀보

---

29) 이와 관련하여 최근 북한체제연구를 둘러싼 일련의 연구방법론 논쟁은 시
　사하는 바가 크다. 북한연구방법론에서 '내재적 접근론'과 그에 대한 비판
　론으로 전개되었던 이 논쟁은 기본적으로 북한연구에 있어서 냉전적 사고
　방식을 극복하는 가장 분명한 길은 북한체제의 형성과 발전을 그 내부에
　서, 발생론적 필연성을 중심으로 이해하는 것이란 사실을 도출했다. 물론
　이 논쟁의 핵심은 내재적 접근이 북한체제를 정당화할 뿐인가 비판을 내

려는 시도라고 할 수 있는데, 이러한 발생론적 필연성의 규명이 반드시 연구대상인 특정 비평의 논리를 정당화시키는 작업이라고 보아서는 곤란하다. 결과적으로는 기존의 연구들이 제시했던 부정론이나 비판론과 같은 결론에 도달할 수도 있을 것이다. 그러나 그런 결론에 이르는 과정이 기존의 논의와 구분된다고 볼 수 있다. 예컨대, 기존의 연구에서는 이 시기의 '민족문학론'을 거의 다루지 않거나 설사 다룬다고 하더라도 그 비중이 미미했었는데, 그렇게 된 가장 큰 이유는 우선 이 시기에 '민족문학론'이란 주제를 내건 비평적 논의가 있었는가를 면밀하게 살피지 않았고, 설령 그 존재를 알았다고 하더라도 다른 시기의 '민족문학론'에 비해 그 내용과 수준이 보잘것 없는 것이라고 판단했기 때문이었다. 50년대에 '민족문학'이란 표제를 내걸고 발표된 비평이 수십 편이 있었다는 사실 히니만으로도, '민족문학론'을 전혀 다루지 않은 기존의 연구는 실증적인 차원에서 잘못을 저질렀다고 볼 수 있지만, '보잘것 없다'는 판단을 가능케 만든 선입견 자

포하는 것인가에 놓여 있지만, 논쟁의 당사자 모두 비판의 당위성을 부정하지는 않는다. 이 논쟁은 송두율의 『역사는 끝났는가』(당대, 1995)의 205~304쪽과 이종석의 『현대북한의 이해』(역사비평사, 1995)16~19쪽 및 「북한연구방법론-비판과 대안」(『역사비평』, 1990년 가을호)의 87~89쪽을 참조할 것.본 논문의 방법과 관련지어서 송두율의 다음과 같은 주장은 비판적으로 수용할 여지가 많다고 본다. "북한사회에 대한 '내재적' 접근은 남한사회에 대한 동등한 수준에서의 '내재적'접근을 요구한다. 이는 남한사회가 스스로 제기한 가치와 이념-가령 '자유민주주의'라는 정치이념-에 비추어 경험적 성과나 현실을 평가한다는 것이 남한사회의 '긍정적' 측면만을 드러내주고 비판정신이 결여된 것으로 이해될 수 없듯이, 남북사회에 수미일관된 '내재적'접근은 경우에 따라서 '객관적'이라고 잘못 인식된 '외재적' 척도의 자의성을 배제함은 물론이거니와 사회과학적 논리와 방법의 일관성도 보여준다." 이러한 '내재적'접근은 남북한 사회가 각각 반세기에 걸쳐 각기 구축해 온 경험세계의 차이를 무시하고 하나의 경험세계를 다른 경험세계로 단순하게 환원시킬 수 없다는- 예컨대 통일문제의 해결에 있어서-하나의 중요한 원칙을 우선 제기해 주고 있다. 송두율, 「북한 연구에 있어서의 '내재적 방법' 재론」, 앞의 책, 258쪽.

체가 이 시기 민족문학론의 내재적 필연성을 돌보지 않은 평면적으로 비교했기 때문에 생겨난 것이다. 50년대의 민족문학론은 각기 이질적인 '민족' 개념의 이해로부터 출발한 여러 유형의 이론들이 제기되었고, 민족문학론의 전개과정은 그러한 이질적인 민족문학론들이 서로 길항하는 과정이었다고 할 수 있다. 그러므로, 우리가 이 시기의 민족문학론을 고찰한다는 것은 그렇게 다양한 민족문학론들의 이론적 기반과 그 위상을 밝히고, 궁극적으로 어떤 민족문학론이 당시의 현실과 역사적 상황과 유기적으로 연결되는 논리이며, 우리 문학의 발전을 위해 가장 진보적인 이론틀을 제시했는가를 살피는 일이라고 할 수 있다. 기본적으로 이 시기 민족문학론의 중요한 관심사항이었던 '민족문학과 문학전통'의 과제나 '민족문학과 세계문학' '한국문학의 자기동일성'등의 문제는 지금 이 시간에도 우리 문학의 가장 중요하고 시급한 비평적 과제로 제기되어 있다는 점에서, 이 시기의 민족문학에 관한 논의를 고찰하는 일은 더욱 필요한 일이라고 생각한다.

이런 문제는 다시 이 시기 비평의 중요한 부분을 이루고 있는 '실존주의 문학론'이나 '모더니즘 문학론'에도 직접적으로 연결된다. 위에서 예거한 몇 가지 민족문학론의 과제는 이 시기에 압도적인 공세를 취했던 이 외국사조에 대한 일종의 한국문학의 대응양식으로서 나타났기 때문이다. 내재적 필연성이란 관점에서 접근할 때, 실존주의 문학론과 모더니즘론의 비평사적 고찰도 다른 방식으로 이루어질 수 있을 것이다. 그 이론들은 분명히 서구에서 들어온 것이긴 하지만, 여기에서는 한국에 수용된 이론과 원산지 이론의 상호비교를 통한 비교문학적 접근은 가급적 피하고, 50년대 한국의 현실과 문학 상황 가운데에서 그러한 서구의 문학이론들이 어떤 논리와 성격으로 도입되고 토착화의 수용과정을 거치는가를 주로 살펴보게 될 것이다.

이러한 몇 가지 관점을 견지하면서, 이 논문에서는 이 시기 비평

중에서 가장 중요한 비평의 항목으로 '민족문학론'과 '실존주의 문학
론' '모더니즘 문학론'의 세 가지를 설정한다. 기존에 거론되던 '전통
론'이나 '세대논쟁' '분석비평' 혹은 '뉴크리티시즘' 등은 대부분 이
세 항목에 포괄되는 부분적 논의들이라고 할 수 있다. 물론 이 세 항
목이 이 시기 비평의 모두를 포괄하는 것은 아니나, 이 시기의 대표
적인 비평논의인 것은 분명하며, 대체로 비평사의 체계를 유지하면서
이 시기 비평을 연구했던 기존의 성과들은 이 세 항목을 중심으로
이 시기 비평의 체계를 나누고 있음이 확인된다.[30]

크게 나누어 세 가지 흐름으로 파악할 수 있는 이 시기의 비평의
중심줄기는 각각의 비평적 논의에서 다시 몇 가지 세부적인 이론구조
로 나누어지고 그 과정에서 비평담론의 성격이 형성된다. 이 논문에
서 이루어지고 있는 작업의 주된 방향의 하나는 그러한 세부적인 논
의들에 일정한 질서를 부여하고, 각각의 논의들이 어떤 성격을 지니
는가를 따져보는 것이라고 할 수 있다. 넓게 보면 이러한 작업은 일
정한 시기에 존재했던 비평담론의 유형화 작업이라고도 할 수 있을
터인데, 유형화의 작업은 담론의 흐름에 일정한 질서를 부여하고 부
여된 질서에 따라 체계를 만들어내어 일정한 시기의 비평담론의 전체
적인 양상을 조망해 줄 수 있다는 장점을 지니지만, 한편으로는 유형
화에 따른 일정한 도식성을 감수할 수밖에 없으며, 그에 따라 유형화
에 포괄되지 않는 논의들은 어쩔 수 없이 배제될 수밖에 없는 단점을
안고 있다. 그러나 유형화 작업은 궁극적으로 일정한 비평사적 가치
평가에 뿌리를 내리고 있으며, 모든 문학사 기술은 가치평가의 작업

---

30) 김윤식의 경우는 <①영도(零度)의 좌표 ②막연한 휴머니즘-실존주의 ③
분석비평의 양상>이라는 세 항목으로, 신동욱의 경우는 <①형식주의 비평
②민족문학과 전통론 ③실존주의 비평과 의식비평>의 세 항목으로, 전기
철의 경우는 <①실존주의 ②모더니즘>으로 크게 나눈 뒤 이 두 갈래를
휴머니즘론에 통괄하여 처리하고 있다. 각각 주)14, 주)15, 주)17의 글들을
참조할 것.

에서 한 걸음도 벗어날 수 없다는 점을 감안할 때, 이 논문에서 시도
하는 유형화 작업도 결국에는 일종의 비평사의 한 부분으로 포괄되는
작업이기를 희망하고 이루어지는 것이다.

제2장 1950년대 비평의 좌표와 그 형성조건

1. 전시 문학비평의 이데올로기와 냉전의식

1950년대 한국비평의 성격을 결정지은 가장 큰 규정요인은 한국전쟁이라고 할 수 있다. 주지하다시피, 한국전쟁은 세계사적 의미와 민족사적 의미가 복합적이고 중층적으로 얽힌 전쟁이었다.1) 세계 제2차 대전이 끝난 뒤, 사회주의와 자본주의 세계의 양체제를 중심으로 한 새로운 세계질서의 편성이 이루어지게 되면서 한반도는 그러한 냉전체제의 가장 민감하고 첨예한 대결의 마당이라는 성격으로 점차 세계 무대에 부상하기 시작했다. 해방 이후 한반도가 38도선을 기준으로 나누어져 각각 소련과 미국의 점령 하에 서로 다른 체제의 수립을 준비할 수밖에 없었던 것도 기본적으로는 2차 대전 이후에 냉전체제 구축을 위한 강대국들의 자기이해가 반영된 전후 처리과정의 결과였다. 그러므로 일차적으로 한국전쟁은 2차 대전 이후에 형성된 냉전체제의 세계사적 모순이 폭발한 체제적 전쟁이라는 성격을 띤다. 1947년 '트루만 독트린'을 시발로 형성되기 시작한 동서 양진영의 냉전체제는

---

1) 이대근, 『한국전쟁과 1950년대의 자본 축적』, 까치, 1987, 13~21쪽.

한국전쟁을 계기로 완전히 고착화되었던 것이다.

민족사적 관점에서 볼 때, 한국전쟁은 해방 이후 우리 민족 앞에 놓인 새로운 국가건설의 과제를 둘러싸고 나타났던 계급모순의 폭발이라는 의미를 띤다. 구식민지 경험을 가진 민족들이 대부분 그러했듯이, 우리의 경우도 일제강점기 아래에서 이루어진 민족해방운동의 이념적 주도권을 사회주의 세력이 장악하고 있었고, 자연스럽게 해방 이후의 민족국가의 정체는 민중의 이해관계를 반영하고 권력이 민중에게 집중되는, 사회주의를 바탕으로 한 인민민주주의 국가의 형태를 지향하고 있었다. 해방 이전의 이러한 지향은 당연히 해방 이후 구체적 가능성으로 나타나게 되었으며, 이러한 움직임을 저지하는 계급과의 대립은 필연적인 것이었다. 이러한 민족내부의 모순과 대립이 결정적으로 드러난 사건이 한국전쟁이었으며, 전쟁은 이러한 모순과 대립을 해결하거나 지양하지 못하고 분단체제의 고착화라는 또다른 모순을 낳는 계기가 되었던 것이다. 이러한 한국전쟁의 성격은 고스란히 전후 남북한 문학의 성격을 규정하는 전제조건이 되었다고 할 수 있다. 한국 전쟁이 전후의 남한 비평에 미친 영향은 대체로 다음과 같이 정리할 수 있다.

첫째, 냉전체제에 강제로 편입되는 과정에서 좌우의 대립과 전쟁의 끔찍한 경험을 통해 세계에서 유래없는 강고한 반공이데올로기가 형성되었으며, 이러한 반공이데올로기는 남한 사회에 자유민주주의의 근간인 자유로운 발언과 토론을 극도로 제한하고, 배타적이며 편향된 논의만을 허용하는 의사소통의 불구적 상황을 만들게 되었다. 이러한 상황은 지식인들에게 엄격한 자기검열을 강요했고[2], 사회주의와 관련

---

2) 이념문제와 관련한 지식인의 자기검열 문제를 가장 전형적으로 보여주는 것은 단편「증인」발표를 전후 한 작가 박연희의 자기고백을 들 수 있다. 50년대 단편소설 중에서 가장 문제적인 작품이라고 할 수 있는「증인」은 작가로 하여금 발표를 몇 번씩이나 주저하도록 만들었으며, 결국은 잡지사에

된 일체의 담론은, 단지 그것을 비판하는 경우가 아니면 남한 사회에
서는 어떠한 매체와 공간에서도 논의가 허용되지 않게 되었던 것이
다.

둘째, 이러한 이데올로기적 상황은 남한에서는 강한 반북정서를 만
들어냄으로써, 북한과 관련된 논의도, 그것이 비판의 경우가 아니라
면, 어떠한 경우에라도 허용되지 않는 폐쇄적인 분위기를 만들어내었
다. 냉전체제 하에서, 한층더 왜곡되고 불구적으로 변형된 이러한 이
데올로기적 토착화는 비평의 영역에서는 과거 우리 문학의 전통과 유
산을 온전하게 계승하는 것을 불가능하게 만들었다. 특히 일제강점하
에 이루어졌던 프로문학의 전통에 대해서, 그 성과와 한계를 과학적
이고 객관적으로 연구·비판·평가·계승하는 작업이 불가능해졌으
며, 재북·월북작가와 그 작품에 대한 논의도 거의 불가능해지게 되
었다.3) 이로 말미암아 가뜩이나 일천한 근대문학의 유산이 더욱 왜소
해진 채로 계승될 수밖에 없었다. 문학유산에 대한 이런 배타적 상황
은 특히 50년대 비평에서 활발하게 이루어졌던 우리 문학의 '전통계

서도 필화사건을 염려해 원고가 작가에게 반려되는 우여곡절 끝에 『현대문
학』지를 통해 발표되었다. '이 때의 정치상황이란 그야말로 나는 새도 떨어
뜨릴 만큼 자유당의 횡포가 전성인 때라 착상을 하고서도 나는 여러번 주
저하였다(……)몇 해 투옥을 당할 각오로 집필을 시작하여(……) 검열관의
눈에 띄이지 않고, 독자가 고문당하는 장면을 느낄 수 있도록…'등의 말에
서 그 상황은 여실히 드러난다. 자세한 내용은 박연희, 「생명의 발언을」
(『한국전후문제작품집』, 신구문화사, 1966, 403쪽)을 참조할 것. 단편 「증인」
에 대해서는 한수영, 「월남작가의 작품에 나타난 반공이데올로기와 50년대
의 현실인식」(『역사비평』, 1993년 여름호)를 참조할 것.
3) 이에 대한 실증적 통계자료는 이선영, 『한국문학의 사회학』, 태학사, 1993,
24~34쪽을 참조할 것. 특히 문학연구의 측면에서 '재·월북 주요 작가에
대한 연구가 50년대 이후 거의 이루어지지 못하고 있음을 생각할 때, 보수
적 민족주의 계열의 작가나 모더니즘 계열의 작가에 대한 편중된 연구는
남한 문학연구의 기형성을 드러내는 증거'라고 50년대 이후의 비평 및 문
학연구의 이념적 기형성을 비판하고 있다.

승'문제나 '근대성'논의가 타당한 결론에 이르지 못하도록 만드는 장
애요소가 되었다.

셋째, 서구문학을 수용하는 과정에서도 냉전체제의 영향이 크게 작
용하여 인류 문학유산의 빛나는 여러 성과들이 균형있게 논의되지 못
했을 뿐 아니라, 당대의 문학이론도 주로 영국, 미국, 프랑스 등의 몇
몇 서구자본주의 국가의 이론에 편중되는 현상을 낳았다. 50년대에
큰 영향력을 미쳤던 실존주의 문학론과 모더니즘 문학론이 그러한 상
황의 결과이며, 드문 경우지만 중국과 소련의 문단정세가 소개되는
경우는 대부분 통제와 감시 속에서 작가들의 자유로운 창작이 불가능
한 상황임을 알림으로써 체제논리에 편승해 비판적 입장을 강화하는
증거로 이용되는 내용들이 대부분이다.

넷째, 해방과 전쟁을 전후하여, 한국문단에는 거의 미증유의 인구
이동이 이루어지게 되는데, 비평분야에서도 많은 비평가들이 월북하
거나 공간이동을 함으로써 비평가 부족현상을 낳게 되었다. 특히 비
평분야는 다른 장르에 비해 분화와 전문화가 덜 이루어져 있던 까닭
에 전문비평가의 숫자가 훨씬 적었는데, 그나마 좌파 평론가들이 대
부분 월북해버림으로써4), 전후 남한의 비평계는 신세대 비평가들이
대거 등장하는 1955년 무렵까지 백철, 조연현, 곽종원 등의 극히 적은
숫자의 평론가들이 비평작업의 대부분을 감당하는 극심한 비평가 부
족현상이 나타났다.5) 이러한 현상은 필연적으로 새로운 비평가들의
충원을 요청하게 만들었을 뿐 아니라, 1955년을 계기로 새로운 비평

---

4) 비평분야에서 활동하던 인물로 월북한 사람들은 임화, 김남천, 한효, 안막,
   윤규섭, 김동석, 김병규 등을 들 수 있으며, 비평과 시창작을 겸하던 정지
   용과 김기림 등도 이 시기의 문단인구변동과 관련하여 남한에서의 활동이
   불가능해진 경우에 해당한다. 한편, 한국전쟁 이전에 평론가로 활동하던 인
   물로서 월남한 사람은 없다.
5) 1950년대 논자별 발표논저의 숫자 및 순위는 이선영의 앞의 책 20쪽 도표
   를 참조할 것.

가들이 대거 등장함으로써, 비평계의 세대간 대립과 분화를 낳는 기본적인 조건을 이루게 된다.

1948년 대한민국 정부 수립 이후, 남북한 문학의 상호교섭이 불가능해지자, 남한의 문학은 청문협 주도멤버인 김동리, 조연현, 서정주, 곽종원 등과 이에 대응하는 백철, 김광균, 홍효민, 염상섭 등의 이른바 중간파로 나누어지게 된다. 물론 이 대립이 조직이나 매체 등과 같은 뚜렷한 물적 토대를 가진 것은 아니었고, 더욱이 중간파의 입장은 우익의 입장을 공세적으로 펴고 있던 청문협 주도멤버들에 비한다면 훨씬 수세적인 것이었다. 그러나 문학논리상으로나 조직상으로 일정한 차별성을 인식하고 있었고, 이러한 차별성이 그 후에도 지속되는 것만은 분명하다. 그러나 청문협 멤버를 중심으로 한 '민족문학론'과 이른바 '제 3휴머니즘론' '생리론' 등이 안고 있는 비과학적이고 비합리주의적인 요소와, 냉전이데올로기를 서둘러 이론화하고 육화함으로써 나타나는 도식성을 견제할 역할이 중간파에게 주어졌다고 할수도 있었을 터인데, 그나마 좁은 상태로 남아있던 이들의 입지는 한국전쟁으로 말미암아 아예 근거 자체가 사라지게 되었던 것이다.

50년대의 비평은 대체로 1955년을 기준으로 하여 크게 두 시기로 나눌 수가 있는데, 1950년부터 54년까지의 전반기는 전쟁등으로 인해 뚜렷한 비평의 좌표가 형성되지 않았다. 대부분의 논의는 전쟁을 어떻게 이해할 것인가 하는 문제와 성공적인 전쟁 문학을 어떻게 창작할 것인가 하는 쪽으로 집중되었다. 비평가를 포함한 대부분의 문인들이 각기 육·해·공군의 종군작가단에 소속되어 전후방에서 일을 하고 있었으며[6], 이런 상황은 53년 무렵까지 계속되었다. 이 시기에도 간헐적으로 실존주의와 모더니즘에 관한 글이 발표되기도 했었지

---

6) 종군작가단에 대해서는 한국문인협회 편, 『해방문학 20년』의 89~101쪽에 비교적 소상하게 나와 있다. 이에 대한 최근의 연구로는 신영덕의 『한국전쟁기 종군작가 연구』(국학자료원, 1998)를 참조할 수 있다.

만 그리 활발한 편이 아니었다. 무엇보다도 비평활동이 이루어질 매체가 절대적으로 부족했다. 50년대 전반기에는 전쟁으로 인한 물자부족과 피난지문단이라는 특수한 상황으로 인해 문학매체가 거의 없었다. 그나마 정기적으로 발행되던 것은『전선문학』정도였고, 전시『문예』를 비롯해『신천지』,『자유세계』,『문화세계』등의 잡지는 한 호를 내고는 그만이거나 창간 이후 몇 호를 넘기지 못하고 단명하는 실정이었다.

그러나 비평의 좌표가 확립되지 못한 가장 커다란 원인은 남한 우익문학론의 발생근거에서 찾아야 할 것이다. 남한의 우익문학이론은 처음부터 자기동력에 의해 형성되고 개진된 것이 아니라 해방 직후부터 조직이나 이론면에서 거의 문단의 주도권을 장악해 나갔던 좌익문학에 대한 대타적 논리로 등장했던 것이었다. 그것은 해방 직후에 우익의 이론을 대변했던 김동리의 '순수문학론'이 사실상 좌파의 민족문학을 의식한 것이었으며, 공소하기 이를 데 없던 그의 이론이 몇 차례의 논쟁을 거치면서 점차 이론적 체계와 세련성을 갖추어나갔던 것을 보아도 알 수 있다. 다시 말하면, 해방 이후에 우익문학의 자기 동일성을 확보해주었던 가장 강력한 타자(他者)인 좌익문학이 정치적 상황에 의해 원천소거됨으로써 우익문학은 더이상 싸울 대상이 없는 상태가 되어버렸고, 좌파문학에 대한 안티테제로서의 역할을 가졌던 그들 논리의 '부정명제'가 돌연 부정의 대상을 잃어버림으로써 이론의 전개 자체가 벽에 부딪쳤던 것이다.

더구나 비평가의 숫자가 절대적으로 적었던 이유도 무시할 수 없다. 해방 이전부터 활동하던 대부분의 비평가들이 해방 직후와 전쟁기간에 월북했고, 남쪽에서 활동하던 비평가로는 백철, 조연현, 곽종원, 홍효민, 이헌구, 임긍재 등을 들 수 있는데 50년대 전반기에 활발하게 활동한 사람은 백철, 조연현, 곽종원 정도를 꼽을 수 있을 뿐이다.

전반적으로 뚜렷한 비평의 구심점이 없었던 이 무렵에 새롭게 대두된 비평의 관심은 '한국문학의 세계성'이라는 문제였다. 이 문제는 '한국전쟁의 세계성'이라는 전쟁 해석의 관점으로부터 비롯되었다. 국제질서와 관련된 모든 문제를 자유진영 대 공산진영의 양대 체제문제로 환원시켜 생각하게 만들었던 냉전의식은 당시의 문인들에게 한국전쟁에 대한 해석에서도 철저히 체제간의 대리전쟁이란 성격으로 규정하게끔 만들었다. 지금은 다소 상투적이고 관제이데올로기의 냄새마저 풍기는 '동족상잔의 비극'이란 흔해빠진 수사(修辭)마저도 이 당시의 글에서는 좀체 찾아보기가 어렵다. 동족끼리의 전쟁이라는 의식보다도 자유민주주의와 공산주의의 양자택일을 요구하는 세계사적 의미를 띤 전쟁이라는 것이 이 당시 지식인들의 전쟁관이었다.[7] 그러므로 한국문학, 특히 전쟁체험의 문학은 그 자체가 세계사적 의미를 띤 전쟁을 다루므로 세계적 문학이 될 수밖에 없다는 논리가 생겨나게 되었다. 이 당시 비평에 나타난 전쟁관의 몇 가지 편린을 살펴보자.

① 다만 내가 이 자리에서 한번 더 강조해 두고 싶은 것은 무력전에 승리해가고 있는 이번 사변을 우리 나라의 문화인들은 이것이 단순한 무력의 승리가 아니라 우리 민족의 이념의 승리며 전인류의 단결된 민주주의 철학의 승리라는 것을 구명하고 증명해 주어야 한다는 것이다.[8]

7) 이러한 전쟁관은 당시의 지식인 전체가 공통적으로 유지한 것으로 보인다. 남궁 곤의 「1950년대 지식인들의 냉전의식 — 『사상계』지에 나타난 국제질서관을 중심으로」(『1950년대 한국사회와 4 · 19혁명』, 태암, 1991에 수록)에서 분석한 당시 지식인들의 냉전의식이나 전쟁관은 문인들의 전쟁관과 거의 일치한다.
8) 이선근, 「이념의 승리 — 결전문화인에게 격함」, 『문예』, 50. 12.

② 세계사는 이미 공산주의라는 한 철학이 전인류의 사상에서 제거되는 단계에 도달되었다는 세계사적인 인식을 새로이 가져야 한다.9)

③ 오늘의 한국동란은 세계적 인간체험이 지층을 최저의 밑바닥까지 노출시키고야 말았다. 두 개의 세계가 상투하는 전취 6년의 곡절이 쌓여진 채 이러한 비극을 가져오고야 말았다. 여기에는 비단 한국자신의 역사적 인과성이 교차하고 있을 뿐만 아니라 실로 인류사적인 과거와 현재의 공죄가 시급한 결단을 재촉하면서 참여하고 있는 것이다. 한국 작가의 역사적 의식이라든가 사회성은 그런고로 우리의 생활 터전을 훨씬 넘어선 인간존재의 지평선에까지 확대되어간다. 그러한 의미의 세계관이랄까 인생관은 한국적인 것을 기초로 하면서 그 터전을 훨씬 내려다 볼 수 있는 고차원의 위치에서만 형성될 수 있는 것이다.(……)오늘에 와서는 자유냐 자기부정이냐의 '이자택일'을 결정하지 않으면 못배길 만한 그러한 순간에 봉착하고 말았던 것이다. 공산주의에 대한 자유인의 투쟁이 여기에 있다. 문학도 이러한 전인류의 숙명을 안고서 이성의 자유와 인간의 존엄성을 위하여 '행동적인 휴매니즘'으로 용감하게 나아가야 할 것이다.10)

④ 과거 일제국주의자들은 태평양전쟁에 성(聖)자를 붙였었지만 우리의 전쟁은 일본처럼 자기네 일민족만의 이익을 위하여 싸우는 전쟁이 아니라 실로 전인류의 평화와 행복과 복지를 위해서 희생적인 전쟁을 수행하고 있는 것이다. 우리가 멸공전에 성(聖)자를 붙이는 소이도 실로 여기에 있는 것이다. 이 전쟁의 위대성을 알지 못한다면 우리는 싸울 수도 없고 강할 수도 이길 수도 없는 것이다.11)

---

9) 조연현, 「공산주의의 운명─6·25사변의 세계사적 의의」, 위의 책.
10) 박기준, 「한국작가의 반성」, 『전선문학』, 52.4.
11) 이무영, 「전쟁과 문학」, 『전선문학』, 53.5

이상의 인용문은 전쟁중에 발표된 각기 다른 네 사람의 문인 및 지
식인의 글로서 당시 지식인들의 전쟁관을 대표한다고 보아 크게 무리
가 없다. 앞에서도 언급한 바와 같이, 이들의 글에서 공통적으로 지적
할 수 있는 것은 당시의 전쟁을 이해하는 관점이 철저히 진영체제에
입각해 있다는 점이며, 전쟁의 의미를 세계사나 인류사의 정의를 실
현하는 차원으로 규정하고 있다는 점이다. 이처럼 보편성의 미망에
사로잡힌 전쟁관에 구체적인 민족현실이나 냉전논리의 허구성에 대
한 자각이 자리잡을 공간은 마련되기 힘들다. 더구나 이렇게 설정한
한국전쟁의 세계사적 의미에 연결시켜 한국문학의 활로를 찾으려고
애쓰다보니, 무엇보다도 구체적인 현실을 반영할 경우에 가장 강한
힘을 발휘하는 문학의 본질이 제대로 드러날 수가 없었다.[12] 50년대
전반기의 전쟁문학이 '종군기' 등의 기록문학이거나 추상적 휴머니즘
을 주제로 한 것이 대부분인 이유도 여기에서 찾을 수 있다.[13]

냉전의식의 폐해는 당시 문인들을 단지 보편성의 미망에 빠지게
만들었다는 것 말고도, 비평행위라는 소통체계의 질서에 단 하나의
'길'만을 남겨두고, 그 이외의 논리적 가능성은 철저히 부정하는 독단
과 도식에 사로잡히게 만드는 문제점을 낳았다. 전쟁관에서도 나타나
듯이 한국전쟁이 '인류의 평화와 행복을 위한 희생전'이라는 규정은

---

12) 여기서 한 가지 주목할 사실은 한국문학의 세계성에 대한 인식지평의 확
   대가 단지 50년대 전반기만이 아니라 후반기 신세대 비평가들에 의해서
   다시 형태를 달리하여 거론된다는 것이다. 이 문제에 관한 자세한 고찰은
   다음 절의 '민족문학과 세계문학'항에서 이루어질 것이다.
13) 당시에 비평가들이 작가를 향해 쏟아놓는 비판의 단골주제는 제대로 된
   전쟁문학이 없다는 것이었다. 여러 논자들이 이런 비판을 작가들에게 제
   기하자, 조연현은 진정한 전쟁문학은 전쟁체험을 객관화하고 상대화할 수
   있는 시간적 여유가 있을 때에 가능한 것이라는 반론을 펴 작가들을 옹호
   하기도 한다. 조연현, 「한국전쟁과 한국문학 — 체험의 기록과 경험의 형상
   화」, 『전선문학』, 1953.5.

이미 논리이전의 선험적인 성격이 짙은 것인데, 비평에서도 이러한 독단론이 횡행하여 언어의 폭력에 가까운 형태로 나타나게 되었던 것이다. 예를 들면, 백철과 임긍재 사이에 벌어진 논쟁이 이 경우에 해당한다. 백철은 이 무렵에 여러 면에서 냉전논리와는 다른 입장의 견해를 표시했는데, 예컨대 '조선'이란 말을 자유롭게 쓸 수 있게 해달라고 요구한다든지, '월북작가의 작품을 문학사에서 다룰 수 있는 자유를 달라. 그렇지 않으면 우리 빈약한 문학전통의 반이 말살 제거되어 빈 공간이 될 것이다'14)는 주장이 그것이다. 그가 임긍재의 공격을 사게 된 결정적 계기는 『수도평론』 창간호에 발표한 「모색하는 현대문학」이란 글 때문이었다. 그 글의 요지는 현대작가들의 사상적 지향이 '카토리시즘'과 '콤뮤니즘'으로 양분되는데, 이런 현상은 모두 현대의 위기와 불안의식에서 비롯되는 것이며, 이중에서도 특히 컴뮤니즘에 가담했다가 이탈한 작가들 중에서 선뜻 데모크라시의 세계를 긍정하지 못하고 새로운 이념과 윤리를 모색하는 일군의 작가들의 행보를 주목해야 한다는 것이었다. '카토리시즘'에 귀의한 작가로 엘리어트와 모리악을, 그리고 콤뮤니즘에 몸담았다가 이탈한 뒤 새로운 사상과 윤리를 모색하는 작가들로 토마스 만, 앙드레 말로, 케슬러, 스티븐 스펜더 등을 예로 들었다.15)

---

14) 백철, 「새로운 인간관계의 문제-문화옹호의 일 포인트」, 『자유세계』, 52.4
15) 백철, 「모색하는 현대문학」, 『수도평론』, 1953.6. 백철이 언급하고 있는, 공산주의에 가담했다가 전향한 일군의 지식인과 작가들은 1949년에 발간된 『The God That Failed』(Richard Crossman ed., Harper & Brothers Publishers; New York)의 집필진과 거의 일치하는 것으로 보아 그가 이 책을 읽었거나, 염두에 두었음을 짐작할 수 있다. 이 책은 공산당에 가입하거나 공산주의에 경도되었다가 스탈린주의에 환멸을 느끼고 전향한 여섯 사람의 작가와 지식인의 글을 싣고 있는데, 아서 쾨슬러, 이그냐지오 실로네, 리차드 라이트, 앙드레 지드, 루이스 피셔, 스티븐 스펜드 등이 그들이다. 백철의 말대로 본문에는 이들의 공산주의 체험기와 비판론을 서방 자본주의 세계를 찬양하는 단순한 반공물로 취급하지 말기를 당부하는 편집자의 경

임긍재는 백철의 일제하 카프 가담 경력부터 시작해 친일경력, 해방 직후의 조선문학가동맹 가담 경력, 인민군 치하 3개월 동안의 부역사실 등을 들추어내면서 백철의 회색분자적 성격을 비판한 뒤, 그가 말하는 신윤리의 정체가 무엇인지 밝히라고 요구했다.

> 여기에 대한 구체적인 제3문학관을 밝히지 못하는 한, 그것은 평화를 위장하는 '네루'의 기회주의적 이론과 무엇 하나 다를 것이 없다고 생각한다. 소련의 가장한 평화공세가, 치열히 선전되고 있는 이 국제적 현실 속에서 '네루'의 평화환상의 제3노선적 발언이 얼마나 인류평화를 지연시키고, 아울러 소련공산침략에 도움이 되고 있다는 것을, 전쟁을 하고 있는 우리 한국의 국민으로서, 증오는 할지언정 동경하고 매력을 느낄 필요는 조금도 없다고 생각한다. 이 기회주익적 제3노선을 우리는 마땅히 경계해야 될 것은 물론이다. 이러한 노선을 경계해야 된다는 것은 정치뿐만이 아니라, 문학내지 사상전반에 걸쳐서도 경계하여야 될 문제이다. 그럼에도 불구하고 백철씨는 그러한 회색주의적인 제3문학관을 열심히 선전하고 있는 것이다.[16]

백철이 말한 새로운 윤리란 임긍재가 지적한 네루의 '비동맹그룹'을 중심으로 한 중립노선과는 전혀 다른 것이다. 백철은 한때 컴뮤니즘에 매혹되었던 작가들이 거기로부터 이탈하는 것이 곧 자유진영을 긍정한 때문이 아님을 밝히면서, 현대 자본주의 사회의 폐해와 부정성 역시 만만치 않은 것임을 지적하려 했다고 볼 수 있다.[17] 이것은

고가 들어있다. 1983년 번역본이 나왔다. 『실패한 신』(이영원 옮김, 범양사)

16) 임긍재, 「제3문학관의 독소성」, 『문예』, 53.9

17) 백철은 임긍재의 비판에 대해 재반박의 글을 발표한다. 「나의 처세와 모랄-조일러스에게 주는 말과 함께」, 『신천지』, 53.11. 그러나 이 글은 본격적인 논리적 대응이라기보다는 자신의 친일활동을 변명하는 일신상의 사실들로 채워져 있다. 아마도 임긍재가 백철로서는 뼈아픈 약점인 '친일문

정치논리나 국제질서관이라기보다는 문명비판적 성격이 더 강한 것
이다. 그러나 냉전의식의 맹목적 이분법은 이러한 논리가 성립할 여
지를 남겨두지 않았던 것이다. 당시로서는 미국을 중심으로 한 자유
진영 아니면 소련의 공산진영 두 가지 선택 외에는 다른 것이 없다는
사고방식에 사로잡혀 있었으므로, 그 두 가지 아닌 어떤 것도 적대시
되었던 것이고, 이런 태도야말로 냉전체제가 낳은 가장 비지성적이고
비합리적인 문학논리의 바탕이 되었다고 할 수 있다.[18] 이 논쟁은 당
시의 냉전의식이 비평가들의 사고를 얼마나 경직시키고 도식화시켰
는가를 단적으로 보여주는 것이다.[19]

  대체로 이러한 분위기가 50년대 전반기의 비평계를 장악하고 있었
다. 쟁점없는 무기력한 비평계와 문단을 한바탕 소용돌이치게 만들었
던 것은 1954년의 이른바 '예술원파동'이었다. 학술원과 예술원은
1952년에 제정된 <문화보호법>을 모법으로 하여 문교부 예술과의 관
장 아래 설립추진이 이루어졌다. '예술원'파동의 문제의 본질은 초대
예술원회원으로 추대된 문인들이 문단 전체를 망라한 것이 아니라 극
히 소수의 파당적 인사로 구성되었다는 점이었다.[20] 초대회원의 면면
을 보면 당장 나타나듯이 초대문학분과 회원으로 선정된 사람은 염상

제'를 부역문제와 연결시켜 공격했기 때문일 것이다. 그는 공산당 연루 부
분에 대해서도, 이미 1933년 「인간묘사시대」를 발표하면서 볼셰비즘에 대
한 거부태도를 분명히 한 것으로 증명된다고 주장한다.

18) 백철 논지와 상관없이 실제로 이 당시에 비동맹체제나 중립화방안은 여러
논객들에 의해 부정적으로 평가되었다. 남궁 곤, 앞의 글, 142~143쪽 참
조. 이러한 일반적 인식을 이용한 정치공작이 1954년의 이른바 '신익희·
조소앙 뉴델리 밀회사건'이라고 할 수 있을 것이다.

19) 언어폭력에 가까운 극단적인 반공논리의 전형적인 예는 조령암의 「잔류한
부역문학인에게-보도연맹의 재판을 경고한다」와 김광주의 「북쪽으로 달
아난 문화인에게」(둘 다 『문예』, 1950. 12에 수록)를 꼽을 수 있다.

20) 예술원 설립과정과 구성에 관해서는 신석초의 「예술원의 구성」(한국문인
협회 편, 『해방문학20년』, 정음사, 1966)을 참조할 것.

섭, 박종화, 김동리, 조연현, 유치환, 서정주, 윤백남 등 모두 7명으로, 여기에 포함되지 않은 많은 원로 및 신진문인들의 불만과 비판을 살 것은 당연한 일이었다. 무엇보다도 선정경위가 투명하지 않은 점이 문제제기의 근거가 되었다. 예술원파동은 결과적으로 문단헤게모니를 둘러싼 문단권력 투쟁의 성격으로 파악될 수 있다.[21] 예술원 파동을 계기로 50년대 문단 조직은 한국자유문학자협회, 한국시인협회, 국제 펜클럽 한국본부 등으로 분화되었으나, 애초에 이러한 분화가 문학이 넘이나 이론에 기반한 것이 아니었던 까닭에 비평의 활성화에 기여한 바는 거의 없었다고 할 수 있다.

대체로 해방 이전부터 활동해 왔거나 해방 직후부터 평필을 잡았 던 소수의 기성 비평가들이 중심이 되었던 50년대 전반기 한국비평은 냉전논리의 부산물인 '한국문학의 세계성'이라는 추상적 과제를 제기 한 것을 제외하고는 뚜렷한 비평의 좌표를 형성하지 못한 채 비평의 무력함에 빠져 있었다고 할 수 있다. 따라서 새로운 비평 좌표의 형 성 문제는 기성세대가 아니라 새로운 세대의 비평가들이 등장한 이후 로 이월될 수밖에 없었던 것이다.

2. 신세대 비평가의 등장 — 1955년의 의미

1955년은 50년대 비평사에서 중요한 의미를 지닌다. 우선 이 해를 시작으로 하여 56년과 57년, 한 이삼 년 사이에 비평계에 새로운 인 물들이 대거 등장하게 되었던 것이다. 최일수, 김우종, 김양수, 김종

---

21) 김철, 「한국보수우익 문예조직의 형성과 전개(1)」, 『구체성의 시학』, 실천 문학사, 1993을 참조. 이 글은 해방 이후부터 1950년대까지 보수우익 문인 조직의 변천을 총괄적으로 정리하고 있다.

후, 유종호, 이영일, 정창범, 홍사중, 고석규, 이철범, 윤병로, 이어령, 김상일, 이환, 안동민, 이석재, 김성욱, 정하은, 천상병, 신선규 등이 그들이다. 이 외에 시나 소설창작을 위주로 하면서 비평활동을 겸업한 신진들을 합하면 그 숫자는 훨씬 늘어난다.22) 대체로 근대문학의 역사를 백 년 정도로 산정했을 때, 일정한 시기에 이렇게 여러 명의 비평가들이 한꺼번에 등단한 것은 우리 근대문학사에 일찍이 없던 일이다. 그리고 소설이나 시와 같은 문학의 다른 영역에 비해 비평영역의 독자성이나 분화의식이 그렇게 뚜렷하지 않았던 우리 문학의 특수성을 감안할 때, 이러한 현상은 특이하다고 볼 수밖에 없다. 해방 이전에 비평활동을 했던 사람들은 대개 시나 소설로 시작하고 나서 나중에 비평에 손을 대는 것이 일반적인 경로였기 때문이다. 이러한 젊은 비평가들의 대거 등장은 당시 평단의 여러 가지 상황과 맞물려 일어난 일이다.

무엇보다도 다양한 매체의 등장으로 인한 수요의 창출을 첫째 조건으로 들 수 있다. 54년에『문학예술』이 55년에는『현대문학』이, 56년에는『자유문학』이 창간되었고, 기타『사상계』,『신태양』,『신천지』,『자유공론』등 문예에 지면을 할애하는 잡지매체의 다양화로 많은 필진을 필요로 했는데, 당시 평단의 인력으로는 이러한 수요를 감당해 내기가 어려웠다. 두번째로는 문학잡지를 중심으로 기성비평가들이 전략적으로 신인비평가들을 육성했다는 사실을 들 수 있다. 당시에 문학잡지들이 시·소설·비평 세 분야에서 추천제도를 실시하고 있었고, 이러한 등용문을 통해 등장한 신인비평가들에게 출신잡지에서 적극적으로 지면을 할애하면서 이들을 키웠다고 할 수 있다. 그러나 무엇보다도 가장 중요한 조건은, 비평계 내부에서 당시에 비평의 무

---

22) 정창범과 김양수는 1953년부터 글을 발표한다. 그러나 그들의 활동이 본격적으로 전개되는 것은 55년 이후부터이므로 신세대 비평가그룹에 함께 묶는 것이 옳다고 본다.

력함과 바깥에서 제기하는 비평무용론이나 비평불신론을 전면적으로 인정할 수밖에 없을 만큼 심각한 위기의식을 느끼고 있었다는 사실에서 찾을 수 있다.

> 그러므로 우리는 여기서 비평의 속성이 다만 작품의 발견, 작품의 장단점을 지적하는 데만 국한되어 있을 것이 아니라 보다 넓은 의미에서 역사적 현실이 양성시켜 주는 오늘의 불안한 정신상태를 투시하고 구명해 주는 양식의 지성인으로서의 비평정신임을 자각해야 된다는 것이다(……) 어느 모로 볼 때에 여상의 문제는 비평문학의 우위성을 강조하는 뜻으로 여겨질지 모르나, 후진성을 면하지 못하고 있는 우리의 현실에 있어서는 '장르'의 우위성보다도 충분히 그 기능을 발휘함으로써 하나의 뚜렷한 지도이념을 세울 수 있다는 데 더 큰 임무는 가로놓여 있다고 보아야 옳을 것이다.23)

비평이 창작의 시녀가 되어 작품해설이나 평가에 머무를 것이 아니라, 하나의 지도이념을 제시하는 데에까지 나아가야 한다는 곽종원의 문제제기는 그만큼 당시의 비평이 뚜렷한 좌표없이 방황하고 있음을 반증해주는 것이라고 할 수 있다. 그러나 이러한 고민의 극복은 추상적인 문제제기로 될 일이 아니었다. 조연현은 이 과제가 기성 비평가들로는 절대 해결할 수 없는 문제라는 점을 아주 솔직하게 시인하면서 보다 적나라한 자기반성을 시도한다.

> 이상과 같은 비평의 강화 및 평단의 독립이 준비되는 과정이 기성평단에 의해서 출발된 것이라면 그것은 그렇게 중요한 것이 못된다. 그것은 다음과 같은 두 가지 이유에서 그러하다. 그 하나는 우리는 기성평단 자체에 의해서 우리의 외롭고 무력한 평단이

---

23) 곽종원, 「비평문학의 새로운 기능」, 『문화세계』, 1953. 7

강화될 수 있는 방법을 상상해 볼 수 있다. 그 하나는 이미 붓을
던진 평론가나 방향을 전환한 평론가들이 새로이 비평활동에 참
가하는 일이며, 그 다른 하나는 삼사 명밖에 되지 않는 현역들이
능히 우리 문단을 대표할 만한 활동을 개시하는 일이다. 그러나
이 두 가지 일은 다같이 불가능한 일일뿐 아니라(만일 가능하다
면 벌써 그렇게 했을 것이다) 설사 가능하다 할지라도 그것은 평
단의 현실적인 강화는 될는지 모르나 비평정신의 강화는 되어질
수 없는 것이 된다. 왜 그러냐 하면 현역이든 은퇴자든 우리 문
단에 있어서 평론가라는 이름을 가진 사람들의 문학적인 식견이
나 그 비평적인 능력이라는 것은 이미 그 전도가 예견되고 남을
만치 시험제가 되어버린 까닭에서이다. 누구나 현재의 우리 평단
에 대해서 현재 이상의 것이 나오리라고 생각하는 사람들은 거의
없을 것이다.24)

　　길지 않은 근대문학사이나마 몇 차례 세대논쟁이 있었는데, 그 대
부분은 신·구세대가 각기 자기 세대의 유효성을 강조하고 상대 세대
의 가치나 존재의미를 인정하지 않으려는 갈등에서 비롯되었던 것이
다. 그러나 50년대 중반의 비평계에서 이루어진 신구세대의 교체는
구세대가 스스로의 시효만료를 선언하고 신세대 대망론을 펼쳤다는
점에서 특이한 세대교체라고 하지 않을 수 없다. 이렇듯 구세대와의
커다란 충돌과 갈등없이 입성한 비평계 신세대의 자기규정은 무엇이
었던가? 이 무렵 앞서거니뒷서거니 등장한 신세대 비평가들의 이념적
기반이나 방법론적 지향의 스펙트럼은 의외로 상당히 폭이 넓어 일률

---

24) 조연현, 「비평의 신세대」, 『문학예술』, 1956. 3. 이글 이전에도 조연현은
　　평단의 문제점을 솔직하고도 날카롭게 지적한 바 있다. 「평단에의 호소」,
　　『새벽』, 1955. 7. '…나는 최근에 대두된 비평에 대한 반성적인 불신을 소
　　중한 현상의 하나로서 정당히 받아들여야 할 것을 평단의 전체에 호소하
　　고자 한다. 이것은 오늘과 같은 비평의 무력과 권위의 타락이 우리의 빈
　　곤한 비평의 전통 그 자체에 있다는 것이 평단 자신의 위안이나 변명이
　　되어서는 안된다고 믿기 때문이다.'

적으로 규정하기가 어렵다. 그러나 신세대 비평가들의 특징을 그들의
주장으로부터 추출해내자면 대체로 과학적 비평방법의 수립, 현대세
계에 조응하는 문학정신의 확립, 지도이념과 문학이념의 수립으로 정
리할 수가 있다. 비평에 대한 신세대의 새로운 인식을 직접 살펴보자.

> 비평은 개인의 취미라든가 표백에 그치는 것이 아니라 역사적
> 필연의 소리로서 시대정신의 직접적인 표현이자 초시대적인 창조
> 정신의 발로를 꾀하는 '에넬깃쉬'한 것이어야만 할 것이다. 비평
> 이란 원래 자각적인 이념으로서 하나의 필연성을 현시하는 형식
> 이라고 할 수 있거니와 그러면 그럴수록 그 자각은 위와 같은
> '에넬깃쉬'한 것을 대표해야 할 것이다. (……) 문학의 예술성에
> 대한 주구 또는 작품을 계열적으로 유형화하는 비평적 시도 뒤겉
> 에 먼서 '바이탈'한 권위의 확립을 이루지 못한다면 그러한 비평
> 은 오히려 무가치한 것일 뿐더러 상식성의 되풀이에 지나지 않는
> 것이다(……) 그렇다면 예비적 지식은 무엇을 의미하는 것일까.
> 단도직입적으로 그것은 비평의 발판이 되는 뚜렷한 이론의 발견
> 이라고 할 수 있는 것이다. 다시 말하면 비평가가 자신의 사상적
> 기반을 스스로 마련해야만 하는 것이다.25)

과학적 비평방법의 수립이 시급히 요청된다고 생각한 까닭은 대체
로 당시의 평단이 정실비평과 인상비평, 그리고 욕설비평이라고 불렸
던 인신공격적 비평이 주류를 이루었다는 판단 때문이었다. 게다가
외국의 글을 베끼다시피 하고서는 자신의 이름으로 내거는 번역비평,
선배비평가를 공격함으로써 자신의 지명도를 높이려는 수작 등도 당
시 평단의 고질적인 문제였다.26) 유종호는 자신도 포함되어 있는 신

---

25) 정창범, 「비평영역의 이동—권태의 극복을 위하여」, 『경향신문』, 1955. 8.
   25~26.
26) 당시에 이러한 문제를 지적한 글들이 상당히 많다. 대표적인 것으로 조연
   현, 「문학아닌 문예평론」(『문예』, 1952.1)과 이형기, 「신인의 위치」(『문예』,

진 비평가들의 방법론을 크게 역사주의 방법과 분석적 방법의 두 계
열로 나누어 그 성과와 한계를 짚어보았다. 그가 실존주의 문학론을
여기에 포함시키지 않은 것은 그것이 비평방법론이라기보다는 오히
려 하나의 사상이자 세계관으로 도입되어 논의되었을 뿐 실제 문학비
평에서는 뚜렷한 성과를 내지 못했다고 판단한 것으로 보인다.[27]

신세대 비평가들이 구세대에 대하여 가장 뚜렷한 자기세대의 정체
성으로 인식하고 있었던 것은 방법론보다도 현실인식의 이념적 기반
문제였다고 할 수 있다. 1950년대라는 '당대'를−당시의 표현을 빌리
자면 '현대'를−어떻게 인식할 것인가? 이 시대의 시대정신은 무엇인
가? 젊은 비평가인 이영일의 구세대에 대한 항변은 당대에 대한 세대
간의 인식의 간극을 극명하게 드러내 보여준다.

> 그리고 그(백철을 가리킴−인용자)는 결론을 다음과 같이 맺고
> 있다. '현대문학이 아무리 분산혼란의 것이요 그 정신에 있어서
> 병적이요 불행한 것이 미만하지만 동시에 이것이 직접 새로운 역
> 사적인 계기로 되고 있는 것이 명백한 것으로 파악하고 싶은 것
> 이다. 그 대입장에선 현대문학은 하나의 과도기의 문학 그것을
> 형태적으로 봐서 하나의 전형기의 문학인 것이다. 사람들은 「믿
> 고」 「희망하고」 「의욕」하면서 도래할 신기원의 현실을 준비할 시
> 대라고 생각하는 바이다' 나는 아직까지 이렇게 타협적이요 상식
> 적이요 교양적이고 개념적인 평론을 본일이 없다. 물론 그가 제
> 공하고 있는 최대의 봉사가 늘 문학사적인 '이해'라는 점이란 것
> 을 모르는 것은 아니다. '이 전망대에 올라앉아서' 현대라는 병실
> (T.E 흄)과 철조망이 둘러처진 지대를(게올규) 또한 개와 같이 천
> 대받는 인간의식을(요셉. K−카프카) 살피면서 가자는 것이다. 그

1953. 2) 윤고종, 「정실과 비평」(『현대공론』, 1954. 8), 이철범, 「기성비평의
맹점」(『세계일보』, 1958. 7. 23∼24) 등이 있다.
27) 유종호, 「비평의 반성」, 『비순수의 선언』, 신구문화사, 1962. 181∼206쪽.
원 게재지는 『현대문학』, 1958. 4∼5.

낭 믿고 희망하며 의욕하면서라는 것이다. 도대체 무엇을 믿고
희망하고 의욕한단 말인가?28)

이영일의 이글은 구세대 비평가의 시대인식에 대한 전면적인 도전
과 비판을 위해 쓴 글이다. 특히 위의 인용문에서는 백철이 비판대상
으로 설정되어 있는데, 백철은 50년대 중반까지 리얼리즘의 원칙을
고수하며 신세대 작가들의 새로운 창작방법이나 비평에 대해서 '다소
호들갑을 떨고 있다'는 식으로 부정적인 평가를 서슴지 않았다. 당대
에 가장 이채로운 작가로 손꼽히던 손창섭과 장용학에 대한 그의 부
정적 평가가 이를 가장 잘 보여준다. 특히, 그는 손창섭이나 장용학으
로 대표되는 새로운 소설방법과 그 기반적인 세계관(특히 실존주의)
에 대해서 매우 비판적인 자세를 취했던 것이다. 그는 현대의 여러
가지 모순과 문제는 극복가능한 것이며, 따라서 전후의 상황이 혼란
스럽다고 하더라도 충분히 극복할 수 있다는 낙관론에 뿌리를 내리고
있었고, 현대문학의 지향이 그러한 극복의 가능성을 모색하는 쪽으로
나아가야 할 것임을 주장했다.29) 위의 인용문은 백철의 「전형기의 문
학」(『사상계』, 1955.10)을 겨냥하여 구체적으로 인용까지 하고 있지
만, 이 무렵 백철의 글 여러 곳에서 위와 같은 논지가 거듭 반복되어
나타나고 있다. 백철이 하나의 과도기로 인식한 '전후(戰後)'는 대다

---

28) 이영일, 「역사적 경험과 문학」, 『시와 비평』, 1956. 1.
29) 이러한 관점은 조연현에게도 나타난다. 그는 현대가 실존주의를 받아들이
    지 않을 수 없도록 불안과 절망이 횡행하는 시대인 것만은 틀림없지만 문
    학은 불안과 절망에 안주할 것이 아니라 그것을 극복하기 위해 노력해야
    한다고 강조했다. '실존의식은 현대인이 그것으로부터 출발해야 할 숙명적
    인 기점일 뿐이다…… 만일 실존주의가 「휴매니즘」의 최후의 한 결론으로
    서 절망적이며 비극적인 속성으로서만 정지된다면 이것은 「휴매니즘」의
    최후의 오류가 될 것이다…… 현대의 실존주의는 이러한 비약과 전신의
    가능성을 실존적으로 증명하는 데 실패하지 말아야 한다', 「실존주의 해
    의」, 『문예』, 1954.3

수의 신세대에게는 전무후무한 완전히 새로운 시대로서의 '전후'이며,
그것은 불안과 위기와 절망을 주조로 하는 암담한 '현대'였던 것이다.
정창범도 구세대의 문제점을 「이즘」에 대한 시대착오적인 해석을 무
책임하게 전개하는 것'30)이라고 이영일과 같은 맥락에서 비판하고 있
다.

  시대인식에 대한 이러한 세대간의 간극은 자연스럽게 젊은 비평가
들로 하여금 '현대성'31)의 문제를 규명하는 쪽으로 몰아갔다. 최일수
의 말처럼, 문학사적 의미에서 '신인'과 '신세대'는 엄연히 다르다32)
는 사실을 인정한다면, 아마도 신구세대의 가장 뚜렷한 차별성은 '현
대'를 어떻게 인식하는가의 문제로 집약된다고 해도 지나친 말이 아
니다.33) 결국 이 당시를 풍미했던 유행사조로서의 실존주의나 모더니

---

30) 정창범, 앞의 글.
31) 당시에는 모더니티(modernity)를 거의 대부분 '현대성'으로 번역하고 있다.
    모더니티의 번역어를 '근대성'으로 할 것인가 '현대성'으로 할 것인가는
    오늘날에도 논란의 여지가 많은데, 이 당시에는 논자들 대부분이 확연하
    게 '근대'와 '현대'를 구분했기 때문에 모더니티를 현대성으로 옮기는 데
    에 별 문제가 없었다. 그러한 구분법은 '근대나 현대나 본질적으로 고대
    또는 중세와 구별되는 the Modern Age의 일부이고 다만 좀더 가까운 시기
    가 「현대」라고 해석한다면 크게 문제될 바 없다'(백낙청, 「문학과 예술에
    서의 근대성 문제」, 『창작과 비평』, 1993년 겨울호, 11쪽)는 모더니티 해석
    의 입장과는 구별되는 것이다.
32) 최일수, 「우리 문학에 있어서의 신인의 위치-민족문학의 현대화를 중심
    으로」, 『문학예술』, 1956.2. 이 글에서 최일수는 신인은 단순히 청신함과
    새로운 면모를 구비하면 되지만, 문학사에서의 신세대란 앞세대의 정신과
    방법을 혁신한 새로움을 갖추지 않으면 안된다고 말한다. 앞의 경우를 '문
    단적 신인'이라 하고 뒤의 경우를 '문학사적 신인'이란 말로 규정했다.
33) 기성세대와 신세대 비평가 사이에 나타나는 이러한 차이를 당대에 관한
    시대인식의 차이로 보지 않고 구세대 비평가들이 '실존주의'나 '모더니즘'
    등의 새 이론에 대한 무지와 몰이해 때문이라고 평가하는 기존의 논의에
    대해서는 이의를 제기하고 싶다. 예컨대 박헌호의 경우 주24)의 조연현의
    기성세대의 자기비판을 '전후현실에 의거하여 쏟아져 나오는 실존주의, 모
    더니즘 계열의 작품들에 대한 본격적인 비평을 할 수 있는 능력이 뒤떨어
    진다는 이론적 무능을 고백한 것'이라고 이해하거나(「50년대 비평의 성격

즘이 근거를 확보할 수 있었던 가장 중요한 현실조건 역시 젊은 작가나 비평가들의 '현대'인식이라고 할 수 있다. 이들이 인식한 현대성의 구체적인 내용이 무엇이며 기성세대의 현대 인식과 어떤 차이가 있는가에 대해서는 다음 절에서 자세히 살펴보겠거니와, '현대성'에 관한 이런 논리적 모색은 곧바로 '현대문학'의 특질을 어떻게 규정할 것인가 하는 문제로 옮겨지게 되었다.

50년대 비평을 부정적으로 평가하는 논자들 중에서는 대개 이 시기의 비평이 구체적인 현실로부터 보편적인 이론으로 나아간 것이 아니라 거꾸로 보편적 이론으로 구체적 현실을 억지로 꿰어맞추려 했다는 사실에서 부정적 평가의 근거를 찾는 경우가 있다.[34] 나는 이러한 평가가 결과적으로 옳은 것이라고 생각하며, 그러한 현상이 빚어진 가장 커다란 계기는 바로 당시의 젊은 비평가들이 모색했던 '현대성'과 '현대문학'의 특질을 모색하는 과정이 아니었던가 한다. 실존주의와 모더니즘이 왕성한 영향력을 발휘하는 대목도 바로 이곳이며, 그 모색의 과정에서 젊은 비평가들은 철저히 서구문학의 관점에서 우리 문학을 이해하고 재단하려 애썼던 것이다. 그러나 신구세대를 막론하고 이러한 비평계의 일반적 흐름에 제동을 걸고 논의의 물줄기를 다

과 민족문학론으로의 도정」, 227~228쪽), 전기철의 경우 백철의 실존주의에 대한 부정적 평가를 가리켜 '그의 의식이 서구의 현대문학 특히 실존주의에 대한 지식의 부족에서 자신의 30년대적 의식을 드러내고 있었을 뿐이 아닌가 한다'(「한국전후문예비평의 전개양상에 대한 고찰」, 175~176쪽)고 평가하는 경우가 그것이다. 그러나 이 무렵 백철이 여러 글에서 언급하는 현대예술의 추상주의적 경향에 대한 지적이나 리얼리즘의 원칙을 강조하는 논리는 전위예술이나 실존주의 문학에 대한 루카치의 이해방식과 매우 유사한 것으로, 수십 년이 지난 지금 읽어도 오히려 당대 문학을 이해하는 논리의 타당성을 확보하는 것이 아닌가 생각한다.

34) 대표적으로 임헌영(『한국현대문학사상사』)을 들 수 있고, 김현(「테러리즘의 문학」)과 박헌호(앞의 글)의 경우도 부분적으로 이러한 입론에서 출발하고 있다.

른 방향으로 돌리려는 움직임 역시 만만치 않게 나타났다. 서구 현대
문학의 관점으로 한국 현대문학의 자기동일성을 확보하려고 시도했
던 것이 전자였다면, 후자는 점차 그 영향력이 지배적으로 되어가는
서구문학에 맞서서, 서구문학을 타자화시키고 한국문학의 독자적인
자기동일성을 확보하려는 노력이었다고 할 수 있다. 서구문학과 한국
문학의 길항관계를 기본축으로 하는 이 비평의 새로운 지평은 당시
논자들이라면 누구나 한두번씩 언급하지 않으면 안될 중심과제로 떠
오르게 되었다. 이런 비평적 논의가 집중적으로 반영된 것이 바로 이
시기의 '민족문학론'이라고 할 수 있다.

  그러나 서구문학 대 한국문학이라는 대립항이 '민족문학론'의 기본
구도가 되었던 것은 분명하지만 논의가 전개되면서 이 기본구도는 여
러 가지 비평과제를 파생시키게 된다. 예컨대, 민족문학의 개념을 비
롯하여, 민족문학과 한국문학의 관계, 현대문학과 근대문학의 관계,
민족문학과 현대문학의 관계, 민족문학과 전통문학의 관계, 민족문학
과 세계문학(서구문학을 포함하는)의 관계 등이 그것이다. 열거된 이
상의 비평주제들을 보면 대번에 알 수 있듯이, 이러한 주제들은 오늘
우리 문학에서 여전히 현재진행중인 내용들이며 그 올바른 해결이 여
전히 모색중인 것들이다. 다시 말하면, 이러한 중요한 비평주제들을
50년대의 비평가들이 얼마나 올바르게 규명하고 해결했었던가의 여부
와 상관없이, 이 시기에 제출된 비평적 과제는 고스란히 우리 현대문
학이 안고 있는 중심과제에 육박한다는 사실 자체에 중요한 의미를
둘 필요가 있다는 것이다. 선행연구를 검토하는 자리에서 이미 밝혔
듯이 이 시기의 비평을 일방적으로 '반동기'나 '단절기' 또는 '휴지기
(休止期)'로 규정하는 데 동의할 수 없는 까닭은 이후에 중요한 비평
과제로 제기될 사항들을 이미 이 시기 비평의 문제의식으로 내포하고
있었으며, 그 논의들은 이후에 전개되는 비평에 중요한 연결고리가

된다는 점 때문이다.

55년 이후부터 나타나는 이러한 비평계의 역동성과 자기모색의 과정을 다시 꼼꼼하게 되짚어보아야 할 이유는, 당시에 제기되었던 문제가 지금 이 시간에도 여전히 당면한 우리 문학의 문제로 상정되어 있기 때문이며, 당시 비평의 성과와 한계를 정확히 검증하는 것이 우리 문학의 전진과 답보의 원인을 규명하는 중요한 열쇠가 되기 때문이다.

제3장 민족문학론의 전개 양상

1. 50년대 비평에서의 민족문학의 개념 및 민족문학론의 비평사적 위상

1950년대 비평에서의 '민족문학론'의 존재는 그동안 연구자들을 포함하여 이 방면에 관심을 가진 이들에게는 퍽 생소한 것임에 틀림없다. 그 직접적인 이유는 이 시기의 비평이나 문학론에 대한 실증적 차원의 검토와 정리가 그동안 충분히 이루어지지 못한 데서 찾을 수 있지만, 좀더 근본적인 이유는 '민족문학'이라는 개념이 우리 문학사에서 갖는 독특한 위상과 관련이 있다. 그 독특한 위상의 첫째 조건은 적어도 해방 이후의 그 치열한 좌우익의 문학 이론의 대립 과정에서도 '민족문학'이라는 표상은 좌우익 양 쪽을 통털어 단 한번도 부정된 적이 없었다는 점이며, 이후 남한 문학사의 전개과정 속에서도 진보와 보수를 가리지 않고 '민족문학'은 모든 문학가들의 최대의 문학이념이지 않은 적이 단 한 번도 없었다는 점이다. 이러한 위상은 1950년대라고 해서 예외가 아니다. 비평의 신구세대를 막론하고 대부

분 '민족문학'에 관한 원론적인 자기 이론을 한두 번씩은 개진하고
있는 것이다. '민족문학'의 독특한 위상의 두번째 조건은, 그럼에도
불구하고 이 '민족문학'이라는 용어가 우리 문학사에서 매우 다양한
뜻으로 사용되어 왔으며, 심지어는 같은 시기에 정반대되는 해석을
바탕으로 하여 하나의 문학이념으로 상정되는 일마저 드물지 않았다
는 사실이다. 1950년대 민족문학론의 특징 역시 이러한 조건과 무관
하지 않다. 그러므로 이 시기 민족문학론을 다시 정밀하게 검토해야
할 이유의 첫째는 다양한 내포를 가진 민족문학론이 존재했다는 사실
이며, 둘째는 그러한 다양한 내포를 가진 민족문학론의 내용과 이론
구조를 밝혀 비평사에 바르게 자리매김 할 필요가 있다는 것이다.

먼저, '민족문학'의 개념과 관련된 이러한 역사적 의미를 이해하기
위해서 우리 문학사에서 두루 쓰이는 몇 가지 개념들, 이를테면 '민족
문학' '한국문학' '국민문학' 그리고 이와 연관되는 '민족주의 문학'
등에 관한 개념정리가 어떻게 이루어져 왔는가를 살펴보자. 김윤식은
『한국 근대문예비평사연구』(1976)에서 민족문학과 민족주의문학을 다
음과 같이 정의내렸다.

> 민족문학과 민족주의문학은 엄격히는 별개의 것이라 할 수 있
> 다. 일반적으로 민족문학이라 하면, 그 민족이 산출한 문학 전부
> 이어서, 가령 한국 민족이 생산한 문학 총체를 한국 민족문학이
> 라 할 수 있으나, 민족주의문학이라면 사회 운동 노선상의 민족
> 주의에 근거한 문학으로, 민족주의의 이상을 실천하는 것으로서
> 그 중요 임무를 삼는 형태의 문학만을 가리킨다.[1]

위의 정의에 의하면 '민족문학'이 일종의 보편개념이 되고 '민족주
의문학'은 보편개념의 하위개념으로서 일종의 가치판단이 개입되는

---

1) 김윤식, 『한국근대문예비평사연구』, 일지사, 1976, 108쪽.

개념규정이 된다. 왜냐하면 '민족주의문학'이란 '민족문학' 중에서도 특히 민족주의 이념을 실천하는 문학이므로 '민족문학'에서 '민족주의 문학'을 솎아내어 판별하기 위해서는 '민족주의가 실천되는 정도와 양상'을 따로 살펴야 하기 때문이다. 그러나 '민족문학'의 개념을 이와 전혀 달리 규정하는 경우도 있다.

> 이렇게 이해되는 민족문학의 개념은 철저히 역사적인 성격을 띤다. 즉 어디까지나 그 개념에 내실(內實)을 부여하는 역사적 상황이 존재하는 한에서 의의있는 개념이고, 상황이 변하는 경우 그것은 부정되거나 보다 차원높은 개념 속에 흡수될 운명에 놓여 있는 것이다(……)그러니까 정치·경제·문화 각 부분의 실생활에서 <민족>이라는 단위로 묶여져 있는 인간들의 전부 또는 그 대다수의 진정으로 인간다운 삶을 위한 문학이 <민족문학>으로 파악되는 것이 가장 바람직한 때와 장소에 한해 제기될 뿐이며, 그 때와 장소의 선정은 어디까지나 <진정으로 인간다운 삶>에 대한 모든 인간의 염원을 공유하는 입장에서 이루어지는 것이기 때문이다.[2]

위의 경우는 앞서 김윤식의 '민족문학' 정의와 상반된다. 오히려 민족문학이 역사적 개념인 동시에 일종의 가치판단적 개념이 되고, 김윤식이 말한 '민족문학'은 '한국문학'에 더 가까운 개념으로 바뀌게 된다. 백낙청의 정의에 따르자면 '민족문학'은 항구적 개념이 아니라 민족의 생존과 안위, 그리고 그 구성원 개개인의 인간적 발전이 위기에 처해 있다는 인식의 발로로 나타나는 문학, 그리고 그러한 위기상황의 타개와 극복을 위해 문학을 통한 노력이 경주되는 문학을 가리키는 것이다. 그러므로, 민족의 생존과 안위를 위협하는 상황이 사라

---

2) 백낙청, 「민족문학 개념의 정립을 위해」, 『민족문학과 세계문학』, 창작과비평사, 1978, 125쪽.

질 경우에는 이 개념은 더이상 유효하지 않은 것이며, 또한 한민족이 창작한 문학이라고 해서 모두 '민족문학'의 구성요건을 갖춘 문학이라고 볼 수 없으니, 이럴 때의 민족문학은 엄연히 가치판단적 개념임이 분명하다. 또한 이 경우에 민족문학은 근대 이후의 문학을 가리키며, '반제국주의 및 반봉건주의'의 이념을 개념적 속성으로 갖게 되는 것이다.3)

위의 두 인용문은 '민족문학'에 관한 최근의 이견에 해당하는데, '민족문학'을 둘러싼 이러한 상반된 개념규정과 그로 인한 논란은 이미 해방전부터 프로문학 진영과 민족주의 문학 진영 사이에 있었으며, 해방 직후에도 '민족문학'을 중심에 놓고 치열한 논쟁이 좌우익 간에 벌어진 바 있다. 이러한 상반된 견해는 근본적으로 '민족문학'이라는 용어 자체에 원인이 있다기보다는 그 용어의 내포를 달리 해석하도록 만들었던 역사적 상황에서 비롯되는 것이지만, '민족문학'을 성립시키는 '민족'이라는 개념의 중층적 의미를 다르게 이해함으로써 생기는 이론적 차이도 무시할 수 없다. 김동리와 안막의 다음과 같은 발언은 해방 직후의 '민족문학론'에서 '민족'개념의 서로 다른 이해를 나타내는 전형적인 예가 될 것이다.

① 우리의 일반적인 개념으로서의 민족이라면 일정한 지역과

---

3) 이럴 경우 '민족주의 문학'의 위치는 매우 미묘해지는데, 민족문학이 백낙청의 경우처럼 뚜렷한 가치판단을 내포한 개념으로 정해질 때 '민족주의문학'의 위치는 민족주의 이념을 내세우는 집단의 활동내용과 그 이념의 성격에 따라 민족문학에 포괄되기도 하고 배제되기도 한다. 논자에 따라서는 아예 '한국문학' '민족문학' '민족주의문학' '국민문학'이란 용어를 처음부터 엄격히 규정하고자 시도하는 경우도 있다. 임헌영, 앞의 책, 134쪽. 여기서 임헌영은 '민족문학'을 백낙청의 경우와 비슷하게 규정하면서, '국민문학'이란 용어는 일제강점기 친일문학을 가리키는 말로, '민족주의 문학'은 일제강점기 민족부르주아지의 민족주의 이념을 반영한 문학을 가리키는 말로 한정하고 있다.

혈연과 언어와 역사와 관습에 있어 어떤 특수한 공통적 운명을
지닌 생활군을 의미하는 것으로서 저 18세기의 팽배한 민족의식
이란 그러한 고유의식의 앙양 혹은 강화에 불과한 것이라고 생각
하는 것이나 '문맹'('조선문학가동맹'을 말함—인용자) 일류의 해
석으로는 민족적 개념이란 전혀 불죠아민주주의의 혁명과 함께
생긴 것이라고만 보는 것이니(……)민족에 물론 계급성이 없는
바는 아니다. 문제는 언제나 포인트의 여하에 있는 것이며 한 작
가 혹은 한 작품의 문학적 주체의식이 민족에 있느냐 계급에 있
느냐 하는 것으로 민족문학과 계급문학의 포인트는 결정되는 것
일 때 '문맹'계 평론가 제씨는 이러한 의미에 있어 과연 민족문학
에 해당한다고 생각하는 작품 한 개를 제시할 근거가 있는가?[4]

　② 민족 문화 문제에 있어서의 극우적 편향은 현단계 조선 혁
명의 성질과 대상과 동력과 임무에 대한 극히 부정확한 이해와
신민주주의 민족 문화가 무산 계급 문화가 영도하는 반제국주의
적 · 반봉건주의적 인민 대중적인 문화인 것을 이해치 못하는 것
과 아울러 '민족'을 추상적으로 해석할 그 근거에서 분리시키며
그것을 구성하고 있는 구체적 계급관계 위에서 보지 못하고 민족
적 특수성을 과대평가하고 우리 민족 이익과 무산층 계급 이익이
대립하는 것처럼 착상을 가짐으로써 조선 민족 문화의 가장 기본
적인 동력인 무산 계급 문화를 부정하고 정치와 문화를 분리시키
고 '민족문화'를 초계급성 문화인 것같이 주장함으로써 '문화를
위한 문화' '예술을 위한 예술' 논자와 다름없이 되고 있는 편향
이다.[5]

'민족'이란 최초에는 종족적 개념에서 비롯된다. 김동리의 윗글에
서 나오듯이, 이 종족적 개념이란 영토, 혈연, 언어, 문화, 관습, 정서,
역사 등의 여러 측면의 공통성에 의해 형성된 집단을 가리킨다. 그

---

4) 김동리, 「문단 1년의 개관—1946년도의 평론 · 시 · 소설에 대하여」, 『문학과
　인간』, 백민문화사, 1948, 180~181쪽
5) 안막, 「민족 문화 건설의 기본 임무」, 『중앙신문』, 1946. 2. 11.

러나 종족적 특질로 구분되는 이러한 '민족'개념은 19세기 이후에 형성된 근대민족국가의 '민족'을 설명하는 데는 명백한 한계가 있다. 다시 말하면 자본주의 체제의 등장 이후에 이러한 종족적 개념의 '민족'은 사회경제적 규정요인에 의해 개념의 변화를 겪게 되기 때문이다. 다소 극단적으로 말하면 홉스봄 같은 학자는 아예 '민족'과 '민족주의'를 철저히 근대사의 산물로 파악한다. 그래서 그는 '민족'이 민족주의를 형성하는 것이 아니라 '민족주의'가 민족을 형성한 것이라고 주장한다. 그에 의하면 종족적 특질로 묶이는 '민족'의 개념은 '원형민족주의'라 할 수 있는데, 실제로 19세기 이후의 '민족주의' 이념을 형성시킨 '민족'개념은 그러한 '원형민족주의'와는 무관하다는 것이다.[6] 대체로 사회주의권의 '민족'개념도 종족적 특질과 사회경제적 특질을 나누어 보는 것이 일반적 현상이다. 선동적으로 맑스주의 이론체계 내에서는 '민족'문제의 위치는 미미할 뿐 아니라 19세기 후반 이후 갖가지 혁명 과정에서 '민족주의'는 종종 계급혁명을 방해하는 이념적 걸림돌의 역할을 했던 까닭에 '민족주의'에 대한 폄하가 일반적인 경향이다. 특히 노동자계급을 중심으로 한 공산주의 운동의 국제연대성을 확보하는 데에 민족주의는 지배계급에 의해 그러한 국제연대의 고리를 방해하는 이념으로 동원되는 경우가 흔했기 때문이다.

다양한 부르주아의 민족이론은 그 출발점이 서로 다름에도 불구하고 관념론적인 성격을 공통적으로 가지고 있다. 이 민족 이론들은 민족을 규정하는 경제적 토대를 무시한 채, 파생적이고 이차적인 요인, 즉 예를 들면 의지, 민족의식, 민족성, 문화, 언어 등을 절대화한다. 물론 이러한 요인들도 민족 발생에 매우 중요한 것들이긴 하지만, 이러한 요인들 자체도 최종적으로는 민족의

---

6) E.J.홉스봄, 『1780년 이후의 민족과 민족주의』, 강명세 옮김, 창작과 비평사, 1994, 68~110쪽.

물질적 존재 조건에 의해, 다시 말해 민족의 경제적 발전 과정에
의해 설명되어야 할 것이다. 오늘날 부르주아 철학, 사회학, 역사
서술에서는 민족이란 본질적으로 문화 공동체라는 견해가 널리
퍼져 있다. 물론 민족의 테두리 내의 문화적인 여러 관계도 사회
적 삶에서 중요한 역할을 한다. 그러나 문화의 발전도 결국 해당
민족의 경제적 발전에 달려 있으며, 더 나아가 계급 사회에서 문
화공동체는 모두 상대적이다.[7]

우리 민족은 단일민족이며 수 천 년 동안 민족국가를 형성해왔고,
적어도 조선시대 500여 년 동안 단일민족으로 구성된 민족국가를 유
지해왔다는 역사전통이 있기 때문에, 서구의 민족형성이나 근대민족
국가의 형성과정을 곧바로 일반화하여 적용하는 것은 무리이다.[8] 그
러나 일제강점기에 '민족주의'를 표방했던 민족부르주아지가 민족해
방운동 과정에서 보여주었던 명백한 역량의 한계와 기회주의적 태도
는 우리 역시도 '민족'개념이나 '민족주의'가 사회경제적 규정요인과
전혀 상관없이 이루어지지 않았다는 것을 역사적으로 입증하고 있다.
대체로 해방 이후 우익 문학논자들이 주창했던 민족문학론은 위의 인
용문에 서술된 것과 같이, '민족'개념의 종족적 특질과 그에 기반한
의지, 민족의식, 민족성, 문화 등을 절대화하는 경향이 농후했다. 이러
한 민족관은 결과적으로 민족 내부에 나타나는 분화와 대립을 애써
감추려하거나 민족 내부의 사회경제적 갈등을 '민족'이라는 이름으로

---

7) 한국철학사상연구회 편, 『철학대사전』, 동녘, 436쪽. 이 사전은 옛동독에서
발간된 권위있는 1960~70년대 철학사전들을 편역(編譯)한 것으로 마르크스
-레닌주의 철학에 입각해 여러 항목들을 서술하고 있다. 옛동독의 학문적
결과임을 단적으로 보여주는 항목이 바로 '민족'과 관련된 항목인데, 옛동
독의 정책이었던 '2민족=2국가=2체제'를 반영하여 '민족'항목에서는 '자본
주의 민족'과 '사회주의 민족'을 나누어 설명하고 있다. 이것은 민족 개념
의 종족적 특질보다도 계급적, 사회경제적 규정요인을 더 중요시한다는 것
을 의미한다.
8) 이점은 홉스봄도 지적하고 있다. 홉스봄, 앞의 책, 3~5쪽과 94쪽을 볼 것.

회석시킴으로써 정치적 의도를 명백히 드러내는 이데올로기적 역할로 이어지는 것이다. 특히 해방 직후에 일제잔재의 청산이나 자주적 민족국가의 건설을 둘러싸고 분명히 이해관계의 대립을 나타냈던 민족 내부의 갈등을 외면했던 점, 그리고 '민족'의 대부분을 구성하고 있는 '민중'이 당면한 현실을 반영하는 문학을 일방적으로 '계급문학'으로 규정하며 그것을 '민족문학'과 대립되는 개념으로 상정하고 논쟁을 벌인 사실 등은 우익 민족문학론에서 나타나는 '민족'개념이 단지 추상적이고 관념적인 성격을 띨 뿐 아니라, 이미 정치적이고 이데올로기적이라는 점을 부인하기 어렵게 한다.

해방 직후, 좌파 민족문학론의 주요 논점이 프롤레타리아 문학과 민족문학의 관계설정에 관한 문제, 즉 당면한 변혁단계에 부응하는 새로운 문화(문학)건설의 성격과 내용 및 그 과제 등에 집중되었던 것에 반해, 우익 쪽의 민족문학론은 민족 개념의 부르주아지적 해석에 근거해 좌파의 민족문학론이 진정한 민족문학론이 아니라 계급문학론의 실질을 숨기고 포장한다는 점을 비판하는 데에 주력하는 것이었다. 다음의 인용문은 민족 개념 형성의 이러한 외적 계기를 정확히 지적해 주고 있다.

　　해방 후 부단히 계속되었던 민족관념과 비민족적인 이데아의 투쟁은 이러한 위기에 당면하여 민족을 강력하고도 보편적인 관념으로 확립시켰고 그 관념의 형상화를 위하여 승리를 획득하였다고 할 수 있는 것이다.9)

1950년대 민족문학론의 개념과 위상은 전반적으로 해방 직후의 우익 민족문학론의 연장선상에 놓인다는 점을 부정할 수 없다. '순수문

9) 김기완, 「전쟁과 문학」, 『문예』, 1950. 12. 김기완은 한국전쟁 당시 공군소령으로서 정훈국 편집실장을 맡고 있었다.

학'이라는 의장을 쓴 김동리의 민족문학론은 50년대에도 그 이론의 수정없이 거듭 그의 지론으로 유지되고 있고,[10] 다른 한편으로는 '우리의 2세에게 충무공의 소설을 지어 읽혀주자, 논개로 희곡을 써서 읽혀주자, 삼학사의 의기를 시를 지어 들려주자'[11]로 집약되는 계몽적 애국주의류의 민족문학론이 50년대에도 그대로 이월되어 민족문학론의 골간으로 자리잡게 된다. 홍효민의 「애국사상과 애국문학」은 박종화류의 민족문학론의 연장선상에 놓이는 것인데, 특기할 만한 것은 이 글에서 '민족'과 '국민'의 개념이 서로 뒤섞여버림으로써 글 자체가 논리적 모순을 빚을 뿐만 아니라, 우익 민족문학론에서 내세우는 '민족' 개념의 종족적 특질마저도 그것이 온전히 '민족'단위로 사고되지 못하는 뚜렷한 냉전적 사고방식의 한계를 드러내고 있다는 점이다. 그는 애국사상을 환기하는 객관적 조건 여덟 가지(주권, 인종적 요소, 토지, 언어, 풍속, 역사, 문화, 교육 등)를 들었는데, 이것은 이른바 민족을 형성하는 조건 여덟 가지에 다름 아니다.[12] '애국'이라는 것은 국가의 존망이 위태로울 경우 그것을 극복하기 위한 이념적 지향일 터인데, 이미 하나의 민족이 부정할 수 없는 두 개의 국체(즉 대한민국과 조선민주주의 인민공화국)로 나누어진 상태에서의 '애국'이란 대체 어떤 실체를 의미하는 것인가 의문스러워진다. 그러니까 결국은 그가 '애족사상과 애족문학'이라고 할 것을 잘못 썼든지, 그렇지 않으면 북쪽에 실체로 존재하는 또다른 국가의 구성원은 같은 민족으

---

10) 김동리, 「민족문학의 이념과 현실」,『문화춘추』, 1954. 2. 이 글은 그의 민족문학 구분에 따라 '계급주의 민족문학' '민족주의 민족문학' '인간주의 민족문학'으로 나눈 후, 그의 '순수문학론'이 지향하는 인간주의적 민족문학론의 타당성을 강조하고 있는 글이다. 더불어 맑스주의와 모더니즘이 우리 현대문학에 끼친 해악을 강한 어조로 비판하고 있다.

11) 박종화, 「민족문학의 원리」,『경향신문』, 1946. 12. 5.

12) 홍효민, 「애국사상과 애국문학―민족발전의 근본이념의 고찰」,『현대문학』, 1956. 2.

로 포괄하는 것을 인정하지 않았든지 둘 중에 하나라고 할 수 있는 데, 그 어느 쪽이라고 하더라도 '민족문학'의 논리전개로는 잘못을 저지른 셈이다. 김종후는 56년도에 등단한 신예비평가인데, 「민족문학소론 - 사고방식에 대한 소고」라는 글에서, 민족문학을 논할 때 민족심리학이나 비교언어학적인 관점이 필요하다는 논리를 전개한다.

> 언어를 하나의 문학의 수단으로서만 취급할 것이 아니라 정신적인 매체로, 따라서 언어의 구성과 정신에서 민족심리를 파악할 것으로 취급한다면 1항에서 말한 바의 서구인적 사고방식이란 술어도 성립할 것이요 언어의 상이(相異)에서부터 민족심리의 상이도 인정해야 될 것이다(……)이와 같이 한 민족의 민족심이 정형을 이루고 특유한 민족문화를 발견한 연후에는 그 민족자체가 멸망에까지 이르지 않는 한 조만간 어떠한 영향도 이를 꺾지는 못한다.13)

결국, 우리 말은 우리 정신의 반영이며, 서구어로 나타낼 수 없는 독자적인 부분이 문화의 저변에 놓여있다는 것을 강조하는 논리인데, 이것은 민족의 구성요소인 '언어'를 절대화하는 또다른 관념론의 변형이다.

비평의 신구세대를 막론하고, 민족의 종족적 토대라고 할 수 있는 언어, 문화, 전통, 관습, 정서 따위를 절대화시키면서, 그것들을 개념적 속성으로 설정하여 민족문학론의 이론적 틀을 짜려는 시도는 그러한 종족적 토대들이 역사의 발전이나 국제간의 교류 등이 활발해지더라도 쉽사리 변하지 않는 특질을 지니고 있는 까닭에 민족문학의 개념을 항구화한다. 대체로 한 민족의 사회 경제적 특수성, 사회 구조 및 정치 구조의 개별적 차이 등은 역사 발전의 일반적 합법칙성을 따르게 되고, 특히 국제간의 교류가 활발하게 되면 점차 국제화되어 가

---

13) 김종후, 「민족문학소론-사고방식에 대한 소고」, 『현대문학』, 1956. 5.

는 것이 일반적 현상이다. 예를 들면, 자본주의 체제가 대체로 근대 이후 전세계에 일반적인 경제체제로 자리잡게 되는 것이나, 정치구조로서의 민주주의가, 그리고 민족 내부의 계급편성이 자본과 노동을 매개로 형성되는 것 등이 그러한 예라고 할 수 있다. 그러나 종족적 토대는 세월이 흐르고 국제간의 교류가 활발해지더라도 오랜 시간 동안 변하지 않으며 설사 변한다고 하더라도 그 변화의 양상과 속도는 아주 미미하며 느린 것이 일반적이다.

해방 전 좌우익의 문학이념을 둘러싼 논쟁기간에 형성된 우익의 민족문학론과 그 이론적 근거가 되었던 민족 개념은 주로 좌파쪽의 민족문학론에 대항한 안티테제로서의 의미를 지니는 것이었다면, 분단의 고착과 한국전쟁을 겪으면서 전후에 형성된 50년대의 보수적 민족문학론은 이 당시에 쏟아져 들어오던 서구의 문학사조에 대한 하나의 안티테제로 자리잡게 된다. 즉, 해방 직후에 좌파의 민중 주체의 민족문학에 대해, 민족 내부의 대립과 상관없이 민족의 종족적 특질을 중심으로 민족문학의 이념을 수립하려 애썼다면, 한국전쟁 이후에는 서구문학을 세계문학과 동일시하고 그 보편성의 잣대로 우리 문학을 이해하고 평가하려는 일련의 움직임에 대해, 이번에는 쉽게 세계문학화하기 어려운 민족 형성의 원형적 특질을 중심으로 서구문학에 맞서는 민족문학의 이념을 세우려고 노력했던 것이라 할 수 있다. 50년대 민족문학론을 형성시켰던 이러한 외적 계기는 상당히 중요한 의미를 띠게 된다. 이러한 외적 계기로서의 서구문학, 혹은 세계문학을 어떻게 인식하는가의 문제가 곧 민족문학의 내포를 다르게 규정짓게 되며, 실존주의나 모더니즘과 같은 서구문학사조를 수용하는 과정과 의미를 다르게 규정짓게 되기 때문이다. 그리고 이러한 문제의식은 곧 서구문학과 구별되는, 혹은 세계문학의 보편성과 구별되는 민족문학의 형식과 내용적 특질을 그 나름으로 모색하게 되며, 이것은 곧 '문학전통'의 문제와 연결되지 않을 수 없다. 이 경우에 문제제기의 선후는 별로 중요하지 않다. 전통론을 포함한 제반 논의가 결국 이러한 민족문학론의 다양한 내포의 파장으로부터 형성되고, 결국 그 영역권 안의 문제로 부상되었다는 사실이 중요하다.

따라서 이러한 경우에 민족문학은 세계문학을 강력한 타자(他者)로 설정하게 되며, 상호침투의 가능성보다는 민족문학의 배타적 자기동일성을 강화하는 경향을 낳게 된다. 이러한 민족문학론을 주장하는 논자들이 대체로 모더니즘이나 실존주의와 같은 당대의 새로운 서구 문학이론과 사상에 대해 비판적이고 배타적인 공통점을 갖는 이유도 여기에서 비롯된다. 그러나 그러한 논리는 자칫 국수주의나 민족우월주의로 빠져들 위험을 항상 지니고 있는 것인 동시에, '민족' 이해에서 드러나는 탈역사성으로 말미암아, 구체적인 역사적 시기에 각 민족이 당면한 사회 경제적 조건과 문화적 조건들을 일체 돌보지 않게 되고, 따라서 민족문화 및 민족문학이 역사발전의 단계에 따라 다르게 형성되는 역사적 특수성을 설명할 수 없게 된다.

당시 비평계에는 이러한 민족문학론이 주류를 이룬 것은 분명하지만, 이와 다른 방향에서 민족문학론을 이론화하려는 움직임이 동시에 존재했다. 비평계에 제기된 기존의 '민족문학론'이 안고 있는 이러한 한계를 날카롭게 비판하고 새로운 민족문학론의 지평을 모색한 것으로는 우선 정태용의 「민족문학론─개념규정을 위한 하나의 시고」를 꼽을 수 있다.

그는 이 글에서 '민족'개념을 규정하면서 '민족을 순수한 혈통이나 지역의 테두리, 그리고 언어나 풍습의 공동성으로 구하는 것은 도로(徒勞)에 불과한 것'이라고 못박으면서, '민족이란 근대 시민사회와 더불어 형성된 <민족국가>와 함께 등장한 개념으로 볼 것'을 전제한다.14) 그리고 민족문학이란 민족주의 문학도 아니며 전통의 고수를 고집하는 복고주의 문학일 수도 없다고 규정하고, 한민족이 창조한

---

14) 정태용, 「민족문학론─개념규정을 위한 하나의 시고」, 『현대문학』, 1956. 11.

문학은 모두 민족문학이라는 관점에도 비판을 가한다.

> 그러나 우리가 민족문학을 말하게 되는 것은 그러한 몰가치
> 의식에서 출발한 하나의 명칭을 갖자는 것이 아니라 일종의 이념
> 이라도 좋고 혹은 의미의 통일이라는 견지에서라도 좋은 것이지
> 만 여하간 특별히 그것을 말하지 않으면 안될 경우에 도대체 민
> 족문학이란 무엇이어야 할 것인가이다(……)어떠한 시대 어느 지
> 역 혹은 나라의 작가들이 의식적이고 아니고 간에 그 시간적 공
> 간적 위치가 그 시대의 세계사적인 사건들을 걸머지고 해결해야
> 할 운명을 지고 있는 민족이나 집단에 소속해 있으며, 그 작가
> 또한 의식 무의식임을 막론하고 그 문제를 문학적 정신으로서 실
> 천했다면, 그러한 작품들은 가장 민족적인 동시에 세계문학의 대
> 표작으로서 능히 그 자리를 확보할 수 있을 것이다(……)이러한
> 현실들을 진정 시대적으로 올바르게 살려는 정신의 문제로서 체
> 험하고 생활해가는 작품이 실로 새롭고 존귀하고 민족적이며 역
> 사적인 작품이 될 것이다(……)무엇이나 다 민족문학이 될 수 없
> 다. 우리 문제를 주체적으로 행동하고 체험하고 사상하고 해결
> 해 가는 산 인간의 감정과 이성과 지성의 바탕을 옳게 조직하고
> 형상한 작품만이 민족문학일 것이요 또 그것이 우리 문학자가 수
> 행해야 할 문학상 임무가 아니고 다른 어디에 있을 것인가?15)

정태용에 이르러 비로소 50년대의 민족문학론은 그 두꺼운 몰역사
성과 추상성의 껍질을 벗고 비로소 역사적 구체성의 중심으로 이동해
가는 새로운 지평을 열게 되었다고 할 수 있다. 더구나 약소민족이
겪는 현대사의 세계사적 의미에 주목하여, 우리 민족이 당면한 구체
적 역사과정을 다음과 같이 규정한 것은 선구적인 의미를 지닌다고
하지 않을 수 없다.16)

---

15) 정태용, 앞의 글.
16) 정태용의 이 글에 일찍이 주목했던 기존의 연구로는 최원식의 「민족문학

오늘날에 와서는 세계사적 사건이란 강대국보다도 오히려 약소민족이 더 절실히 체험하고 있다(……) 8·15 해방 후의 남북의 분단과 그후의 혼란을 거쳐서 6·25사변에 이른 제경과는 그것이 바로 민족사적인 것인 동시에 세계사적인 것이다. 이 일련의 사태는 이 시대의 정신적·역사적·생활적인 시츄에이슌의 가장 선구적이고 전형적인 것이었다(……)우리의 문제가 하나의 테스트케이스에 불과하든 아니든 간에 우리가 통일을 이루는 날이나 그 과정은 6·25 사변이나 기타에 못지 않게 이 시대의 역사적 주체로서의 전형적인 생활을 체험하게 될 것이지만, 과연 민족문학이요 동시에 세계문학이라고 할 만한 어떠한 작품이 생산될 것인지 두고 볼 일이다.17)

위의 두 인용문에서 알 수 있듯이, 정태용은 종족적 토대를 바탕으로 한 민족문학을 명백히 반대하고, 민족문학을 철저히 역사적 개념이자 가치판단적 개념으로 규정할 것을 강조하고 있다. 동시에 세계문학은 곧 서구문학이라는 오래된 선입관을 과감히 깨뜨리고 새로운 세계문학의 가능성은 강대국이 아니라 한국을 포함한 약소민족의 문학에 놓여 있음을 역설한다. 정태용의 새로운 민족문학론의 제시는 최일수의 민족문학론으로 이어진다.

최일수도 민족문학이 추상적인 민족성에 기반할 수 없으며 구체적인 역사적 사실에 근거해야 한다고 주장하는 점에서 정태용의 민족문

론의 반성과 전망」(『민족문학의 논리』, 창작과 비평사, 1982에 수록)을 꼽을 수 있다. 그는 이 글에서 정태용의 민족문학론이 분단현실을 인식한 최초의 소중한 불씨였으나 반향없이 그치고 말았다고 아쉬움을 토로했다. 이러한 평가는 이 시기 다른 민족문학론을 폭넓게 검토하지 않은 결과이다. 이에 대한 비판은 박헌호의 「50년대 비평의 성격과 민족문학론으로의 도정」에서 비교적 정확하게 이루어졌다.

17) 정태용, 앞의 글.

학론과 상통한다. 그러나 그의 민족문학론은 서구문학과 우리 문학의
관계, 문학이 지향해야 할 휴머니즘의 구체적 내용의 문제, 민족문학
의 방법으로서의 리얼리즘의 문제, 문학의 현실참여의 문제, 현대문학
으로서의 민족문학이 구현해야 할 모더니티와 당대를 풍미하던 모더
니즘과의 관계 등을 여러 각도에서 포괄적으로 조명하고 있다는 점에
서, 정태용의 민족문학론보다 한결 체계적이고 용의주도하며 발전적
인 논의였다고 할 수 있다. 그는 우선 '민족문학'의 형성을 종족적 특
질이나 원형으로부터 구하지 않고, 20세기 이후에 전개된 세계사의
변화과정에서 구하고 있다.

> 20세기 전반기의 현대문학은 1차 세계대전에 따르는 역사적
> 전환기를 계기로 하여 전세대의 유산인 근대문학을 지양하고 정
> 적(靜的)인 관조의 세계로부터 행동하는 인간사회로 이향하였다.
> 그리하여 자연묘사에서 사회묘사로 인간성의 생리적 분석으로부
> 터 사회적 가치판단과 심상(心象)의 세계로 그 문학적인 원천이
> 옮겨졌다. 그런데 이에 비하여 후반기의 현대문학은 역시 문학사
> 의 계기적 과정이 되었던 2차 세계대전을 전후하여 시민사회적인
> 자유주의문학이 집단적인 민족문학과 더불어 '파시즘'의 위협으
> 로부터 민주주의를 발전시키려는 특수한 역사적 시대정신을 그
> 배경으로 하였다. 여기서 후반기 현대문학은 그 '리얼리즘'에 있
> 어서 내면적인 유파와 외면적인 유파를 민주주의를 발전시키려는
> 하나의 깃발 밑으로 융합했던 것이다. 그리하여 30년대의 영국의
> 시문학을 비롯하여 '헤밍웨이'의 「누구를 위하여 종은 울리나」
> 또는 '토마스 만'의 반나치스문학 등이 나오게 되었다. 이와 같이
> 전반기에 있어서 1차 세계대전을 계기로 행동하는 인간사회로 이
> 향해 온 현대문학은 또다시 발발된 2차 세계대전의 피어린 싸움
> 을 통해서 그 승리가 역사적으로 약속되어진 민주주의와 더불어
> 성장하였으며 동시에 약소민족들의 자주정신이 고도로 성숙하면
> 서 있는 그러한 현실 속에서 발전해 왔던 것이다.18)

위의 인용문을 통해 볼 때, 최일수는 민족문학을 현대문학의 발전 과정에서 형성된 것으로 파악하고 있음을 알 수 있다. 특히 2차 세계 대전과 파시즘의 발호는 민주주의의 깃발 아래에 다양한 이질적인 예술경향이 하나로 묶이게 만든 계기가 되었으며, 현대문학의 두 주류는 이러한 반파시즘 민주주의의 성격으로 묶이는 문학과 민족의식에 눈뜬 약소민족들의 자주적인 민족문학으로 구성된다는 것이 그의 기본논지이다. 현대문학의 성격을 최일수가 이렇게 이해하고 있다는 사실은 매우 중요한 점이다. 이것은 우선 '현대'를 어떻게 이해하는가의 문제와 직접 연결되는 문제인데, 최일수는 '현대'를 막연히 '하나의 과도기'로 설정하는 태도나, 인류 역사에서 휴머니즘의 가치와 의의가 최고조로 요구되는 '부정적인 시대'로 간주하는 태도를 모두 비판하면서, '현대'를 그 나름의 뚜렷한 역사적 성격과 소명을 지닌 하나의 역사발전 단계로 파악할 것을 주장한다. 그는 「현대문학의 근본특질」이라는 글에서, '현대를 역사발전의 한 단계로 보지 아니하고 주어진 현대의 근본특질에 대한 역사적 인식이 모호하면 할수록 현대 이전의 제문학과 혼동해버리는 경향으로 빠져버릴 뿐만 아니라, 현대문학 자체에 대한 인식도 애매해지며 나아가서는 특정한 시대의 문학적 형상을 지탱해주고 있는 그 근본적인 역사정신도 밝혀지지 못하기 때문'19)이라고, 그 주장의 근거를 구체적으로 밝히고 있다. 그렇다면 구체적인 역사발전의 한 단계로서 '현대'가 지닌 역사적 성격과 역사정신은 무엇인가?

　　　그것은 첫째, 정치적으로는 '파시즘'으로부터 민주주의가 옹호되어야 했고, 둘째, 경제적으로는 독점적 통제로부터 자유와 계획

---

18) 최일수, 「현대문학과 민족의식」, 『현실의 문학』, 형설출판사, 1976, 9쪽. 이 글은 원래 『조선일보』의 1955년 신춘문예 평론부분 당선작이었다.
19) 최일수, 「현대문학의 근본특질」, 『현대문학』, 1956. 12~1957. 1.

경제가 옹호되어야 했다. 셋째, 사회적으로는 시민의 평등한 지위
가 보장되어야 하고 넷째, 국제적으로는 민족간의 차별과 인종차
별이 철폐되어야만 하는 것이다.[20]

　'현대'에 대한 그의 이러한 규정은 고스란히 현대문학의 성격규정
으로 이어지며, 민족문학의 성격과 개념에도 곧바로 연결된다. 즉, 민
족문학은 동시에 현대문학이어야 하며, 따라서 이러한 현대문학의 성
격을 확보할 때에만 비로소 온전히 민족문학이 될 수 있다는 것이다.
그런데, 2차 대전이 끝나고 20세기의 새로운 후반기가 시작되면서 현
대문학에 있어서는 약소민족들의 민족문학이 훨씬 더 중요한 비중을
갖게 되는 변화가 나타나게 되었으니, 그것은 반파시즘 민주주의적
성격을 지니고 있었던 서구문학이 2차 대전 이후에 현실과 사회 및
역사의 문제로부터 개인의 내면세계로 퇴각해버린 까닭에, 현대문학
의 진정한 특질과 성패의 열쇠가 약소민족들의 민족문학으로 이월되
었기 때문이라는 것이다. 그러므로 최일수의 민족문학론은 반파시즘
민주주의 문학의 정신인 현대문학의 정신을 기본적인 근간으로 하면
서, 현대의 서구문학에서 결여되었거나 퇴조하고 있는 예술방법을 계
승하고 지양하는 새로운 문학으로 규정되기에 이른다. 즉, 민족문학의
방법 문제로 나아가게 되는 것이다.

　　　이와 같이 후반기에 처한 현대문학의 성격은 이미 역사적으로
　　기능을 상실해버린 개인주의적 자아의식을 지양하는 민족적인 자
　　주정신의 새로운 발현이며 동시에 그 선진성을 역사적으로 약속
　　받고 새로이 성장하고 있는 현대정신이다. 이러한 사실들은 1차
　　대전 후 정적이며 관조적인 근대문학에서 현실적이며 진취적인
　　현대문학으로 이양한 것과 마찬가지로 2차 대전 후에 있어서 민

---

20) 최일수, 앞의 글.

주주의가 개인의 평등에서 민족간의 평등으로 상향하고 또한 내면적인 신심리주의와 감각파 문학의 경향으로부터 민족적 '리얼리즘'으로서의 현대적 문학과 더불어 지향하고 있음을 말해주고 있다. 현대의 서정시도 다분히 이러한 성격 위에서 동행하고 있다. 그리하여 후반기에 들어선 현대문학은 한국을 비롯 '아시아' '아프리카' 그리고 세계각국의 민족들이 자주국가를 형성해 나가는 가운데서 후반기를 맞이하였으며 또한 이러한 역사적 환경은 현대문학으로 하여금 자아의식의 세계화 내지는 민족화로서 이향을 촉구하고 있는 것이다.21)

위의 글에서 새로 등장한 '민족적 리얼리즘'이라는 용어는 최일수가 만든 것이다. 그는 이 용어의 개념을 풍부하게 설명하고 있지는 않지만, 일차적으로는 서구 현대문학의 예술방법에 상대되는 개념으로 만든 말이며, 두번째로는 민족문학의 예술방법이 되어야 한다는 의미에서 리얼리즘 앞에 '민족적'이라는 관사를 붙인 것으로 보인다. 그는 2차 대전 이후의 서구 현대문학은 방법의 측면에서 현대문학의 특질을 잃어버리고 있는 것으로 파악한다. 그는 서구 사회의 개인주의가 민주주의의 발전에 중요한 계기가 되었듯이, 심리주의 문학도 현대문학에 공헌한 바가 적지 않지만, 그것은 '인간의 잡다한 신변적인 것과 내면적인 생활로만 파고들면서 사회적 환경이라는 객관적 현실을 받아들이지 않았으며, 개인을 통일된 인격으로서가 아니라 의식의 흐름으로 분해시켜버림'22)으로써 사회적인 인간을 그리지 못하게 되었다고 비판한다. 문학은 사회적 환경이라는 객관적 현실에 의해 규정되는 '사회적 인간'을 그려야 한다는 그의 생각은, 단지 현대 서구문학의 비판 근거만이 아니라, 당시에 우리 문학계를 풍미하던 '순수문학'이나 추상적인 '휴머니즘론'을 비판하는 논리적 근거가 된다.

---

21) 최일수, 앞의 글, 11쪽.
22) 최일수, 「현대문학과 민족의식」, 앞의 책, 12쪽.

그가 제기한 '민족적 리얼리즘'의 개념적 내포를 직접 그의 글을 통해 확인해 보면 다음과 같다.

> 그러므로 여기에 있어서 민족문학은 창조적 역능을 가진 작가의 민족적인 세계관이 문학 속에 반영되는 그러한 필연적인 작용을 적극 허용하고 나아가서 그 작가가 역사적 시대정신을 통하여 자기가 옳다고 신념하는 진실을 객관적으로 창조할 수 있는 논리적 해명과 또한 이에 대한 형상적인 표현의 합칙성을 제시할 수 있는 것이다.
>
> 따라서 작가는 자신의 민족의식을 가장 객관적인 위치에 세워서 작품 속에 그 사상성을 제시할 수 있다는 것과 동시에 현실의 올바른 반영을 통하여 독자로 하여금 작가가 지향하는 세계로 이끌어 올릴 수도 있고 또한 동화시킬 수도 있는 것을 강조하는 것이다.
>
> 문학 속에 제시되는 작가의 이러한 민족적인 세계관의 반영은 동시에 사상성의 반영이기도 한 것이며, 또한 작품 속에 작가의 민족의식이 반영된다는 것은 문학의 현실적 참여에 대한 이론적 배경인 것이다. 그러므로 문학의 사상성은 민족의식이라는 하나의 역사적 시대정신이 주제에 직접적으로 밀착하는 현대성의 반영이기도 하다.
>
> 이와 같이 현대문학이 추구하는 민족적 '리얼리즘'은 이러한 역사적 시대정신으로서의 통일된 민족의식을 있는 그대로 반영하며 나아가서 약소민족들이 완전한 자유를 확보하는 데 역점을 두게 된다. 또한 주권의 자립이 계속적으로 이루어지고 있는 이러한 역사적인 관점에서 현실을 파악하고 인식하는 작가의 세계관이 문학 속에 구체적으로 반영되고 또한 현실적으로 참여하게 되는 것을 적극 제기하게 되는 것이다.
>
> 다만 여기서 밝혀 두어야 할 것은 그 작가의 주관적인 편견에서 나온 개념적인 것을 기계적으로 작품에 주입시키려고 한 것이 문제가 될 뿐이라는 점이다. 문학에 있어서 사상적 잘못은 이러한 주입주의에 있는 것이다. 왜냐하면 주입주의야말로 문학예술

의 형상적 본질을 극도로 무시하기 때문이다. 참으로 현실의 있
는 그대로부터 출발한 '리얼리즘'이 행동하는 인간세계에 있어서
가장 커다란 문제인 '아시아'민족의 자주성 확립을 위한 역사적
당위와 결합되어 있는 것은 너무나도 필연적인 소산인 것으로써
주입주의와는 정반대의 차질을 가지고 있다는 것을 입증시켜 준
다(……)여기에서 민족문학의 현대적 정신은 민족의 자주정신의
'모티브'를 가장 현실적으로 반영하고 있는 '리얼리즘'과 결합된
다.23)

위의 인용문은 최일수의 '민족적 리얼리즘'의 요체에 해당하는 부
분으로서, 민족적 리얼리즘이란 첫째로 작가의 세계관과 사상성이 정
당하게 작품에 반영되어야 하며, 둘째로는 이 때의 사상성이나 세계
관은 민족의 자주성을 확립하고 민족이 당면한 구체적인 현실을 역사
적으로 인식하는 것이며, 셋째로는 진정한 리얼리즘이란 개념적인 것
을 기계적으로 작품에 주입하는 것이 아니라 문학예술의 형상적 본질
을 정확하게 인식하는 것이어야 한다는 것을 그 골자로 하고 있다.
50년대 비평계의 척박한 풍토에서 이러한 주장이 제기될 수 있었다는
것은 매우 의미심장한 일이 아닐 수 없다. 리얼리즘이란 말 자체가
대단히 조심스럽게 쓰이던 시절이었음에도 불구하고 그것을 당당히
민족문학의 방법론으로 제시하고, 사상이나 세계관을 적극적으로 반
영하는 문학을 주장하며, 과거 정치편향적 작품의 오류였던 주입주의
의 폐해까지 지적하기를 잊지 않는다는 것은, 민족문학에 대한 그의
고찰의 범위가 문학사의 여러 단계를 넘나드는 것이었음을 짐작하게
한다. 정태용과 최일수 등의 민족문학론에 이르러 우리의 비평은 전
쟁 직후의 두꺼운 냉전의식의 구각(龜殼)을 뚫고 비로소 구체적인 민
족의 현실 문제로 그 비평적 촉수를 가다듬는 계기를 마련하게 된다.

---

23) 최일수, 앞의 글, 17~22쪽.

또한 막연하고 추상적인 인간성 옹호로부터 현실과 사회적 제관계에 의해 규정당하는 구체적이고 역사적인 '인간'의 문제로 관심의 방향을 돌리는 계기를 맞게 된다. 최일수는 당시에 횡행하던 '휴머니즘'이나 '인간성' 등의 비평주제에 대해 이의를 제기하면서, '인간성이란 하나의 본능적이고 생리적인 원형의 상징이 아니라 역사적이고 사회적인 제특징이 인간의 성격을 형성시키는 것'이라고 전제하고, 인간성이란 그것을 형성하는 역사적이고 사회적인 생활로부터 구해져야 함을 역설했다. 결국 그가 말하는 민족의식이나 민족의 자주성 확립 혹은 민족의 현실이란 말들은 하나의 구체적 현실태로 귀결되는 것이며, 인간성의 옹호를 부르짖는 휴머니즘도 바로 이러한 구체적인 현실의 지점으로부터 비롯되지 않으면 안된다는 것을 강조한다. 그것은 바로 '분단된 조국의 현실'이며, 민족문학의 과제란 '분단의 극복'을 의미한다.

> 현실적으로 보아 적어도 오늘의 독일이나 우리 나라와 같은 환경에 살고 있는 민족들은 오늘날 이처럼 절박하고 긴요하게 제시되고 있는 조국통일이라는 민족의 역사적인 명제를 그대로 내던져버린 채 인간성만을 외곬으로 찾을 수가 없다. 또한 그렇게 순수한 상태로 돌아갈 수도 승화할 수도 없는 것이다. 적어도 우리 문학은 죽어가는 어린 아이를 앞에 두고 간호와 구명에 몰두한 아내를 돌보지 않고 혼자만 상아탑 속에서 허무나 운명의 궁극을 헤매며 숙명적인 인생론을 이야기하는 남편의 격이 될 수는 없다.[24]

1970년대 남한의 진보적 문학진영이 보수적 진영의 민족문학론에

---

24) 최일수, 「민족문학과 세계문학」, 『현실의 문학』, 형설출판사, 1976, 92쪽. 원래 이 글은 「문학의 세계성과 민족성」이라는 제목으로 『현대문학』에 1957년 12월에서 1958년 4월에 걸쳐 발표된 논문이다.

맞서 새롭게 이론화했던 '민족문학론'은, 몇 가지 세부적 측면을 제외한다면 50년대의 민족문학론에서 이미 이론적 얼개와 원형이 마련되었던 것이라고 말할 수 있다. 물론 위의 인용문에서 제시하고 있는 통일지향성이 분단체제가 남북한 민족의 삶을 어떻게 왜곡하며 억압하고 있는가를 구체적으로 밝힌 연후에 제시된 것이 아니라는 점에서 다소간 당위론에 가깝다는 점을 지적하지 않을 수 없으며, 동시에 민족문학의 방법론으로 제시한 리얼리즘론은 해방전에 이루어진 논의의 수준과 비교하더라도 상당히 영성하고 범박하다는 한계를 인정하지 않을 수 없지만, 당시 비평계의 안팎을 둘러싸고 있던 여러 가지 조건들, 이를테면 이데올로기적 제약이나 비평가와 작가를 옥죄고 있던 냉전의식, 가시적 또는 비가시적으로 자행되던 검열 등과 같은 당대 사회와 비평계의 선체적인 조류를 생각힐 때 그 이론적 선진성의 측면에서 주목하지 않을 수 없는 문제제기다.

요약하건대, 50년대 민족문학론은 종족적 토대를 기반으로 한 민족문학론과 그에 맞서 제기된 역사적이고 가치평가적인 민족문학론으로 뚜렷이 구분되거니와, 전자가 해방 전의 민족주의 문학의 논리를 일정하게 이어받으면서 해방 직후의 우익 민족문학론의 직접적인 연장선상에 자리잡은 것이었다면, 후자는 이러한 민족문학론의 한계와 문제점을 직시하고 그것의 대안이자 극복의 성격으로 대두된 것이라 할 수 있다. 안타까운 것은 정태용이나 최일수 등에 의해 제기된 민족문학론이 그와는 성격을 달리하는 민족문학론과 이론적인 영향력이나 우위를 다툴 만큼 당시 평단의 이목을 집중시키지 못했다는 것이며, 현실적인 역학관계에서는 여전히 소수의 견해로 남을 수밖에 없었다는 점이다. 그러나 60년대와 70년대를 지나면서 민족민주운동 등의 발전과 함께 성장한 민족문학론의 논의구조를 염두에 둘 때, 50년대 평단에 제기된 다양한 민족문학론의 갈래에서 최일수 등에 의해 제기된 민족문학론이 갖는 비평사적 위상은 각별한 것이 아닐 수 없다. 그리고 이들의 민족문학론은 김동리 등에 의해 제기된 민족문학론과 서로 다른 이론적 기반 위에 서있었던 까닭에 민족문학과 결부된 여러 형태의 각론들, 이를테면 민족문학과 세계문학의 상관관계, 민족문학과 문학 전통의 문제 등에서도 이론적으로 구분될 수밖에 없었다. 그 중에서도 가장 차이나는 부분은 바로 민족문학과 세계문학의 상관관계에 대한 설정이었다.

2. 민족문학과 세계문학의 상호관계에 대한 논의

문학이념으로서의 민족문학론이 50년대 내내 비평적 화두로서 많은 비평가들이 관심을 기울인 주제였다면, 그 각론에 해당하는 주제로 민족문학과 세계문학의 문제 역시 많은 논자들이 그 양자의 관계를 모색했던 중요한 비평과제였다. 이 관계를 제대로 해결하기 위해서는 다음과 같은 몇 가지 질문들을 제기할 수 있다. 먼저 민족문학을 있게 만든 외적 계기로서의 세계문학이란 무엇인가, 그리고 그 때의 세계문학은 서구문학과 같은가, 다른가? 두번째로 세계문학이라는 범주를 가능하게 만드는 보편성은 무엇인가? 결국 그것은 문학의 세계성이란 것으로 바꾸어 말할 수 있을 터인데, 그러한 세계성은 어떻게 확보될 수 있는가? 세번째로는 한국문학, 또는 민족문학을 세계문학화 한다는 것은 무엇을 의미하는가?

이상의 질문은 민족문학과 세계문학을 둘러싼 50년대 비평의 고민거리이기도 했지만 동시에 20세기를 마감하는 오늘날에도 여전히 우리에게는 하나의 과제로 남아있는 문제가 아닌가 생각한다. 이 문제가 여전히 오늘날에도 해결해야 할 과제로 제출되어 있다는 사실은,

이 과제가 한시적(限時的)인 것이 아니라 민족문학이 존재하고 또 그 대항적 개념으로서 세계문학이 존재하는 한 계속 제기되어야 할 성질의 문제임을 확인시켜주는 것이기도 하지만, 역설적으로 그 문제가 문제로 상정될 당시부터 제대로 된 모색과 탐구가 이루어지지 않았음을 반증하는 것이기도 하다.

우선 첫번째 질문부터 생각해 보자. 이 당시에 명시적으로 세계문학은 곧 서구문학을 가리키는 것이라고 규정한 사람은 아무도 없지만, 대부분의 비평가들의 의식 속에는 세계문학은 서구 선진제국의 문학이라는 굳은 관념이 자리잡고 있었다. 만일에 서구문학이 곧 세계문학일 수는 없다고 생각했다면 이미 그것만으로 그 다음에 제기될 많은 문제들의 방향이 달라질 뿐더러, 그러한 생각 자체가 기존의 관념을 혁신하는 선진성을 지닌 것이라고 해도 지나치지 않을 만큼, 이 시기에 거론되는 세계문학은 서구문학을 가리키는 것 이상일 수가 없었다. 그것도 대체로 영국, 프랑스, 독일, 러시아의 근대문학을 뜻했고, 부분적으로 50년대 들어와 갑자기 관심의 대상으로 떠오르기 시작한 미국의 현대문학이 포함되는 정도의 한정적인 것이었다. 세계문학의 내포가 이렇게 설정되었을 때, 많은 모더니스트들에게 민족문학(또는 한국문학)과 세계문학의 관계는 후진성과 선진성이라는 문제로 제기되고[25], 민족문학론자에게는 '가장 민족적인 문학이 가장 세계적인 문학'이라는 오래된 명제가 적용되는, 서구문학과 다른 민족문학의 특질 찾기와 관련된 특수성과 보편성의 문제로 대두된다. 이것이 두번째 질문에서 생각할 수 있는 가능성이다. 그리고 이럴 경우에 당

---

25) 좀더 엄밀하게 말한다면, 50년대 모더니스트들에게 이 문제는 현대문학과 근대문학, 혹은 현대문학과 전근대문학(즉, 전통문학)의 관계로 전화(轉化)된다고 할 수 있다. 모더니스트에게는 애초 민족문학이라는 범주가 커다란 의미를 지니지 못하듯이, 세계문학이라는 범주 역시 실체를 띤 범주로 인식되지 않는다.

장 문학의 전통이란 것이 전자에게는 버리고 싶은 유산이 되고, 후자
에게는 민족적 특질을 내장한 문학의 보고(寶庫)가 된다. 이 두 가지
방향 모두 일종의 편향이라고 하지 않을 수 없으며, 따라서 민족문학
과 세계문학의 관계를 바르게 모색하는 길이라고 생각하기 어렵다.

　50년대 비평이 이러한 문제들을 어떻게 인식했는지 그 구체적인
모색의 과정을 살펴보되, 먼저 민족문학과 세계문학의 관계 정립을
모색한 몇몇 논자의 생각을 정리하면 다음과 같다.

> 민족문학에 참가할 수 있는 것은 가장 개성적인 문학이다. 이
> 것은 무성격적인 것이 성격적인 것을 구성하는 한 요소가 될 수
> 없기 때문이다 이와 마찬가지로 세계문학에 참가될 수 있는 것은
> 무성격한 여러 민족의 여러 문학이 아니라 특성을 가진 여러 민
> 족의 민족문학이다(……) 특성있는 여러 민족문학은 세계문학을
> 구성하는 한 요소이며 세계문학의 구체적인 내용은 여러 특성있
> 는 민족문학이다. 그러므로 동일한 문학일지라도 이것은 민족적
> 인 특성을 바라보면 민족문학이요 인류적인 보편성에서 바라보면
> 세계문학이 된다.26)

　'가장 민족적인 것이 가장 세계적인 것'이라는 명제에 가장 잘 부
합하는 일반론이 이 경우일 것이다. 조연현은 '민족의 문학'과 '민족
문학'을 구별짓는데, '민족의 문학'이란 민족에 의해 창작된 문학 전
체를 가리키지만, '민족문학'이란 그 중에서도 민족문학다운 개성을
가장 잘 구현한 문학만을 가리키는 것이라고 한정함으로써 일종의 가
치개념으로 민족문학을 설정한다. 그러한 민족문학의 총합이 곧 세계
문학이니 그가 상정한 세계문학은 개성있는 민족문학의 질적 통합이
라는 것이다. 이 경우에 가장 문제되는 것은 과연 민족문학의 '개성'

---

26) 조연현, 「민족문학과 세계문학」, 『자유신문』, 1958. 1. 1.

이란 무엇인가에 대한 범주설정의 어려움이다. 인류 가운데 수많은 민족이 있고 그러한 민족이 지닌 각각의 역사와 문화와 종족적 특질과 언어가 다 다르므로 그야말로 '개성'이란 일률적으로 규정할 수 없는 것이라고 한다면, 세계문학의 범주는 단지 민족문학의 총합만을 의미할 뿐, 그것 자체의 고유한 속성은 지니지 못한 것이 될 것이다. 다시 말하면, 세계문학을 범주화하는 보편성은 존재할 여지가 없게 되고 만다. 일종의 상대주의라고 할 수 있는 이 논리에서는 사실상 세계문학이란 범주는 별 의미가 없다. 김종후의 논리도 조연현의 연장선상에 놓여 있다. 그 역시 세계문학의 보편성을 회의하고 있으며, 좀더 엄밀하게 말하면 보편성을 부정하고 있다.

> 흔히 문학의 보편성을 말할 때 보편성의 기본문제를 등한시 하거나 심지어는 도외시 해버리는 수가 많다(……)문학이 '세계적이며 인간적이어야 한다'하는 말은 이제와서 우리의 귀에는 상식 이전의 말로 들려온다. 그렇다면 요즘 문학이 이 보편적인 인간성·세계성을 띠게 하기 위해서는 한낱 민족의 경계를 넘어서의 취재라든가 사고방식의 전용 혹은 언어의 차용 등으로서만 해결 될 수 있는 문제인가?[27]

앞에서도 잠깐 언급했듯이 김종후는 민족언어의 특수성을 절대화하려는 입장이어서 민족언어를 곧 민족심리학으로 발전시켜야 한다는 주장을 편다. 예컨대, 총소리를 형용하는 말이 인도유럽 어족에서는 /p/라는 파열음을 주조로 하여 하나의 변종의 무리를 형성하는데 비해 우랄알타이 어족에서는 /t/음을 주조로 한 변종의 무리가 형성되는 것은 결코 우연한 현상이 아니라는 것이다. 왜 한국어에서는 총소리의 형용을 '탕'이라고 하는지 그 필연성을 밝혀내는 것이 곧 민족

---

27) 김종후, 앞의 글.

언어를 바탕으로 한 민족심리학의 출발이며, 민족문학의 특질은 그런 과정을 통해 밝혀질 수 있다는 것이다. 비유적으로 말하자면, 이러한 논리는 '다른 나라 말이나 다른 민족언어로 번역되어 공감을 일으킬 수 있는 작품은 진정한 민족문학이라고 할 수 없다. 진정한 민족문학은 끝끝내 그 민족언어 이외의 것으로는 도저히 옮겨낼 수 없는 언어로 채워진 것이다'라는 극단론이라고 할 수 있다. 대체로 이런 논리에서는 민족문학은 실체로 존재하지만 세계문학의 범주는 단지 민족문학의 합집합정도의 의미 그 이상이 되기가 어렵다.

그러나 한편으로는 이 관계를 다소 변증법적인 상호침투의 관계로 파악한 예도 없지 않다. 김기완은 세계문학과 한국문학을 일반자와 보편자의 관계로 설정한 뒤, '세계는 여러 특수(特殊)를 한꺼번에 결(缺)할 수도 없고, 또 많은 특수(特殊)를 한 빛깔로 물들여도 안된다. 여럿을 한꺼번에 결할 때 그 자신의 실재성을 잃고 여럿을 하나로 물들일 때 세계는 헛된 추상적 보편에 떨어진다'[28]고 그 상관관계를 밝히고, 한국문화는 세계문화의 변화에 영향을 미치고, 세계문화는 한국문화에 영향을 미쳐 서로 상호 침투하는 관계를 유지한다고 본다.

그런데 한국문화가 세계문화의 한 표현이라고 해서 한국문화로서의 빛과 냄새를 잃어서는 안됩니다. 한국문화가 어디까지든지 자기를 한국문화로 지키는 길이 다름 아닌 세계문화에로 나아가는 길입니다(……)한국의 문화는 어디까지든지 한국문화로서 나아가야 하거니와 이것은 결코 한국문화가 세계문화의 역사적 전개로부터 떨어져 나올 수 있고 또 나와야 한다는 것을 의미하는 것이 아닙니다. 한국문화는 한편 한국의 역사적 현실로부터 다른 한편 세계의 문화적 상태로부터 규정되는 것으로서 한국의 현실이 세계의 현실에 대하여 한국의 문화가 세계의 문화에 대하

28) 김기완, 「한민족의 문화적 책임」, 『사상』, 1952. 11.

여 때로 깊고 옅고 두텁고 엷은 작용을 미치는 데 미쳐 한국문화
의 논리는 그 다채유현한 선을 그리게 됩니다.[29]

김기완의 글은 문학이 아니라 문화일반을 대상으로 하고 있다는
점에서, 위 인용문에 제시된 논리를 곧장 문학에 연결짓기 곤란한 점
이 있기는 하다. 그 뿐만 아니라 논의 자체가 일단은 추상적인 일반
론을 펼치고 있어서 과연 문화가 작은 단위로부터 큰 단위로 다시 큰
단위에서 작은 단위로 상호침투하는 과정이 어떻게 가능한가에 대한
구체적인 서술은 전혀 이루어지지 않고 있다는 점에서 한계를 지니고
있다. 그러나 민족단위의 문화가(물론 문학도 여기에 포함될 것이다)
민족 자체의 역사적 현실의 규정을 받을 뿐 아니라 세계현실의 규정
을 받는다는 것과, 세계문화는 민족단위의 문화에 의해 다시 일정한
영향을 받을 수밖에 없다는 논리는 앞서 살펴 본 글들에 비하면 한결
역동적이면서도 균형잡힌 시각이라고 할 수 있다. 세계문학이란 민족
문학들의 단순한 총합이 아니라, 민족문학끼리의 활발한 교류에 의해
형성된다는 것까지도 위의 글은 암시하고 있는 것이다.

그러나 조금씩 논리의 차이를 보이고는 있지만 이상의 세 사람이
제시한 민족문학과 세계문학의 '관계론'은, 민족문학이 하나의 특수자
로서 개별단위의 민족적 개성을 포지하면서도, 동시에 그러한 민족적
개성이 지양되어 세계적 보편성을 띠게 되는 변증법적 과정에 대해서
는 뚜렷한 논리를 제시하지 못하는 한계를 공통적으로 보여주고 있
다. 물론 이 때의 '세계적 보편성'이란 과연 무엇인가 하는 매우 어려
운 문제가 제기되고, 그것은 서구문학의 보편성과 어떻게 다른가 하
는, 지금까지도 세계문학의 주변부를 형성해왔을 뿐인 우리로서는 매
우 난감할 수밖에 없는 새로운 과제를 낳게 된다. 그러나 민족문학과

---

29) 김기완, 앞의 글.

세계문학의 관계를 논하기 위해서는 이것은 비껴갈 수 없는 문제라고
할 수 있다.

김동리는 이 과제를 해방 직후부터 줄곧 '제3휴머니즘'이라는 명목
으로 제시해 왔다.

> 민족문학이란 원칙적으로 민족정신이 기본되어야 하는 것이며
> 민족정신이란 본질적으로 민족단위의 휴맨이즘 이외의 아무것도
> 아니기 때문이다. 우리는 민족적으로 과거 반세기 동안 이족의
> 억압과 모멸 속에 허덕이다가 오랜 역사에서 배양된 호매(豪邁)
> 한 민족정신이 그 해방을 초래하여 오늘날의 민족정신 신장의 역
> 사적 현실을 보게 되었거니와 이것은 곧 데모크라씨로써 표방되
> 는 세계사적 휴맨이즘의 연쇄적 필연성에서 오는 민족단위의 휴
> 맨이즘으로서 규정할 수 있는 것이다. 이와 같이 민족정신을 민
> 족단위의 휴맨이즘으로 볼 때 휴맨이즘을 그 기본내용으로 하는
> 순수문학과 민족정신이 기본되는 민족문학과의 관계란 벌써 본질
> 적으로 별개의 것일 수 없다는 것을 알 수 있다. 우리가 목적하
> 는 민족문학이 세계문학의 일환으로서의 민족문학인 것처럼 우리
> 의 민족정신이란 것도 세계사적 휴맨이즘을 세계사적 각도에서
> 내포하고 있는 것이 오늘날 순수문학의 문학정신인 것이다. 여기
> '세계사적 각도'라고 한 것은 상술한 바와 같이 세계정신사의 제3
> 기적 휴맨이즘에의 '지향'을 의미하는 것인데 제3기 휴맨이즘의
> 본격적 출발은 동서정신의 '창조적 지양'에서의 새로운 정신적
> 원천의 양성으로서만 가능할 것이다. 이제 역사적으로 신장하려
> 는 민족정신에 입각하여 동양적 대예지의 문학을 수립하고 제3기
> 휴맨이즘의 세계사적 성격을 천명함으로써 민족문학이면서 곧 세
> 계문학의 지위를 확립하는 데 이 땅 순수문학 정신의 전면적 지
> 표가 있다고 생각한다.[30]

---

30) 김동리, 「순수문학의 진의」, 『문학과 인간』, 1948, 백민문화사, 108~109쪽.
  이 글은 50년대의 비평은 아니지만, 김동리가 1954년 「민족문학의 이념과
  현실」에서 다시 이러한 논지를 반복·강조하므로 50년대에도 여전히 유효

김동리는 세계문학의 보편성으로 '제3기 휴머니즘'을 제시한다. 그의 민족문학론이라 할 수 있는 '순수문학론'은 이 '제3기 휴머니즘'이 민족을 단위로 하여 구현되는 것을 의미한다. 그가 보편성의 이론적 근거로 제시한 제3휴머니즘이란 인류의 정신사를 인간주의를 중심으로 나누었을 때, 제1기에 해당하는 희랍시대의 인간주의와 제2기에 해당하는 르네상스시대의 인간주의를 거친 제3기의 인간주의에 해당하는 것으로, 르네상스 인간주의로 대표되는 근대자본주의의 물질주의와 기계주의 및 과학주의를 극복한 새로운 인간주의를 말하는 것이다. 제3휴머니즘의 구체적인 내용이 무엇인가 하는 물음을 잠시 접어둔다면, 제3휴머니즘을 매개로 하여 민족문학과 세계문학의 상호교류와 소통이 이루어질 수 있는 이론적 근거는 일단 마련된 셈이므로, 앞서 살펴본 논의에 비한다면 이는 논리적으로는 일단 앞선 것이라 하지 않을 수 없다. 더욱이 20 세기에 들어와 두 차례의 엄청난 세계대전을 경험한 인류는 '근대'를 가능케 했던 합리주의와 과학주의에 대해 심각한 회의와 반성을 표명하기 시작했으며, 그 산물이라 할 현대의 물질문명과 기계문명의 발달에 반비례하여 나타난 인간 소외와 인간생명의 경시와 같은 치명적인 부작용에 대해 깊은 우려를 표시하기 시작한 점을 생각하면, 김동리의 이러한 문제제기는 당대의 세계적 상황과도 밀접한 관련을 맺고 있는 것이다. 합리주의와 과학주의에 대한 회의와 부정을 끝까지 밀고 나가면 결국 도달하게 되는 지점은 '근대'를 태동했던 이른바 '계몽이성'의 부정이라는 탈근대의 논리라고 할 수 있다. 실제 김동리의 순수문학론과 제3휴머니즘도 이러한 근대부정과 그에 이른 탈근대의 지향을 드러내 보이고 있다.[31]

한 논리라고 판단하여 논의의 대상으로 삼는다.

31) 김동리 문학론의 '근대성 인식'을 반(反)근대론이라는 입장에서 일관되게 연구한 최근의 성과로는 김윤식의 일련의 작업을 꼽을 수 있다. 김윤식, 『한국근대문학사상연구 2』, 아세아문화사, 1994. 김동리의 논리가 직접적

　　김동리의 제3휴머니즘에 기반한 민족문학의 논리는 서구문학에 대한 동양문학, 혹은 한국문학의 자기동일성 확보를 위한 강력한 대항적 개념으로 제시된 것이라고 볼 수 있다. 그의 인용문 마지막 부분에 제시된 바, '제3기 휴맨이즘의 본격적 출발은 동서정신의 '창조적 지양'에서의 새로운 정신적 원천의 양성으로서만 가능할 것'이라는 구절에서의 동서정신의 창조적 지양은 실상 그의 작품을 통해서 는

으로 계몽이성의 부정과 탈근대론에 입각해 있음은 다음의 인용문에서 명시적으로 드러난다. '근대주의의 말로에서 도달된 과학만능주의와 기계문명주의 등은 고대에 있어서의 신화적 미신적 제신(諸神)의 우상처럼, 중세에 있어서의 계율화한 전제신의 압제처럼, 또 다시 한개 새로운 근대적 우상이 되어 인간에게서 꿈과 신비와 낭만과 그리고 구경적인 욕구를 박탈하게 되었다. 여기서 인간은 이 과학주의 물질주의 기계주의를 비판하고 이를 초극하고저 하는 새로운 의욕에 도달하게 된 것이며 이것이 곧 제 3휴맨이즘이란 표어로서 대표되는 제 3세계관에의 지향이라 일컫는 것이다(……)그 정치제도와 경제기구와 '생활자료 산출방법'에 있어서의 갖은 모순과 죄악과 불합리 불공평들을 과학적으로 구체적으로 통렬히 해부 비판한 맑시즘 체계의 세계관은 그 체계구성의 조직과 방법에 있어, 또 그 유물론적 인식론적 태도에 있어 완전히 과학주의, 물질주의, 기계주의를 취하게 되었던 것이므로 그 사회관에 있어서는 근대주의(자본주의사회)에 강경히 항거하였음에도 불구하고 그 유물론적 인식론적 본질에 있어서는 당연히 양기(揚棄)되어야 할 근대주의의 연장과 그 여식의 응결에 불과하게 되었던 것이니(……)제 3휴맨이즘은 이와 같이 자본주의사회의 모순과 결함을 근본적으로 시정하는 일방, 맑시즘 체계의 획일적 공식적 메카니즘을 지양하는 데서 새로운 고차원의 제 3세계관을 확립하려는 데에 그 지향이 있다'- 김동리, 「본격문학과 제 3세계관의 전망」, 앞의 책, 127~129쪽. 한 가지 흥미로운 사실은, 인용문에서 보이듯이, 그가 맑시즘을 근대 자본주의 체제의 모순을 극복할 수 있는 현실적 대안임을 부인하지 않고 그 타당성을 부분적으로 인정하면서도, 궁극적으로 그것이 근대주의(즉, 계몽이성)의 '아들'이라는 점에서 '근대'를 넘어설 수 있는 이념적 대안으로 인정하지 않는다는 점이다. 이런 점에서 김동리는 50년대 비평에서의 근대성 인식에 있어서 '탈근대론'을 내세운 비평가 계보의 선두에 서 있다고 할 수 있다. 전통논의에서 살펴보겠지만, 이러한 탈근대론의 외곽에는 젊은 비평가들도 상당수 이론적인 친연성(親緣性)을 나타낸다. 대표적으로 김상일과 문덕수, 이종후 등을 들 수 있다.

지양이라기보다는 서양정신의 부정과 동양정신으로의 회귀로 드러난
다. 이 때의 서양정신이란 김동리의 논법으로 하면, '근대주의(즉, 합
리주의와 과학주의를 그 내용으로 하는)'가 되고 동양정신이란 그에
대항되는 것, 그의 작품을 통해 발견되는 바로는 동양의 운명적이고
초월적인 불교나 도교의 세계이거나, 그렇지 않으면 체계화되지 않은
주술적 샤머니즘의 세계나 토속신앙의 세계라고 볼 수 있을 것이다.
그가 설정한 휴머니즘의 제1기와 제2기는 모두 서양의 역사에서 구현
되었던 것이므로, 실상 그가 말하는 제3기란 시간적 개념으로서의
'세번째 것'이라는 의미보다는, 공간적 의미로서 지금까지 세계문학의
주류로 한번도 부각되어보지 못한 동양문학의 전통 사상과 토착종교
의 세계를 상정하고 있음을 발견하게 된다. 휴머니즘과 연관지어 말
한다면, 김동리가 보기에는 동양의 휴머니즘적 전통이 신을 부정하고
인간을 세계의 중심에 놓으며 출발했던 서구 근대 휴머니즘보다는 훨
씬 더 신에 가깝고 인간과 신이 조화를 이룰 가능성을 더 많이 내포
하고 있는 휴머니즘이라 판단되었기 때문일 것이다.

　여기에서 우리는 민족문학과 세계문학의 관계를 설정할 때 저지르
는, 유서깊은 관념적 오류의 한 단초를 발견하게 된다. 아주 범박하게
도식화하자면, 서양은 물질중심의 문화이고 동양은 정신중심의 문화
라는, 물질 대 정신의 이분법이라 할 수 있다. 대체 수 천 년을 두고
형성되어 온 문화의 총체적 성격을 단지 공간을 중심으로 이토록 간
단하고 단순한 본질론으로 치달을 수 있는 것인지 의심스러운 일이기
도 하거니와, 더욱 안타까운 것은 50년대 당시에 김동리의 이러한 문
학관을 비판하는 여러 신구세대 비평가들조차 근본적으로 이러한 이
분법적 도식에서 그리 멀리 벗어나 있지 않다는 사실이다. 이러한 논
리는 기본적으로 관념적 성격을 벗어나기 어려운 것인데, 무엇보다도
하나의 사상이나 철학이 정신문화의 체계를 이루어나가는 역사적 규

정성들을 철저히 무시해버린다는 점에 문제를 안고 있는 것이다.

　김동리의 이러한 민족문학관은 이미 해방 직후 논쟁을 통해서도 그 몰역사적 성격이 드러나거니와[32], 백철이 정확히 비판한 대로 김동리 휴머니즘에서 드러나는 '인간'일반에 대한 이해와 '인간성'이란 범주가 역사나 사회와 같은 여러 연관과 전혀 상관없이 추상적으로 절대화되어 있다는 점이다.

　　그러나 여기서 나는 일례를 들어서 우리 문단의 일부에서는 인간을 그 사회성과 아주 분리해서 별개의 것으로 파악하는 경우를 생각해보려 한다(……)이것은 아마 김씨(김동리를 가리킴 – 인용자)의 인간주의 학론(學論)의 거점인 듯 문학은 속된 현실을 건드릴 수도 있지만 순수한 인간본질의 세계를 그리는 것이 정말 순수문학이요 본격문학이라는 뜻과 상통해 있는 듯하다. 이러한 인간관은 내가 생각컨대 동양의 선천성의 인간관에 근원을 가진 듯, 그 점에서 우리 문학이 현재와 같이, 될 수 있으면 자기고유의 것 우리 전통의 것을 찾아 활용해야 할 때에 그와 같은 김동리씨의 견해를 경시하고 싶지 않지만 그러나 아무리 우리 것이라 해도 무조건하고 맹목적인 묵수를 할 수도 없으며 또 중요한 것을 가져오는 데 있어서도 그것을 일차 극복하고 발전시켜서 현대화운동으로 전개하지 않으면 우리는 모처럼의 호의가 뜻밖에 반동적인 해독을 끼치기가 쉽다.[33]

---

32) 김병규가 김동리와 논쟁을 벌이면서 김동리의 휴머니즘 이해가 몰역사적이라는 점을 지적하면서, '르네상스 휴머니즘은 자본주의를 태동시켰던 신흥계급의 세계관으로 한정지어야 할 것'을 주장한 것은 김동리 휴머니즘의 논리적 허점을 찌른 것이라고 할 수 있다. 김병규,「순수와 정치」,『신천지』, 1947.1. 김병규의 이 글이 지닌 합리적 핵심은 인류의 정신사에서 출현했던 휴머니즘의 구체적인 역사적 계기를 인식해야 한다는 것에 있다.

33) 백철,「세계문학과 우리 문학」,『조선일보』, 1956. 9. 22.

휴머니즘의 본질이 김동리의 말대로 '생명력을 가진 존재'로서의 인간이 지닌 '자유향상에의 욕구'를 추구하는 것[34]이라 전제할 때, 인간 생명력의 충일과 그 자유에의 의지를 저해하는 요소와 싸워서 그것을 제거하고 인간성의 본질이라 할 생명력과 자유에의 욕구를 신장시키는 것이 휴머니즘의 구체적 내용이 될 것이다. 인류 역사의 매 시기마다 이러한 제약과 장애요소는 늘 다른 형태로 나타난다. 그리고 그것이 외화되는 형식은 주로 사회제도나 정치구조, 또는 그것을 담당하는 기구의 형태라고 할 수 있다. 인간의 '인간다움'을 보장하고 그것이 제대로 발현되기를 꿈꾸는 것이 휴머니즘의 가장 원론적인 내용이라고 할 때, 인간이 '인간다움'을 실현시키지 못하도록 만드는 제반의 장애요소들이 현실 속에서 나타날 때, 그러한 요소들을 외면한 채 '인간다움'을 지향할 도리는 어느 곳에서도 찾을 수 없지 않은가. 김동리가 설정한 민족문학과 세계문학의 관계는 다른 논자들과는 달리, 세계문학의 보편성, 즉 문학의 세계성이란 규범을 마련하려 했다는 점에서는 독특한 논리에 기반한 것이지만, 이상에서 살펴 본 대로 동양과 서양이라는 이분법의 도식성과 '인간성' 이해의 관념성 등이 뒤섞여 그 둘의 관계를 올바르게 해명하는 쪽으로 나아가지 못했다고 할 수 있다.

김동리의 휴머니즘론이 지닌 이론적 문제점은 그의 문학론 전개과정을 검토해 볼 때 이미 해방 전부터 나타나고 있었다. 1930년대 말부터 40년대 초에 걸쳐 있었던 이른바 '세대논쟁'[35]에서 김동리는 신

---

34) 김동리, 「본격문학과 제3세계관의 전망」, 앞의 책, 120~123쪽.
35) 세대론과 순수문학논쟁의 전개양상 및 비평사적 의미는 김영민의 『한국문학비평논쟁사』(한길사, 1992) 제12장 '세대론과 순수문학 이론논쟁'을 참조할 것. 이 글에서 김영민은 해방 이후 김동리의 순수문학의 이론적 근거를 해방 전 세대론과 순수문학논쟁에서 김동리가 펼친 논의에서 찾고, 해방 전의 김동리의 문학론이 왜곡된 휴머니즘과 비현실적 순수문학론을 연결짓는 비평사적 근거가 되었다고 비판했다.

세대의 기수로 등장하여 유진오를 비롯한 기성세대 비평가와 작가들을 문학의 순수성이라는 개념을 무기로 하여 신랄히 공격하면서 논쟁의 한 축을 담당한 바 있었다. 수 차례의 논전이 거듭되던 말미에 김동리는 「신세대의 문학정신」이란 글을 발표하여, 신진작가의 문학정신은 '인간성 옹호와 탐구'에 있는 것이라고 규정하여 그의 순수문학론과 휴머니즘론을 이론적으로 결합시키려고 했다. 휴머니즘의 문제는 이미 세대논쟁이 시작되기 이전에 한 차례 당시의 비평계를 휩쓸고 지나간 쟁점이었으며, 이 논쟁이 진행되는 과정에서 휴머니즘의 다양한 역사적 규정과 조건이 밝혀진 바 있었음에도 불구하고, 김동리는 다시 휴머니즘을 매우 추상적이고 소박한 형태로 제기했던 것이다. 이러한 추상적 휴머니즘에 대한 비판은 이미 앞에서 백철의 지적을 통해서도 이루어졌지만, 최일수도 당시 순수문학론의 이론적 근거로 작용하고 있던 이 '휴머니즘'에 대해 '본능적이고 생리적인 현상으로서의 인간의 원상(原象)이 아니라 역사적이고 사회적인 제 특징에 의해 규정되는 인간의 성격으로서의 인간성'[36]이 거론되어야 할 것을 주장하면서, 김동리 류의 휴머니즘을 비판했다.

젊은 비평가 중에서 김동리의 이러한 구도를 이어받아 논리적으로 더욱 확대시킨 이가 김양수이다. 그는 1957년에 발표한 「민족문학 확립의 과제」에서 서구는 물질문명의 풍요를 이룩한 근대를 낳았으나, 그 기술지상주의적인 물질문명이 서구의 근대 전체를 파탄에 몰아넣을 위기에 처해 있는데, 그럼에도 아시아는 그런 서구의 근대를(그것도 물질문명 중심으로) 수용하기에 급급해 있다고 비판한 후, 아시아의 세계사적 지향은 물질문명의 '물질'과 그것을 뛰어넘을 '방법'을 동시에 추구하는 것이어야 한다고 강조했다. 이것이야말로 민족문학의 '지방인 근성'을 극복하고, 인류전체의 과제에 곧바로 대응하는 민

---

36) 최일수, 「민족문학과 세계문학」, 앞의 책, 92쪽.

족문학의 이념이라는 것이다.

그가 개진하는 논리의 합리적 핵심은 아시아 여러 나라와 민족의 기형적 근대성에 관한 통찰인데, 그것은 '서구의 근대가 붕괴하는 단계에 아시아가 근대화에 직면했다는 사태의 복잡함에 원인이 있다'는 것으로 집약된다. 이것을 극복하는 유일한 방편은, 다시 말하면 '근대'를 가운데 놓고 보았을 때 서구와 아시아 사이에 존재하는 불연속선을 뛰어 넘는 길은, '세계의 동시성'을 자각하는 비평의식의 수립에 있는 것이라고 주장한다.

> 오늘의 전세계의 정신적 시력의 초점은 민족과 민족과의 연립 및 연합체를 구성하는 데 있으며 이는 세계적인 시력과 국제적인 시점을 지향하는 데 있는 것이다. 오늘의 전세계의 생활이념은 양의 동과 서를 대비하는 소극적인 상호이해에의 지향이나 민족과 민족과를 인정 및 구별하는 민족자결에의 '푸로세스'를 지나서 전인류의 공통된 활로를 동일한 시간관념과 공간의식으로서 추구하는 데 있다(……)민족으로서의 인간이기보다는 인류의 일분자로서의 인간의 위치가 어느 때보다도 절실히 강조되고 있는 때문인 것이다(……) 그러므로 중대한 것은 구라파가 초극하려는 '물질'과 '방법'을 아세아는 '지방인 근성'을 넘어선 주체의 확립의 수단으로 사용해야 하는 것이다. 그것은 <세계의 동시성>을 '물질'과 '방법'에 의해 받아들일 수 있는 사상적 및 문화적 역사적 시점을 쌓아 올리는 데 있는 것이다. 그리하여 다시 집중되는 곳은 '물질'과 '방법'의 세계의 위대성에로인 것이다(……)전인류적 세계사의 자각 아래 오늘의 물질문명과 기계문명을 대하는 태도야말로 정신혁명을 수행하는 정신적 주체의 확립이 이룩될 수 있는 길인 것이다.[37]

---

37) 김양수, 「민족문학확립의 과제-이십세기적 관점에서의 방법론」, 『현대문학』, 1957. 12.

이러한 논리가 또다른 관념론의 변종이라는 혐의를 벗기 어려운 이유는 다른 데 있는 것이 아니라, 시간적으로 지체된 아시아의 근대가 과연 '세계적 동시성'을 확보하는 주체적 '의식'만으로 서구 근대의 파탄까지 포괄하는 극복의 대안을 마련할 수 있겠는가 하는 의문을 갖게 만드는 데 있다. 위의 인용문에 나와 있듯이, '민족으로서의 인간이기보다는 인류의 일분자라는 자각이 더 절실하다'고 강변할 만큼 의식의 차원을 인류와 세계에 두기를 거듭 주장하고 있는데, 이것은 왜곡되고 기형적인 아시아의 근대로 인해 형성된 아시아 문학의 후진성, 또는 범위를 좁히자면 한국문학의 후진성에 대한 열패감과 서구의 현대문학의 일탈을 넘어서고자 하는 조급함이 함께 만들어낸 일종의 '주의주의(主意主義)'라고 할 수 있을 것이다. 어김없이 이러한 논리의 바탕에도 한국문학 대 서구문학이라는 이항대립적 의식이 자리잡고 있다. 지체현상 혹은 후진성의 자각에서 생기는 열패감과 조급함이 곧 서구 근대사회의 모순을 극복할 대안을 아시아 내지는 한국에서 찾게 만드는 관념론의 근거가 된다. 한국전쟁이 냉전논리에 의해 곧바로 세계사적 보편성에 입각하여 해석되고 수용되었듯이, 서구문학을 타자화 하면서 생겨난 한국문학의 자기동일성에 대한 욕구는 곧 한국문학의 세계성을 민족의 구체적 현실이나 역사과정을 몰각한 채, 동양과 서양이라는 단순한 이분법에 입각해 해석하도록 함으로써 올바른 해결을 모색하기 어렵게 만들었다.

위의 인용문에는 '이제 양의 동과 서를 대비하여 상호이해를 지향하는 것은 소극적'이라고 못박음으로써 자신의 입론이 동양과 서양의 대비 따위 낡은 이분법에 기대고 있지 않음을 선언적으로 보이려 애쓰고 있지만, 그의 논리가 실은 그러한 이분법에서 결코 자유롭지 않음을 논의의 전개과정에서도 살펴 보았거니와, 설사 그러한 선언적 내용을 액면 그대로 받아들인다고 가정하더라도, 분명히 서구의 선진제국과 아시아의 여러 약소민족 사이에 정치·경제·문화의 여러 측면에서 불평등의 요소와 억압기전들이 구체적인 현실의 문제로 엄연히 존재하는 상황에서는 오히려 '물질 대 정신'이라는 관념적인 대립구도가 아니라 정치와 경제 및 사회, 문화 따위 구체적인 측면에서 오히려 더 치밀하고 냉정하게 '양의 동과 서'를 나누어 살펴볼 필요성이 대두된다고 하겠다.

세계문학이라는 범주와 용어를 가장 먼저 사용한 것으로 알려진 괴테의 경우, 그가 설정한 '세계문학'이란 단지 민족문학의 총합을 의미하는 추상적인 집합개념이 아니라 시민적 공동체의 이념에 바탕을 둔 정신적 산물이 마치 물질이 교역되듯이 초개인적이고 초국가적으로 상호교류됨을 의미하는 것이었다. 하우저는 괴테가 제기한 세계문학의 이론과 실제는 세계무역의 목적과 방법에 의해 조건지어진 문명의 산물이며, 여러 나라들 사이의 정신적 상품의 교환을 무역과 비교했던 괴테의 발언 자체가 이러한 상관관계를 암시하고 있다고 설명했다. 그리고 이러한 이념 교류의 개념적 근원은 직접적으로 산업혁명의 체험과 연결되어 있는 것이라 보았다.[38] 괴테가 꿈꾸었던 독일 시민계급의 미덕이 반영된 근대문학의 세계적 보편화는 마르크스와 엥겔스에 이르러 부르주아지의 혁명적 역할에 힘입어 구체적 가능성으로서의 세계문학을 상정하게 된다.

> 낡은 지방적이고 민족적인 자급 자족과 고립 대신에 모든 부면에서 민족들 상호간의 교류와 보편적인 의존이 등장한다. 그리고 이러한 현상은 물질적 생산에서나 정신적 생산에서나 마찬가지로 나타난다. 개별 민족들의 정신적 창작물은 공동 재산이 된다. 민족적 일면성과 편협함은 더욱더 불가능하게 되고, 수많은

---

38) 아놀드 하우저, 『문학과 예술의 사회사─근세편 하』, 백낙청·반성완 옮김, 창작과 비평사, 1981, 151~152쪽.

민족적 문학이나 지방적인 문학들로부터 하나의 세계문학이 등장
한다.39)

이 경우에 말하는 세계문학이나 혹은 문학의 세계성이라는 범주는
지금까지 여러 논자들의 의견들을 검토하면서 반복되었던 그러한 것
과는 전혀 딴판의 내용이다. 관념적이든 구체적이든 이를테면 인류
지혜의 총화라든지, 휴머니즘 등으로 구현되는 보편성이 아니라, 그야
말로 시장확보를 위한 부르주아지의 혁명적 활동을 전지구적으로 전
분야에 걸쳐 전개하는 가운데, 문학 영역이라고 예외가 있을 수 없음
을 가리키는 말이다. 삶의 전부면에 걸친 물질의 소비양태가 결국 사
람들의 삶의 방식과 양태의 총화이고, 의식마저도 궁극에 가서는 그
러한 삶의 양태에 규정당할 수밖에 없는 것이라면, 문학이 궁극적으
로 사람들의 삶의 방식과 양태를 반영하는 것인 한은, 민족 고유의
삶의 양태의 반영인 민족문학의 존망은 참으로 위태로운 것일 수밖에
없다. 최근 우루과이 라운드체제가 세계 무역의 새로운 질서로 자리
잡고, 문화시장의 개방압력이 높아 가면서, 맑스와 엥겔스가 예견한
바 있는 세계문화의 구체적 현실태를 목격하게 되는데, 이런 막을 수
없는 시장개척의 끈질긴 작업의 한 귀퉁이에서 박제화되다시피 한 민
족문화의 잔영을 보는 것은 안타깝기 그지없는 노릇이지만, 한편으로
는 여전히 도저한 관념과 당위를 무기로 하여 ‘주의주의(主意主義)’적
으로 대항하려는 ‘문화적 민족주의’의 우매함에도 많은 한계를 느끼
게 된다. 이것은 애초에 타자(他者)로서의 서구문학이나 세계문학에
대해 한국문학 혹은 민족문학의 자기동일성이 확보되는 근거를 변증

---

39) Karl Marx & Frederic Engels, 「*Manifesto of the Communist Party*」, 『*Karl
    Marx Frederic Engels Collected Works*』 vol6 (Progress Publishers, Moscow,
    1976) 488p. 우리말 번역은 『칼 맑스·프리드리히 엥겔스 저작선집 1』, 박
    종철 출판사, 1991, 404쪽을 참조했음.

법적으로 인식하지 못한 데서부터 비롯되는 문제이거니와, 앞서 말한 후진성과 열패감을 똑바로 직시하고 그 올바른 극복의 방향을 모색하지 않고 관념적인 초극을 시도하려 애쓴 결과가 아닌가 생각한다.

그런데 창작과 비평계를 두루 장악하고 있던 이러한 민족문학관과 세계문학관의 두터운 껍질을 깨고, '세계문학'이라는 범주와 문학의 '세계성'의 범주를 나누고, 문학의 세계성은 더이상 서구문학의 전유물이 될 수 없음을 선언한 또다른 관점이 제기되어, 이 시기 민족문학론의 새 지평을 여는 논의가 이루어졌다. 최일수는 「문학의 세계성과 민족성」이라는 장문의 글을 통해, 이 주제에 관해 당시에 평단에 제출된 여러 논자들의 문제점들을 비판한 뒤 그 이전까지는 누구에 의해서도 제기된 바 없는 새로운 관계정립을 모색하게 된다. 그는 먼저 세계문학이란 개념이 독일의 괴테에게서 비롯된 것임을 밝힌 뒤, 괴테의 세계문학 개념 속에는 우리가 이미 살펴 본 것처럼, 괴테 생존 당시이던 19세기 초기의 교통기관과 인쇄술의 고도한 발전이라는 근대문명의 발생을 앞두고 민족과 민족간에 활발한 교류를 배경으로 하고 있음을 바르게 지적한 후, 그러한 교류를 가능했던 19세기 서구의 여러 나라와 역사 및 문화발전의 단계가 다른 동남아의 여러 후진문학이 그와 같은 세계문학의 개념을 공유할 수 있을 것인지에 대해 다시한번 생각해야 한다는 문제를 제기한다. 먼저 그가 '세계문학'과 '문학의 세계성'을 나누는 논리부터 살펴보자.

세계성이란 원래가 인간 혹은 민족이 가지는 내면적인 경험과 관련되는 것이며 또한 그것은 인간이 영위하고 있는 사회생활의 독자적인 한정성을 통하여 역사적인 것으로 나타나 그것이 곧 전반적으로 일관된 객관적인 흐름이 되는 것이다. 때문에 그것은 현대 서구문학처럼 찬란하고 선진적인 문학에만 집중되는 것이 아니라 그 찬란한 선진문학으로부터 절대적인 영향을 받고 자라

나고 있는 후진문학이라 하더라도 또한 과거 우리 문학처럼 식민
지 본국으로부터 그 영향을 일방적으로만 강요받았던 후진민족의
문학에 있어서라도 그 내용에 사회와 그 역사적 현실을 배경으로
이를 표현하고 있는 한 그것은 벌써 작으나마 하나의 세계문학의
일환으로서의 공통성을 띄우고 있다고 보아야 할 것이다.

　따라서 엄격히 규정지어 본다면 문학에 있어서 세계성과 세계
문학과는 차질되어야 한다. 왜냐하면 실상 문학에 있어서 세계성
은 민족문학이라는 고유한 형식에 있어서 세계적인 내용의 공통
성을 말하는 것이며 한편 세계문학하면 민족문학을 초월해버린
하나의 가공적인 차원의 문학을 말하며 동시에 개개의 문학을 혼
합해 놓은 것을 뜻하기 때문이다. 그러므로 세계문학은 문학에
있어서 세계성과 정반대의 성질의 것이며 그것은 마치 곡예사가
거꾸로 재주를 부리는 격이다. 그것은 세계문학이 어디까지나 민
족문학의 특수한 독자성을 초월해 버리고 전세계를 하나로 보고
문학은 그러한 하나로 보는 전세계적인 단위의 문학이어야 한다
는 것이다.[40]

　최일수는 자신의 논리의 근거로 라이프니쯔의 '단자론(單子論)'을
인용한다. 무제한의 우주는 각기 독자적인 세계를 가지고 더 이상 분
할할 수 없는 미립자인 이 무한소의 단자들의 총화로 구성되어 있으
며, 이 총화는 곧 단자와 단자간의 상호작용과 상호교류의 운동에 의
해 이루진다는 것이 단자론의 중심논리인데, 세계문학 역시 개별적인
민족문화의 총화라는 것이다. 그러나 이 때 민족문화의 총화란 단순
한 합집합의 개념이 아니라 개별적 민족문학이 민족문학으로서의 특
수성과 더불어 세계문학으로서의 보편성을 함께 지닐 때라야만이 가
능하다는 것이 기존의 논리들과 다른 점이며, 동시에 그 때의 보편성
은 역사발전의 단계에 대응하는 정신활동의 객관성으로 발현되어야
한다는 점이 특이한 논리인 것이다.

---

40) 최일수, 앞의 글, 102쪽.

이러한 논리적 근거에 기반하여 그는 새로운 문학의 세계성은 서구 선진국가가 아니라 아시아의 여러 약소민족의 문학에서 발현될 가능성이 훨씬 높다는 것을 강조한다.

> 20세기 후반기에 있어서 새로운 문학정신의 창조는 선진국가에서 지향하는 내면적인 신변잡사의 심리감각보다는 오히려 '아시아'민족들의 강인한 자주정신의 행동적인 사고방식에서 싹트고 있다고 본다. 이것은 세계사의 조류가 자아의식의 단계에서 무언가 새로움을 모색하고 있다는 것을 말하며 또한 민주주의가 집단적인 민족의 자주정신과 역사적으로 결합한 시대에 들어서게 된 후반기의 현실을 반영하고 있는 것이다.[41]

그는 한국의 민족문학을 논하면서 서구문학에 대한 후진성이나 지체성(遲滯性)에 연연해하지 않는다. 우리 민족문학을 서구문학이나 세계문학의 보편적 수준에 견주어 논하기보다는 오히려 그것을 아시아 여러 약소민족의 문학권에 포함시킴으로써 새로운 보편성의 문제를 제기한다. 그는 한국문학의 존재성과 그 위치를 2차 세계대전 이후 독립한 여러 아시아 민족의 문학권 안에 포함시켜놓아야 비로소 우리 문학의 한계와 가능성이 제대로 보인다는 사실을 강조한다. 아시아 여러 민족의 문학은 오랜 세월을 전통적으로 중국 및 인도문학의 영향권 아래 놓여 있었고, 근대에 들어와서는 서구문학의 영향권 안에 놓여 있었다는 역사적 공통성을 띠고 있으며, 역사적으로 형성된 그러한 후진성을 극복하는 것이 바로 세계문학으로 진입하는 민족문학의 성격으로 이어진다는 논리를 펼친다. 그는 이러한 논리를 실증적으로 내보이기 위해 우선 「동남아의 민족문학」이라는 장문의 글을 발표하여, 한국을 포함한 동남아 여러 민족문학의 공통된 성격을 추출

---

41) 최일수, 「현대문학과 민족의식」, 앞의 책, 11쪽.

한 후, 타이, 버마, 인도네시아, 말레이지아, 베트남, 파키스탄, 실론 등의 여러 아시아 민족의 전통문학 및 현대문학을 개관하는 작업을 펼친다. 이 글에서 그가 파악한 아시아 여러 민족과 외래문학의 영향 관계는 두 방향으로 나누어진다. 그 첫째는 중국문학 및 인도문학 그리고 부분적으로 이슬람문학의 영향 아래에 놓여 있던 동남아시아의 여러 민족문학은 외래문학의 누적된 제약으로 인해 군소민족의 고유한 창의성을 발현하는 쪽이 아니라 예속적인 방향으로 작용했다는 것이며 이것이 아시아 문학의 고유한 정체성을 낳았다는 것이다. 둘째는 현대에 들어와 생겨난 서구문학의 영향인데, 서구문학의 이입에는 '제국주의의 침략'이라는 매개가 설정됨으로 인해, 민족의식의 주체적 형성이라는 (서구문학 자체가 의도하지 않았던) 결과를 가져다 주기도 한 반면, 다른 쪽으로는 모처럼 형성된 주체적인 민족의식을 성장시키는 방향이 아니라 해체하는 방향으로 작용했다는 것이다. 이런 분석의 결과 그는 아시아 민족의 새로운 과제 두 가지를 제시한다.

　　오늘날 전통을 어떻게 하면 올바르게 이어받는가 하는 문제가 외국문학을 어떻게 비판적으로 섭취할 수 있는가의 문제와 더불어 비약기에 들어선 동남아 문학에 제시된 문학사적 과제인데 (……)그것은 동남아 문학이 세계문학사상에 있어서 독일이나 영국이나 프랑스 또는 중국과 인도 등의 문학보다도 전통이 약하고 보잘것없는 것임에도 불구하고 민족의식의 고유한 독자성의 흐름은 그것이 비단 창조적 기능이 미약했다할지라도 앞으로의 비약의 토대가 될 하나의 전통으로선 충분한 요소를 지니고 있으며 그것은 모방과 종속성없는 자기민족화한 형태의 줄기를 찾는 데 있다고 본다(……)오늘날 서구의 현대문학이 자아와 문명과의 부조리한 현실 속에 상호분열하고 대결하고 있는 가운데 문명의 낡은 인습적 제약을 극복하려 하고 있는 반면에 동남아의 민족문학은 민족과 민족이 상호공통된 계기를 지니고 외래 제약과 대결하고 그것을 극복하는 데 있는 것이다. 이런 점에서 동남아 문학은

세계문학사적인 위치에서 볼 때 서구의 분열과 대결보다는 보다
커다란 동적인 계기를 지니고 있다고 본다.[42]

민족문학과 세계문학의 문제에 있어서 최일수의 논리의 특징은 우
선 한국의 민족문학을 2차 대전 이후 형성된 신생독립국을 주축으로
한 제3세계적 전망 속에서 바라보고 있다는 것이다. 그가 우리 민족
문학의 형성과 발전과정을 서구문학의 그것과 계속 차별화 하려는 이
유는, 서구 민족문학(또는 국민문학)이 자본주의 발전이라는 물적 토
대와 밀접한 관련을 맺고 진행된 것인 반면에, 동남아의 민족문학은
제국주의 침략으로 인해 형성된 민족의식을 토대로 이루어진 것이므
로 민족문학 형성의 역사적 과정이 다르기 때문이라는 것이다.[43] 두
번째로는, 그것은 서구 현대문학의 사조가 개인을 중심으로 한 자율
성이나 소외의 문제로 나아가는 반면, 동남아의 문학은 민족을 단위
로 한 자주적인 발전을 모색함으로 해서 기본적으로 문학의 지향점이
다르며, 오히려 후자에 세계문학다운 성격이 더 강하게 부여된다는
점을 강조하고 있다는 사실이다. 결국 이 두번째의 문제는 민족문학
의 방법론 문제와 직접 연결되는 문제가 아닐 수 없다. 그는 '서구의

---

42) 최일수, 「동남아의 민족문학」, 『시와 비평』, 1956. 1. 이 글은 발표 당시에
    동남아의 여러 민족의 전통문학과 현대문학을 개관하는 내용이 많은 분량
    을 차지하고 있었으나, 평론집 『현실의 문학』(형설출판사, 1976)을 펴낼
    때 그 부분이 모두 빠진 채 글의 앞과 뒤만을 발췌해서 실었다.
43) 이런 이유로 그가 '동남아 문학'이라고 지칭한 것은 사실상 그 용어의 내
    포적 개념이 뒷날 널리 쓰이게 되는 '제3세계 문학'을 의미한다고 보아
    크게 무리가 없다고 생각한다. 물론 최일수는 한국문학의 제3세계적 위상
    을 '동남아시아의 문학'에 한정짓고 있으며, 아시아를 포함해 아프리카와
    라틴 아메리카 등, 1970년대 이후에 '제3세계권'이라고 지칭되는 지역과
    민족의 범위를 포괄하고 있었던 것은 아니었다. 그러나 미국의 흑인문학
    에 대한 그의 언급이라든지 소수민족의 문학에 대한 관심을 표명한 것을
    볼 때, 동남아시아의 차원을 넘어선 공간인식은 이미 배태되어 있었던 것
    으로 보인다.

개아(個我)심리 분석보다도 광대한 단위로 집성된 민족의 서사정신이 얼마나 큰 동적 요소가 깃들어 있는지 모르며 후반기의 세계문학은 유럽의 개아적인 심리분석의 형태로부터 보다 커다란 민족분석과 더불어 그 인간의 핵심분석으로 이향하고 있다'[44])고 전망함으로써, 서구문학에 대한 우리 민족문학의 새로운 가능성을 역사적이고 사회적인 측면에서 제시한다. 이것은 앞에서 살펴본 것과 같이, 서구 대 동양을 '물질문명'과 '정신문화'의 이분법으로 나누어 살피는 관념적 접근이나, 아시아 민족문학의 새로운 가능성을 동서문학의 모순을 초월하는 '제3의 길'이라는 추상적 초극론으로 설정하는 것과는 차원이 다른 접근태도이다.

물론, 최일수의 이러한 논리는 구체적인 사회운동이나 조직의 연대와 같은 뚜렷한 물적 토대가 마련된 기반 위에서 이루어진 것이 아니라는 점을 한계로 안고 있으며, 냉전의식의 두꺼운 벽을 허물고 문단 전체로 그 인식이 확산될 만큼 큰 영향력을 행사하지 못했다는 한계를 지니고 있다. 그러나, 1970년대 이후 진보적인 입장에서 민족문학론을 펼치던 일군의 비평가들에 의해 이른바 '제3세계 문학'에 대한 새로운 관심이 고조되고, 서구 현대문학이 지니고 있지 못한 민중성과 리얼리즘의 충실한 구현이 '제3세계 문학'을 통해 가능하다는 이론이 제기된 후, 지금까지도 이론적 정당성과 보편타당성이 유지되고 있음을 볼 때, 실제로 우리 비평사에서, 그리고 민족문학론의 전개 과정에서 1950년대 후반에 이미 민족문학론의 '제3세계적 시각'의 원형이 제기되었다는 사실은 주목할 만한 일이 아닐 수 없다. 무엇보다도 이러한 시각은 당시 지식인 사회를 장악하고 있던 냉전논리를 상당부분에서 극복하면서, 우리 민족의 활로와 발전의 전망을 전혀 다른 방향에서 모색하는 한 통로를 만들었다는 점에 가장 커다란 비평사적

---

44) 최일수, 앞의 글.

의의를 찾을 수 있는 것이다.

앞 항에서 살펴 본 정태용의 민족문학론에도 이런 제3세계적 전망의 편린이 엿보이거니와, 아주 제한적이기는 하지만 당시 몇몇 논자들의 글을 통해 이러한 새로운 시각이 싹틀 수 있었던 것은, 최원식의 지적대로 1955년 인도네시아의 반둥에서 열린 비동맹회의45)가 하나의 계기일 수가 있을 것이다. 그리고 같은 해 한국의 정치계는 혁신계를 집결한 조봉암의 '진보당'이 결성되면서, 그 이전까지 이승만과 자유당에 의해 독점당했던 통일 논의와 국제 정치질서에 관한 새로운 인식의 지평이 열리게 되었던 것도 하나의 외부 요인이 될 수 있었으리라 짐작된다. 안타까운 것은 이러한 논의가 당시 문단의 전체적인 관심거리로 확산되지 못했다는 사실이며,46) 60년대의 비평이 이러한 문제제기를 발전적으로 계승하지도 못했다는 사실이다. 1970년대 들어와서야, 이러한 문제의식이 이른바 '제3세계 문학론'으로 비평계에 재등장하게 되는데, 이것은 50년대 논의의 성과를 이어받은 것이 아니라 새로운 비평적 모색의 결과로 나타났던 것이다.47)

─────────

45) 비동맹 회의는 1955년 4월 18일부터 24일까지 인도네시아의 반둥에서 열렸는데, 회의의 공식명칭은 '아시아·아프리카 회의'였다. 인도와 중국의 주도 아래 제2차 세계대전 이후 제국주의로부터 독립한 아시아와 아프리카의 신생독립국 29개국이 참가했던 이 비동맹회의의 이념은 '반식민주의'와 '비동맹주의'로 정리될 수 있다. 김성용, 『제3세계와 비동맹운동』, 고려서적주식회사, 1978, 6~16쪽 참조. 당시 한국의 지식인 사회의 비동맹운동에 대한 인식은 냉전논리의 영향으로 상당히 비판적이었고 심지어는 적대적이기까지 했다. 비동맹운동에 대한 비평계의 반응의 일면은 임긍재의 「제3문학관의 독소성」(제2장 각주 16번 참조) 등의 글을 통해 확인할 수 있다.

46) 최일수는 글을 발표할 때마다, 자신의 주장이 비평계의 쟁점이 되어 활발한 비판과 토론이 있기를 기대한다는 주문을 잊지 않고 첨부하지만, 그의 기대와는 달리 비평계의 중요한 쟁점으로 부각된 적이 거의 없었다. 짐작컨대, 그것은 당시의 비평계의 지적 풍토가 이러한 문제제기와 인식을 공유할 만한 탄력성을 지니고 못했고, 냉전의식을 깨뜨릴 만한 지적 모험을 허용하지 않는 정치적 상황 때문이었을 것이다.

제3세계적 전망으로 우리 민족문학의 진로를 모색하려던 50년대 비평의 한 흐름은, 마치 이 당시에 형성되던 혁신세력이 정치적 탄압을 받고 좌절되어 미처 현실 정치에 튼튼한 뿌리를 내리지 못한 것과 흡사한 운명을 띤다. 냉전의식의 두터운 장막을 걷고 진영논리로부터 벗어나 우리 민족의 장래를 자유롭고 주체적으로 사유할 수 있는 지적 풍토는 이로부터 한참 시간이 흐른 뒤에야 가능했던 것이다.

3. 민족문학과 전통론

민족문학론의 진전에 따라 민족의 문학 유산에 대한 인식과 계승 문제는 필연적으로 제기되는 문제가 아닐 수 없다. 이는 이미 해방 직후 민족문학론이 여러 논자들에 의해 왕성하게 개진되던 당시부터 문학전통에 관한 논의가 이루어진 사실로도 짐작할 수 있는 일이다.[48] 그러나 50년대에 '전통론'이 비평계의 중요 논점으로 불거져 나온 것은 민족문학론의 진전에 따른 내적 계기 이외에 당시의 모더니

---

47) 이상의 논의 외에도 좀더 실제적인 면에서 한국문학의 세계화를 위해서 번역의 활성화와 해외 문단에 널리 보급하는 일이 급선무라는 점을 강조한 글들이 있었다. 대표적인 것으로 백철의 「민족문학의 세계성」, 「세계적 시야와 지방적 스타일」(모두 『문학의 개조』에 수록되어 있다) 등이 있다.

48) 전통론의 시기별 전개양상은 백승철의 「창조의 보편성과 특수성」(임헌영 편, 『문학논쟁집』, 태극출판사, 1976에 수록)에서 제시한 구분법이 비교적 유효하다고 생각한다. 백승철은 전통론의 1기를 1920년대의 국민문학파의 '조선심'이나 '시조부흥운동'등으로 나타난 복고주의적 움직임을 꼽고, 제2기를 1930년대 김태준을 위시한 일련의 국문학 연구자들에 의해 주도된 고전연구의 활성화를 그리고 제3기를 해방 이후의 전통론으로 나누었다. 세 시기는 다시 방법론이나 논의의 전개양상에 따라 세분할 수 있는 여지가 많으나 50년대까지로 한정시켜 본다면 비교적 타당한 구분이라고 할 수 있다.

스트들의 '전통부정론'에 대한 이론적 대응이라는 외적 계기의 작용
도 있었다. 그러므로 50년대 전통론은 한편으로는 민족문학론의 이론
체계의 하부구조로 자리잡는 동시에, 모더니즘론의 '전통부정론'에 대
한 민족문학의 대응과정의 이론적 산물이라고 정리할 수 있을 것이
다. 이런 관점에서 본다면 전통론이야말로 한국문학의 자기동일성
확보를 위해 가장 중요한 이론적 논의가 아닐 수 없었다.

　전통론은 우선 전통부정론(혹은 전통단절론)과 전통계승론이라는
두 개의 커다란 축으로 논의가 나누어진다.[49] 이 시기에 여러 논자들
이 참여했던 '전통론'은 논의가 활발했던 사실에 견주면 그 성과란
그다지 생산적인 것이 되지 못했는데, 그 이유의 중요한 한 가지는
바로 '전통부정론'을 주장하던 쪽과 '전통계승론'을 강조하던 쪽 사이
에 '전통'개념을 서로 다르게 이해하고 있있다는 점이다. 전통론의 전
개양상의 전체적인 지형도를 읽기 위해서는 우선 '전통' 개념을 이
양쪽에서 어떻게 다르게 설정하고 있었는가를 살펴보는 것이 필요하
다.

　　역사가 있고 과거가 있다고 해서 거기에 반드시 전통이 있으

---

49) 김창원은 「전통논의의 전개와 의의」(김은전 외, 『한국현대시사의 쟁점』,
1991, 시와시학사)에서 5,60년대에 이루어진 전통논의를 ①전통부정론 ②
전통단절론 ③전통계승론 ④절충론 ⑤전통극복론 등의 다섯 가지 항목으
로 세분해서 살폈다. 논의의 방향을 이렇게 잘게 나눔으로써 각 논의들의
미묘한 입장 차이를 드러내는 데 일정한 유효성을 띨 수 있게 된다. 그러
나 ①과 ②는 굳이 나누어 살펴야 할 뚜렷한 이유를 발견할 수 없다고 판
단되어 본 논문에서는 '전통단절론'으로 포괄해서 살피기로 한다. ③, ④,
⑤ 역시 세분할 수 있는 여지가 아주 없다고는 할 수 없지만, 넓게 보아
전통계승의 당위성을 논의의 출발점으로 삼고 있다는 점에서, 이 글에서
는 따로 구별하지 않고 '전통계승론'에 묶어 다루기로 하겠다. 다만, 같은
계승론이라고 하더라도 전통에 대한 이해가 어떻게 다르게 이루어지는가
하는 문제는 매우 중요한 것이므로, 전통요소와 개념의 이해에서 나타나
는 차이를 중심으로 계승론의 양상을 검토하기로 하겠다.

리라고 생각하는 것은 큰 잘못이다.

과거의 문화형태에 있어서 가치의 원천이 되고 그 낡은 문화형태에 가치의 잔영을 남기고 있는 소위 문화적 유산을 전통이라고 할 수 없기 때문에 나는 서슴지 않고 우리의 문학에 전통이 없다고 주장하는 것이다.

우리의 고전문학에 있어서 신라향가, 백제시가, 고려장가, 이조가사를 비롯하여 시조 등 시문학형식에 의한 시적 유산, 그리고 춘향전으로 대표된 설화전의 소설형식에 의한 문학적 유산은 얼마든지 있지만 솔직히 말해서 우리들은 거기서 '전통의 주체'를 발견할 수 없는 형편이다. 바꾸어 말하면 우리들은 그러한 고전에서 우리의 문학적 유산이나 문학정신이나 또는 문학적 영향이나 하는 것을 조금도 물려 받은 적이 없다는 것이다(……)지금 소설을 쓰고 있는 작가치고 춘향전이나 심청전이나 그리고 이인직의 작품에서 문학적인 영향을 받은 사람이란 거의 없을 것이다.50)

인용문은 이 당시에 전통부정론의 논리적 핵심에 해당하는 것이다. 전통개념이 명시화되어 있는 것은 아니지만, 이 글 속에는 당시에 널리 유포되어 있던 '전통'의 인식방법이 나타나 있다. 즉, 전통은 단지 축적된 과거의 문학유산도 아니며, 그러한 문학유산 중의 확고불변한 어떤 유형적 특질이나 보편성도 아니라는 것이다. 전통은 현재의 작가들에 의해 확보되는 것이며, 현재의 작가들이 창작과정에서 의식하지 않으면 안되는 '현재성'으로 존재하는 '과거'일 때라야만이 비로소 '전통'이 될 수 있다는 것이다. 이러한 논리는 1960년대 초반에 다시 재현되는 '전통논쟁'51)에서도 그대로 이어지게 된다.

---

50) 이봉래, 「전통의 정체」, 『문학예술』, 1956. 8.
51) 1950년대는 '전통론'이 논쟁의 형태로 이루어지지는 않았다. 여러 논자들이 개별적인 주장을 펼친 논의가 활발했다고 보는 것이 정확하다. 이것이 논쟁의 형태로 전개된 것은 1960년대에 와서였다. 논쟁의 계기는 1962년 『사상계』 5월호의 '현대시 50년' 주제의 좌담회였다. 이에 대해서는 임헌

문화사 전반에 걸쳐서 고스란히 해당하는 한국의 문학사를 일별할 것 같으면 하나의 단절, 단층이 엄존해 있다. 즉 현대편과 그 이전의 것 사이에는 심연에라도 비길 만한 단층이 존재하고 있다(……)많은 전통론이 추상론으로 떨어져서 무의미한 공전을 되풀이하고 있는 것은 우스운 일이다. 비근한 곳에서 얘기를 시작하지 않았기 때문이다. 누구보다도 현대적이라고 자타가 공인하고 있는 이십세기의 엘리어트는 십칠세기의 형이상학파 시인들에게서 시작상의 많은 것을 배웠다. 이것이 살아있는 전통의 위력이다. 적어도 과거의 한국 문학에 관한 한, 한국의 현대시인, 작가들이 과거의 유산에 대해서 엘리어트가 말한 '역사적 의식'을 전혀 갖지 않고 창작을 해올 수 있었다는 평범한 사실에 한국 현대문학의 한 특수성이 있다. 좀더 구체적으로 얘기하면 현대시인의 시작의 실제에 있어 향가나 이조가사가 그 시인의 '역사적 의식'의 구체적인 대상은 되지 않고 있다는 말이다. 소설의 경우도 마찬가지여서 소설습작생이 소설수업으로 『춘향전』이나 『장화홍련전』을 정공으로 읽는 예는 아마 거의 없을 것이다.[52]

위 인용문에서 유종호는 50년대 중반에 시작되어 60년대로 이월된 전통론이 생산적 성과를 못낸 이유를, '추상론으로 떨어져 무의미한 공전을 되풀이 한 데'서 찾고 있다. 이봉래나 유종호가 끌어오고 있는 전통 개념은 엘리어트에서 비롯된 것이다. 두루 알다시피 엘리어트의 「전통과 개인의 재능」에서 시도한 새로운 '전통'의 개념은 이 당시 많은 모더니스트를 비롯한 비평가들의 '전통'이해에 하나의 금과옥조로 자리잡게 되었다.[53] 그것은 '역사의식'이라는 개념으로 압축되는

영 편, 『문학논쟁집』의 「전통의 추구」편과 손세일 편, 『한국논쟁사』제2권을 참조할 것. 다만 이 두 책에 수록된 글들은 거의 대부분 60년대의 글들이어서 50년대 전통론의 내용을 확인하기는 어렵다는 점을 밝혀둔다.

52) 유종호, 「현대시의 50년」, 『사상계』, 1962.5. 여기서는 『비순수의 선언』에 실린 글을 인용한다. 앞의 책, 9~10쪽.

데, 엘리어트의 풀이에 따르면 '과거가 과거로서 존재하고 있을 뿐만 아니라 현재에도 존재하고 있다는 의식이며, 한 작가가 글을 쓸 때 작가의 골수 속에 자신의 세대뿐 아니라 호머 이후의 전유럽 문학과 자기 나라 문학 전체가 동시적인 질서를 형성하고 있다는 자각을 갖게 만드는 것이고, 시간과 초시간적인 감각의 합치이면서 작가가 시간 속에서의 자신의 위치와 자신이 속하고 있는 시대성을 더욱 명확하게 의식하도록 만드는 것'54)이다. 결국 이것은 '전통은 상속되는 것이 아니라 획득되는 것'이라는 그의 말로 바꾸어 표현할 수 있는 내용이다. 이러한 전통 개념에 입각해 있는 한, 문학의 역사가 아무리 장구하고, 축적된 유산의 질과 양이 아무리 풍부한 것이라 해도, 현재의 작가에게 획득해야 할 아무런 필연성을 불러일으키지 못한다면, 그것은 죽은 유산에 불과할 뿐 살아있는 '전통'이라고 할 수는 없게 된다. 이봉래나 유종호 모두 자신의 주장에서 '오늘의 작가가 창작을 하면서 고전시가나 고전소설을 조금이라도 의식하는가'하는 현실론을 자신의 중요한 논거로 제시하는 이유가 여기에 있다.

전통 계승을 주장하는 쪽에서도 단지 전통이 과거 문학유산의 퇴적을 의미한다고 생각하지는 않았다. 오히려 전통이란 과거와 현재를 넘나드는 살아있는 '활물적(活物的)' 존재임을 늘 주장했다. 그러나 왜 우리의 고전 작품이 현재의 작가들에게 아무런 영향을 주지 못하는가에 대해서는 설득력있는 대답을 내놓지 못했고, 그 대신에 우리

---

53) 이 당시 전통론에 참가한 논자들 중에는 영문학자들이 많았다. 한교석, 김종문, 김용권 등이 대표적이다. 이들은 거의 예외없이 엘리어트의 전통론에 입각해 있었다. 한교석, 「전통과 문학」(『사상계』, 1955. 7), 「전통의식과 창작」(『사상계』, 1955. 8), 김종문, 「T.S.엘리어트의 전통정신」(『문학예술』, 1957. 6), 김용권, 「전통─그 정의를 위하여」(『지성』, 1958. 6) 등을 참조할 것.

54) T.S.Eliot, 「*Tradition and The Individual Talent*」, 『*The Sacred Wood*』, Butler & Tanner Ltd, Frome and London, 1972. 49p. 이경식 편역, 『문예비평론』, 범조사, 1985, 13쪽 참조.

문학유산을 제대로 알아야 하며 그로부터 무엇을 계승해야 할 것인가를 고민해야 한다는 당위론을 내세워, 문학유산에 대한 폭넓은 지식과 이해가 부족한 현대 작가들의 반성을 촉구했다. 전통부정이나 전통단절을 주장하는 쪽이 빠져있는 논리의 맹점은 우리의 전통문학이 성공적으로 근대와 현대에 이어지지 못했던 역사적 과정을 전혀 고려하지 않는다는 데 있다. 현재의 작가가 과거 작품을 전혀 의식하지 않고서도 창작하는 데 아무런 문제가 없다는 것은, 과거 작품이나 문학 유산의 문제라기보다는, 과거 작품과 전혀 상관없이 창작이 가능할 수 있을 만큼 철저히 과거와 유리되고 단절되었던 인위적인 역사적 과정에 문제가 있는 것이다. 특히 일본 제국주의의 우리 민족문화 파괴 정책과 식민지 자본주의로의 강제적인 편입에 의해 왜곡된 형태로 근대문학이 뿌리내릴 수밖에 없었던 과정을 정확히 인식하지 못하는 오늘날의 작가들에게 문제가 있는 것이다. 엘리어트의 표현을 빌어 이 문제를 뒤집어 표현한다면, '과거의 작품이 오늘날의 작가에게 어떤 영향을 끼치는가?'보다도 '오늘날의 작가가 과거의 작품을 어떻게 이해해야 하는가?'하는 문제가 더 우선적이라고 볼 수 있는 것이다.

엘리어트의 '역사의식'이란 개념도, 문학의 변화와 운동에 역사 일반의 운동과 변화가 어떻게 매개되는가를 인식해야 한다는 뜻, 즉 상부구조로서의 문학과 토대로서의 사회경제적 여러 관계의 인과적 관련양상이나 매개양상을 바르게 인식해야 한다는 뜻이 아니라, 어떤 점에서는 오히려 그 반대의 입장에 서 있는 것으로, 과거와 현재의 시간을 초월한 상호교섭의 가능성을 강조할 뿐, 오히려 역사학 분야에서 말하는 '진보'나 '발전'의 의미를 거부하고 있는 것을 볼 때, 역설적으로 그의 '역사의식'은 반역사적인 개념이라고도 할 수 있다.

이 당시에 엘리어트로부터 '전통'의 개념을 빌려와, 그것을 전가(傳

家)의 보도(寶刀)처럼 전통단절과 전통부정의 이론근거로 휘둘렀던 많
은 논자들이 빠져있던 하나의 맹점도 바로 이 지점에서 발생한다고
할 수 있는데, 그들은 엘리어트의 '전통론'으로부터 현재와 활발히 교
섭할 수 있는 '현재적인 과거'라는 외연을 읽어오는 데는 성공했으나,
정작 엘리어트의 '전통'개념이 성립하게 되었던 좀더 근본적이고 확
장된 이데올로기적 연원을 파악하지는 못했던 것이다. 엘리어트의 비
평에서 제시되는 전통은 '역사의식'으로 요약되는 초시간적이며 비개
성적인 통일적 질서라고 뭉뚱그릴 수 있지만, 실제로 그가 밀튼과 낭
만주의자들을 격하하고 17세기의 형이상학파 시인들과 제임스1세 시
절의 극작가들을 복권시키면서 영문학에서 새로운 전통의 질서를 형
성한 것은 철저히 이데올로기적인 작업이었다. 그는 산업자본주의사
회의 지배이데올로기로 부상한 중산계급의 자유주의에 환멸을 느끼
고 있었으며, 그 대안으로 소수에 의해 주도되는 전통적인 유기체적
사회의 회복을 설정하고 있었다. 그는 낭만주의, 프로테스탄티즘, 경
제적 개인주의 등도 자유주의와 마찬가지로 개인적 자원말고는 기댈
곳이 없는, 유기체적 사회에 대해서는 반동적 입장에 서있는 교리라
고 보았다. 그런 까닭에 비인격적(impersonal) 질서를 위해 인격
(personality) 혹은 개성을 희생해야 한다는 논리가 성립한다. 유명한
그의 '몰개성론'은 사실상, 귀족주의에 기반을 둔 전통적인 유기체적
사회의 문화형태를 염두에 두고 만들어진 것이며, 그가 새롭게 질서
잡은 '전통'은 그의 이념적 반영의 결과라고 할 수 있다.55) 엘리어트

55) 엘리어트 비평관의 보수성에 대한 비판은 테리 이글턴의 『문학이론입문』
(김명환 외 옮김, 창작과 비평사, 1986) 제 1장의 53~59쪽을 참조할 것.
이 책에서 이글턴은 엘리어트의 이데올로기가 지닌 보수성과 반동성은 나
중에 그가 파시즘 운동의 일종인 '악씨옹 프랑세즈(Action FranÇaise)'에 동
조한 것이나, 신학 지성인들의 엘리트 소집단에 의해 운영되는 농촌사회
를 옹호하는 등의 일련의 사회적 지향과 연결되는 것이라고 보았다. 그리
고 엘리어트의 이런 보수적이고 귀족적인 이념의 지향이 뉴크리티시즘에

의 비평이 전체 영미 비평의 역사적 전개과정에서 차지하는 위상과 의미, 또는 비평의 이데올로기적 지형을 충분히 고려하지 않고, 다만 '현재와 활발히 교섭하지 않는 전통이란 죽은 전통'이라는 추상적 외연에만 골몰하는 한, 정작 교섭을 위한 질서의 형성이 철저히 현재적인 '주체'에 의해 형성되는 것이라는 엘리어트 '전통'개념의 또다른 중요한 측면은 보지 못하게 된다. 사실상 전통론의 핵심적인 문제는 전통을 운위하는 현재의 '주체'에 놓여 있는 것임에도 불구하고, 이에 대해 충분한 고려없이 곧장 전통단절을 부르짖었던 것이 이 무렵 단절론을 내세운 여러 논의들의 근본적인 한계였다.

이상에서 살펴본 바와 같이, 전통단절론과 전통계승론은 개념의 이해를 둘러싸고 논의의 출발부터 일정한 평행선을 긋게 되었다. 그러므로 문학유산의 해석문제와 계승문제는 전통계승을 주장하는 논자들과 민족문학론을 제기한 논자들의 몫으로 넘어오게 되었다. 이 시기에 비평을 전문으로 하지 않는 국문학자로서 전통론에 적극 개입한 사람들이 여럿 있는데, 그 중에서도 조윤제와 정병욱이 대표적이다. 특히 정병욱은 고전의 해석과 전통계승에 관해 매우 유연성 있는 자세로 논의를 전개해 이 시기 전통론에 활기를 불어 넣었다. 그는 먼저 「고전과 현대문학의 제과제」에서 현대 작가와 고전연구가가 똑같이 잘못을 저지르고 있다고 비판하면서, 고전연구가는 고문학이라는 개념과 고전 개념의 구분도 하지 않을 뿐더러 고문학을 현대적 관점

도 그대로 계승된다고 했다. 엘리어트의 이데올로기가 좀더 명시적으로 드러나는 저작으로는 『The Idea Of A Christian Society』(기독교 사회의 이념)과 『Notes Towards The Definition Of Culture』(문화의 정의를 위한 노트)를 들 수 있다. 이 책에서 나타나는 엘리어트의 문화관과 사회적 이념의 문제점과 모순에 대한 비판적 평가는 레이몬드 윌리엄즈의 『문화와 사회; 1780~1950』(나영균 옮김, 이화여대출판부, 1988)의 제3부 '엘리어트'항목을 참조할 것. 엘리어트의 두 책 중에서 『Notes Towards The Definition Of Culture』는 『문화의 이론』이란 제목으로 1958년 김용권에 의해 번역되어 국내에 소개되었다.

에서 해석하고 평가하는 작업에 관심없이 단순한 정리작업에 국한하고 있는 현실을 지적했다. 현대의 작가는 우리 문학 유산에 대해 잘 알지 못하는 것이 큰 병폐로, 자신의 빈약한 국문학 지식을 가지고 우리 문학의 유산이 빈약하다는 타령만 하고 있다고 나무랐다. 그는 고전의 현대화가 이루어지기 위해서는 고전연구가와 현대 작가의 쌍무적 작업이 이루어져야 한다는 과제를 제시하면서, 이는 결코 어느 한 쪽의 작업만으로 이루어질 일이 아니라고 했다.56) 「고전의 현대화 논의」에서는 실제로 고전에서 소재를 취한 현대 단편소설 세 편을 분석해 보이면서, 전통의 계승이 단순한 소재주의로 흐르거나, 야담이나 사담(史譚)류의 회고취미, 혹은 현대에 없는 신기함을 추구할 목적으로 이루어질 때 생겨나는 부정성에 대해 신랄한 비판을 가한다.57) 정병욱은 고전문학을 연구하는 국문학자로서 고전의 현대적 계승을 위해 필요한 자기비판을 솔직하게 전개하고, 전통계승의 다른 한 주체인 현대 작가들에게도 고전에 관한 지식과 이해를 확충할 것을 요구하면서, 실제로 어떤 형태의 계승이 바람직한 것인가를 실천적으로 모색해보려 시도했다는 점을 긍정적으로 평가할 수 있다.

정병욱의 활발한 문제제기에 가장 적극적으로 호응한 현역 비평가는 백철이라고 할 수 있다. 그는 정병욱의 문제제기가 있기 전부터 「한국문학과 풍유」, 「현대문학과 전통의 문제」 등의 글을 통해 고전문학의 현대적 해석과 전통 계승에 대한 논의를 시도해 온 터였다. 「현대 문학과 전통의 문제」에서 고전에 대한 연구의 활성화와 현대작가의 고전에 대한 관심을 촉구하는 원론적 주장을 펼친 후, 비교적 구체적으로 고전에 대한 접근 방법을 제시한다. 고전의 연구는 우선 한

---

56) 정병욱, 「고전과 현대문학의 제과제」, 『사상계』, 1956. 12.
57) 정병욱, 「고전의 현대화 논의」(『사상계』, 1957. 6) 여기서 분석하고 있는 세 작품은 이채우의 「매미」(『자유문학』, 1956. 8), 정한숙의 「공포」(『자유문학』, 1956. 7), 박영준의 「불효부(不孝婦)」(『문학예술』, 1956. 3) 등이다.

문문학보다는 한글문학을 중심으로 이루어져야 하며, 둘째 근조(近朝)의 문학, 예컨대 영정조 시대의 실학파적 문예부흥등을 중심으로 이루어지는 것이 바람직하며, 셋째 양반문학보다는 서민문학을 중심으로 이루어져야 함을 강조하고 있다.[58] 그는 「고전부활과 현대문학」이라는 글에서는, 고전연구가와 현대 작가의 상호교섭에 의한 작업을 주장한 정병욱의 논의를 적극 수용하면서 전통계승은 결코 자연발생적인 것이 아니라 의식적인 운동으로 전개되어야 한다고 동의를 표시했다. 그리고 당시 시조시인이자 국문학자인 이태극이 주도하고 있던 '시조부흥론'을 잘못된 전통계승 작업의 구체적 사례라고 비판하면서, 그 까닭은 이태극의 '시조부흥론'이 이미 1920년대에 역사적 시효가 다 한 국민문학파의 시조부흥운동의 연장선상에 놓인 것이며, 그 당시 실패의 원인이 그렇듯이 현대적 조건과 문제의식을 외면한 기계적 부활이며 회고취미이기 때문이라고 논박했다.[59]

정병욱과 백철의 논의를 중심으로 살펴본 이상의 논의들은 전통계승론의 입장에서 고전문학 연구의 필요성과 전통 계승의 당위성을 강조하고 있으며, 경우에 따라 연구와 계승의 방법론까지도 어느 정도 구체화하려고 시도했다. 전통계승의 당위에 대해서는 전통론이 본격적으로 전개되기 이전 좀더 이른 시기부터 이에 대한 논의가 간헐적으로 이루어져 왔으므로 새삼스러운 문제제기라고 할 수는 없다.

　부흥이 언제나 지나간 것에 대한 부흥인데 말하자면 부흥의 과거적인 성격이 있거니와 이 지나간 무엇을 어떻게 부흥시켜야 할 것인지는 도리어 지금으로부터 규정되는 것입니다. 여기에서 우리들은 부흥의 현재적인 성격을 알지 않아서는 안됩니다. 부흥이 과거에로의 단순한 복귀가 아니라 언제나 현재에 있어서의,

58) 백철, 「현대문학과 전통의 문제」, 『조선일보』, 1956. 1. 6~7.
59) 백철, 「고전부활과 현대문학」, 『현대문학』, 1957. 1.

자세히는 현재를 위해서의 과거에로의 복귀인 데 모든 부흥의 현
재성 내지 그 건설성이 옵니다. 부흥이 그 대상에 있어서 과거적
이면서 그 작용에 있어서 현재적인 것을 잊어서는 안됩니다
(……)전승은 언제나 역사에 있어서의 전승입니다. 역사에 있어서
의 일정한 주체에 의하여 또 그 주체가 취하는 일정한 입장 및
방향에 의하여 제약되지 않을 수 없습니다(……)전승은 언제나
한데 한 입장에 제약된 전승이요, 모든 때 모든 입장을 포섭 또
는 표현하는 전승이 될 수는 없습니다.60)

김기석은 전통 계승의 주체와 대상의 관계를 매우 함축적이면서도
정확하게 정의내리고 있다. 주체와 대상이 맺는 위의 관계방식에 의
하자면, 50년대의 '전통단절론'이나 '전통부정론'은 주체가 과거의 문
학유산으로부터 전승받을 만한 필연적 요인을 갖지 않은 것일 뿐, 전
통 자체가 없어지거나 끊어진 것이라고는 볼 수 없게 된다. 더구나
그 주체가 개별적인 개인이 아니라 '역사에 있어서의 일정한 주체'로
규정되는 한, 일정한 시기의 문학 경향이나 사조를 포함하여 역사 일
반의 흐름과 움직임도 이 주체의 성격을 형성하는 중요한 규정요인이
된다는 것을 암시하고 있다. 50년대의 전통부정론이나 전통단절론 주
장의 비평사적 오류는 바로 위의 논리처럼 전통과의 관계를 50년대
문학의 특수성으로 한정짓지 않고 한국 현대문학의 보편성으로 곧장
일반화한 데에 있다. 다시 말하면, 1950년대 전통단저론자나 전통부정
론자들이 전통을 그렇게 해석하고 이해한 것은, 그들 세대의 고유한
문화적 경험과 역사적 조건의 결과일 뿐이며, 따라서 문화유산으로부
터 건져 올릴 것이 없다는 판단 자체도 문화유산 자체의 문제가 아니
라 계승 주체의 문제인 것이라고 풀이할 수 있다. 그러므로 이러한
특수한 관계를 전통문학과 현대문학 전체에 걸친 일반화로 확장시켜

---

60) 김기석, 「민족문화와 그 이상」, 『협동』, 1953. 4.

해석하게 될 때에는 문제가 생기지 않을 수 없다.

이러한 전통단절론의 오류는 60년대를 거치고 70년대에 이르러 분명하게 드러나게 된다. 왜냐하면 1970년대에는 대학 사회를 중심으로 해서 판소리, 가면극, 민요 등의 민중문화의 전통으로부터 여러 가지 새로운 문화 재창조의 가능성과 활력을 공급받으려는 움직임이 활발하게 일어나기 때문이다. 이 운동은 옛 문화를 배우고 익히려는 단순한 목적에서부터 그 전통양식에 내재한 방법과 미학적 토대를 오늘에 되살려 내려는 복원과 재창조의 의도에 이르기까지 폭넓게 형성되던 전통계승 운동이었다.

위에서 살펴본 바와 같이, 전통계승의 필요와 당위성이 원론적 성격을 띠고 제기되었다면, 그 방법론의 문제는 좀더 구체적인 형태를 띠고 논의되있다. 그러니 정작 논의가 다양한 갈래로 뻗어 나가 좀처럼 좁혀지지 않았던 대목은 과거 문학유산으로부터 '무엇을' 계승할 것인가 하는 문제였다. 다시 말하면, 무엇을 우리 문학의 '전통'으로 파악할 것인가 하는 문제라고도 할 수 있는데, 엄밀하게 말하면 이 두 가지 문제는 다소 성격이 다르다. 그 이유는 '무엇을 계승할 것인가'는 계승하는 주체의 입장이 반영된 것이지만, '무엇이 우리 문학의 전통인가'하는 질문은 '전통'의 보편성이 존재한다는 것을 미리 전제하고서야 가능한 물음이기 때문이다. 이 문제야말로 '역사에 있어서의 일정한 주체'와 직접 관련되는 문제였으며, 민족문학이 앞으로 나아갈 지향과도 밀접한 관련을 가진 문제이면서, 동시에 앞에서 제시한 두 가지 문제의 서로 다른 성격으로 인해 다양한 논의가 나타날 수밖에 없는 문제이기도 했다. 크게 나누어보면 이 문제와 관련해서 이 시기의 전통론은 세 가지 방향으로 나아갔다고 할 수 있다.

그 첫번째 논의는 '전통'의 내용과 성격을 우리 문학의 역사에서 항구불변하는 요소로 규정하는 보편성론으로 제시되었다. 조윤제는

문학의 전통성이란 시간이 변하더라도 바뀌지 않는 한 민족의 항구불
변한 문화적 특질을 가리킨다고 전제한 후, 우리 한민족의 문학 전통
을 세 가지로 범주화했다. 그것은 곧 '은근과 끈기' '애처럼과 가냘픔'
'두어라와 노세'로 표현되는 것이다.61)

> 나는 졸저 『국문학개설』에서 국문학의 특질로 '은근과 끈기'
> '애처럼과 가냘픔' '두어라 노세'를 들어 말하였으나, 만일 이것이
> (하필 내가 말한 이런 것이 아니라도) 국문학의 특질이 되어 역대
> 의 문학에 흘러나리는 핏줄기가 되어 있는 것이 사실이라 한다면
> 이것은 강력한 외국문학의 영향에도 쉽사리 끊어질 리가 없는 것
> 이고 또 여기에 국문학은 여하한 외국문학의 영향을 입었다 하더
> 라도 국문학의 독자성을 유지할 수도 있어 이것을 우리 문학의
> 하나의 전통이라고는 할 수 없을 것인가. 만일 이것을 하나의 전
> 통이라고 가상한다면 국문학은 이것이 있었으므로서 사실상 생생
> 한 발전을 하여 왔다 하여도 가하다.62)

조윤제에 따르면, 위의 세 요소가 우리 문학의 전통으로 굳건히 자
리잡고 있었던 덕분에 질과 규모면에서 비교할 수 없을 정도로 우위
에 있는 중국문화의 영향 아래에서도 외래문화의 영향에 완전히 종속
당하지 않고 고유성을 유지할 수 있었다는 것이다.

이희승은 조윤제의 '은근과 끈기'에 해당하는 전통인자로서 '멋'론
을 제시한다. 그는 '멋'이 우리 문화의 가장 뚜렷한 특징이라고 한 뒤,
'멋'이란 '흥청거림'이며 실용적 필요와는 상관없는 비실용적인 '필요
이상인 것'이라고 그 성격을 규정했다.63) '흥청거림'이란 중국의 '풍

---

61) 조윤제, 『국문학개설』, 동국문화사, 1955, 468~491쪽.
62) 조윤제, 「현대문학의 전통론」, 『자유문학』, 1958. 5.
63) 이희승, 「멋」, 『현대문학』, 1956. 3. 처음에는 원고지 10 매가 채 되지 않
  는 아주 짧은 수필을 통해 제기되었던 그의 '멋'론은, 시간이 한참 지난
  뒤 조윤제의 비판을 받게 되었고, 조윤제는 「'멋'이라는 말」(『자유문학』,

류'에 비하면 해학미가 높고, 서양의 '유모어'에 비하면 풍류적인 격이 높다고 하고, 그 안에 소박성·순진성·선명성·첨예성·곡선성·다양성 등을 지니고 있다고 했다. '필요이상'이란 뜻은, 실용적 필요보다 더 넉넉한 여유를 가리키는 것인데, 실용적인 관점에서만 보자면 '멋'은 비실용적인 것이며 때로 불편하기조차 한 것이지만, 다른 민족에게서 발견할 수 없는 우리 고유의 쾌락적 요소라고 정의했다.

'멋'이 역시 우리 문학과 문화의 보편적 특질이며 전통요소임을 주장하되, 이희승의 '멋'론과는 다소 다른 방향에서 논의를 펼친 것으로 정병욱의 '멋'론을 꼽을 수 있다.

정병욱은 우리 문학이 고대부터 주변의 외래문학과 활발한 교섭 아래 이루어졌음을 전제한 후, 그러한 외래문학이 우리의 토착문화로 전환하는 과정에 '데포르마시옹'이 놓여있으며, 바로 이 '데포르마시옹'에 의해 외래문화는 주체적으로 변용될 수 있었다고 주장한다. 그는 '데포르마시옹'의 결과로 나타난 외래문화의 토착화가 '멋'이라고 규정하고, 이를 일종의 미의식에 해당하는 것이라고 보았다. 그러나 내용상 이것은 외래문화를 수용하는 하나의 '방법'으로 설명되고 있다고 보는 것이 더 정확하다.

1958. 11)에서, 이희승의 '홍청거림'과 '필요이상'이라는 것은 '멋'을 느끼도록 만드는 요소이지 '멋' 자체를 설명한 것은 아니라고 지적하고, '멋'이 취향이나 기호(嗜好)에 해당하는 말이라면, 이런 '멋'은 세계 어느 민족의 문화에나 존재하는 것이므로, 딱히 한국문화의 특질이라고 볼 수 없다고 비판했다. 이런 비판에 대해 이희승은 「다시 '멋'에 대하여」(『자유문학』, 1959. 2~3)를 발표하여 재반박을 시도하지만, '멋'에 대한 애초의 성격규정에서 크게 나아가지 못했고, 다만 '멋'이 발현되는 풍부한 문화적 사례를 거론하는 정도의 진전을 보였다. 이희승은 이 글에서 '은근과 끈기'라는 조윤제의 소론을 문제삼아 '은근'은 한국문학의 특질이 아니라 오히려 동양문학의 특질이라고 공박하고, 그 전거로 중국의 시와 일본 고전문학을 제시했으며, '끈기'가 우리 문학이나 문화의 특질이라고 볼 만한 보편타당한 근거를 찾을 수 없다고 '끈기'의 특질론을 부정했다.

'멋'은 조화를 기저로 하면서 원상이 약간 '데포름'되었을 때에 느껴지는 일종의 미의식을 뜻함이다. 바꾸어 말하면 '멋'이란 결코 평범하고 정상적인 상태에서 느껴지는 것이 아니라 정상적인 상태에서 약간 벗어나서 그것이 전체적인 조화를 해하지 않을 때에 느껴지는 것이고 그것이 극치의 경지에 이르렀을 때에 우리는 그런 상태를 일컬어 '깜찍하다'고 한다. 따라서 이 '깜직함'은 곧 '멋'의 극치를 이른다 할 것이다. 그런데 이 '깜찍하다'는 뜻은 소규모의 것이 대규모의 것을 교묘하게 재현시켰을 때에 이루어지는 개념이다.

이같이 소규모의 것이 대규모의 것을 교묘하게 재현하기 위하여서는 결코 정상적인 방법으로는 불가능하다. 그것을 가능하게 하기 위하여 우리의 선민들은 '데포르마시온'으로서의 '멋'을 발견하였다. 바꾸어 말하면 끊임없이 흘러 들어오는 외래문화를 받아들이면서 주체성을 잃지 않고 그 외래문화를 우리의 전통 속에 조화시키기 위하여 '멋'을 부리지 않을 수 없었다. 그 '멋'으로 하여 우리는 외래문화를 '깜찍하게' 새겨낼 수 있었던 것이다. 이같이 '데포르마시온'으로서의 '멋'의 형성은 곧 우리 문화의 후진성의 축적이 낳은 하나의 방법상의 특징이라는 각도에서 이해할 수 있다고 본다.[64]

조윤제와 정병욱의 논의는 지나치게 중국문화 내지는 중국문학을 의식하고 있다. 우리 전통문화는 넓은 의미에서 한자문화권에 속하고, 한자문화권의 종주국이라 할 수 있는 중국문화의 주변문화 내지는 아류문화에 지나지 않는다는 전통부정론을 너무 강하게 의식하다 보니, 우리 문화에서 중국문화와 다른 특질을 찾아내려 애쓰다가 이런 무리한 해석을 시도하게 된 것이라 생각한다. 먼저, 조윤제의 경우에는 이 세 가지의 전통인자가 자의적이라는 비판을 벗어나기 어렵다. 동시에

---

64) 정병욱, 「우리 문학의 전통과 인습」, 『사상계』, 1958. 10.

세 가지 모두 소극적이고 수동적이며 체념적 성격을 담고 있는 것들이다. 당시에도 이런 전통 해석이 자의적이라는 비판이 제기되었지만, 이런 방법으로 찾아내자면 수 백 가지를 만들어낼 수도 있을 것이다.65) 그러나 무엇보다도 우리 문학의 전통 안에 엄연히 살아있는 진취적이고 능동적인 기상과 내용들은 이 세 가지 보편인자에 포함될 자리가 없다는 것이 문제다. 정병욱의 경우도 조윤제와 마찬가지로, 중국문화를 지나치게 대타적으로 의식하고, 중국문학의 질과 규모에 비해 우리 문학은 후진적인 것이 분명하다는 의식에 묶여있다보니, 애초에 전통 논의의 진정한 의도와는 상관없이 그 후진성을 합리화시키는 쪽으로 이야기가 나아가고 말았다. 따라서 이러한 전통계승론은 이미 당대에도 제기된 바 있는 다음과 같은 비판, '임진, 병자 양란 이후 본격적으로 대두된 평민 문학 속에서 우리의 고유한 것을 너무 과소평가하고 있으며, 식민문단 속에서 무리하게 우리의 고유한 것을 찾으려 애쓴 나머지 역사적으로 별 가치가 없는 풍류객들의 유한문학 속에서 멋만 찾으려 했다'66)는 비판을 면하기 어렵다.

두번째 논의는 전통의 계승을 '신화성(神話性)'으로 되돌아 가는 것이라고 주장하는 경우이다. 이 경우에는 '계승'이란 말이 다소 어울리

---

65) 실제로 이 당시에 여러 논자들이 제각기 한 두가지씩 전통인자를 들고 나왔다. 예컨대, 서정주의 '초연(超然)', 조지훈의 '고삽미(枯澁美)', 이희승의 '맛과 멋', 이은상의 '얼과 넋' 등을 들 수 있다. 이에 대한 총괄적인 비판은 최일수의 「우리 문학의 고유성」(『현실의 문학』, 68~80쪽)에서 이루어진 바 있다. 김동욱은 『국문학개설』(민중서관, 1962)에서 한국문학의 특질을 '멋'으로 규정하는 학설에 이의를 제기했다. 그는 '멋'이란 경험적이고 구상적이며 감각적인 것이지 문예일반의 미적 범주가 될 수는 없다고 했으며, 넓게 보면 '멋'이란 유·불·선의 영향을 받은 동양 문화의 특질이 변용된 것 중의 하나에 불과한 것이라고 주장했다. 그러나 그는 우리 문화의 성격에서 '가냘픈 멋'과 '은근한 멋'이 있음을 부인할 수 없다고 함으로써 조윤제의 주장을 상당히 받아들이는데, 그런 점에서 그의 한국문학 특질론 역시 이상에서 논의한 보편성론의 한계를 공유하고 있다.

66) 최일수, 앞의 글, 73~74쪽.

지 않고 '복귀'나 '회귀'라는 용어가 더 어울릴 법하다. 계승의 주체의 입장에서 '신화성으로의 복귀'라는 말을 바꾸어 표현한다면, 현대문학에 '신화성을 회복하는 것'이라고 할 수 있을 것이다. 이 논의는 엘리어트의 전통 이해 방법이나 국문학자 중심의 전통 이해 방법과도 상당히 다르며, 일종의 문명비판적 입장에 서 있는 '근대 부정론'과 밀접한 관련을 지니고 있다. 김상일은 「고전의 전통과 현대」에서 근대 이후의 현실주의 문학은 인간과 자연, 주체와 객체, 자아와 타아를 철저히 분리시킨 이원론적 세계관에서 비롯된 것이라고 하고, 현실주의 문학관이 지배하게 되면서 로만이나 신화의 진정한 허구성이 훼손되었으며, 인간과 자연이 우주의 전체적인 질서 속에서 하나로 융합되는 길이 봉쇄되었다고 주장한다. 그것을 회복하는 길은 로만이나 신화가 지닌 허구성을 현대문학이 다시 회복하는 길밖에 없으며, 그것은 또 근대 이후의 자연관이나 주체관을 수정해야 가능하다고 주장한다.

> 황당무계한 「홍길동전」, 기괴한 「구운몽」, 염정적인 「춘향전」이었을 것이다. 진부한 주제, 불합리한 구성, 무의미한 수사를 얼마든지 비난할 수 있을 것이다. 허나 고전은 그러한 근대의 문학 개념에 의해서 처리할 수 없는, 그 밖의 예술로서 본질적인 매력을 지니고 있지 않을까. 고전은 현실과는 다른 차원 위에 성립하고 있었기 때문이다. 고전의 작가들은 그렇다, 자유스럽게 허구의 세계를 비상하고 있었다, 라고 하면 그러한 고전이 황당무계한 <로만>에 불과하다고 냉소할 순 없지 않은가. <로만>이 황당무계한 <판타지>로밖엔 해석할 수 없는 근대인들은, 그들의 문학개념이 완고한 현실주의에 의해서 무장되고 있었기 때문일 것이다.[67]

그는 『홍길동전』이나 『구운몽』에 나오는 여러 전기적(傳奇的) 요소

---

67) 김상일, 「고전의 전통과 현대」, 『현대문학』, 1959. 2.

들, 가령 구름을 타고난다거나 천상에서 지상의 세계로 환생하는 따위들이 예술을 예술답게 만드는 진정한 '허구'의 요소라고 강조한다. 좀더 나아가면, 현실주의 예술이 주장하는 예술의 공리성마저도, 현실을 객관적으로 '분석'하는 데서 이루어지는 것이 아니라, 고대소설처럼 주술적 힘에 의해 '초월'하는 쪽에서 더 확보된다는 것이다.

문덕수의 논의도 이런 연장선상에 놓여 있다. 그는 근대과학의 자연관 때문에 전통적으로 우리 민족이 누려오던 자연과의 혼연일체된 세계관이 파괴되었으며, 이로 인해 '정신의 고향'을 상실하게 되었다고 본다. 현대문학이 과거의 문학으로부터 계승해야 할 것은 바로 이러한 자연관 내지는 세계관이며, 그래야 상실한 세계를 회복할 수 있다는 것이다. 그가 말하는 자연관이나 세계관은 현대인이 단순히 '미신'이라고 치부해버리는 풍수지리설이나 샤머니즘, 점성술 같은 것에 내재해 있는 것이다. 그는 미신을 되살리자는 것이 아니라 미신 안에 흐르는 자연관이나 우주관을 되살리자는 것이니, 그 둘을 분명히 구별해야 할 것이라고 했다.[68] 김상일과 문덕수의 논의는 엄밀한 의미에서 똑같은 것이라고 할 수는 없다. 그러나 현대문학이 근대 이후의 이성중심의 문학이며, 그것이 현실주의 문학으로 대표되는 바, 현대문학의 이원론적 세계관을 극복하는 방법으로서 신화와 로만의 '판타지'를 회복하기를 주장한다는 점에서 근대부정의 논리에 서있다는 공통점을 지니고 있다. 문학사적으로 볼 때, 1930년대 후반 이후 김동리에 의해 주창되었던 순수문학론의 이론적 연장에 해당하며, 근대예술의 현실주의를 부정하고 주술적 세계나 운명론적 모티프를 선호한다는 점에서 김동리의 예술관과 매우 비슷한 논리를 구사하고 있다.

이러한 주장은 먼저 문학이 역사의 발전에 따라 그 장르적 특질과 내용이 함께 변화한다는 사실을 부정하므로 반역사적인 입장에 서 있

---

68) 문덕수, 「전통과 현실」, 『현대문학』, 1959. 4.

다. 예컨대, 김상일이 김우종의 『춘향전』 비평에서 춘향의 인물성격을
통해 완미한 근대인의 성격을 파악해 보려고 시도하는 것을 부질없는
짓이라고 일축해버리는 데서 그러한 성격이 강하게 드러난다. 서사
갈래의 내부에도 시대에 따라 다양한 변화가 일어나는데, 그 변화의
의미를 역사와 예술의 변증법적인 관련 아래에서 해석하지 못한다.
이러한 전통논의는 근대 이후의 문학, 특히 한국 근대문학의 성과와
한계를 구체적으로 검토하지 못하고, 단지 추상적이며 전면적으로 부
정할 뿐이라는 점에서 설득력을 얻기가 어렵다.

　전통계승론의 세번째 방향은 바로 위의 두 논의의 오류를 비판하
면서, 그것을 극복하려는 시도로부터 비롯된다. 이러한 논의들 중에서
주목할 만한 것으로는 김우종의 고전비평 작업이 있다. 김우종은 『현
대문학』을 통해 비평계에 등단한 이후, 곧바로 고전작품을 현대비평
의 방법에 의해 분석하고 검토하는 작업에 뛰어든다. 이런 작업의 결
과로 「항거없는 성춘향」「구원의 비가」(사설시조의 문학사적 의의를
분석한 글) 「단군신화의 시적 의미」「죄인을 위한 불망비」(『장화홍련
전』 비평) 「복종과 반항」 등의 글이 생산되었다. 그의 이러한 일련의
작업은 고전문학 작품을 국문학 연구자의 자료함이나 낡은 서랍 속에
서 끄집어내어 현대비평의 대상으로 과감히 등장시켰다는 데에 가장
큰 의미가 있다. 그는 『춘향전』『장화홍련전』『심청전』 등의 고전소
설에 대해 새로운 해석과 비평을 시도했다. 예를 들어, 『춘향전』의 경
우, 이몽룡과 춘향의 성격을 분석하면서 일반적으로 '이들이 기존의
계급질서와 윤리, 그리고 유교적 가치질서에 도전하고 항거한 인물들
로 알려져 있으나 정밀한 작품분석의 결과 기존 사회의 제도와 가치
를 아무 비판없이 답습한 완고한 수호자에 불과했다'[69]고 결론짓는
것 따위가 그것이다. 그는 성춘향이 변학도에 저항한 것은 제도와 인

---

69) 김우종, 「항거없는 성춘향」, 『현대문학』, 1957. 6.

습에 저항했다기보다는 신분상승의 욕구와 '일부종사(一夫從事)'라는 전통적인 도덕률에 얽매인 까닭이라고 해석하기 때문에, 계급타파와 같은 근대적 의미의 저항으로 보기 어렵다는 것이다. 그는 비판의식이 강하게 투사되었다고 알려진 『춘향전』에서조차, 전통적인 체념과 운명론이 지배하고 있다고 결론짓는다.

'고전은 한 역사적인 단계 위에 놓고 종적으로 고찰되어야 한다'는 그의 전제와는 달리, 그의 『춘향전』 해석은 투철한 문학사적 안목에 입각해 있다고 보기는 어렵다. 더구나, 춘향의 인물성격이나 『춘향전』에 그려진 저항과 비판의식을 조선 후기의 문화 및 문학의 전체 구조 가운데에 두고 그 상대적인 성과와 한계를 살피지 못한 점이 문제가 된다. 그러나 그의 궁극적인 의도는 우리 문학이 전통적으로 체념과 운명론에 깊이 침잠해 있다면 이제부디라도 진정한 저항과 작가의 사회적 책임의식을 절감하는 쪽으로 나아가야 할 것을 강조하는 데에 있다. 그가 50년대에 마지막으로 발표한 「생활과 문학」은 '자기 이웃의 죽음에, 상처에, 진정으로 참지 못할 비애를 느끼지 않는 예술가'를 부정하며, '고통받는 타인의 신음소리에 마음 아파하고 가해자에 대한 의분을 터뜨리고야 마는 정신'[70]을 역설하는 내용으로 이루어져 있다. 이 글은 60년대로 이어지는 그의 참여문학론의 한 단초이자, 50년대에 그가 펼쳤던 전통론의 한 결절점에 해당한다고 볼 수 있다.

최일수도 「민족문학과 세계문학」, 「현대문학의 근본특질」, 「우리 문학의 현대적 방향」 「우리 문학의 고유성」 등의 글을 통해 전통논의에 적극적으로 참여한다. 그는 전통논의의 생산적인 진전을 위해 장

---

70) 김우종, 「생활과 문학」, 『현대문학』, 1959. 11. 그는 이 글에서 50년대의 순수문학이 해방 직후의 격렬한 좌우익 투쟁에 대한 하나의 반작용으로 생겨난 것이며, '예술의 자율성'론이라는 정당한 이론적 근거에도 불구하고 현실도피적인 부정성을 안고 있다고 비판한다. 이러한 논의는 60년대에 「순수와 자기기만」 「순수의 파산선고」 등에서 좀더 강도높게 이루어진다.

애가 되는 네 가지 편향을 다음과 같이 지적한다.

> 고유성을 확립하는 작업 앞에는 너무도 많은 장애가 가로놓여
> 있다. 첫째는 유사한 고유성을 내세우는 시조의 현대화 작업이요,
> 둘째는 '멋'과 '맛'을 내세우는 일부 국문학자들의 고집이요, 세째
> 로는 신라의 샤머니즘으로 되돌아가자고 외치는 전통주의요, 네
> 째로는 무색주의를 표방하는 소시민의 문학이다.[71]

그의 관점에 따르자면, 우리가 앞에서 논의한 조윤제와 정병욱, 김
상일과 문덕수 등의 전통론은 모두 비판되어야 할 전통논의의 장애요
소에 해당하게 되는 것이다. 그가 이 네 가지 경향을 모두 비판하는
이유는 진정한 전통을 모색하지 않는다는 것 때문인데, 그가 모색하
는 전통은 『춘향전』과 같은 작품에 내포되어 있는 특질에서 찾을 수
있다는 것이다. 그 첫째 이유는 『춘향전』과 같은 작품은 일정한 작자
가 없고 순전히 평민들간에 발생되고 창작되고 성장한, 철저한 평민
문학의 성격을 지니고 있는 작품이며, 둘째는 우리글로 된 문학으로
서 한문학의 압박에 반항하면서 우리 문학의 독자성을 확립한 작품이
라는 점 때문이다. 즉, 『춘향전』 같은 작품에서야말로 '인간평등'정신
과 '민족고유성'이 통일되어 있다는 것이다.[72] 그는 한문문학의 높은
품격과 완결된 형식미를 인정하지만, 근본적으로 중국 문학의 내용과
형식을 모방하거나 변형한 데 불과하기 때문에 『춘향전』과 같은 한글
로 된 평민문학이 갖는 민족문학으로서의 전통성에는 도달하지 못한
다고 본다. 그가 『춘향전』을 통해 추출해내는 '전통'의 특질이란 결국
인간불평등 구조에 대한 '저항정신'이며, 한글 표기를 통한 '민족적
형식'의 문제로 귀결된다고 할 수 있다. '저항정신'과 '민족적 형식'을

---

71) 최일수, 앞의 글, 79쪽.
72) 최일수, 「우리 문학의 현대적 방향」, 『자유문학』, 1956. 12.

전통의 특질로 설정하는 그의 전통론은 궁극적으로 당대의 현실에 대한 역사적 인식에서 비롯된 것이다.

> 현대에 있어서 민족의식의 문제는 곧 우리 문학의 고유성의 확립 문제와 일치된다. 현대적인 민족의식이 없고서는 우리 문학의 무엇이 고유한 것인가를 알 수 없을 것이다. 그러므로 우리 문학의 고유성을 확립하기 위해서는 오늘 이 시점에서 우리 민족이 서 있는 분단된 상황부터 의식해야 할 것이다.
> 오늘의 분단된 상황을 먼저 의식하지 않고서는 우리가 무엇인지 알 수가 없는 것이다(……)오늘의 분단된 현실을 인식하지 않고 오늘과 단절된 박물관 유적 속에서 찾아낸 그 어떠한 것도 그것은 진보적인 고유성은 되지 못한다.(……)우리 문학의 고유성은 그러한 반역사적인 운동 속에서 찾아지거나 확립될 수는 없다. 요는 우리 문학의 모든 유산이 오늘의 분단된 현실의 시점에서 재정리하고 재통일을 함으로써 참된 고유성이 무엇이며 그것이 어디에 있는가를 찾아내야 할 것이다. 그리하여 확립된 우리의 고유성을 분단에서 통일로 지향하고 역사적 현실의 발전과정에서 키워 나가야 할 것이다. 그러므로 우리 문학의 고유성은 분단의식 다시 말하면 통일로 향하는 그 정신풍토에서부터 이야기되어야 할 것이다.[73]

전통이 오늘을 사는 현대의 작가에 의해 확립되어야 한다는 당위론은 이 당시에도 매우 흔한 것이었지만, 그럴 경우에도 전통의 확립을 요구하는 구체적인 '오늘의 현실'은 무엇인가에 대해서는 거의 논의가 없었다는 점을 생각한다면, 최일수가 전통을 분단현실의 극복과 통일지향이라는 구체적인 역사적 과제 위에서 고민하고 있음을 보여주는 위의 인용문은 주목할 만한 대목이 아닐 수 없다. 물론 최일수의 전통론 속에는 연암의 소설이나 다산의 시와 같이, 한문문학이면

---

[73] 최일수, 「우리 문학의 고유성」, 앞의 책, 79~80쪽.

서도 충분한 진보성을 내포하고 있는 문학유산들이나, 더 거슬러 올라가 악부시(樂府詩)와 같이 민중의 노래를 담은 한시들이 들어설 여지가 없다는 점에서 분명한 한계를 안고 있기는 하나, 전통이란 과거의 문학이 당시의 악습과 낡은 제도에 저항했던 정신의 계승을 의미하는 것이며, 그런 점에서 오늘날 한국인의 온당한 삶을 방해하는 가장 커다란 역사적 장애이자 방해요소인 분단상황을 극복하기 위한 전통의 모색이라는 논리야말로 당시 논의되었던 전통론의 차원을 한 단계 높이는 것인 동시에, 민족문학론의 하위 논의구조로 자리잡았던 전통론의 위상에 걸맞는 통찰이라고 하지 않을 수 없다.

전통에 관한 논의는 60년대로 넘어가서도 계속 활발하게 개진된다. 전통론이 50년대에 이어 60년대에도 계속 여러 사람에 의해 논의되었던 것은 우선 50년대에 이루어진 전통 논의가 충분한 것이 아니었기 때문이었지만, 그보다도 더 근본적인 이유는 '전통'과 관련된 문제가 사실상 현대문학의 '현대문학다움'을 제대로 논하기 위해서 필수불가결했기 때문이다. 그러므로 이 '전통'문제는 민족문학론에 관심이 많은 논자들뿐만 아니라, 우리 문학의 '모더니티'를 적극적으로 모색하던 당대의 모더니스트들에게도 매우 중요한 문제였다. 전통단절론이나 전통부정론이 대두되었던 것도 결국에는 '모더니티'를 논의하기 위해 '전통'을 의식할 수밖에 없고, 그에 대해 이론적으로 정리하지 않으면 안되었던 연유가 게재되어 있다. 엄밀하게 말하자면 전통론은 현대문학의 '모더니티'를 규명하는 일과 맞짝을 이루고 있는 것이었고, 어느 한 쪽이 제대로 이론 정립이 되지 않을 경우 다른 한 쪽도 굳건한 이론을 세우기가 어렵다고 할 수 있다. 그리고 더 나아가서는 세계문학을 염두에 두었을 때, 한국문학의 특수성과 보편성에 관한 문제도 전통 논의와 밀접하게 결부되어 있어서, 이 문제는 민족문학과 세계문학의 상관성을 규명하기 위해서도 반드시 정리되지 않으면 안되는 문제였다.

최일수의 문제의식은 60년대 전통론 가운데에서 정태용의 「한국적인 것과 문학」(1963), 장일우의 「한국적인 것과 전통적인 것」(1963) 등의 논의를 통해 맥락이 이어진다. 정태용은 전통을 논의할 때의 시간성이란 자연적 시간이 아니라 역사적 시간이며, 따라서 진정한 민족적인 것이 전통이 되며, 그때의 민족적인 것이란 민족의 구체적인 현실로부터 비롯된 것이 아니면 안된다는 사실을 강조했다.[74] 장일우는 한국적인 것을 서구인들에게 없는 특수한 것에서만 구하려는 노력을 사대주의적 발상이라 비판하고, 진정한 '한국적인 것'은 서구문학에 없는 토속적 폐쇄성이 아니라 한국문학에 내재한 보편성에서 찾아야 한다고 했다.[75] 그러나 전통에 관한 논의를 구체적인 민족현실의 당면과제와 결부시켜 이해하려는 이러한 문제의식이 폭넓은 반향을 얻게 되는 것은 훨씬 뒤의 일이다. 당시로서는 평민문학이 지닌 저항성을 반봉건성에 연결지어 이해하거나, 더욱이 그것을 분단현실을 극복하는 저항정신의 계승으로 발전시킨 논의로 확대·발전시키기에는 냉전의식의 영향력이 너무 막강했거니와, 비평가나 국문학연구자들도 그토록 강고한 현실의식의 추동력에 의해 움직여졌던 것이 아니기 때문이다. 최일수 등의 문제제기를 이어받아 전통논의가 한 고비 정리되는 것은 조동일의 「전통의 퇴화와 계승의 방향 – 한국문학사에서 전통문제를 어떻게 다룰 것인가」(1966)에 와서였다고 생각한다. 이 글에서 비로소 문학사의 실증을 통해 전통계승의 논리와 그 현대적 계승의 가능성 등이 전체적으로 점검되기에 이른다. 그러나 전통을 둘러싼 여러 형태의 논의들을 밑거름으로 하여 실제로 문학과 문화 여러 방면에 걸쳐서 활발한 전통계승이 이루어졌던 것은 1970년대에 와

---

74) 정태용, 「한국적인 것과 문학」, 『현대문학』, 1963. 2.
75) 장일우, 「한국적인 것과 전통적인 것」, 『자유문학』, 1963. 6.

서였는데, 예를 들면 판소리의 정신과 기법을 계승한 김지하의 「오적」「비어」 등의 담시와, 조선 후기 탈춤의 형식과 내용을 계승해 대학을 중심으로 광범위하게 확산된 마당극 운동 등이 그 예라고 할 수 있다. 70년대의 이러한 전통문화의 르네상스야말로, 전통이란 가장 현재적인 작업이며, 박제화된 박물관의 유산이 아니라 살아 움직이는 것임을 보여준 적절한 예인 동시에, 50년대 이후의 그 다양한 전통논의 가운데 어떤 논리가 가장 정당한 것이었는지를 사후에 입증해주는 문화사적 사례라고 할 수 있을 것이다.

이상의 논의를 통해 정리해 볼 때, 결국 이 시기 민족문학론의 비평사적 의의와 가치는, 한 시대의 역사적 상황과 구체적 현실로부터 벗어나서 추상적이며 비현실적인 공간에서 안주하고 있는 문학과 비평을 다시 끌어내려 당면한 민족의 현실과 사회적 제반 조건에 직면하도록 만드는 비판과 개안(開眼)의 과정이라고 요약할 수 있다. 비평적 논의의 정당성이나 현실적 정합성 여부와 상관없이, 50년대 문단의 지배권은 이른바 한국문인협회를 주도하던 소수의 문인들에게 장악되어 있었고, 이들이 견지하고 있던 미학관과 예술관이 그들의 물적 토대에 힘입어 큰 영향력을 행사하고 있던 것이 당시 비평계의 현실이었다. 이러한 현실적인 역학관계 속에서, 최일수 등이 제기했던 민족문학론은 그것과 다른 입장에 서있는 민족문학론에 비해 결코 폭넓은 지지와 큰 반향을 확보한 것은 아니었다. 더구나 이러한 새로운 문제제기는 종종 '세대론'과 같은 시류에 휩쓸린 소모적 논쟁구도에 묻혀, 다른 신세대 비평가의 논의와 뚜렷이 구별되어 옥석이 가려질 기회도 제대로 얻지 못했다. 그러나 우리 비평사에서 민족문학론의 역사적 전개과정을 고찰하거나, 70년대 이후의 민족문학론의 이론적 진보나 그 성과와의 연계성을 고려해 보더라도, 이 시기의 민족문학을 둘러싼 몇 갈래의 논의들 가운데에서 어떤 논의가 그러한 역사적 정당성을 얻게 될 것인가는 명확해지리라 생각한다.

제4장 실존주의 문학론의 수용과 그 영향

1. 실존주의의 수용과정에 나타난 몇 가지 양상

우리 나라에 실존주의와 관련된 철학 이론이나 문학작품이 소개되기 시작한 것은 1930년대 중반 이후부터이다. 신남철이나 박종홍과 같은 철학전공자들에 의해 하이데거와 야스퍼스 등의 실존철학이 소개·해설되고, 최재서나 이헌구와 같은 몇몇 외국문학 전공자들에 의해 실존주의 작가로 분류되는 생떽쥐뻬리나 앙드레 지드의 작품에 관한 부분 번역 및 해제 등의 작업이 이루어진 바 있었다.[1] 해방 직후에도 잡지 『신천지』에서 실존주의 특집[2]을 마련하기도 하고, 김동리와 김동석의 좌담[3]에서도 최근 서구 문예사조로서의 실존주의에 대

---

1) 1930년대 실존주의에 대한 글목록을 비교적 소상하게 논의한 것으로는 좌담 「한국문학과 실존사상」(『현대문학』, 1990. 5)에서의 조남현의 정리를 들수 있다. 참고로 몇 가지를 예로 들면 다음과 같다. 신남철, 「나치스의 철학자 하이데겔」(『신동아』, 1934. 11), 이헌구, 「앙드레 지드의 人間想的 방랑」(『신동아』, 1934. 11), 박종홍, 「현실파악의 길」(『인문평론』, 1939. 12).
2) 김동석의 「실존주의 비판」, 양병식의 「사르트르의 사상과 그의 작품」, 박인환의 「사르트르의 실존주의」, 그리고 싸르트르의 「문학의 시대성」 번역 등이 실린 『신천지』, 1948. 10월호를 말한다.

한 단편적인 논의가 이루어지기도 해서, 실존주의에 대한 한국문학계의 관심은 30년대 이후부터 지속되고 있었다고 할 수 있다. 그러나 실존주의가 한국문학에 가장 커다란 영향을 끼친 것은 역시 한국전쟁 이후, 특히 50년대와 60년대에 걸친 시기였다고 보는 것이 가장 타당하다. 이 시기에 실존주의가 지식인과 작가들에게 그토록 커다란 영향을 끼쳤던 이유는 여러 측면에서 찾을 수 있으나, 서구에서도(특히 프랑스에서) 2차 대전이 끝난 뒤에 실존주의가 갑자기 부각되고 또 대중적으로 널리 확산되었던 상황논리와 마찬가지로, 무엇보다도 한국전쟁이라는 초유의 비극적 체험을 치른 전후 세대들에게 실존주의는 신선한 지적 자극이자 동시대의 상황을 해석하고 수용하는 적절한 이론적 준거틀로 받아들여졌던 것이 가장 중요한 원인이라고 할 수 있다. 앞장에서 당시의 지식인과 문학가들에게 한국전쟁의 의미가 어떻게 해석되었던가를 살펴본 바 있지만, 이 당시에는 2차 세계대전이나 또는 여타의 현대 전쟁과 구별되는 한국전쟁의 구체적인 특수성을 돌볼 겨를도 없이, 세계사적 보편성에 편입해서 해석하였던 까닭에, 실존주의 역시 하나의 이론이 형성되고 통용되는 구체적인 역사적 상황이나 현실성에 대한 깊은 고려없이 당시의 한국 지식인 사회에 곧바로 수용되고 널리 확산될 수 있었다. 특히 실존주의에 대한 선호도는 전후에 등단한 젊은 비평가들 쪽에서 절대적으로 높았다. 그들은 전쟁을 분수령으로 해서 새로운 시대가 열렸다고 생각했으며, 따라서 그 이전까지 존속되어 오던 어떠한 이론틀로도 이 새로운 시대를 해석하고 이끌어나갈 수 없으리라는 확신에 차 있었다. 세대간의 비평적 관점과 시각의 차이가 형성되는 근본적인 원인도 이러한 시대인식의 차이에서 비롯되었다고 할 수 있다.

그러나 전후 실존주의의 본산지라고 할 수 있는 프랑스에서도 실

---

3) 『국제일보』, 1949. 1. 1.

지로 실존주의가 대중들에게 커다란 반향을 불러 일으켰던 것 못지
않게, 실존주의가 오해되거나 비판받는 경우가 빈번했던 것처럼[4], 우
리의 경우도 실존주의의 수용과 그 토착화 과정은 결코 단선적이지
않으며, 오히려 매우 복합적이고 이질적인 양상을 나타낸다고 할 수
있다. 50년대 한국문학에 끼친 실존주의의 커다란 영향력에 대해서는
대체로 논의가 일치되고 있으나, 그에 비해 실제로 그 영향력이 어떤
방향에서 어떻게 이루어졌던가에 대한 논의나 연구는 의외로 소략한
데, 그 까닭은 당시에 실존주의 수용을 둘러싼 다양한 양상과 입장들
을 충분하게 검토하지 않은 채로 영향력 자체에만 주목했기 때문이
아닌가 생각한다.

　50년대 비평 및 문학과 실존주의의 관계를 고찰할 때 가장 먼저 제
기되는 어려움은 무엇보다도 실존주의라는 사조의 뚜렷한 외연이 쉽
게 규정되지 않는다는 점이다. 우선 '실존주의'라는 용어 자체를 놓고
그것이 '실존철학'과는 어떻게 다르며, 철학에서의 실존주의와 문학에
서의 실존주의는 또 어떻게 다른가를 규명하려는 노력은, 언뜻 보면

---

4) 이것은 싸르트르의 『실존주의는 휴머니즘이다』(1946)에 나오는 유명한 에
피소드에서 확인된다. 한 부인이 무심코 상스러운 욕을 입에 담았다가 '아
마 내가 실존주의자가 다 된 모양이다'라고 변명했다는 이야기다. 이러한
오해는 대중적인 측면에서 발생한 하나의 사례에 해당한다. 그러나 전후에
싸르트르의 실존주의가 카톨릭을 비롯한 종교계와 공산당을 비롯한 프랑스
좌파 지식인들로부터 양면에서 집중적인 비판을 받았던 것은 그의 사상이
제대로 이해되지 못한 측면도 있었던 동시에, 이데올로기나 철학적 기반이
카톨릭이나 마르크스주의와 여러 면에서 달랐기 때문이었다. 그의 『실존주
의는 휴머니즘이다』는 결국 이러한 오해와 비판에 대한 총체적인 해명의
시도라고 할 수 있다. 원폭체험이라는 독특한 전쟁경험을 가진 일본의 전
후세대들에게 실존주의가 풍속사와 생활사의 변화에 어떤 영향을 끼쳤는가
를 살피는 데 다음의 자료가 참고가 된다. 구노 오사무・쓰루미 슌스케,
『일본근대사상사』(심원섭 옮김, 문학과 지성사, 1994) 중의 제5장 「일본의
실존주의:전후의 일본세계」. 이 글에서 무엇보다 흥미로운 것은 실존주의가
전후 사회의 범죄심리나 범죄행태에 끼친 영향을 분석하고 있는 부분이다.

개념 이해라는 매우 엄정한 학구적인 천착으로 보일 법도 하지만, 결국에는 개념을 쫓다가 진이 빠지는 일이 되기 십상이다. 거기다가 실존철학의 계보를 살펴보면 19세기 이후의 사람들로만 꼽아도 벌써 열 사람이 넘을 뿐 아니라5), 그들 하나하나가 독자적인 철학체계를 형성하고 있는 까닭에 실제로 실존주의나 실존철학의 종류는 그것을 표방하고 학문활동을 전개한 사람의 숫자 만큼이나 많다는 역설까지 등장하게 되었다. 이 말은 실존주의와 관련된 개념규정 작업이 의미없다는 뜻이 아니라, 그러한 천착은 실상 50년대 비평과 실존주의의 관계를 살피는 데 커다란 도움을 주지 못한다는 뜻이다. 당시에도 철학과 문학사상으로서의 실존주의에 대한 커다란 변별의식은 없었던 것으로 파악된다.6) 그렇다고 하더라도 당시의 비평가나 논자들이 '실존주의'를 인식하는 최소한의 공유영역은 있었을 법한 일인데, 바로 그 최소한의 공유영역의 이질성이 이 시기 실존주의 문학론의 수용과정에 나타나는 다양한 양상을 빚어냈다고도 할 수 있다.

실존주의를 수용하는 과정에서 당시 비평계가 보여주었던 수용태도의 큰 흐름은 우선 실존주의 자체에 대해 비판적인 논자들과 수용에 적극적이었던 논자들의 의견을 중심으로 두 계열로 나누어 볼 수 있다. 실존주의에 대해 비판적인 태도를 나타냈던 논자들을 곧장 수용반대론자라고 규정할 수는 없지만, 당시의 논의구조에서 실존주의

---

5) 싸르트르의 『실존주의는 휴머니즘이다』(방 곤 옮김, 문예출판사, 1975)에서 들고 있는 실존주의자들과 기타 몇 가지 실존철학 관련서적에서 거명하고 있는 인물들을 꼽아볼 때, 19세기 이후의 인물들로 실존철학자의 계보에 드는 사람은 키에르케고르, 니체, 훗설, 하이데거, 야스퍼스, 세스토프, 싸르트르, 마르셀, 메를로 퐁티, 보봐르, 베르자예프 등이다. 경우에 따라 파스칼과 셸링이 추가되기도 한다.

6) 개념이해를 둘러싸고 벌어졌던 거의 유일한 논쟁은 '실존성'이라는 개념을 놓고 김동리와 이어령이 벌인 논쟁이다. 본 장의 후반부에 다시 이 논쟁의 추이를 살펴보겠지만, 개념 이해를 둘러싼 논의에는 실상 커다란 의미를 둘 수 없었던 논쟁이었다.

가 아무런 비평적 여과과정 없이 곧장 직수입되었던 것이 아니라, 어떤 형태로든 비판적 논의에 부딪친 바가 있었다는 사실은 이 시기 비평사를 고찰하는 데 있어서 검토하고 넘어가야 할 대목이 아닌가 생각한다. 실존주의의 파급력과 새로운 사조로서의 가치는 인정하면서도, 그것이 한국문학에 끼치는 영향의 결과에 대해서는 회의적 태도를 보이거나 부정적인 입장을 나타냈던 비평가들로는 백철, 정태용, 최일수 등을 들 수 있다. 그에 비해 실존주의를 적극적으로 수용했던 사람들은 김붕구, 손우성, 양병식, 이환 등의 불문학 전공자들을 비롯하여, 이어령이나 이철범과 같은 젊은 비평가들이었다.

(1) 실존주의에 대한 비판적 논의

먼저 실존주의에 대해 비판적인 입장을 표명했던 논자들의 견해부터 간단하게 살펴보기로 하자. 정태용은 실존주의가 근대적인 정황 속에 처해 있는 인간의 존재상황으로부터 비롯된다고 파악하고, 실제로 근대 사회에서의 인간의 소외와 고립, 그로부터 비롯되는 불안심리의 항존적인 상태가 실존주의 철학을 낳은 중요한 상황적 근거라고 인정한다. 그러나 실존주의에서의 불안은 특정한 상황에서 비롯된 것이 아니라 인간의 근본적인 존재 조건으로 상정되고 형이상학화되어 버렸기 때문에, 실존주의에서의 '부조리'나 '불안'은 제거하거나 극복 가능한 한시적(限時的) 조건이 아니라는 점에서 문제점을 발견한다.

> 물론 실존주의는 그것이야말로 본질이요 초월에의 접근이라고 목이 터지게 성원(聲援)하지만 그것으로 오늘날의 문제가 해결 안될 뿐 아니라 그것은 서구의 실존주의자들처럼 놀고 먹으면서 나는 누구냐고 질문이나 할 수 있는 사람들의 불안과 고민의 불은 어쩌면 순간적, 심리적으로는 해소시킬지 몰라도 근대 이후의

인간들이 고민하고 불안하고 절망하는 근본을 해결하는 것은 되
지 못하는 것이다.
　　이것은 실존주의가 근대적 조건 속에 출발하는 것임을 시인하
면서도 그 해결방식에 있어서 역사성을 전혀 소외해 버림으로써
현대인의 불안과 절망의 근원을 그릇된 방향으로 유도하였기 때
문이며 우리들의 불안은 불안하다고 느끼기 때문에 불안한 것이
아니라 객관적으로 불안의 현대적인 특수조건을 가지고 있기 때
문에 불안한 것이므로 그 조건의 본질과 또 가능하다면 그 제거
하는 방법을 발견함으로써만 불안을 극복할 수 있을 것이다.[7]

　정태용은 현대인의 불안 의식이 현대라는 역사적 상황과 시간 속
에서 형성되었기 때문에, 실존주의처럼 인간의 존재론적 본질로 '불
안'이나 '부조리'를 설정하는 방식을 받아들일 수 없다고 단호한 대도
를 보인다. 그래서 그는 '실존주의를 모방하여 부조리와 내걸고 사
회참여를 하자고 떠들어 보았자 그것으로 무엇을 제거하고 무엇을 선
택한다는 의미는 되지 않는다'고 냉소적인 비판을 서슴지 않는다. 위
의 인용문 중에 '서구의 실존주의자들처럼 놀고먹으면서' 운운하는
대목에서 볼 수 있듯이, 비록 그 표현이 거칠기는 하지만 서구와 우
리의 현실조건이 다르다는 것을 지적하고 우리 현실의 특수성을 고려
하려고 애쓴 점은 주목해야 할 부분이다. 물론 정태용의 실존주의 비
판에는 실존주의의 다양한 계보에 대한 고려의 흔적이 보이지 않으
며, 싸르트르와 까뮈처럼 경우에 따라서는 서로 대립적이고 이질적이
기까지 한 실존주의의 여러 이론체계가 충분히 논의되지 않은 한계를
안고 있다. 이런 점들은 실존주의를 비판하는 몇 사람의 논자들에게
공통적으로 나타나는 현상이다.
　최일수의 경우는 실존주의에 대한 그의 비판적인 입장으로 인하여
작은 논쟁이 일어나기도 할만큼 정태용보다 좀더 적극적으로 실존주

---

7) 정태용, 「실존주의와 불안─불안의 심리적 형상과 극복」, 『현대문학』, 1958. 9.

의를 비판한다[8]. 그는 실존문학의 발생근거를 '전쟁과 혼란을 계기로 도시 지식층의 태반이 생활의 정체와 무기력을 겪으면서 권태에 빠진 나머지 그것에 대결하기 위해 벌이는 변형적인 자기옹호의 소산'[9]이 라고 규정한다. 그가 말하는 도시 지식층은 명시적으로 밝히지는 않 았지만 전쟁과 파시즘의 혼란에 내던져진 쁘띠부르조아지를 의미하 는 것이라고 짐작된다. 예컨대, '도시지식인이란 다시 말하면 전환기 에 처하여 혼란과 모순의 인습적인 제약으로 그 역사창조의 기능이 정상적인 질서와 체계있는 발전형태에서 정체되고 분열되어 행위력 은 극도로 위축되고 고민만이 확대된 그러한 무력과 정체를 넘어서기 위한 목표와 결단만이라도 선택할 수 있는 자유를 사념적으로 소유하 고자 하는 관념주의자'라는 자기 나름의 정의를 통해 간접적으로 유 추할 수 있다. 이런 논리를 종합해 볼 때, 최일수는 실존주의를 단순 히 하나의 새로운 철학체계나 사상으로 이해하지 않고, 일정한 역사 적 상황 속에서 일정한 계급의식이 반영된 하나의 이데올로기의 체계 로 이해하고 있었다는 사실을 발견할 수 있다. 다시 말하지만 그가 실존주의 철학의 담지자라고 규정한 '도시 지식인층'이란, 그 개념의 내포에 여러 군데 결함이 있음에도 불구하고, 일단 파시즘 체제 아래 에서 확고한 역사적 전망을 상실하고 방황하는 쁘띠부르조아지의 의 식의 산물이라는 점을 명확히 하려고 애쓰고 있다는 데에서도 그런 의도를 파악할 수 있는 것이다. 그 역시 정태용과 마찬가지로 실존주 의가 탈역사적인 사상체계이며 지극히 개인주의적인 사유체계라는 점에서 가장 커다란 한계를 지니고 있다고 주장한다. 그리고 '부조리'

---

8) 이것은 최일수와 오상원 간에 실존주의를 둘러싸고 일어났던 논쟁을 말한 다. 김동리와 이어령 사이에 일어난 논쟁과 함께, 실존주의와 관련된 논쟁 을 다루는 부분에서 다시 살펴보기로 하겠다.

9) 최일수, 「실존문학의 총화적 비판-하나의 서론적 고찰」, 『경향신문』, 1955. 4. 3.

를 역사적 조건이 아니라 존재론적인 근본조건으로 설정하고 있는 점
에 대해서도 비판한다.

> 실에 있어서 이러한 개인행위의 자유에 대한 인간옹호는 극단
> 적인 개인주의의 말초적 추궁이며 동시에 그 사상적인 근본 이념
> 은 그 자체가 일정한 가치체계에 근거를 두고 그 실현을 계획하
> 고 끈기있게 실천하는 그러한 질서있는 역사창조의 정상적인 흐
> 름에서 출발한 것이 아니라 이와 같은 영구적이며 정상적인 가치
> 규정을 부정하면서 세계는 천위적(天爲的)으로 부조리와 모순의
> 조건 속에 놓여 있고 혼돈한 것이 절대적이고 지배적인 것이라고
> 등일적(等一的)으로 규정하고 있는 데 있는 것이다.10)

정태용과 최인수의 비판론 내지는 비판적 수용론이 주로 실존주의
사상과 그 문학관의 이론체계를 문제삼는 것이었다면, 백철은 실제로
실존주의 계열의 작품에서 나타나는 예술적 형상화의 방법에서 문제
점을 발견하고 그것을 비판한다. 이 점을 확인하기 위해서는 우선 백
철의 근대문학에 대한 조망을 정리할 필요가 있다. 백철은 20세기의
현대문학이 19세기 문학에 대한 하나의 반동으로 형성된 것이라고 보
고, 그 반동의 주요대상은 '자연주의 문학'이라고 본다. '자연주의 문
학'에 대한 반란이란 결국 17세기 이후의 객관적 합리주의와 자연과
학의 발달, 이성중심의 사유체계에 대한 반란임을 의미하는 것이다.
자연주의 문학과 그 문학의 세계관에 대한 반동으로 형성된 현대문학
의 가장 뚜렷한 특징으로 나타나는 것은 내면세계와 인간의식에 대한
천착으로서의 '심리주의적 경향'이라는 것이다. 그는 대체로 20세기의
전위주의적 문학을 이러한 정식화로 뭉뚱그리고, 결국 2차 대전 이후
의 실존주의 문학도 이 범주에 포괄시켜 이해하고 있다. 따라서 그의

---

10) 최일수, 앞의 글.

실존주의 문학에 대한 비판은 넓게 보면 20세기 현대문학의 주류적 경향에 대한 비판과 맞물려 있는 셈이다. 그가 현대의 중요작가로 들고 있는 사람들은 제임스 조이스, 버지니아 울프, 프란츠 카프카, 싸르트르, 까뮈 등인데, 인물이나 문학사조로 보아 결국 백철은 실존주의를 넓게 보아 20세기 모더니즘의 한 분파로 이해하고 있음을 알 수 있다. 백철의 실존주의 문학 이해방식이 과연 타당한 것인가에 대한 질문을 일단 접어둔다면, 실존주의 문학을 넓은 의미에서 모더니즘 문학의 한 분파 내지는 지류로 이해하는 백철의 이 논리는 물론 루카치의 실존주의 이해방식과도 아주 흡사한 것이지만, 무엇보다도 50년대 우리 문학계에 받아들여진 실존주의의 성격과도 밀접한 관련이 있어서 흥미로운 대목이 아닐 수 없다.

백철은 실존주의를 포함한 이런 현대문학의 주요 특질을 1)의식의 문학, 2)주관주의의 문학, 3)본질 및 존재의 영속성에 대한 추구, 4)철학적이며 사고적인 문학11)이라고 파악하는데, 결국은 19세기 자연주의 문학에 대한 반동으로 출발한 20세기 현대문학의 지향점이 올바른 것이 아니었다고 비판한다.

　　내가 말하고 싶은 것은 그 작중의 인간의 심리란 그 전후에 행동적인 계기와 결과를 두지 않은 것은 진실한 것이 아니다. 적어도 건전한 것이 아니다. 문학이 인간의 본질을 추구한다는 것은 어떤 개인적인 신경쇠약의 환자에게서가 아니고 커다랗고 전체적인 방법과 뜻을 대표하는 인류적인 의미의 인간인 것이다. 그런 인간은 본질적으론 결코 심리로서만 생존할 수 있지 않고 행동의 세계와의 관련과 통일에서만 존재할 수 있을텐데, 우리가 금후 문학에서 인간을 창조하는 데 있어선, 먼저 자연주의 문학의 기계적인 인간을 반대하는 동시에, 항상 현실적인 조건과의 심상(心狀)관계에서 심리세계를 추구하는 것이 문학적인 발전을 위한 중

---

11) 백철, 「현대소설의 과정」, 『자유문학』, 1957. 8.

심적인 계기가 될 줄 믿는다(……)또 인간을 합리와 정당성에서
보지 않고 비리성과 모순과 불가사의에서 볼 수도 있지만 그것도
반드시 정당한 견해가 아니다. 과연 이십세기는 어두운 환경이요,
좀처럼 정상적인 기획이 서는 경우가 아니다. 하지만 이것은 하
나의 시사성은 될지언정 역사성은 아니다. 여기서 명확한 역사관
을 가지기가 어렵다면 적어도 인류적인 역사성을 인간의 본질에
신뢰할 수 있어야 할 것이다.12)

　마지막 구절인 '인류적인 역사성을 인간의 본질에 신뢰해야 한다'
는 것은 역사 발전의 궁극적인 지향을 이념화하는 것이다. 인용문에
는 없지만 그 다음 구절인 '그 역사의 방향은 인류적인 황금의 수도
에 도착할 것을 신뢰한다'는 대목에서 확인되듯이, 이념으로 설정된
이러한 역사 이해방식은 밀리는 헤겔과도 결부되는 것인데, 실존주의
의 근본이념과 명백히 배치되는 것임에는 틀림없다. 위의 인용문을
근거로 해석하자면 백철의 역사 이해방식 역시 일종의 관념론이다.
'20세기가 어두운 시절이란 것을 인정한다고 하더라도 이것이 인류의
보편적 상황이 아니라 역사적 상황일 뿐'이라는 점을 강조한 그의 주
장은 옳다. 그러나 그런 신뢰가 생기지 않을 때에는 '인류의 역사성을
신뢰'해야 한다는 말은 인류 역사의 발전이 결국은 진보를 향해 이루
어져 왔다는 어떤 '보편성'을 믿자는 말과 비슷하다. 이러한 인식은
실존주의의 역사 인식과도 다르지만 역사 발전에 대한 변증법적 인식
과도 구별되는 것이다.
　역사 이해의 방식에서 싸르트르와 까뮈가 서로 다르기는 하지만,
실존주의에서는 어떤 형태로든 역사가 이념으로 설정되어 있는 것이
아니라, 그야말로 형성해 나가는 것일 뿐으로 되어 있다. 까뮈의 경우
는 이러한 태도가 좀더 과격해서 구체적인 지향을 가진 어떠한 역사

---

12) 백철, 「자연주의의 극복을 위하여」, 『문학예술』, 1955. 1.

변화도 부정한다.[13)

> 원리에 의한 혁명은 그 대표자의 인격 속에서 신을 죽인다. 20
> 세기의 혁명은 원리 그 자체 속에 있는 신의 유물을 죽이고 역사
> 적 니힐리즘을 축성(祝聖)한다. 뒤이어 이 니힐리즘에서 빌려온
> 방법이 어떤 것일지라도 이 세기 가운데서 창조하려고 생각하면
> 곧 모든 도덕적 규칙을 깨뜨리고 독재자의 전당을 구축한다.
>   역사를, 역사만을 택하는 것은 그것은 반항 그 자체의 교훈에
> 반대하여 니힐리즘을 택하는 것이다(……)역사는 필요하지만 그
> 것만으로는 불충분하며 결국 하나의 유인(誘引)에 불과하다. 역사
> 에 가치가 없는 것도 아니고 그렇다고 가치 그 자체도 아니고 가
> 치의 소재도 아니다. 그것은 특히 인간이 역사를 판단하는 데 이
> 용되는 가치의 아직 막연한 존재를 느끼게 하는 기회인 것이다.
> 반항이야말로 우리들에게 그것을 약속해 준다.[14)

  역사가 하나의 '유인'에 지나지 않는다고 보는 까뮈의 이해방식은,
역사가 한 개인의 실존적 선택의 장(場)이 되는 하나의 구체적 '시튀
아시옹'이라고 보는[15) 것과 닮았다. 그러나 이러한 역사 이해는 불안

---

13) 싸르트르의 사유체계 안에서 '역사'에 대한 논의방식의 구체적인 내용전
    개는 프레드릭 제임슨의『변증법적 문학이론』(여홍상・김영희 옮김, 창작
    과 비평사, 1984)의 제 4장「싸르트르와 역사」를 볼 것. 제임슨은 이 글에
    서 싸르트르의『존재와 무』((1943)과『변증법적 이성비판』(1960)의 두 저
    서를 집중 분석하면서, 그의 '역사'인식이 마르크스주의와의 상관관계 속
    에서 어떤 연속성을 가지는가를 주도면밀하게 분석하고 있다.
14) 알베르 까뮈,『반항적 인간』,『까뮈전집』제3권, 서호성 옮김, 문조사, 1970,
    376~381쪽. 까뮈의 이러한 역사 이해는 50년대 실존주의 문학론을 전개
    하는 비평가들에게 하나의 준거틀이 된다.
15) 싸르트르,『실존주의는 휴머니즘이다』, 55쪽. 물론 까뮈와 싸르트르의 역
    사 이해방식은 여러 면에서 다르다. 가장 뚜렷한 차이는 마르크스주의에
    대한 관계에서 나타나며 계급혁명 내지는 현실사회주의 국가에 대한 두
    사람의 견해도 현격한 차이를 보여주고 있다. 그러나 역사의 문제에 있어
    서 싸르트르를 다른 실존주의자와 구별짓도록 만드는 가장 중요한 근거는

과 부조리를 분명하게 하나의 역사적 범주로 상정하고 그것 자체의 극복 가능성을 신뢰하는 백철에게는 받아들여지기 어려운 논리였다. 실존주의에서는 불안과 부조리가 역사적 범주가 아니라 존재론의 기반을 이루는 초역사적 범주인 까닭이다.

정태용, 최일수, 백철 등의 견해를 살펴볼 때, 실존주의에 대한 비판적 논의를 펼친 사람들 사이에서도 어떤 일치된 합의점이 존재했던 것은 아니었다는 점을 알 수 있다. 예컨대 최일수가 실존주의의 계급적 성격에 좀더 치중했다면, 백철의 경우는 예술방법으로서의 실존주의의 한계를 염두에 두고 있었고, 결국 이러한 비판은 실존주의의 전 체계를 향한 것은 아니었으며, 각기 자기 나름의 부분적 이해방식을 전면적인 실존주의 비판에 적용한 것이라고 할 수 있다. 그러나 실존주의의 탈역사성과 주관주의적 속성에 대한 비판은 어느 정도 정확한 것이었고, 무비판적인 서구사조에 대한 비판적 섭취를 주장하는 논거로는 그 타당성을 인정할 수 있는 것이었다. 그러나 안타깝게도 이러한 비판적 이해의 노력은 실상 50년대의 지적 상황에서 그 반향이 크지 않았다. 무엇보다도 전후 한국의 지식인들에게 실존주의의 지적 흡인력이란 상상 이상으로 엄청난 것이었으며, 그 까닭은 전쟁체험의 직접성을 미처 추상화할 겨를이 없었던 우리 지식인과 문인들에게 실존주의라는 새로운 사유체계와 문학경향은 전쟁 체험과 그 이후의 현실을 나름대로 정식화시킬 수 있는 새로운 장을 열어주었기 때문이다. 전후에 실존주의 수용에 적극적이었던 논자들이 대체로 서구와

___

그가 실존적 개인의 주관성을 상호주관성(intersubjetivité)으로 확장하여 개체의 상대적 경험을 넘어서 역사의 보편적 연관을 밝히려고 애쓰는 데 있다. 그러나 근본적으로 그의 역사 이해는 개체의 주관으로부터 시작하는 점에서는 실존주의의 근간에서 벗어나지 않는다. 이러한 역사 인식의 방법이 그가 마르크스주의와 실존주의의 통합을 끈질기게 추구함에도 불구하고, 마르크스주의 진영으로부터 비판을 면치 못하는 몇 가지 이론적 원인 중의 하나가 된다.

우리의 체험의 동질성을 중요한 근거로 드는 이유도 여기에서 비롯한
다.

(2) 실존주의에 대한 적극적 수용론

앞에서 언급한 바와 같이 실존주의의 수용에 적극적이었던 사람들
이 대체로 불문학 전공자들이거나 반드시 불문학이 아니더라도 외국
문학 전공자들이었다는 사실은 실존주의 자체가 서구사조이며, 무엇
보다도 프랑스의 실존주의가 2차 대전 이후에 크게 부각되었다는 점
을 생각하면, 매우 자연스러운 현상이다. 해방 전 우리 문학자들이 서
구사조를 받아들이는 통로가 대체로 일본을 통한 것이었다면, 전후
서구사조의 수입에서 크게 변화한 것은 직접 원산지의 이론을 수입하
게 되었다는 점이다. 서구 문예이론의 수용작업을 구체적으로 나누어
보면 세 가지로 볼 수 있는데, 번역작업이 그 기본이며 두번째는 우
리 시각에서 이루어지는 해석과 비평작업이며, 마지막으로는 그러한
이론체계를 우리 문학에 실천적으로 적용시키는 작업을 생각할 수 있
다. 50년대 실존주의에 국한시켜 볼 때, 앞의 두 가지 작업은 비교적
활발하게 이루어진 편이었으나, 실제비평에서 실존주의 이론을 적용
하여 우리 문학을 해석·비평한 작업은 거의 이루어지지 않았다고 할
수 있다. 사정이 그러했던 까닭은, 우선 불문학 전공자이면서 실존주
의에 상대적으로 정통했던 사람으로서 당시 문단에서 실제비평에 참
여하고 있던 인물이 손우성을 빼고는 거의 없었다는 점, 그에 비해
실제비평 작업을 하던 현역 비평가들은 비평의 이론적 근거로 동원할
만큼 실존주의에 정통하기가 어려웠다는 점 때문이었을 것이다. 김붕
구의 『불문학산고』는 우리 문학에 대한 실제비평이라고 보기 어렵고,
이어령이나 이철범의 비평들은 구체적인 작품에 대한 비평이 아니라

이론비평에 가까운 것이었다. 그런 점에서 비평영역 자체 내에서 실존주의 문학론과 우리 문학이 상호교섭하고 접촉했던 지면은 그리 넓지가 않고, 그에 비해 작가들이 직접 실존주의를 창작의 중요한 방법원리와 현실 인식의 체계로 받아들여 소설과 실존주의의 교섭지면을 넓혔던 것이 이 시기 실존주의의 하나의 특징적인 점이다. 그러나 달리 보면, 외국 문학이론이나 문학경향의 수용과정이란 결국 번역 작업 자체의 활발함에 의해 수용의 적극성이 발현되는 것임을 알 수 있다. 외국문학의 여러 대상과 여러 시기 중에서 일정한 경향의 대상을 선택한다는 행위 자체가 그 대상에 대한 번역자의 기호와 수용의사를 적극적으로 반영하고 있기 때문이다. 그런 점에서 실존주의의 적극적인 수용론을 다시 확인한다는 것은 동어반복에 지나지 않는 일일지도 모른다. 왜냐하면, 이 당시의 지적 분위기와 흐름이, 실존주의를 적극적으로 수용해야 하는 이유를 굳이 드러내어 주장할 필요가 없는 상황이었기 때문이고, 실제로도 왜 실존주의가 수용되어야 하는지를 설명한 글은 별로 없다. 여기에서는 우선 실존주의가 현대문학과 맺는 관련성을 우리 문학에 견주어 강조한 글을 중심으로 수용론의 몇 가지 양상을 검토해 보도록 하겠다.

번역 작업에 비교적 활발히 참가한 인물의 면면을 잠깐 살펴보면 양병식, 박이문, 이진구, 김붕구, 정명환 등의 불문학 전공자들이 중심을 이루었고, 유종호나 송욱과 같은 영문학 전공자들이 부분적으로 참여했다. 실존주의에 대한 재해석과 주체적 비평을 시도했던 인물은 김붕구, 손우성, 양병식, 이환, 정명환16) 등을 들 수 있는데, 이 중에

---

16) 정명환은 실존주의 수용과 주체적인 이해에서 빼놓을 수 없는 중요한 불문학자다. 그러나 실존주의와 관련된 그의 활동이 50년대에는 미미하고, 오히려 60년대 이후부터 본격적으로 전개되는 까닭에 50년대 비평에서 그가 차지하는 의미는 매우 적다. 60년대 이후의 정명환의 실존주의 수용양상은 전기철의 앞의 논문 27~31쪽에서 간략하게 개관되고 있다. 실존주의와 관련한 정명환의 최근 연구성과로는 『문학을 찾아서』(민음사, 1994)

서도 번역작업은 양병식이, 재해석에 기초한 비평작업은 김붕구와 손
우성이 가장 활발한 편이었다. 현역 비평가로는 실존주의에 대해 비
교적 일찍부터 관심을 보이기 시작한 조연현을 비롯해 홍사중, 이어
령, 이철범 등이 실존주의와 비평을 연계시키는 논의를 전개했다.

조연현의 「실존주의 해의」는, 당시 지식인과 문인들이 실존주의의
내용에 대한 정확한 이해 여부와 상관없이 얼마나 이 새로운 유행사
조의 영향력에 크게 지배당하고 있었던가를 짐작할 수 있게 해준다.

> 실존주의는 제2차 대전 이후에 세계적인 화제가 되어 있는 가
> 장 유력한 유행적인 사조의 하나다. 사람들은 제각기 실존주의를
> 말한다.
> 오늘에 와서 실존주의는 그 정확한 개념에서나 그 부정확한
> 개념에서나 어쨌든 누구의 입에서나 발언되고 있다. 실존주의란
> 말이 이렇게 누구에게서나 발언되고 있다는 이 사실은 실존주의
> 가 정상히 이해되었든 잘못 해석되었든 이제는 누구도 이 문제에
> 관해서 무관심할 수 없게 되었다는 것을 의미하는 것이다. 그러
> 므로 오늘에 와서 실존주의를 말한다는 것은 현대인의 어쩔 수
> 없는 한 숙명이다(……)오늘 이 시간에 있어서 모든 사람들은 모
> 두가 검사와 '무르쏘'와의 관계와 마찬가지다. '쪼-지 오월'의 「
> 1984년」이 인류의 장래의 이야기가 아니고 그것이 이미 우리의
> 현실이며, '게올규'의 「25시」가 이미 소설이 아니라 그것이 한 사
> 실인 오늘에 있어서 모든 사람들은 제각기 이방인이다. 그것은
> 인간 자체가 그 본성이 아닌 '메카니즘'과 조금도 구별할 수 없는
> 것이 되어 있는 오늘, '우연한 조우'처럼 자기의 본성을 의식할
> 때, 모든 현대인은 저 '빠스칼'의 경악과 공포와 같은 것을 통하
> 여 누구나 자기의 이방인의식을 느끼지 않을 수 없을 것이기 때
> 문이다.17)

를 꼽을 수 있다. 이 책 제1부에서 정명환은 싸르트르의 『문학이란 무엇
인가』 전체에 걸쳐 제기되는 '참여문학'개념의 변화과정을 꼼꼼하게 분석
하고 그의 언어관과 예술관을 비판하고 있다.

위의 인용문을 통해 우리는 당시의 실존주의 이해의 몇 가지 특수
한 맥락을 읽을 수가 있다. 조연현은 이 글에서 궁극적으로 실존주의
가 휴머니즘으로 귀결되지 않으면 안되리라는 점을 강조하면서 논의
를 끝맺고 있지만, 부단히 '오늘'과 '모든 사람'이란 말을 반복하면서
실상 왜 실존주의를 문제삼아야 하는가에 대한 논리적인 천착은 오늘
날 모든 사람들이 그것에 관심을 두고 있기 때문이라는 순환논리로
슬쩍 밀어버리고 있다. 그 '오늘'이 구체적으로 어떤 상황에 놓여 있
는 시간인지, '오늘'이라고 했을 때, 서구의 오늘과 우리의 오늘이 어
떻게 같고 다른지, '모든 사람'이라고 했을 때, 서구인과 우리가 함께
포괄될 수 있는 보편성의 근거는 무엇인지에 대한 구체적인 분석은
이루어지지 않는 것이다. 구체적인 분석이란 결국 차별성을 포착하는
과정이고, 이러한 차별성의 인식은 전후의 우리 현실을 서구의 전후
현실에 비교했을 때 나타날 수 있는 보편성과 특수성의 여러 양상을
발견하는 일로 이어지는 것일 터인데, 그러한 과정이 생략되었다는
것은 전후 현실의 공간과 시간을 서구와 우리의 구별없이 하나의 동
질적인 것으로 인식하고 있었다는 것을 의미한다. 이것이 50년대 실
존주의 수용방식의 가장 커다란 특징이라고 할 수 있으며, 그러한 문
제점이 이 시기 실존주의를 비판하는 연구자들에게 '보편성의 미망'
이라고 지적되는 대목이기도 한 것이다.[18]

그와 동시에 이 시기의 실존주의 사조가 실존주의의 철학적 체계
내지는 인식론적 기반에 대한 풍부한 이해를 동반하지 않은 채로 수
용되었기 때문에, 일정한 시기를 풍미하는 '유행사조'라는 인식이 강
했다고 할 수 있다. 이러한 이해방식은 김동리에게서도 두드러지게

17) 조연현, 「실존주의 해의(解義)」, 『문예』, 1954. 3.
18) 제 1장 2절의 최유찬과 박헌호의 논문을 참조할 것. 임헌영의 경우도 실
    존주의 비판의 맥락이 이러한 '보편성의 미망'과 연결되어 있다.

나타나고 있는데, 조연현 역시 실존철학에서의 '불안'이라는 개념이나 '피투성(被投性)', '세계-내적-존재In-der-welt-sein'와 같은 개념들은 실존으로서의 인간의 존재론적 본질인 바, 그것은 자본주의 사회이든 중세사회이든, 혹은 전쟁체험의 극한상황이든 아니든 이미 인간존재의 근본을 형성하고 있는 것이라는 점을 뚜렷이 자각하고 있는 것 같지 않다. 문학보다는 철학사조와 관련지어서 실존주의 문학을 이해하려고 애쓴 것은 손우성과 이환이었다.

손우성은 줄곧 합리적 이성과 실존주의의 관계를 고민하면서, 19세기 합리적 객관주의의 반동으로 출현한 실존주의의 의의를 인정하는 한편으로, 그것이 극단적인 주관주의로 빠져들어갈 가능성을 경계하는, 실존주의에 대한 '애증'의 이중성을 보여준다. 그는 실존주의를 가리켜 '싸르트르가 실존주의라고 명명한 현대사조는 십구세기 객관 자연주의에 대립되며, 또 관념세계에서 현실세계로 잠깨어나는, 주관적이며 생동적인 자연주의의 상승파동이라고 추단하고 싶어지는 바'[19]라고 그 현대적 의의를 높이 산다. 그러나 50년대 후반에 갈수록 실존주의의 주관주의적 경향에 대해 우려를 표명하기에 이른다.

> 실존사상가들이 관념의 허무성을 지적하며 인간과 사물 사이에 관념의 중매(仲媒)를 두지 않고 직접 생명성의 연결을 지어보려는 기도에는 다분의 타당성이 있다고 볼 여지도 없지 않다. 관념은 사물을 파악하는 방법이며 일종의 도구에 불과한 것을 사물의 진수를 관념이라고 생각한 것은(……)과거 사고방식의 결함이라고 할 수 있다. 이것은 모든 순수사색이 도달하는 인간적 생명성을 잃은 고갈증이다. 그러나 모든 순수사색은 허상만을 취급하는 헛된 노력이라고 배거(排拒)한다면 그것도 지나친 판단이다 (……)주관에 중점을 두자는 주의는 객관적인 사색과 반성을 제

---

19) 손우성, 「현대불문학의 방향」, 『문예』, 1953. 2.

한하고 개인 본연의 심정을 존중하자는 결론으로 나올 수밖에 없
고 사실 이것이 실존주의자들의 취하는 태도이다. 객관 자체의
가치를 의심하므로 그들은 너무나 광범한 객관적 통찰을 버리고
단편적인 주관적 판단의 서로 부합되지 않는 관념들을 그들이 이
에 닦아온 너무나 세밀히 분석 천대(穿對)하는 직업적 철학가의
추리능력을 구사하여 암삽난해한 논리를 세워서 주의로 주창한다
(……)인간으로서 주관은 버릴 수 없으며 충분히 존중해야 하지
만 그것도 객관의 추리에 의해야 한다. 인간의 입장을 버리지 않
는 한 어떠한 객관도 주관성을 잃지 않는다. 필자는 현대사조의
맹목적 주관존중에 의문을 품는 바이다.[20]

이 인용문에 담긴 실존주의 비판의 본뜻을 제대로 이해하기 위해
서는 50년대 전반에 걸쳐 실존주의에 대한 우리 지식인과 문학가들의
이해가 어떤 변화과정을 거쳤는가를 재구성해보아야 한다. 손우성은
처음부터 실존주의를 적극적으로 수용하는 논리를 편 것은 아니지만,
그래도 이 새로운 사조의 현대적 의의와 그 타당성을 높이 인정하는
입장을 취했는데, 50년대 후반에 이를수록 실존주의를 경계하고 비판
하는 논의를 펼친다. 이점은 처음부터 실존주의에 대해 비판적인 논
의를 펼친 비평가들과는 또다른 입장에서 이루어지는 일이다. 이러한
입장변화에는 '50년대의 싸르트르'가 작용하고 있는 것이다. 50년대에
는 싸르트르와 까뮈가 실존주의 문학을 대표하는 인물로 받아들여지
고 이들의 영향력이 절대적이었는데, 알다시피 이들 두 사람은 아주
절친한 관계였다가 1952년 까뮈의『반항적 인간』의 출판을 계기로 완
전히 갈라 서게 된다. 이들 관계의 변화는 50년대 실존주의 수용에도
일정한 영향을 미치고 논자들 사이에서도 이를 해석하는 방식에 따라
실존주의 이해 자체가 달라지는 경우도 생겨났던 것이다. 손우성의
경우도 바로 여기에 해당한다고 볼 수 있다. 이 과정은 싸르트르 자

20) 손우성, 「관념과 주관-현대사고방식의 한 비판」, 『사상계』, 1958. 4.

신의 복잡한 변화과정을 좀더 자세히 들여다보아야 제대로 이해할 문제이다. 이 문제는 50년대 한국 실존주의의 앙가쥬망과 휴머니즘의 의의와 한계를 다루는 부분에서 좀더 깊이 고찰하도록 하겠다. 다만 여기서 확인해 두고 싶은 것은 이 당시의 실존주의가 유행사조에서부터 철학적 이해를 동반한 것까지 그 스펙트럼이 다양했으며, 심지어는 한 개인에게서도 수용태도에 일정한 변화가 일어났다는 것, 그만큼 수용과정은 다양한 양상을 띠고 있었다는 점이다.

김붕구는 가장 개성이 강한 실존주의 문학론을 전개했다. 그의 실존문학론이 강한 개성을 가지는 첫째 이유는 철학적 논리보다도 철저히 문학 중심으로 실존주의를 받아들였다는 데 있으며, 따라서 손우성의 경우처럼 실존주의 수용에 혼란이 일어날 여지가 별로 없었다는 점이다. 더욱이 그가 인정하고 받아들이고 있는 실존주의 문학의 계보도 지극히 배타적 선택에 의해 형성된 것이었다. 그는 실존주의 수용의 논리를 다음과 같이 제기한다.

> 법이 악당의 손안에 들어있는 사회적인 '압쉬르디떼'(부조리) 앞에 항거하는 자유인의 '참획(參劃)'과, 그 행동을 뒷받침하는 효과적인 계산—이건 바로 '말르로'에서 '싸르트르', '까뮈'에게로 물려내려와, 그들이 즐겨 그리는 '테마'이며, 또한 우리 나라에서는 그들의 부정적인 면만이 강조되어 가리워진 가장 중요한 성격이기도 하다.
>
> 실존문학이란 모든 문학이 그렇듯이 결코 우리와 동떨어진 문학일 수는 없다. 그럴 수가 있겠는가? 현대의 절실한 문제를 들고 나왔기에 반향이 일어나는 것인데, 우리만이 그 반향 밖에 있다는 나태한 낙관(?)은 독자의 체험이 위선 용납치 않는다. 왜냐하면 우리의 체험이란 행, 불행 간에 어느 면에서는 구주인(歐洲人)의 그것을 앞서고 있기 때문이다. 그 좋은 예는, 가령 말르로의 『정복자』나 『인간조건』의 분위기는 불란서 독자보다 우리 나

라 지식층에서 훨씬 친근한 것이다.[21]

'문학은 이미 미학적인 위안이나 흥미거리가 아니고 인간총체에 대한 산 「증언」이다. 이것은 매우 중대한 일이다. 이때까지의 문학 그리고 그 하고 많은 사조들도 이에 비하면 오직 시류를 쫓는 여인처럼 미학만을 갈아 걸치고 등장한 것이 아니었던가'[22]라고 주장한 데서 명확하게 나타나듯이, 그는 실존주의 문학을 철저하게 '행동'과 '저항' '현실참여'에 연결지어 수용하고 있다. 그에게는 실존주의 문학이 곧 '행동주의 문학'과 같은 개념으로 상정된다. 그는 바로 이러한 요소가 우리 현대문학에 가장 결여되어 있는 것이며, 실존주의를 적극적으로 수용해야 할 이유도 문학의 사회적 참여와 부조리에 대한 저항의 전통과 사상을 실존주의를 통해 회복해야 한다는 데서 찾고 있다. 그는 실존주의가 풍미하고 있는 서구와 우리의 사정이 다르다는 비판론에 대해서도 도전적이다. 전쟁 체험이란 실존적 개인의 인간조건을 경험하기에 가장 적합한 것이며, 그런 점에서 2차 대전보다 훨씬 폭력적이고 파괴적인 전쟁을 체험한 우리에게 실존주의는 오히려 프랑스 사람보다도 더 절실한 바가 있다는 것이 김붕구의 생각이다. 김붕구의 실존주의 인식은 앙드레 지드와 앙드레 말로, 그리고 까뮈로 이어지는 이른바 '행동적 휴머니즘'의 계보에 철저하게 입각해 있다. 위의 인용문은 그야말로 우리 문학에 새로운 '저항'과 '행동'의 필요성으로서의 실존주의 수용을 말하는 것이라고 할 수 있다. 김붕구에 이르면 실존주의가 단순히 전쟁의 참화를 겪은 폐허 위에서 방황하는 젊은 군상들의 영혼을 치유해 줄 '정신적 치료제' 정도가 아니었음을 확인하게 된다. 이러한 실존주의 수용태도는 이어령에게 이어져 이른바 '저항의 문학'이라는 그의 독특한 비평적 표지(標識)를

---

21) 김붕구, 「불문학산책」, 『신태양』, 1956. 10.
22) 김붕구, 「실존주의 문학」, 『사상계』, 1958. 8.

형성하게 된다.

이상에서 살펴 본 바와 같이 50년대 실존주의의 수용과정에는 미약하나마 비판적 논의의 과정이 개재되어 있었으며, 수용론 안에서도 다양한 태도들이 있었다는 사실을 확인할 수 있다. 결코 전일적(全一的)이지 않고, 단선적이지도 않은 이 수용과정의 복합성이 이 시기 실존주의의 이질적인 성격을 형성하는 계기가 되었고, 동시에 50년대 문학에 각기 다른 방향에서 영향력을 행사하게 되는 중요한 이유가 되었던 것이다.

2. 실존주의의 모더니즘적 전화(轉化)와 리얼리즘적 계기
- 50년대 소설과 실존주의의 성격

위에서 우리는 실존주의 수용과정에 나타난 몇 가지의 논의 양상을 살펴보면서, 수용에 적극적이었던 논자들 사이에서도 실존주의에 대한 이해가 조금씩 달랐던 사실을 확인할 수 있었다. 그런 까닭에 이들에 의해 도입된 50년대 한국 문단의 실존주의는, 특히 창작과 관련하여 살펴보았을 때 다시 두 가지의 서로 다른 성격을 드러내게 된다. 50년대 실존주의 문학론의 요체를 이해하기 위해 우선 수용과정의 여러 양상을 고찰하는 일이 필요한 것과 더불어, 이 시기에 도입되고 토착화의 과정을 거치는 실존주의의 기본 성격이 무엇이었나를 밝히는 일이 또다른 중요한 과제로 제기되는 것은 바로 이런 이유 때문이다.

50년대 한국 문학에서의 실존주의의 기본 성격은 모더니즘적 특징을 그 내적 속성으로 가지는 동시에 리얼리즘적 계기를 함께 포괄하고 있는 독특한 양상을 나타낸다.[23] 하나의 사조가 같은 시기에, 거의 공존하기 어려운 두 가지의 문학이념 및 방법으로 이해되고 있었다는

특수한 사정이 바로 50년대 실존주의 연구의 가장 중요한 맥락일지도

---

23) 실존주의를 모더니즘과 결부시켜 이해하는 것은 그렇게 새로운 논의라고
는 할 수 없다. 특히 루카치의 경우에 실존주의의 존재론과 인간관은 그
출발부터 모더니즘의 존재론과 인간관의 이론적 기반을 이루고 있는 것이
라고 보고 있다. 「모더니즘의 이데올로기」,(『현대리얼리즘론』, 황석천 옮
김, 열음사, 1986에 수록)에 실존주의 문학을 포함한 모더니즘 문학의 이
데올로기에 대한 그의 입장이 집약되어 있다. 루카치는 마르크스주의 진
영에서 실존주의에 대해 가장 활발한 비판작업을 펼친 이론가였는데, 실
존주의 철학 체계 자체에 대한 비판서로는 『실존주의냐 마르크스주의냐』
(1947)가 있다. 50년대 한국 실존주의 문학론을 모더니즘론으로 이해하고
자 했던 것은 최유찬의 「1950년대 비평연구(1)」(1장 2절을 참조할 것.)에서
처음으로 제기된 것이 아닌가 생각한다. '영미의 모더니즘 성향의 것이든,
프랑스의 실존주의 성향의 것이든 50년대 비평을 모더니즘론으로 일괄할
수 있는 이유가 여기에 있다'(앞의 책, 15쪽). 그러나 이 글에서는 실존주
의 부분을 실제로 다루지 않고 영미 모더니즘과 관련된 논의만을 고찰하
면서 중단되어 실존주의가 모더니즘론으로 이해되는 구체적인 논의를 전
개하지는 않았다. 전기철도 50년대의 실존주의를 광범위한 의미에서 모더
니즘으로 포괄하여 다루고 있다. '실존주의 문학은 전후 모더니즘의 대표
적인 양식이며, 객관적 리얼리즘을 부정하고 주체의 의식을 중시하는 문
학이다' (앞의 글, 127쪽). 50년대 실존주의가 모더니즘과 리얼리즘의 양면
적 성격을 동시에 지니고 있다는 통찰은 최혜실의 「실존주의 문학론」(구
인환 외, 『한국전후문학 연구』, 삼지원, 1995에 수록)에서 처음 제기되었
다. '1950년대의 모더니즘적 경향은 실존주의가 맡았다면 리얼리즘적 경향
에는 어떤 것이 있겠는가? 묘하게도 현실참여와 묘사의 경향을 실존주의
의 한 주류인 휴머니즘, 앙가쥬망이 맡고 있다는 데 1950년대 문학의 문
제점이 도사리고 있는 것이다'(앞의 책, 147쪽). 이 논문은 그렇게 파악할
수 있는 근거를 50년대 비평과 문학 작품을 통해 풍부하게 규명하지 못한
한계를 지니고 있지만, 실존주의의 성격을 규명하는 데 있어서는 매우 중
요한 통찰을 보여주고 있다는 점에서 주목할 만하다. 최혜실보다 앞서 50
년대 실존주의의 성격을 쿠라적인 요소와 시지프스적 요소, 프로메테우스
적인 요소의 세 갈래로 나누고, '우수와 절망의 미학'을 반영하는 작품들
을 쿠라적 요소와 시지프스적 요소에 연결짓고, 탈역사적 인도주의를 프
로메테우스적 요소로 연결지었던 것은 임헌영의 『한국 현대문학사상사』
(한길사, 1988)에서 이루어졌다. 임헌영의 이 논문은 실존주의의 다면적인
성격을 모더니즘과 리얼리즘으로 분명하게 결부짓지는 않았지만, 실질적
으로 그러한 개념과 내용으로 실존주의를 파악하려고 시도했다는 점에서
선구적인 의미를 지닌다.

모른다.

실존주의가 광범위한 의미에서 모더니즘론으로 포괄될 수 있는 근거는 리얼리즘을 그 대타적 개념으로 설정했을 때 성립할 수 있다. 즉, 존재론, 인간관, 역사관, 개인과 사회의 상관관계, 의식과 물질의 관계 등에서 모더니즘은 리얼리즘과 여러 면에서 다르며, 그러한 인식론과 이데올로기적 기반의 상이함으로 인해 문학작품의 형상화 과정과 그 기법 등에서도 현격한 차이를 나타내게 된다. 실존주의 존재론의 가장 기본적인 명제라고 할 수 있는 '내던져진 존재(Geworfengeit ins Dasein)'라는 하이데거의 개념은 근본적으로 개인과 역사의 교섭을 부정하는 탈역사적 관념이며 환경의 객관성과 개인의 주관성의 상호교섭을 통해서 나타나는 변증법적인 상호작용의 가능성을 차단하는 주관적 관념론이라는 것이 루카치의 설명이다.24) 그는 현대 부르주아 문학 내의 반리얼리즘적 지향을 분명히 하는 이러한 경향의 문학을 '모더니즘'문학이라고 묶고, 모더니즘 문학의 특징으로는 1)존재론적 기반 혹은 인간관에 내재해 있는 비역사적·반사회적 특성, 2)창작상의 원근법(perspective)의 무시, 3)현실에 대한 정태적 접근과 역사에 대한 무지, 4)인간이 주체에 대해 무의미하다는 윤리적 콤플렉스, 5)왜곡된 인간형으로서의 괴짜와 사회적 범인(凡人)의 제시라는 인물의 양극화, 6)무기력하고 불안한 인간 묘사 등을 지적했다.25) 루카치는 20세기에 활동한 마르크시스트 중에서도 모더니즘에 대해 가장 적대적인 입장을 표명했던 사람이어서, 그의 모더니즘 이해 방식이 어떤 점에서는 모더니즘이 지니고 있는 긍정적 계기마저 한꺼번에 부정한

---

24) 루카치, 앞의 글, 21~25쪽.
25) 루카치, 앞의 글. 이 글은 원래 루카치의 『오해된 리얼리즘에 반대하여』 제1장에 해당하는 글로서, 「모더니즘의 이데올로기」란 제목은 영어로 번역되는 과정에서 첨가되었다. 루카치가 줄곧 쓰는 용어는 전위주의(Avantgardimus)이다. 백낙청, 『민족문학과 세계문학 2』, 창작과 비평사, 1985, 396쪽.

다는 비판을 받기도 하지만[26], 그가 모더니즘을 비판하면서 주로 거론하는 카프카나 버지니아 울프 등의 작품에서 이러한 특징이 고루 발견된다는 것은 분명한 사실이다.

실존주의의 모더니즘적 성격은 주로 '실존'이라는 개념을 중심으로 하여 비평가들의 논의에서 폭넓게 나타난다. 그러나 이 시기의 실존주의에서 모더니즘적 성격을 집중적으로 읽어냈던 것은 비평가들보다도 오히려 작가들이었다. 50년대 우리 작가들에게 실존주의의 대표적인 작품으로 받아들여졌던 것은, 나중에 50년대의 여러 비평가들에 의해 진정한 실존주의자가 아니라 '공산주의자' 비슷한 존재로 폄하와 매도의 대상이 되는 싸르트르의『구토』라는 작품이었다. 특히 이 소설의 주인공인 로깡땡의 신경증에 가까운 자의식과 주관적 내면세계의 묘사 등은 20세기 현대소설의 가장 중요한 특징인 내면심리의 묘사나 '의식의 흐름'등과 기법적 차원에서는 큰 구별없이 받아들여지고 있었다.

한편으로 이 시기의 실존주의가 모더니즘적 성격으로 수용되고 있었다는 또다른 근거로는 모더니스트들에게 실존주의가 새로운 현대사조로 수용되어 무리없이 이론적 기반으로 받아들여지고 있었다는 점이다. 대표적인 예로 '58년에 요절한 신예 비평가인 고석규의 경우, 탁월한 모더니즘 이론가이면서 동시에 실존주의에 깊이 천착하여 그 자신『실존주의』라는 책자를 직접 번역하기도 하였고, 모더니티와 실존의 관계를 이론적으로 모색하면서 현대문학을 이해하는 새로운 시론을 창출하기 위해 애쓰기도 했던 것이다.[27] 그에게는 실존주의가

---

26) 1930년대『말』지를 중심으로 전개된 루카치·브레히트·블로흐 등의 '표현주의 논쟁', 1950년대 아도르노와 루카치 사이의 논쟁 등이 루카치의 모더니즘 이해방식을 둘러싸고 벌어졌던 대표적인 논쟁의 예일 것이다.

27) 고석규가 번역했던 것은『Paul Faulqui'e L'existentalisme』의 영어번역본인『Existentialism』이었다.『실존주의』(『고석규유고전집 4』, 책읽는 사람들, 1993) 92쪽, 참조. 고석규에 관해서는 모더니즘론에서 살펴보기로 하겠다.

모더니즘 이론을 풍부하게 만들어주는 하나의 이론적 계기이지 결코 배타적인 것이 아니었다.

그러나 또다른 측면에서, 50년대 우리 문학계의 실존주의 문학론 수용자들은 앙드레 지드와 앙드레 말로, 생떽쥐뻬리, 알베르 까뮈로 이어지는 실존주의 문학의 계보를 통해 문학을 매개로 한 적극적인 저항과 부정의 논리를 받아들이는 데 골몰하고 있었다. 특히 앙드레 말로를 중심으로 한 '행동적 휴머니즘'이란 개념은 이 시기에 많은 지식인들에게 공감을 불러 일으켰다. 물론 저항과 부정, 그것에 기반하여 형성되는 휴머니즘 등이 곧바로 리얼리즘으로 전화(轉化)한다고 말할 수는 없다. 그러나 실존주의의 모더니즘적 성격을 수용한 비평론과 작품들이 주로 사회로부터의 개인의 고립과 단절, 또는 소외 등을 전경화(前景化)하고, 객관현실에 대한 주관적 재단이 작품의 두드러진 특징으로 나타난다면, 저항과 부정의 논리를 통해 어떤 형태로든 현실에 뛰어들어 실존적 존재로서의 인간을 억압하는 외적 조건을 폭로하고 그에 대한 반항을 시도한다는 것은 문학의 사회적 기능을 확보하는 최소한의 요건이 되는 것이다. 물론 이 때 발현되는 리얼리즘의 계기는 리얼리즘이 형성되기 위한 최소한의 계기적 의미 이상을 갖기 어려우며, 본격적인 리얼리즘 문학이나 문학론이 될 수 없는 뚜렷한 한계를 지니고 있다는 점을 미리 밝혀 둘 필요가 있다. 오히려 이러한 한계가 실존주의 문학에 의해 표방된 휴머니즘의 근본적 한계이자 50년대 참여문학론의 근본한계이기도 하다는 점에서, 매우 중요한 인식이 아닐 수 없다.

실존주의에 대한 이러한 상이한 이해방식은 이미 수용과정에서 나타나기 시작했으며, 그러한 양면성은 동일한 비평가의 실존주의 이해에서도 모순적으로 내재되어 있음을 발견할 수 있다.

　　위에서 나는 실존의식 그 자체와 혼동되는 무목적, 무근거, 부
조리, 허무, 고독, 불안과 같은 것이 실존의식 그 자체가 아니라
그것의 속성이라고 말했다. 이것은 실존주의의 역사적 배경인 인
간의 최초의 고독이나 불안이, 우주의 고아의식에서 발원되었고,
'빠스칼'의 경악이나 공포가 인간의 우발성에 대한 깊은 통찰에
서 유래되었음을 보아도 알 수 있는 것이다. 내가 이 말을 또다
시 이곳에 반복하는 것은 실존의식의 속성은 반드시 위에서 열거
한 그러한 것만이 아니라는 것을 말하고 싶기 때문이다. 만일 실
존의식의 속성이 상기한 그것에만 그친다면 '휴매니즘'의 '최후의
한 결론'(싸르트르)으로서의 실존주의는 너무나 비극적이며 절망
적이기 때문이다. 그러나 우리는 실존의식이 '휴매니즘'을 그 본
질로 하고 있음을 확실히 알고 있는 이상 실존의 속성이 상기한
것으로 그친다고는 생각할 수 없다.[28]

　　조연현은 실존의식과 실존의식의 속성이 되는 여러 요소를 굳이
구분하기 위해 논리적인 무리를 저지르고 있다. 우선 '실존의식'이란
개념이 일반적으로 널리 쓰이는 실존주의 개념인지 불분명하지만, 내
용으로 미루어보거나 또 그가 인용하고 있는 싸르트르의 사유로 유추
해 보건대, 즉자적 존재로부터 대자적 존재로 전이하는 순간에, 즉 인
간이 그의 실존으로서의 존재를 깨닫게 되는 순간에 일어나는 의식을
가리키는 듯하다. 실존주의에서의 이러한 실존의식은 일종의 실존적
체험으로부터 비롯되는 것이다. 실존철학은 근본적으로 그 철학의 대
상을 '실존적 근본경험'으로 설정하고 있고, 이러한 실존적 경험은 세
계와 인간의 존재의 밑바닥에 깊이 뿌리박은 불합리성과 여기서부터
솟아나는 분열된 의식, 소외의 감정 등에 의해 추동된다. 이것은 기본
적으로 '상황'에 의해 산출되며 합리적으로 설명되지 않는 심리학적
인 반응양식을 그 안에 내포하고 있다.[29] 예컨대 '불안(Angst)'은 하이

---

28) 조연현, 앞의 글.

데거의 개념으로, 자유를 막연하게 의식하게 되는 인간에게 찾아오는 표본적 기분을 가리킨다.30) '부조리'란 까뮈의 『시지프스의 신화』를 통해 널리 알려진 개념인데, 글의 서두에 까뮈 자신이 밝히고 있듯이 여기서의 부조리란 개념적 정의라기보다는 부조리한 감정을 경험하는 사례의 예거를 통해 형성되는 심리적 반응양식의 총화다.31) 결국 실존의식과 그것을 실존적 체험을 통해 경험케 하는 간접적 보고양식들로서의 불안이나 허무나 부조리한 감정, 구토 따위는 명쾌하게 구분되는 것이 아니다.

조연현의 의도는 허무나 부조리, 존재의 무목적성과 고독 따위가 실존의식 그 자체가 되었을 때는 실존주의란 허무주의와 구별되지 않으며, 궁극적으로는 부정과 존재론적인 절망에 이를 뿐이라는 점을 경계하고자 하는 것이다. 논리적으로 보자면, 실존의식에 이러한 여러 요소들―그가 부정적인 요소로 파악하고 있는―이 있는가 하면, 그것을 극복하려는 요소도 함께 포함되어 있는 것이 아니라, 바로 불안과 고독, 부조리와 허무로 규정되는 실존의 존재론적 본질로부터 그 다음의 지향이 가능해진다고 할 수 있다. 논리적 연관이야 어찌 되었든,

---

29) 가장 유명한 것으로 싸르트르의 '구토증'을 들 수 있다. 그의 소설 『구토』에서 주인공 로깡땡은 공원 벤취에 앉아 어둠 속에서 바라본 마로니에 나무의 뿌리를 통해 '설명의 세계나 근거의 세계와는 다른 실존, 즉 존재의 세계'를 발견하고, '실존의 생생한 사실을 발견한 순간 심장은 뒤집히고 모든 것이 눈앞에서 맴도는 듯하여 구토증'을 경험한다. 『구토』(양병식 옮김, 정음사, 1954), 207~223쪽. 조가경은 이러한 실존적 경험에 따르는 심리적 반응양식을 '간접적 보고'라고 부르고, 그러한 범주에 드는 예로 하이데거의 '불안', 야스퍼스의 '수치''권태' 싸르트르의 '구토' 등을 들고 있다. 조가경, 『실존철학』, 박영사, 1993, 111~127쪽.
30) 박이문, 『현상학과 분석철학』, 일조각, 1983, 103쪽.
31) '이 책에서 취급하는 것은 이 세기에 산재하여 찾아볼 수 있는 부조리한 감성에 대해서이고―적절하게 말하여 우리들의 시대가 알지 못하였던 부조리의 철학은 아니다.' 까뮈, 『시지프스의 신화』, 김현곤 옮김, 『까뮈전집 4』, 문조사, 1970, 175쪽.

조연현은 실존주의를 받아들이면서 이미 양면적 성격을 파악하고 있었다는 사실이 중요하며, 그러한 양면적 성격 중에서도 실존주의의 휴머니즘적 성격을 더 강하게 의식하고 수용하고자 시도했다는 사실이 중요하다. 위의 인용문에는 그러한 의도가 복합적으로 내재되어 있다.

그러나 그의 의도와 상관없이 당시의 문단에는 조연현이 우려했던 전자의 경우로 실존주의를 해석하고 적용하는 움직임들이 이미 무시할 수 없는 하나의 뚜렷한 경향으로 자리잡아 가고 있었다. 실존주의의 모더니즘적 성격과 관련지어 가장 먼저 거론할 50년대 작가로는 장용학을 들 수 있다.

> 「요한시집」은 실존주의 문학의 영향을 받고 쓴 첫 작품이 된다(……)내가 실존주의 작품을 읽게 된 것은 부산피난지에서, 1953년 봄 어떤 학생이 보수산인 나의 하꼬방에 싸르뜨르의 『구토』를 들고 와서 외국에서는 이런 것이 지금 대유행인데 소설을 쓴다면서 어떤 것인가 하는 것쯤은 알아야 할 것이 아니냐고 하면서 두고 갔다(……)생리적으로 취미가 맞았고 안개 속에서 느끼고 있던 것을 길은 여기라고 구체적으로 짚어서 말해 주는 것 같았다. 그때 내가 느낀 '실존주의 문학'을 식화(式化)해서 말하면 '도스토이엡스키 – 신성 = 싸르뜨르'가 되었다. 거기서 내가 배운 것은 사물을 보는 '눈'이었다.32)

32) 장용학, 「실존과 요한시집」, 『한국 전후 문제작품집』, 신구문화사, 1966, 400쪽. 50년대 당시에 실존주의 소설의 대표격이라고 인정받고 있던 장용학과 손창섭의 소설을 모더니즘적 작품으로 규정하여 논의를 전개한 것으로는 한수영의 「1950년대 한국소설 연구:남한편」(한국문학연구회 편, 『1950년대 남북한 문학 연구』, 평민사, 1991)을 들 수 있다. '여기서 장용학의 작품세계가 실존철학과 어느 정도 맞닿아 있는가를 고찰하는 것은 큰 의미가 없을 것이다. 실존주의 역시 엄밀한 의미에서 주관적 관념론의 한 변형태에 지나지 않는 것이며, 오히려 장용학의 작품세계를 관류하고 있는 모더니즘적 세계관을 분석해 냄으로써 거꾸로 입증이 가능할 수도 있을 것이

　　장용학이 실존주의를 접하고 그 영향 아래에 쓰게 된 최초의 소설인 「요한시집」은 애초 칠팔백 매 정도의 무게있는 분량으로 착상되었던 것인데, 써나가면서 계속 '과연 이런 것도 소설이라고 할 수 있는가'하는 의문을 작가 스스로 제기할 만큼 그 형식이나 내용이 기존 소설의 유형과는 전혀 다른 파격적인 작품이라고 할 수 있다. 이 소설은 네 개의 부분으로 구성되어 있다. '주제적 알레고리에 해당하는 토끼의 우화, 소설 속 주인공의 한 사람인 동호가 또다른 주인공인 누혜의 어머니를 찾아 상경하는 장면, 포로수용소에서의 동호와 누혜의 행적, 누혜의 유서'가 순서대로 살펴 본 이 소설의 형식구성에 해당한다. 누혜는 자의식이 강한 인물이다. 중학생 시절, '어느 날 아침 조회 때, 천명이나 되는 학생들의 가슴에 달려 있는 단추가 모두 다섯개씩이라는 것을 발견하고 현기증을 느끼고', '어느 집에나 다 창문이 있고, 모든 연필은 다 기름한 모양을 하고, 모든 눈은 다 눈썹 아래에 있다는 사실'33)에 전율을 경험하는 어린 로깡땡이었다. 그 어린 로깡땡은 대학을 마치고 나서는 잠시 시인이 되기를 꿈꾸어 보기도 하다가, 해방이 되자 인민의 벗이 됨으로써 재생을 기도한다. 그러나 인민의 적을 죽임으로써 인민을 만들어 내고 있음을 알고 환멸을 느낀다. 그가 정작 진정한 삶의 양식을 찾게 되는 것은 포로가 된 뒤였는데, 그것은 그의 실존적 자각에 하나의 커다란 계기가 된다.

　　　　노예. 새로운 자유인을 나는 노예에 보았다. 차라리 노예인 것
　　　이 자유스러웠다. 부자유를 자유의사로 받아들이는 이 제 삼 노
　　　예가 현대의 영웅이라는 인식에 도달하였다. 그 인식은 내 호흡
　　　과 꼭 맞았다. 오래간만에, 생각해보니 나의 이름이 지어진 이래

　　다'(앞의 책, 50쪽)
33) 장용학, 「요한시집」, 앞의 책, 31쪽.

처음으로 나는 나의 숨을 쉬었고, 나의 육체는 그 자유의 숨결 속에서 기지개를 폈던 것이다.

그러나 그것도 한때의 기만이었다. 흥분에 지나지 않았다. 생각해 보니 역사는 흥분과 냉각의 되풀이에 지나지 않았다. 지동설에 흥분하고 '바스튜'의 파옥(破獄)에 흥분하고, 「적자생존」에 흥분하고, 「붉은 광장」에 흥분하고…… 늘 그때마다 환멸을 느끼고 했던 것이다.

그 노예도 자유인이 아니라 자유의 노예였다. 자유가 있는 한 인간은 노예여야 했다! 자유도 하나의 숫자. 구속이었고, 강제였다(……) 자살은 하나의 시도요, 나의 마지막 기대이다. 거기에서도 나를 보지 못한다면 나의 죽음은 소용없는 것이 될 것이고, 그런 소용없는 죽음이 기다리고 있는 것이 생이라면 나는 차라리 한시 바삐 그 전신을 꾀하여야 할 것이 아닌가……34)

누혜는 즉자적 존재로 어린 시절을 보내다가 하나의 이데올로기를 선택하고, 자신이 선택한 이데올로기에 의해 전쟁에 뛰어듦으로써 하나의 기투(企投)적 행위를 한 것이다. 그러나 전쟁포로가 되어 자신의 실존을 깨닫는 순간, 누혜의 실존은 이데올로기에 대한 깊은 환멸만을 경험한다. 그리고 자유마저도 하나의 구속이 되고 마는 삶을 벗어나 무엇에도 얽매이지 않는 진정한 자유를 찾기 위해 자살이라는 역설적인 결론에 다다른다. 동료들의 교복에 일률적으로 단추가 다섯 개씩 달려있다는 사실을 발견하고 전율을 느끼던 어린 로깡땡은, 역사는 흥분과 냉각의 되풀이에 지나지 않음을 발견하는 지점에 이르러서는 싸르트르를 벗어나 까뮈에 접근하는 것처럼 보이기도 한다. 그러나 역시 자살은 실존주의의 가르침은 아니다. 합리적 인식과 명징한 인과율의 질서에 지배당하지 않는 세계의 불가해성이 곧 부조리의 내용이며, 그것을 비약하거나 거부하는 것이 아니라 그대로 받아들이

---

34) 장용학, 앞의 글, 32~33쪽.

는 것, 그것이 「시지프스의 신화」의 교훈이다.

　이 소설의 주인공들이 나타내고 있는 자신의 존재에 대한 불확신
과 끊임없는 불안의식은 한국전쟁이라는 전대미문의 폭력적 상황을
겪어야 했던 소시민 계급의 정신적 불안을 반영한다. 그들에게는 이
전쟁의 진정한 동인(動因)을 파악할 능력이 없다. 객관적 현실의 규정
력과 그에 의해 이루어지는 역사발전의 인과율이라는 것은 존재할 여
지가 없고, 소설 전편을 통해 전쟁이라는 하나의 극한상황을 체험한
인간의 혼란스럽고 불안한 정신세계만이 극명하게 드러나 있다. 우리
는 여기서 누혜가 죽음과 맞바꾼 '자유'가 과연 무엇인가에 대해 질
문을 던질 수밖에 없다. 그 자유란 구체적인 실체를 갖지 않은 자유
다. 루카치는 싸르트르의 자유개념이 공허하고 추상적이어서 아무런
구체적인 실체를 갖지 않는 것이라고 단호하게 비판한다. 그의 비판
의 중심논지는 자유란 자유를 구속하는 구체적 상황으로부터의 벗어
남이며, 이러한 자유의 지향은 개인들의 아무런 연관성 없는 우연적
결합이 아니라 체계적 연관을 가진 것이라는 사실을 강조하는 데 있
다. 모든 사회적 행위는 개인들의 행위들로 구성되어 있으며, 그 행위
는 개인들의 결단에 의해 구성된다는 사실은 움직일 수 없는 진리의
한 부분이지만, 그러한 개인들의 선택과 결단은 궁극적으로 역사의
필연적인 발전경향과 모순되지 않는 연관을 가지고 있다는 사실이 중
요하다. 실존주의에서는 사회적 행위가 궁극적으로 개인의 결단에 의
해 구성된다는 사실만을 강조할 뿐, 그 때의 '자유'란 필연적 역사발
전과는 아무런 관련이 없는 것이며, 심지어는 그러한 연관성을 부정
한다는 데에 모순이 있다는 것이다.[35] 이러한 논지의 비판은 로제 가
로디에 의해서도 이루어진다. 가로디는 맑스의 '인간은 자기 자신의

---

35) 루카치, 『실존주의냐 마르크스주의냐』, 여기서는 노바크의 『실존과 혁명』
　　(김영숙 옮김, 한울, 1983, 155~156쪽)에 실려 있는 부분번역을 재인용함.

역사를 만든다'는 말을 인용한 뒤, '그러나 그는 다음과 같이 덧붙이기를 잊지 않았다'고 했다.

> 그러나 인간은 자기가 원하는 그대로 역사를 만드는 것이 아니다. 그들은 스스로 선택한 상황 아래에서 역사를 만드는 것이 아니라 과거로부터 직접적으로 전해 내려온 주어진 환경 아래에서 역사를 만든다[36]

전쟁이라는 엄청난 객관현실의 상황을 철저하게 주관적 경험과 의식에 의해 재단하고, 궁극적으로 생에 대한 환멸과 현실에 관한 절망으로 이어지는 장용학의 「요한시집」은, 작가가 실존주의를 얼마나 제대로 이해하고 있었는가의 문제와 상관없이, 50년대의 작가들에게 수용된 실존주의의 모더니즘적 성격의 한 측면을 분명하게 드러내 준다.[37]

36) 로제 가로디, 「거짓 예언자, 싸르트르」, 앞의 책, 160쪽에서 재인용.
37) 실존적 개인의 자유라는 문제를 전쟁상황이라는 객관적 현실과 직접 맞부딪치게 하는 방식으로 끈질기게 추구했던 50년대의 문제적인 작품으로 곽학송의 『철로』(1954)가 있다. 이 작품은 50년대의 중요한 장편소설임에도 불구하고, 문학사에서 별다른 주목을 받지 못해 오다가, 최근 정희모의 논문(『한국 전후 장편소설 연구』, 연세대 박사논문, 1994, 105~112쪽)에서 새롭게 이 소설의 의미가 부각되고 비중있게 다루어졌다. 일찍이 이 소설을 실존주의와 관련하여 주목했던 것은 염무웅(「현실과 밀폐된 개인」, 『현대한국문학전집 10』, 1981, 467~475쪽)이었는데, 그는 이 소설이 '자기 속에 밀폐된 한 개인의 한계성을 뚜렷이 보여 주고 인간 존재의 어떤 원초적인 의미에까지 접근을 시도하여, 거기에 알맞은 심리통찰의 도움을 받아 거의 완벽의 경지에 가깝게 쓴 작품'이라고 높이 평가했다. 이 작품의 주인공 현수는 무선업무에 종사하는 철도노동자로 모든 행동을 철저히 자기의 필요와 자기의 책임 아래 행하려는, 자기중심의 신념에 투철한 인물이다. 그는 어떤 의미에서 아직 즉자적 존재이거나 즉자적 존재로부터 대자적 존재로 나아가려는 인물이 아니라, 일찍부터 범인(凡人, das Mann)의 상태를 넘어선 인물이다. 상식과 인습, 주위의 시선과 평가 같은 것을 철저히 무시하는 이 주인공이 전쟁이라는 상황 속에서 자기의지와는 상관없

추상적 자유를 향해 몸부림치는, 넘치는 자의식의 소유자들이 등장하는 장용학의 소설과는 달리, 무기력하고 왜소한 인간 군상들이 등장하여, 또다른 방식으로 삶의 무의미성을 적나라하게 드러내는 소설로는 손창섭의 일련의 작품들을 들 수 있다. 그의 소설들에는 대체로 무력하고 현실에 대해 냉소적이며 정신과 육체 어딘가에 장애증상을 가진 인물들이 주인공으로 등장한다. 이러한 장애증상과 병리적 징후는 직접적으로는 전쟁과 전후의 궁핍한 현실에 의해 나타난 것이지만, 그의 소설에서는 좀더 근본적으로 이러한 병리적 요소들이 인간의 조건으로 설정되어 있다는 점에서 다른 소설들과는 구별된다. 소설에 그려지고 있는 것은 주로 인간의 고립과 소외현상[38]이며, 고립과 소외를 경험하는 등장인물들은 철저하게 인습과 제도화된 윤리에 저항한다. 실존주의의 통찰을 빌리자면, 이들에게는 이미 주어진 인간의 의미와 인간사회의 기존질서와 가치는 무의미하다. 그들은 곳곳에서 그러한 가치나 기존의 질서와 판연히 어긋나는 적나라한 인간조건을 목격하며, 그것이야말로 이들에게는 선험적으로 주어진 존재의 본질을 깨뜨리는 새로운 실존적 자각이 되는 것이다. 그의 소설의 큰

이 진행되는 현실의 규정력에 의해 심각한 곤란에 빠지게 된다. 궁극적으로 이 소설은 객관현실의 규정력과 논리는 한 실존적 개인의 자유의지나 선택과는 상관없이 진행되며, 실존적 개인의 자유와 선택이 자기충실성을 넘어 현실과 합리적으로 교섭하지 않을 경우에는 실현되기 어렵다는 사실을 보여준다. 다시 말하면 자유에 대한 자기충실성이 타인의 자유와 선택이 되지 않으면 안된다는 것, 그러므로 밀폐된 실존적 개인의 자기충실성이란 명백한 한계를 띤다는 점을 역설적으로 부각시키고 있다. 그런 까닭에 이 작품은 소설에 반영된 실존주의의 성격이 모더니즘적 기반으로부터 휴머니즘이나 행동주의로 옮겨가는 경계선상의 어떤 지점을 보여주는 소설이라고 할 수 있다.

38) 장용학과 손창섭의 소설을 사회에 대한 개인의 '소외'현상에 주목해 분석한 연구로는 이선영의 「현대소설과 인간소외」 및 「아웃사이더의 반항」을 들 수 있다. 두 글 모두 평론집 『소외와 참여』(연세대학교 출판부, 1971)에 수록되어 있다.

특징은 이런 여러 실존주의적 요소들이 전후 남한의 구체적인 현실과 활발한 상호교섭을 벌인다는 점이다. 다시 말하면, 그의 소설은 이러한 실존적 자각과 새로운 인간조건의 과정을 관념적이거나 추상적으로 그린다기보다는 어떤 점에서는 자연주의적 방법에 가깝게 그려나감으로써, 실존적 요소들이 전적으로 관념과 주관에 의해서만 발현되지 않는다는 것이다. 그러나 그의 소설이 뿌리내리고 있는 근본적인 바탕은 왜소하고 불구적 상태에 놓인 인간의 존재조건에 대한 주관적 인식이다.

인물 형상화에 내재해 있는 손창섭의 태도는 인간이 주체에 대해 무의미한 것이라는 가정에 기초하고 있고, 이것은 인간활동이 선험적으로 무기력하고 의미가 박탈된 것으로 인식하는 모더니즘의 이데올로기와 깊은 근친성을 지닌 동시에, 실존주의의 인간관과도 매우 가까운 지점에 놓인 것이다.

> 현대처럼 누구나가 모든 사실에서 무슨 심각한 의미를 추출해 내려고 광분하는 시대도 드물 것이다. 더구나 인간을 대상으로 해서 즉, 인간 그 자체와 인간의 온갖 행위에서 무엇이든 그럴듯한 의미를 발굴해 보려고 사정없이 파헤치는 바람에 점차로 인간의 내면에는 음산한 공동과, 그 표면에는 삭막한 버럭더미만이 늘어 가고 있는지 모른다.
> 인간이란 것이 반드시 고가한 의미만을 다량으로 매장하고 있는 광산일 수 없을 것이다(……)보다 더 무의미한 면의 누적임을 우리는 발견하기 어렵지 않을 것이다.[39]

그의 대표작의 하나인 「생활적(生活的)」(1954)에 나오는 대단히 인상적인 장면, 병에 걸려 다 죽어가는 열 다섯의 소녀가 발가벗은 채

---

39) 손창섭, 「작업여적(作業餘滴)」, 『한국전후문제작품집』, 신구문화사, 1966, 406쪽.

어두운 골방 한 구석에서 다리를 벌리고 앉아 자신의 사타구니에서 꼬무락거리는 여러 마리의 구더기를 잡아내는 장면은, 장용학의 「요한시집」에서 동호가 목격한, 누혜의 노모가 목숨을 부지하기 위해 고양이가 잡아 온 쥐를 잡아먹는 그 장면과 매우 비슷하게 겹쳐지면서, 단순히 장면의 그로테스크한 인상의 유사성이 아니라, 인간이라는 존재의 의미와 본질에 대한 심각한 가치의 전복과 함께, 미리 주어져 있던 그 인간의 본질을 역설적으로 희화화하고 부정함으로써 새로운 의미를 모색하려는 세계관의 동질성을 나타내는 것이라고 할 수 있다. 모멸과 부정, 전복적(顚覆的)인 사유, 희화화 등의 소설적 시도가 곧바로 니힐리즘으로 치닫는 것은 아니라고 하더라도, 이 시기의 소설에서는 실존주의적 사유를 차용한 새로운 소설이 여럿 등장했으며, 그것은 모더니즘의 세계관과 여러 면에서 공유하는 바가 많았다고 할 수 있다.

주로 소설에 폭넓게 투사되어 모더니즘으로 전화(轉化)된 50년대 실존주의는 그 성격의 또다른 측면으로 휴머니즘과 저항의 논리로 이어지는 리얼리즘적 계기를 내포하게 된다. 앞의 모더니즘적 성격이 주로 실존적 개인의 향내적(向內的) 성격이 강화되어 내면의식에 대한 집요한 묘사와, 현실 사회로부터의 개인의 소외와 고립, 병리학적 증상 등을 그 현상적 특징으로 내보였다면, 이 경우에는 부조리한 현실세계에 실존적 개인이 과감히 뛰어들어 세계의 부조리성에 맞서 저항하는 행동적 투기(投企)를 감행한다는 점에서 모더니즘으로 전화된 실존주의 소설들의 향내적 성격과는 달리 철저히 향외적(向外的) 특징을 나타내고 있다. 흔히 '앙가쥬망engagement'이라고 부르는 이러한 참여문학으로서의 실존주의 문학의 성격이 형성된 것은 무엇보다도 2차 대전 이후의 싸르트르의 변신에 힘입은 것이다.

정명환은 싸르트르의 이 '앙가쥬망'이라는 개념이 그의 이론 전개 과정에서 모두 네 번의 서로 다른 차원을 나타내면서 연속성 속의 변화를 보여준다고 했다. 싸르트르의 앙가쥬망의 1차적 단계는 『존재와 무』에서 제시한 바와 같이, 인간이 현존하는 소여(所與)를 초월하려는 자유체이면서, 인간의 자유는 추상적 관념적인 상념에 의해서가 아니라, 주어진 상황 속에서의 선택적 행위라는 '끼어들기'40)를 통해서만 실질적으로 추구될 수 있다는 입장을 제시하는 단계이다. 앙가쥬망의 두번째 단계는 상황의 인식과 상황 속에서의 선택이 자유의 필연적 바탕이며 인간의 존재론적 여건임을 인간이 스스로 인정하고 받아들이는 것이다. 앙가쥬망이 윤리적 단계로 이월하는 지점이 이 두번째의 단계이다. 제 3의 단계는 이러한 당위성이 개인적 차원이 아니라 집단적 차원에서 강조되는 것이다. 이 단계에 이르면 '상황'은 인류의 자유를 억압하는 일체의 적대세력의 존재를 의미하게 되며, 선택은 그 적대세력과의 구체적 투쟁을 통한 해방운동을 의미하게 된다. 이 단계에 도달하는 과정에 싸르트르는 2차 세계대전을 겪었으며, 그러한 경험이 그의 사상체계에 일대 전환을 가져오는 직접적 계기가 되었다. 자유·상황·선택·초월 등의 존재론적 개념은 정치적 의미로 확대되고, 앙가쥬망engagement이 '끼어들기'라는 의미로부터 '참여'라는 적극적인 의미로 번역되는 것도 이 단계에 이르러서이다. 집단적 차원을 지양하는 그의 앙가쥬망의 개념이 마침내 피압박계급의 해방을 위한 혁명으로 구체화되고 더욱 급진적으로 바뀌는 것이 마지막 네번째의 단계이다.

첫번째와 두번째의 단계가 『존재와 무』와 『구토』 단계의 싸르트르였다면, 세번째와 네번째는 제2차 세계대전을 경험하고 극적 전환을

---

40) 앙가쥬망의 engagement는 '벗어나기'라는 뜻을 가진 'dégagement'에 상대적 개념으로 원래 '끼어들기'를 의미한다. 정명환, 앞의 책, 12쪽.

이룬 『현대』지의 창간사와 『문학이란 무엇인가』, 『실존주의는 휴머니즘이다』의 싸르트르라고 할 수 있다. 앞의 두 단계를 전기로, 뒤의 두 단계를 후기로 나누어도 크게 무리는 아닐 것이다. 실존적 인간의 존재론적 기반인 자유와 선택의 문제가 철학적으로 제시되었던 것이 전기였다면, 이 시기의 싸르트르가 우리 문학에 영향을 미쳤던 것은 『구토』를 통해서였다. 그것은 앞에서 장용학의 회고를 통해서도 익히 확인되는 바였다. 싸르트르가 전기와 구별되는 새로운 단계로 나아가는 계기가 되었던 것이 『현대』지 창간과 『문학이란 무엇인가』, 『실존주의는 휴머니즘이다』의 집필이었는데, 우리 문학계에는 전기의 싸르트르와 후기의 싸르트르가 시차없이 거의 동시에 수용되어 각기 다른 실존주의의 성격을 형성하는 데에 이론적 영향을 미쳤다는 사실이 매우 역설적이다.

이 후기의 싸르트르의 문학론을 중심으로 하여 실존주의를 소개했던 것은 양병식이었다. 그는 '정치와 행동문학'이라는 부제가 붙은 「최근 불문학의 제문제」라는 글에서 실존주의와 결부된 불문학의 동향을 다음과 같이 정리한다.

> 인제 문학은 유희도 아니고, 그 문학의 대상은 사회이며 문화 전반이며, 또한 세계와 인류전체다. 작가나 지식인은 인류의 운명을 개척하기 위하여서 또는 문명의 행방에 우려하는 나머지, 정치적으로나, 사회적으로나, 투쟁하여야 될 것이라는 새로운 휴마니즘에의 적극적인 행동성을 말하고 있다. 작가는 정치로부터 떠날 수 없다(……) 싸르트르는 그의 『신시대』지(『현대』를 말함—인용자)에다가 '인간의 운명을 불합리한 것으로 인정하여, 자기 스스로 일정한 사회적 입장에 서서, 인간의 운명의 향상과 개선의 방법을 표시하는 것이다'라고 하였다. 이렇게 작가가 인간과 세계와 정치문제에 몰두한다면 자연히 그들의 문학도 이러한 문제로 전환하게 될 것이다.[41]

양병식은 이 글에서 단순히 싸르트르류의 참여문학을 소개하는 데
그친 것은 아니었다. 그는 참여문학을 둘러싸고 프랑스 문단 내에서
싸르트르와 모리악 사이에 논쟁이 일어나고, 행동주의 문학의 선구자
였던 말로가 정치와 문학의 결별을 선언하는 등, 정치와 행동문학에
대한 반론도 만만치 않게 일고 있음을 설명하면서, 결론에 이르러 이
러한 반발적 움직임은 일시적인 경향에 불과할 것이고, '그들을 둘러
싸고 있는 정치와 대(對)사회적인 많은 문제와 인간의 정신의 위기에
대한 정열적이며 행동적인 정신은 냉각해버리기는커녕 점점 그 격화
를 엿보이게 하며 문학과 정치의 문제는 아직도 전세계의 화제가 되
고 있다'고 정리함으로써 이러한 문학경향이 결코 쉽게 수그러들지
않을 것임을 예견했던 것이다. 이어서 발표한 「싸르트르의 철학과 문
학」은, 주로 『실존주의는 휴머니즘이다』의 내용을 적절히 재구성하여
해설하는 정도여서 크게 새로운 점은 없지만, 당시에 싸르트르가 일
부의 극우적인 성향을 가진 사람들로부터 '공산주의자'라고 매도되던
것을 의식해서인지, 그의 프로레타리아 해방론이 '콤뮤니즘'과 같은
것이 아니라고 싸르트르의 사상과 코뮤니즘을 구분지어 차별성을 드
러내려고 애썼는데, 이런 점은 다른 논자들에게서 찾기 어려운 균형
감각이 돋보이는 부분이다.

　실로 낡은 실존주의의 개념인 단순한 내재적인 존재론의 시대
는 이미 지나가 버렸다. 오늘날의 새로운 실존주의는 사회변혁의
실천에 그 방향을 발견하려 하고 있다. 금일, 인간은 실존의 고뇌
의 발생과 탈출과를, 부패한 자본주의사회에서 탐구하고 있다. 예
를 들면, '하이데거'의 사상이 비판되어 있는 것은, 그의 선구적인
결의성이 단지 무(無)에의 의지에서 끝나고, 구체적인 목적과 방

41) 양병식, 「최근 불문학의 제문제-정치와 행동문학」, 『신천지』, 1952.1

향과를 헛되히 상실하기 때문이다(……) '아무런 지주도 구제도 없는 인간은 각순간, 자기를 새로히 태여나게 하여야 한다'고 싸르트르는 말하고 있다. 이것이 그의 실존주의의 자유이며 이 자유에 의하여 그는 '프로레타리아'해방에 들어갔다. 그러나 다시금 그는 이 자유가 있음으로 해서 '콤뮤니즘'에 반대하고 있다. 그리고 그는 인간의 무(無)를 강조할려고 역사나 인과율로서 인간의 자유를 속박하는 '마르크시즘'에 대항하는 것이다(……) 그의 문학에는 그의 철학이 삼투하지 않을 수가 없다. 그리고 그는 견실한 철학적 입각지를 갖고 있고 사회적 실천에 대하여서 우수한 식견과 행동을 구비한 문학자라 하겠다. 그 문학적 창작에 대하여서도 거기에는 인간으로서 실존하고 있는 특수한 의무를 부여하고 있다 하겠다.42)

실존주의 문학으로 50년대 우리에게 가장 폭넓게 수용되었던 것이 싸르트르와 까뮈 두 사람이었는데, 이들의 실존문학을 어떻게 이해하고 해석하는가에 따라 참여문학의 내용과 성격도 상당히 달라지게 된다. 1943년에 처음 만나 1952년 완전히 결별하기까지, 그리고 결별 이후의 두 사람의 모습에 이르기까지 싸르트르와 까뮈의 관계 자체가 매우 복잡 미묘하고 극적인 대목이 없지 않지만, 그러한 두 사람의 관계 변화와 더불어서, 앞에서 살펴본 바와 같이, 싸르트르 자신의 변모양상 역시 여러 차례의 커다란 굴절을 보여주는 것이어서, 이 두 사람의 이론과 문학이 수용되는 50년대의 우리 비평계의 양상은 이러한 변화의 전체적인 과정을 조망하고 섬세하게 해석해 낼 만한 능력과 여유가 없었다고 생각된다. 그런 사정을 감안하면 50년대 초기에 싸르트르를 중심으로 실존주의를 소개하면서, 그의 철학과 문학의 변모과정을 비교적 사실에 부합하도록 재구성하고, 싸르트르의 '자유'와

---

42) 양병식, 「싸르트르의 철학과 문학-선택, 책임, 자유를 중심으로」, 『신천지』, 1953. 4.

'참여'개념을 추상화시키지 않고 매우 정치적이며 현실적인 방향에서
해석하고 전달하려고 애쓴 점은 주목할 부분이다.

　이를 통해 확인할 수 있는 것은 50년대 실존주의가 전쟁이라는 극
단적인 폭력적 양상을 경험한 전후의 세대들에게 단지 허무주의와 기
성 가치체계의 부정, 개인주의를 오해한 이기주의의 확산과 같은 새
로운 모랄과 풍속의 이론적 기반으로만 수용되었던 것이 아니라는 점
이다. 동시에 현대의 기계문명이나 자본주의 체제 안에서 겪게 되는
인간의 사물화와 고립, 소외 등에 대한 모더니즘적 접근의 이론적 기
반으로만 이해되었던 것도 아니었음을 알 수 있다. 2차 대전 직후의
『문학이란 무엇인가』와 『실존주의는 휴머니즘이다』에 투사된 싸르트
르의 실존주의를 수용한다는 것은, 마르크스주의적 사유가 도저히 현
실에 기반을 내릴 수 없는 진후의 이데올로기적인 불모의 상황 가운
데에서 문학·현실·정치의 연결고리를 발견하여 그러한 범주들 사
이의 상관관계를 올바르게 인식할 수 있는 가능성을 의미하는 것이었
다.43) 이러한 수용방식이 계속 유지되고 더 확대되었더라면 실존주

───────

43) 실존주의자들 중에서는 싸르트르가 가장 활발하고 끈질기게 실존철학과
　　마르크시즘을 통합 혹은 상보적 관계로 파악하려고 노력했다. 그의 이론
　　전개 과정에 몇 차례의 커다란 전환과 굴절이 나타나는 계기도 마르크시
　　즘의 해석과 수용의 변화에서 기인하는 바가 컸다. 그의 이런 노력은 그
　　진정성에도 불구하고 동시대의 마르크스주의자들에게는 끝내 비판과 배척
　　의 대상으로 남고 말았다. 싸르트르가 마르크스주의의 체계를 전면적으로
　　받아들여 많은 사람들에게 마르크스주의로 선회한 것처럼 보이기도 했던
　　것은 『변증법적 이성비판』(1960)을 집필하면서였다. 노바크, 『실존과 혁
　　명』, 23～33쪽. 한편 제임슨의 경우는 싸르트르의 사유체계 안에서 초기이
　　든 후기이든 한번도 마르크스주의를 의식하지 않은 적이 없다고 하면서,
　　이러한 관점을 부정했다. '자신의 지적 발전에 대한 싸르트르의 설명에서
　　도 이것이 확인되는 바이다. 싸르트르에게 있어 마르크스주의는 실존주의
　　이후에 도달한 것이라기보다는 그의 전 생애를 통해 다른 철학과 계속 공
　　존한 동시적 관심사였던 것이다', 제임슨, 「싸르트르와 역사」, 『변증법적
　　문학이론의 전개』, 214쪽.

의 리얼리즘적 계기가 더 확장되어 50년대 문학 전체를 활성화시키는 데 많은 기여를 했으리라고 짐작된다. 그러나 50년대 중반에 접어들면, 이미 싸르트르와 까뮈의 결별의 계기가 되었던 『현대』지 논쟁이 번역·소개되어 두 사람의 문학론이 전혀 이질적인 것으로 국내에 이해되고 실존주의의 계보에서 싸르트르는 배제되거나 부정적으로 평가되며 그와는 상대적으로 까뮈의 실존주의 문학론이 주류를 형성하게 된다.

김붕구는 이 무렵 실존주의 문학을 가장 활발하게 소개하고 해설한 불문학자의 한 사람으로 그 역시 실존주의를 철저히 저항문학의 성격으로 해석했다는 점은 앞 절에서 살핀 바와 같다. 그러나 그는 실존주의의 이해에서 이미 싸르트르와 까뮈의 차이를 크게 의식하고 있었으며, 이른바 '증인문학'이라고 그 자신이 이름붙인 실존주의 문학은 앙드레 지드로부터 앙드레 말로로, 그리고 알베르 까뮈로 이어지는 계보를 구축하며 그러한 실존주의 문학의 계보에서 싸르트르 중심의 참여문학은 배제된다. 앙드레 지드─앙드레 말로─알베르 까뮈로 이어지는 그의 실존주의 문학론인 '증인의 문학'의 대체적인 개요는 '일체의 권위에 타협하지 않고 자기의 신념을 관철하며, 일체의 거짓을 용납하지 않고 그에 저항하며, 그리고 단순히 관찰자로 머무르지 않고 현실 속에 뛰어 들어가 치열하게 인간조건을 탐구하고 자기 시대를 증언해 내는 문학'44)으로 요약할 수 있다. 앙드레 지드가 자기 당대의 문인들이나 독자들에게 전혀 호응을 받지 못하면서도 그런 현실에 타협하지 않고, 끝까지 자기 문학세계를 고집하여 마침내 세계로부터 인정을 받아낸 것이나, 앙드레 말로가 세계 곳곳에서 벌어지는 세계사적인 사건에 직접 뛰어들어가 피를 흘리면서 현장에서 벌어지는 생생한 인간의 조건들을 목도하고 문학으로 증언해 내는 것

---

44) 김붕구, 「증인의 문학」, 『사상계』, 1955. 12.

등이 19세기 합리주의에 기반한 관찰자로서의 자연주의 문학이나 그 반동으로 제시된 관념적 문학과는 완전히 구별되는 실존문학의 특질이라는 것이다. 이런 것에 비하면 싸르트르의 참획문학(參劃文學 - 그는 '앙가쥬망'을 이렇게 번역했다)은 하나의 관념의 유희에 지나지 않는다고 비판한다. 그가 까뮈를 선호하고 싸르트르를 배척하는 이유를 소박하게 표현하자면, '싸르트르는 너무 이지적이고 다소 까부는 것 같다'는 것이지만 좀더 본질적인 이유는 저항의 논리에 깔려있는 이데올로기적 편향 때문이다.

> 그런데 그가 정작 현실의 대립과 상극의 와중에서 '결단하고' '선택한' 결과는, 워싱턴의 노선보다는 (잠정적이나마) 모스코의 그것을 '택한다'는 것이었다. 그에게는 그럴싸한 이론이 있을 터이지만 정말 쏘련식 '자유'에 '처단'되고 싶어서 그러는 건지, 또는 입맛이 쓰고 신물이 올라올 제 침묵이라도 할 수 있는 자유 - 인간 최종의 그리고 최소한도의 자유 - 마저 빼앗겨 '역사적 필연'(바로 그가 거부한 절대자!)에 짓끌려 허덕거려 본 경험이 아직 없어서 그러는 건지, 알 수 없는 일이다(……) 그런데 까뮈는 유명한 『반항인』에서 신에 대한 인간의 철학적 반항에서 역사적 반항에 이르기까지의 반항의 역사를 분석하고, 전자의 뒤를 이어 후자가 폭군적인 이데올로기를 떠받듦으로써, 결국 콤뮤니즘은 기독교의 세속적 후계자라는 결론에 도달한다.[45]

위의 인용문에서 우리는 외국 문학이론의 수용 과정에는 반드시 수입하는 쪽의 여러 가지 문화적·역사적 특수성에 매개되는 토착화의 과정이 있을 수밖에 없다는 평범하면서도 엄정한 진리를 확인하게 된다. 김봉구의 싸르트르 비판의 논리에는 '공산주의라면 우리가 훨씬 처절한 경험을 했다'는, 체험에서 오는 일종의 자신감과, 권위에

---

45) 김봉구, 「불문학산보 - 오지자웅(烏之雌雄)」, 『신태양』, 1958. 6.

대한 도전과 저항의 배후에는 어떠한 결정론적 원리도 작용해서는 안
된다는, 일종의 이데올로기 혐오가 깔려 있다. 둘 다 분단과 전쟁에
의해 전후의 지식인의 의식에 각인된 특수한 양상들이란 점에서, 이
러한 요소들을 간단히 무화시켜 버릴 수는 없는 노릇이다.

그러나 좀더 커다란 문제는, 저항으로서의 문학을 어떤 것보다도
강조하고 있지만, 저항의 대상으로 설정된 '구체적인 현실의 모순'이
라고 할 때의 그 실질적인 '구체적 모순'이란 결국에는 역사의 모순
으로 드러날 수밖에 없음에도 불구하고, 역사의 실체를 외면하고 애
써 실존적 개인이 직면한 개별적인 각각의 '상황'으로 '현실의 구체
성'을 돌려버린다는 데에 있다. 이 점, 실존주의의 역사 인식과도 밀
접한 관련이 있기도 하거니와, 무엇보다도 이러한 저항문학의 논리는
이른바 '순수문학'의 이데올로기와 '추상화된 저항문학'의 양쪽 끝에
줄을 매단 채 아슬아슬한 논리의 곡예를 시도한다는 데에서, 이 시기
저항문학이나 참여문학론의 근본적인 한계를 발견할 수 있다.

어떠한 결정론적 원리의 권위도 인정하지 않는다는 천명에도 불구
하고, 실상은 철저히 자유민주주의의 이데올로기에 충실한 내용이며,
처음부터 공산주의의 원리체계는 배제한다는 것은, 체험의 직접성을
지양할 만한 여유가 없던 시절임을 감안한다고 하더라도, 분명히 논
리적으로는 이율배반에 해당하는 것이다. 그러나 비평사의 전개과정
에서 볼 때, 50년대 참여문학의 논리의 여러 한계를 모두 접어두고,
그것이 애초에 지향했던 바대로 자유민주주의 체제의 충실한 구현을
위해서만이라도 문학의 참여를 적극적으로 유도해내는 쪽으로 논의
가 진행되었더라면 좋았을 것이라는 아쉬움을 금할 수가 없다. 왜냐
하면, 50년대의 후반으로 갈수록 실지로 실존주의 문학론의 기능이란
것이, 파행으로 치닫고 있던 전후의 정치적 현실이나 민주주의의 실
종에 대해 문학의 저항을 이끌어내는 것이 아니라, 거꾸로 스탈린주

의로 대표되는 현실사회주의 국가의 억압적 상황을 폭로하면서 '역사의 필연'이 얼마나 허구적인 것인가를 강조하는 체제옹호의 논리로 기울고 말았기 때문이다. 50년대에 실존주의를 기반으로 해서 가장 적극적인 참여문학의 주창자였던 김붕구와 이어령이, 6,70년대에 이르러 정작 이러한 참여문학의 논리가 구체적인 남한의 현실과 접맥을 시도하게 되자 가장 적극적인 '반참여문학론자'로 돌아서버린 것46)은 그들이 이해하고 수용했던 실존주의 문학론의 근본성격인 추상적 휴머니즘 때문이라고 할 수 있다.47)

나는 50년대에 실존주의 문학을 매개로 해서 이루어졌던 참여문학론이나 저항문학론의 의의를 실상에 비해 과소평가 할 생각은 없다. 그러나 전쟁 직후라는 시대상황과 특수한 역사체험이 전사회에 삼투됨으로 인해 생겨난 이데올로기저 경지상태 속에서 불가피하게 참여문학론에 깔려있는 반공이데올로기의 영향과 추상적이고 정태적인 역사관 등은 정확하게 인식하는 일이 필요하다고 생각한다. 그렇게 해야만, 실존주의 문학론에 대한 차별적인 인식이 가능하며, 이후에 전개되는 여러 논쟁에서도 실존주의에 기반한 참여문학론과 그렇지 않은 참여문학론의 차이 등이 명료하게 나타날 수 있을 것이기 때문

---

46) 참여순수논쟁을 다시 촉발시킨 김붕구의 「작가와 사회」(1966) 및 「작가와 사회재론」(1968)과, 1968년에 있었던 김수영·이어령의 논쟁에서 이어령이 전개한 반참여문학론 등이 그러한 예이다.

47) 이런 점에서 최일수가 '휴머니즘 자체가 중요한 것이 아니라 어떤 휴머니즘이냐가 더 중요하다'라고, 당시에 널리 통용되고 주장되던 휴머니즘론의 추상성에 대해 비판한 것은 매우 적절한 것이었다. 최일수, 「현대문학의 근본특질」, 『현대문학』, 1957. 1. '「휴우머니즘」도 역사적인 발전과정에서 창현되고 소산되어진 하나의 사조로서 시대적인 요소를 띠우고 있는 것이다…문제는 주어진 특정한 시대에 어떻게 고조되었으며 어떠한 여인(與因)으로 고조되었는가, 다시 말하면 어떠한 것이 양기되고 어떠한 것이 계승되어서 전시대와 당대가 구별지어지게 되었는가, 그 차질되는 근본적인 정신이 문제되는 것이다'

이다.

김붕구를 중심으로 정리해 본 이 시기의 참여문학론의 성격과 그 제한성은, 실존주의를 매개로 하여 참여와 저항의 논리를 구사하는 비평가들의 글에서 폭넓게 나타난다. 이어령 역시 저항문학의 논리를 강하게 펼쳤던 젊은 비평가였는데, 그는 현실을 외면하고 오직 예술의 피안 속에만 머물고자 하는 순수문학가들의 비참여적 태도 또한 현실에 대한 일종의 태도 표명으로서 하나의 '참여문학'일 수밖에 없음을 강조해, 당시로서는 무척 신선하고도 명징한 순수문학 비판론을 전개한바가 있다. 「실존주의 문학」을 비롯해서 「무엇에 대하여 저항하는가」, 「저항으로서의 문학」, 「현대작가의 책임」, 「참여문학의 논리」 등의 글을 통해 폭넓게 전개되는 그의 저항문학론의 요체는 '인간에 의해 저질러지는 역사의 죄악에 대해 투쟁하지 않으면 안된다는 자각'48)이라고 할 수 있다. 그의 저항문학론의 또하나의 특징은 참여문학이 결코 선전문학이 되어서는 안된다는 통찰이다. 결국 문학은 문학의 예술적 영역을 확보하면서 현실에 참여해야 한다는 주장으로, 원론적으로는 하등 문제삼을 여지가 없는 논리다. 그러나 선전문학과 참여문학을 구별짓는 근거로 '개인의 주체적 선택에 의해 이루어진 참여인가, 주체적 선택 이전에 이미 선택의 기준이 본질적으로 주어져 있는가'를 내세우는 대목에서, 그의 저항문학론은 김붕구의 '증인 문학론'과 논리적으로 가깝다는 것을 발견하게 되며, 동시에 그것은 까뮈의 '반항의 문학'에 내재되어 있는 논리에도 연결된다. 이를테면, 그것은 우리가 앞에서 본 바와 같이 '어떤 혁명이든 원리에 의한 혁명은 곧바로 니힐리즘으로 이어지고 말 뿐'이라는 논리의 연장이며, 장용학의 「요한시집」에서 '자유를 추구할 동안은 자유의 노예가 되고

---

48) 「무엇에 대해 저항하는가」, 『저항의 문학』, 기린원, 1986. 『저항의 문학』은 원래 1959년에 나온 이어령의 첫평론집인데, 여기서는 1986년의 개정판을 인용한다.

만다'는 통찰과도 상통하는 것이다.

그러나 개인의 주체성이라는 문제가 절대화되다보니 과연 '참여'나 '저항'을 통해 부르짖고 있는 참여의 대상이나 저항의 대상이 구체적으로 무엇인지 갑자기 어리둥절해지는 묘한 궤변에 빠지게 되었다.

> 「참여의 문학」은 상황 이전의 어떠한 본질적인 의미도 인정하지 않는다. 그러나 선전문학은 미리 정해져 있는 어떠한 본질적인 문제로부터 시작되고 있는 것이다(……) 일본 사람들이 그네들의 식민지 정책을 위해서 황도(皇道)문학을 내세운 선전 문학과, 그네들의 압제 속에서 민주 독립을 들고 나선 과거의 우리 선전 문학은 다같이 작가, 아니 자신의 존재와 자유를 저버린 선전의 문학이었다.49)

위의 인용문은 아마도 싸르트르가 「상황 2」에서 제시한, 공산당에 대한 유보적 조건의 논리로부터 빌려온 것인 듯하다. 싸르트르는 '작가로 머물러있으면서 공산주의자가 될 수 있는가?'라는 질문에 대하여 부정적이었다. 작가는 역사적 상황에 대한 비판적 검토나 정의감에 의한 자유로운 선택에 의하여 당에 가입한 사람이며, 작가가 자신의 출신계급에 대한 비판으로 당에 가입하듯이, 언젠가는 자신이 의식적으로 선택한 계급의 대표자들도 비판할 수 있는 자유를 필요로 하는데, 그러한 독립성을 당은 제공해주지 않는다는 이유 때문이다.50) 결국 이것은 싸르트르가 문학의 정치적 기능을 강조함에도 불구하고 '예술 작품은 절대적 목적'이란 개념을 포기하지 않는다는 것을 의미한다. 싸르트르의 이러한 문학론은 참여의 기능과 문학 작품 자체의 합목적성을 동시에 추구하겠다는 의지로, 그의 철학의 지향인 유물론

---

49) 이어령, 「참여문학의 논리」, 앞의 책, 74~76쪽.
50) 이동렬, 「참여문학론의 의미」, 『사르트르의 문학적 세계』, 문학과 지성사, 1994, 180쪽.

과 관념론을 지양하는 '제 3의 길'51)을 모색하려는 시도와 매우 유사
한 것이다. 그러나, 여기서 다시 이어령이 말하는 참여문학의 궁극적
'자유'의 추상성을 문제삼지 않을 수 없다. 자유롭도록 내던져진 존재
를 구속하는 하나의 '상황'은 매우 구체적으로 나타난다. 식민지 치하
에 살고 있는 한 지식인이 있을 때, 그가 '자유롭지 못하다'고 느낀다
면, 그것은 다른 추상적 원인이 아니라, 식민지 종주국의 제국주의적
탄압 때문이다. 그는 그것과 싸움으로써 자신을 옥죄는 구체적 상황
에 기투하는 것이며, 선택하는 것이다. 추상적 자유가 절대화 되는
한, 아무리 현실의 모순에 저항하라고 외치더라도, 대체 현실의 어떤
모순에 저항해야 할 것인지에 관해 아무런 이야기를 할 수가 없는 것
이다. 이어령의 논리에 충실하자면, 구체적인 현실에 저항하는 순간,
그는 그 목적에 종속되어버림으로써 진정한 주체적 자유를 잃어버린
다는 것이다. 「무엇에 대하여 저항하는가」라는 그의 글의 결론이 '인
간을 억압하는 인간'에 대해 저항해야 한다는 지극히 모호한 순환론
에 귀착되고 마는 까닭이 여기에 있다.

   '참여'나 '저항'을 강조하는 이 시기의 문학론이, 문학의 정치적 기
능과 사회적 기능의 회복을 강하게 주장하는 그 목소리의 강도에도
불구하고, 실질적으로 문학론의 근저에 깔려있는 추상적이고 관념적
인 세계관에 의해 긍정적 기능을 문단 전체로 확대시켜나가기 어려웠
다.

   손우성의 경우도 실존주의를 적극적인 저항의 논리로 해석하고 그
기반 위에서 문학론을 전개한다. 당시의 문학에 대해, 작가와 작품이
저항의 능동적 패기를 지니지 못하며 냉소적인 태도로 일관하는 풍조
에 물들어 있음을 신랄히 비판하는 대목은 준열하다.

---

51) 루카치, 「실존주의냐 마르크스주의냐」, 앞의 책, 139쪽.

그러면 현재는 어떠한가. 아마 이런(권위에 저항하는-인용자)
경향이 없지도 않을 것이다. 그러나 작가들의 생명적 박력이 너
무나 박약하다고 보지 않을 수 없다. 자아가 당하고 있는 외적
압력에 대항하여 버티는 기백은 저조이고 자칫하면 환경의 저주
와 아울러 자아의 가치까지 부인하는 패배주의에 빠지며 자득연
하고 있다. 비단 문인만에 한하지 않은 우리 겨레 공통의 결함이
니 즉 자아에 기품을 세워서 존엄을 갖추지 못하고 비굴 속에 안
득연(晏得然)하며, 따라서 실생활에 있어서 능동적인 행동에 자기
의 양심을 모독하는 짓을 감행하며 태연하고, 남의 하는 짓은 냉
소한다(……)문학은 반드시 사회악의 교정이 그 목적이 아니다.
그러나 문학은 인간의 표현인 바에 작가의 인격의 품위가 그대로
작품에 반영되는 것임은 알아두어야 한다. 우리는 쉽사리 권위의
유령 앞에 위축하고 일쑤 내가 권위의 탈을 뒤집어 쓰기를 즐기
고, 적나라한 인간성의 진생명의 힘을 가꾸어 가기에 졸렬함을
반성하지 않을 수 없다.[52]

그는 「불문학의 반동성」에서도 프랑스 문인들의 권위에 대한 저항
의 전통을 길게 설명한 후, 우리 문학에는 도무지 그런 전통이 매우
박약하다는 사실을 지적한다. 이 때의 '권위'란 지배권력의 권위인지,
한 시대를 풍미하는 지배적 사조의 '권위'인지 불분명하지만, 어떻게
읽든 문학이 현존하는 사회악을 외면하고서는 진정한 문학이 이루어
질 수 없다는 통찰은 소중한 것이다. 그러나 그의 글에서 '권위'의 내
용이나, 저항의 대상이 구체적으로 무엇인지 가끔씩 밝혀지는 대목에
서는 그러한 저항의 논리에 맞물려 있는 인식의 몰역사성에 다소 당
황하게 된다. 이를테면 1957년에 알제리 민족해방운동에 대해 프랑스
정부가 엄청난 물리력을 동원해 이를 저지하려는 사건이 일어나고 마
침내 이것이 전쟁으로 비화되자, 싸르트르가 프랑스 내의 진보적인

---

52) 손우성, 「문학과 저항정신」, 『자유문학』, 1957. 9.

지식인들을 규합해 알제리 해방전쟁을 지지하며, 이를 탄압하는 프랑
스정부에 대해 격렬한 반대운동을 전개한 사건이 일어나게 되는데,
그는 이 사건에서의 싸르트르의 행동을 격렬히 비난한다. 그 이유는
프랑스는 알제리를 잃으면 자립할 가망이 없어지며, 알제리는 고대에
아라비아인이 침략하여 점유한 적이 있기 때문에 프랑스도 침입 점거
할 권리가 있다는 것이다. 더욱이 이미 알제리에 거주하는 이백 만의
프랑스인들에게는 알제리가 조국이나 마찬가지라는 것이다.

　　　싸르트르는 궁지에 빠진 자국의 실수를 공격하고 휴매니스트
　　로서 세계의 인기를 끌며 진실로 의기양양하다. 실존주의가 주관
　　적 사상이라면 남의 주권도 존중하여 알제리 사막의 열풍에 허덕
　　이는 자국 병사의 심정도 이해해주며 진전된 이 시대에 출남생이
　　같이 날뛰는 민족주의 소아병 환자들의 위험한 경박성도 나무래
　　볼 궁지가 있어야 한다.53)

　이 글은 궁극적으로는 실존주의의 과도한 주관성을 비판하기 위한
글이었지만, 내용의 전개는 싸르트르 비판으로 채워져 있다. 그러나
알제리가 프랑스로부터 독립하려는 것은, 불과 십 여년 전에 우리가
일본으로부터 독립하려는 것과 똑같은 논리인 것인데, 알제리 독립을
지지하는 싸르트르가 주관에 치우쳐 남의 주권(이 경우에 싸르트르의
입장에서 본 '남의 주권'이란 프랑스 병사의 주권이 아니라 당연히
알제리 민족의 주권이 되어야 하지 않겠는가?)을 인정하지 않는 과오
를 저질렀다고 비판하니 그 논리를 쉽게 받아들이기가 어렵다. 이것
은 단순히 지엽적인 사례라고 돌려버릴 수 없다. 추상적인 저항의 논
리와 주체적 자유에 입각한 참여문학의 논리가 구체적인 현실과 사건
에 직면했을 때, 논리와 현실이 어떻게 교섭하게 되는가를 명징하게

---

53) 손우성, 「관념과 주관」, 『사상계』, 1958. 4.

보여주는 하나의 예이기 때문이다.

싸르트르의『구토』나 카프카의 일련의 작품들이 우리 작가와 비평가들에게 영향을 미쳐, 실존주의가 모더니즘의 성격으로 이해되었던 것 못지 않게, 이러한 참여문학의 논리도 작가들에게 큰 영향을 주었다. 특히 앙가쥬망의 논리와 관련하여서는 김붕구가 적극적으로 수용하고자 애썼던 앙드레 말로의 '행동적 휴머니즘'이 이 시기의 몇 작가들에게 두드러진 영향을 미쳤다. 그 중에 대표적인 작가들이 50년대에 가장 주목받던 신인이었던 선우휘와 오상원이었다.

선우휘의 「불꽃」(1957)은 『문학예술』의 신인당선작이면서 동시에 당시 권위있던 '동인문학상'의 제 2회 수상작이기도 해서, 당대의 평판작이라고 해도 손색이 없는 작품이다. 「불꽃」은 중편 분량이면서도 1919년부터 1950년까지 우리 현대사의 중요한 시기를 포괄하고 그 공간적 배경도 한국과 일본과 만주, 중국 내륙인 연안에 이르기까지 작품의 시공간적 스케일이 장편에 버금가도록 구성되어 있다. 이 작품이 당시에 주목받은 중요한 이유는 이러한 스케일의 장대함 말고도, 우리 근현대사를 일정한 역사인식을 바탕으로 재구성해내고 있다는 점이었다. 그러나 무엇보다도 주인공 '고 현'의 휴머니스트로서의 면모가 선명하게 제시된다는 점과, 그를 현실과 역사에 행동으로 뛰어들지 않을 수 없게 만드는 냉혹하고도 처절한 역사적 상황으로서의 인간조건이 매우 박진감있게 제시되고 있다는 점이 이 작품을 당대의 평판작으로 인정받게 만든 요소일 것이다. 그러나 소설 속에서 주인공 고현이 맞닥뜨리는 역사적인 사건의 전환점들, 이를테면 일제강점기나 학병에서의 탈출과 연안행, 해방과 전쟁 등은 그것이 역사 자체의 객관적인 발전과정으로 편입되지 못하고, 주인공의 관념을 통과해서 철저히 주관적으로 재단된 현실로 나타나게 된다. 주관적으로 재단된 그러한 현실의 갈등은, 갈등과 혼란을 야기한 좀더 근원적인 원인은 외면되고, 현상적으로 나타나는 인간들의 욕망과 파괴적 본능 등으로 대치된다. 다시 말하면, 이 소설에서 그려지는 현실의 모순이나 사회악(社會惡)은 역사적 조건에 의해서가 아니라, 인간의 사악한 심성이나, 그것을 부추기고 이용하는 소수의 무리들에 의해서 형성되는 것으로 그려지고 있다는 것이다. 그래서 그는 역사의 필연성이나 목적, 이데올로기 따위를 결코 신뢰하지 않는다. 그런 것들의 이름으로 당장 죽어가고 있는 생명이 훨씬 소중하다고 여긴다.

　해방 직후에 정치적으로 대단한 혼란을 경험해야 했고, 전쟁을 통해 엄청난 폭력과 파괴를 겪어야 했던 당시의 현실정황에 비추어 볼때, 이러한 근현대사의 굴절로 야기된 비극성은 당시의 지식인들을 역사허무주의나 이데올로기 혐오증에 빠뜨릴 만한 개연성을 충분히 지니고 있는 것이었다. 그러나 그것은 한 쪽면만의 진실이다. 모든 휴머니즘은 이러한 의미에서 부분적인 진실을 간직하고 있다. 고현이 장터에서 저질러지는 인민재판이라는 이름의 '살인극'에 저항해 그 현장을 수라장으로 만든 뒤, 산으로 탈주하는 것은 혁명이라는 미명 하에 저질러지는 폭력에 맞선 저항이며 부분적인 진실을 간직한 행위이지만, 그러한 자신의 행위를 '청부업자들을 청소하고 조용한 인간들의 세계를 만드는 저항의 몸짓'[54]으로 의미규정하는 순간, 그의 휴머니즘과 저항은 순식간에 관념적인 역사이해로 전락하게 된다. 이것은 모순이 발현되는 구체적인 현실의 지점을 호도하는 것이다.

　「불꽃」에 내재해 있는 휴머니즘의 가치는 이미 당대에나 그 이후에나 여러 논자들이 지적한 바 있지만, 이러한 추상적 휴머니즘은 역사에 대한 냉소적 심리와 비관주의, 극단적인 개인주의에 뿌리를 내리고 있는 까닭에, 문학의 진정한 저항성과 참여의 기능을 확보하기에는 명확한 한계가 있다. 이런 휴머니즘의 제한성 역시 실존주의의

---

54) 선우휘, 「불꽃」, 『동인문학상 수상 작가선』, 박영사, 97~97쪽.

철학적 기반으로부터 비롯되는 것인데, 선우휘도 60년대 이후부터는 진보적인 한국문단의 움직임에 항상 제동을 거는 친체제적 지식인의 역할을 수행하게 되는 것이 이러한 제반 인식적 기반과 무관하지 않다고 할 수 있다.

오상원의 「모반」은 「불꽃」에 이어 제 3회 동인문학상을 받은 작품이며, 역시 여러 논자들에 의해 상찬의 대상이 되었던 당대의 평판작이었다. 그는 자신이 실존주의의 영향을 깊이 받았음을 여러 기회에 밝힌 바 있지만, 특히 「모반」을 비롯한 몇몇 작품은 실존주의 문학과의 친연성(親緣性)이 여러 사람들에 의해 거론되었다. 해방 직후의 정치적으로 매우 혼란스럽던 시절, 한 테러리스트의 행동과 심리를 묘사하고 있는 이 소설은, 현실 정치의 냉혹한 논리와, 테러와 살인을 징당化시켜주는 역사와 조국이라는 커다란 이름에 대해 심가한 회의를 던지고 있다. 주인공 '민'은 비밀결사에 들어가 요인암살 계획에 가담하지만, 테러의 횟수가 거듭될수록 자신의 행위에 대해 자신감을 잃어간다. 더구나 자신이 임종을 지키지 못한 어머니에 대한 죄책감과, 자기 대신 테러범으로 잡혀간 애꿎은 평범한 청년에 대한 양심의 가책을 견디지 못해 괴로워한다. 비밀결사를 탈퇴하기로 결심한 그가 동료들과 나눈 언쟁은 선우휘의 「불꽃」에서 주인공 고현이 옛친구인 연호와 나누던 논쟁과 매우 흡사하다.

"잘 들어 둬. 나는 평범한 인간들을 한 사람이라도 더 사랑해 보고 싶어졌단 말이다. 위대(?)한 하나의 일의 성공보다는 나는 오히려 소박하게 살아가는 인간의 모습들이 하나라도 소중스러워졌다 말이다."

"너는 아직 역사라는 것을 모르고 있군."

"나는 너희들이 말하는 그러한 희생을 강요하는 역사를 요구치 않아."

"그럼 너는 의의라는 것을 부인한단 말이냐?"

"인간의 의의를 묻고 살기보다는 나는 오히려 묻지 않고 살기를 원해."[55]

해방 직후의 혼란상을 배경으로 한 이 소설에서 나타나고 있는 정치 혐오나 역사 부정은 정치나 역사의 개념을 매우 제한적이고 현상적으로 이해한 데서 비롯된다. 실제로 다양한 정치행위를 경험할 기회가 전무했으며, 진정한 민주주의를 실현시키기 위한 사회운동이나 그러한 사회적 연대 속에 개인을 투신할 수 있는 기회가 거의 없었던 우리 현대사의 특수한 상황이, 50년대 소설 속에서 정치나 역사를 부정하고 허무주의적으로 비관하게 만든 현실조건이 된다. 이것은 작가의 이데올로기나 세계관보다도 더 선재적(先在的)인 조건일 것이다. 정치라는 사회적 행위를 이해하기 이전에 이미 권모술수로 현상하는 거짓 구체성에 직면하게 되었고, 역사의 진행을 총체적으로 인식하기에는 급변하는 현실의 직접성이 너무 강렬한 것이었다. 전후 지식인들이 거짓구체성과 추상화의 양극단을 너무도 쉽게 오락가락하는 것은 모두 이 선재적인 현실조건으로부터 기인한다. 더구나 현실 속에서 구현되는 사회주의 운동의 오류나 속류성(俗流性) 등이 지식인들에게 미친 나쁜 영향도 무시할 수 없다.

그러나 50년대 실존주의의 두 가지 성격인 모더니즘으로의 전화(轉化)나 추상적 휴머니즘으로의 귀착은 이 시기 비평이 전후의 이데올로기적 경직을 뚫고 문학의 사회성이나 정치적 기능을 제 궤도에 올려놓는 데 긍정적인 역할을 했다고 평가하기는 어렵다. 다만, 이러한 제한성이 다시 4·19를 거치고 60년대 후반에 들어와 새로운 진보적 문학운동의 움직임에 의해 지양되는 과정을 통해서, 한국 비평의 중심으로 재진입하게 되는 것이다.

---

55) 오상원, 「모반」, 앞의 책, 145~146쪽.

3. 두 개의 논쟁
— 최일수 · 오상원 / 김동리 · 이어령의 논쟁

50년대 비평의 전개과정에서 실존주의를 둘러싸고 논쟁다운 논쟁
이 벌어진 예를 찾아보기 어려운 것은, 이 새로운 서구의 사조를 수
입하고 이해하는 데에 골몰한 까닭에 이것과 한국문학의 관계는 어떻
게 이루어져야 할 것인가 하는 본격적인 문제를 제기할 기회를 얻지
못했거나, 새로운 사조인 실존주의의 당대성이 너무도 확연했기 때문
에, 비평을 통해 그 성격과 토착화의 과정을 논의할 필요가 없는 것
이라고 인식했기 때문이 아닌가 생각한다. 대체로 실존주의를 프랑스
로부터 직접 입수할 수 있는 위치에 있던 불문학 전공자들은 한국문
단에서의 실존주의 문학의 태동을 강하게 주창하면서도, 실제 그런
가능성을 지니고 있는 작품들에 대해서는 냉소적이거나 적절한 평가
를 내리기를 주저하는 편이었다. 예컨대, 김붕구는 나중에 김동리와
이어령 사이에 논쟁의 발단이 되었던 한말숙의 「신화의 단애」(1957)
에 대해, '재미있기는 재미있는 작품이었으나 추천사에 이 작품을 두
고 실존주의 운운하는 대목에서는 입을 딱 벌리고 말았다'고 한 후에,
'실존주의! Qu'est-ce que j'entends?!('내가 지금 무슨 말을 들은거지?'
라는 뜻임 — 인용자)'56)이라고 말함으로써, '실존주의'라는 용어가 필
요 이상으로 남용되고 있는 비평계의 풍조를 냉소적으로 비판하고
있다. 손우성의 경우에는 당시의 불문학 전공자 중에서 거의 유일하

---

56) 김붕구, 「불문학산보」, 『신태양』, 1957. 11. 그런데 1958년에 나온 그의
『불문학산고』(신태양사 출판국)에는 「불문학산보」라는 제목 아래 같은 달
에 실렸던 네개의 산문 중에 「신화의 단애」에 관해 언급한 부분만 빠져
있다. 책의 성격상 「신화의 단애」는 불문학과 직접 관련이 없어서 뺀 것
인지, 아니면 이 작품에 대한 그의 생각이 바뀐 것인지 확인할 수가 없다.

게 실제비평에 손을 대고 있었는데, 우리 작품에서 실존주의 문학의 요소를 인정하는 데에는 퍽 인색했고, 오히려 서구사조를 충분히 익히지도 않은 채 모방에 급급한 풍조를 날카롭게 비판했다. 이를테면, 오상원의 「유예(猶豫)」에 대해 언급하면서 '사상의 세계적 교류가 성행되는 현대로서는 외래사조의 수입은 피상적으로 문단에 선전되는 현상에 비하여 그 이해정도의 천박함으로 소설 내용에 미친 영향은 극히 박약하다고 보아야 할 것이다. 오상원의 수법이 이례에 속한다 하여도 사상적 심도에는 이르지 못한 것'[57]이라고 실존주의와 연관된 의의는 낮추어 평가했다.

앞절에서 살펴 본 바 있듯이, 대체로 실존주의와 관련된 논의는 원론적 성격이 강했고, 그 원론적 성격이란 대부분 소개와 해설 및 번역과 관련된 것이었다. 불문학자를 비롯한 비평가들은 소개에 몰두했고, 작가들은 수용하기에 바빴던 탓에, 실존주의를 둘러싸고 활발한 논쟁이 일어날 개연성이 극히 희박했다. 그런 와중에도 몇 차례의 논쟁이 일기는 일었는데, 그 중에 상대적으로 의미있는 논쟁이라고 할 수 있는 것은 '55년에 있었던 최일수와 오상원 사이의 논쟁, 그리고 '59년에 있었던 김동리와 이어령 사이의 논쟁이라고 할 수 있다. 앞의 논쟁은 주로 실존주의의 이념과 계급적 기반에 대한 상이한 해석이 쟁점이며, 후자의 경우는 우리 작품에 실존주의를 적용하여 해석하면서 생겨난 원론적인 해석의 상이함이 쟁점이라고 할 수 있다. 이 두 논쟁의 추이를 재구성해 보면 당시 비평계의 실존주의 이해의 수준과 관심의 방향을 가늠할 수 있으리라 생각한다.

---

57) 손우성, 「주류의 생성 전기 — 제1사반기 소설개관」, 『사상계』, 1956. 6.

(1) 최일수와 오상원의 논쟁

이들 두 사람 사이에 일어난 논쟁은 그때나 지금이나 별반 주목을 받지 못했다. 그 첫째 이유는 김동리와 이어령 사이의 논쟁이 워낙 널리 알려져 있기 때문에 그 빛에 가리워졌던 까닭이고, 둘째로는 이 둘 사이의 논쟁이 주목을 끌 만큼 길게 이어지지 않은 까닭이다. 더구나 당시에 최일수와 오상원은 문단에 막 이름을 내건 햇병아리 비평가와 소설가였다. 오상원은 두 해 전에 희곡이 6·25기념공모전에 당선한 적이 있지만, 둘 다 이 해('55년도)에 신춘문예를 통해 본격적으로 등단했던 것이다. 그러므로 지명도도 없고, 문단의 경력도 일천한 이들의 논쟁에 주목할 까닭이 없었을 뿐 아니라, 실존주의 수용에 관한 일종의 찬반논쟁이라고 할 수 있는 이 논쟁이 주목을 끌기에는 당시의 문단 상황이 실존주의의 영향력에 압도되어 있었으리라 짐작할 수 있다. 그러나, 짧게 이어진 이들의 논쟁은 실존주의의 수용과정에서 나타날 수 있는 중요한 논쟁의 항목들을 제기하고 있어서 다시 한번 살펴 볼 가치가 있다고 판단된다.

최일수가 실존주의에 대해 비판적인 입장을 피력했음은 이미 앞에서 살펴 본 일이 있다. 논쟁의 추이를 살펴보기 위해 다시한번 그의 논지를 재구성해 보자. 55년도 1월에 「현대문학과 민족의식」이라는 평론으로 『조선일보』를 통해 등단한 최일수는 이어서 「현대시와 언어개혁」을 발표했다. 그러므로 실존주의에 대한 그의 입장을 표명한 「실존주의의 총화적 비판」은 등단 이후 그의 두번째 평론이 되는 셈이다. 그는 이 글에서 실존주의의 발생을 철학과 문학의 두 방향에 걸쳐 일종의 계보도를 작성한다. 이러한 계보도는 일견 상식적인 것인데, 우리가 주목할 부분은 실존주의의 계급적 기반을 밝히는 대목이다.

　　그러므로 나는 여기서 실존문학이 전쟁과 혼란을 계기로 도시
지식층의 태반이 생활은 정체되고 사회적으로 무기능해져버린 그
러한 상태에서 권태를 느낀 나머지 그것을 해결하고자 숨막힌 대
결 속에서 말초적으로 자기의 위치와 행위를 찾으려고 하는 이른
바 변형적인 자기옹호를 위한 세계의 소산이라고 규정하면서 논
리를 발전시키려고 한다(……) 신에 대한 역설태도에서 출발한
'싸르트르'의 실존문학은 2차 대전 후　어찌할 수 없는 불안과 초
조감으로 더욱더 퇴락해가는 숨막힌 모순과 혼란한 상태 속에서
살고 있는 현대의 도시지식층 중에서도 특히 19세기 실증과학의
교육을 받고 무신론적인 경향을 가진 청년들의 심리적 풍습에 신
경적으로 영합되었던 것이다. 그런데 이러한 풍조의 근본원인은
신의 세계로 돌아가기에는 너무나 비과학적이고 그렇다고해서 혼
돈하고 모순더미의 현실에는 더욱 만족할 수 없는 그러한 인간이
진정 자기의 생활의식을 잃어버린 채 공허한 자아분열 속에서 권
태를 느끼고 자기를 부정하면서도 궁극에 가서는 최대의 자기옹
호자로 돌아가버린 그러한 발전이 정체된 도시지식인의 허무적인
심리적 풍습에서 그 근원을 찾아볼 수 있다.[58]

　　최일수의 실존주의 비판은 몇 개의 항목으로 요약할 수 있다. 첫째,
파시즘에 직면한 쁘띠부르조아지의 자기분열에 기반한 이데올로기이
며, 역사적 전망이 상실되었다는 것. 둘째, 자유를 개인의 문제로 축
소시킴으로써 개인주의로 전락했다는 것. 셋째, 현실세계에 존재하는
부조리와 모순에 대해, 그 형성의 역사적 조건을 따지지 않고, 천위적
(天爲的)인 것, 즉 인간존재의 본질적 조건으로 설정한다는 것 등이
비판의 요체이다. 그는 이러한 전제 아래, 싸르트르의 「밀폐된 실내」,
「파리」, 「구토」 등의 작품에 나타난 등장인물의 행위와 의식을 간결

58) 최일수, 「실존문학의 총화적 비판―하나의 서론적 고찰」, 『경향신문』, 1955.
　　4. 3.

하게 정리하고 또 비판한다. 이러한 인물들의 공통점은 작품 속에서 행위에 일정한 목적이 전제되지 않고, 위기와 공포의 순간에 터득된 것인 만치 행위의 정상성을 갖기 어렵다는 것이다. 그가 파악하는 행위의 정상성이란 '목적에서 출발하여 사건 이전에 이미 자세가 갖추어지고 또한 인식을 통한 세계관이 도달된 표현'이다. 그가 비판의 주요대상으로 삼은 것이 싸르트르였다는 사실이 다소 역설적인 점인데, 50년대에 우리 문학에서의 싸르트르의 위치야말로 여러번의 굴절을 겪으면서 실상과 달리 왜곡되거나 오해되어, 마침내 가장 위험한 적색분자로까지 취급되기에 이르렀던 것이다. 물론 최일수가 거론하고 있는 작품들이 대부분 2차 대전 이전의 것들이기는 하지만, 문학의 사회적 기능에 누구보다도 지대한 관심을 갖고 있던 이 신예비평가에게 1945년 이후의 변모된 싸르트르와 그의 실존주의가 받아들여지지 않았다는 것은 다소 의아한 일이며, 이것이 한편으로는 그의 실존주의 이해를 협소하게 만든 한 원인이 되기도 했다. 그러나, 45년 이후의 싸르트르의 변모가 그의 실존주의 이해의 구도 속에 포착되어 있지는 않다고 하더라도, 실존주의 문학의 계급적 태생에 대한 그의 규정은 크게 틀린 것이라고는 할 수 없다. 그는 이러한 비판이 '앞으로 나올 실존주의 작품을 봉쇄하려는 의도가 아니라, 민족적 현실에서 실존이 가지는 본질적 요소를 지양하고 비판적으로 섭취하는 기준을 마련코자 하는 의도로 제기된 것'이라고 설명했다. 그가 말한 민족적 현실이란, 그의 비평체계 안에서는 '분단현실'을 뜻하는 것이다. 분단현실이란 통일로 극복되어 나가야 할 현실적인 모순이고, 이것을 해결하기 위해서는 민족단위의 공통체적 연대와 민족단위의 자주성이 발현되어야 할 터인데, 실존주의는 오히려 자유가 발현되는 단위를 개인으로 좁히고 공동체적 연대에 의한 역사발전이라는 전망이 보이지 않는 사상체계이므로 비판한다는 것이다.

　최일수의 이 글이 나가자 즉각 오상원의 반박이 있었다. 오상원은
앞절에서 잠시 살펴본 것처럼, 50년대 문단에서 「균열(龜裂)」 「유예」
「모반」 등 일련의 작품을 통해 실존주의 문학의 한 흐름을 이룬 작가
라고 자타가 공인하는 편이므로, 그의 입장에서 볼 때 최일수의 실존
주의 비판에 쉽게 동의할 수 없었을 것이다. 논쟁의 소지는 이미 최
일수의 글이 안고 있었다고 보이는데, 그것은 최일수의 실존주의 이
해가 그 타당한 계급적 규정의 출발에도 불구하고 매우 협애한 것이
며, 45년 이후의 실존주의 문학의 긍정적 계기를 포괄하여 다루지 않
았기 때문이다. 오상원은 이 점을 들어 최일수의 실존주의 이해가 잘
못된 것임을 지적했다. 그의 반박문인 「실존주의는 개인주의인가」는
크게 두 부분으로 나누어져 있는데, 앞 부분은 최일수가 분열적인 도
시지식층의 의식을 그렸을 뿐이라고 한 싸르트르의 소설 『구토』에서
로깡땡의 의식의 변화과정이 철학적으로 대단히 중요한 것임을 강조
하면서, 로깡땡의 의식의 변화를 즉자태(卽自態)에서 대자태(對自態)
로 나아가는 실존적 자각의 과정이라고 설명하는 부분이고, 글의 후
반부는 싸르트르의 『실존주의는 휴머니즘이다』를 길게 인용하면서,
싸르트르의 실존주의가 결코 개인주의적 관념의 소산이 아니라는 것
을 입증하는 부분이다.

　　이것은 결코 최씨가 생각하는 따위의 말초적인 신경에서 오는
　무위한 공포와 발작적인 계시라고 한 마디로 해치워버릴 정도의
　것은 아니라고 생각된다.
　　서상(敍上)의 즉자태와 대자태와의 관계에서 '싸르트르'는 신을
　부인하게 되며, 실존은 본질보다 앞선다고 규정하기 때문에, 인간
　을 그의 실존에 앞서 규정지을 본질이 없다면, 인간을 미리 규정
　지어 정의할 수 없는 고로 이 '무정(無定)'에서부터 시작한다고
　한다(……)과연 실존주의는 개인주의적인 말초적 추궁인 것인가?
　그리고 싸르트르가 말하는 선택이라는 것이 공포관념 속에서 선

택하는 것이라고 감히 말할 수 있는 것인가? 이상 더 우리는 운
위할 필요도 없을 것이다. 싸르트르는 '모든 타인의 자아를 마치
나 자신의 실존의 조건으로서 발견하며 타인을 나와 같이 하나의
자아로서 대하기 전에는 나는 자유로운 실존일 수는 없다'고 말
하고 있다. 그리하여 '모든 사람은 각자의 자유로운 행동에 의하
여 '유마니떼'에 의한 '타이프'를 실현하면서 자기자신을 실현하
고 있다'는 것이며 이러한 의미의 자유로운 행동의 절대적 성격
이야말로 실존주의의 극치가 된다는 것이다.59)

  싸르트르의 『실존주의는 휴머니즘이다』는 실존적 개인의 주관성을
상호주관성(intersubjetivité)으로 확장하여 개체의 상대적 경험을 넘어
서 역사의 보편적 연관을 밝히는 하나의 이론적 전환을 이룬다. 당연
히 이 내목에서 실존주의는 개인주의적 관념의 소산이라는 껍질을 벗
게 되므로, 2차 대전 이후의 실존주의의 변화를 풍부하게 포괄하지
않고 비판론을 펼쳤던 최일수로서는 다른 대답을 마련하지 않으면 안
될 궁색한 지점이 되었다. 오상원의 반박문은 『실존주의는 휴머니즘
이다』를 길게 인용하여 대전 이후의 실존주의의 변화에 대한 논의가
없다는 사실을 지적한 점 이외에는 특별한 문제제기라고 볼 만한 부
분이 적다. 그로서는 앙드레 말로를 통해 행동적 휴머니즘을 수용하
고, 그 자신 「모반」과 「균열」 등을 창작할 때, 말로의 『정복자』와 『인
간조건』의 분위기나 상황을 의식할 만큼 실존주의에 매료되어 있었던
까닭60)에 최일수의 '실존주의는 개인주의'라는 비판을 그대로 묵인하
기 어려웠을 것이다.
  최일수는 오상원의 글에 곧바로 재반박의 글을 발표하지는 않는다.
그러나 몇 달 뒤에 쓴 「니힐의 본질과 초극정신」은 내용으로 볼 때,
분명히 오상원의 반박을 의식하고 쓴 것임을 쉽게 알 수 있다. 그는

---

59) 오상원, 「실존주의는 개인주의인가」, 『경향신문』, 1955. 5. 13.
60) 오상원, 「초조한 마음」, 『한국전후문제작품집』, 신구문화사, 1966, 421쪽.

이 글에서 실존주의를 독립시켜 다루지 않았다. 그것 자체가 이미 하나의 의도를 내포한 것인데, 제목에서도 알 수 있듯이, 실존주의란 결국에는 1차 대전과 2차 대전 사이에 형성된 서구의 광범위한 니힐리즘 사조의 한 변종에 불과할 뿐이라는 점을 강조하려는 의도이고, 그렇게 보았을 때, 오상원이 강조한 싸르트르의 실존주의도 이 범주에서 크게 벗어나지 않는 것임을 다시한번 확인시키고자 하는 의도라고 할 수 있다.

그는 우선 2차 대전을 전후한 말로나, 까뮈, 싸르트르 등의 '니힐'은 전세대인 뚜르게네프나 니체, 카프카 등의 「데카당스」적 니힐과는 구별된다고 전제함으로써, 오상원의 공격으로부터 비껴나고자 한다. 그러한 구별의 기준은 데카당스한 니힐이 절대자 앞에 무력한 존재임을 드러내는 데 반해, 뒷세대의 니힐은 절대자와 대결하여 그 핵심을 파악하고 자각함으로써 니힐을 초극하려는 의지로 일관하기 때문이라는 것이다. 그러나 결국 뒷세대 니힐의 특징인 이 '초극'이 주관적인 초극일 뿐이어서 결코 불안과 허무를 진정 극복하지 못한다는 점에서는 데카당스한 니힐과 큰 차이가 없다는 것이 그의 논리이다.

그가 가장 논리적으로 공들이는 부분은, 니힐이 역사적 조건에 의해 형성된 것일 뿐, 결코 존재의 본질이거나 세계의 본질 그 자체라고 인정할 수 없다는 사실이다. 그래서 우리 문학사에서 이러한 니힐리즘의 성쇠의 과정을 간략하게 기술하면서, 우리 문학사의 니힐리즘이 식민지적 후진성과 종교적, 문화적 조건, 그리고 해방 이후의 정치적 절망과 전쟁, 분단 등의 복합적 조건에 의해 몇 세대에 걸쳐 나타났다가 사라지곤 했다는 사실을 통해 구체적으로 입증하려고 애쓴다. 그가 강조하는 점은 1)니힐은 역사적으로 형성된다는 것, 2)니힐의 진정한 초극은 개인의 차원이 아니라 사회적이며 역사적 차원에서 이루어진다는 것이다. 결국 이것은 첫번째 글의 논지를 재확인하면서 그 근거를 우리 문학사와 세계 문학사에서 좀더 풍부하게 확보한 것이라고 볼 수 있다.

그러므로 그가 볼 때, 현대문학의 불안과 허무는 부르조아 인텔리의 자유주의적 성향으로 인해, 불안과 허무가 시대적인 특질에서 비롯된다는 것을 관찰하지 않고 인간의 숙명적인 조건과 결부시킴으로써 모든 가치를 부정하고 불안과 허무를 주관적으로 초극하려는 데서 발생한다는 것이다. 이러한 인식과정을 거친 후의 그의 결론은 명쾌하다.

> 그러므로 인간이 진정 '니힐'을 현실적으로 초극하고 지양하기 위해서는 사회전반과 역사적 전통에 대결함에 앞서서 자신이 현실에서 생을 영위하고 있다는 그 위치를 정시해야 하며 자아의 완전한 자유가 현실전반의 부정 속에서 일거에 가현뇌는 것이 아니라, 역사적 흐름으로 이어지면서 자유가 스스로 보장되고 그 인간성의 발전을 약속받을 수 있는 그러한 사회를 현실적으로 창조해 내지 않는 한 영원히 인간은 분열된 채 '니힐'을 초극하지 못한다는 이러한 근본적인 사실을 재인식해야 하리라 믿는다.61)

최일수는 근본적으로 실존주의에서의 '자유'의 개념을 인정하지 않는다. 그는 자유란 사회 속에서 실현되는 것이며, 사회의 제도를 통해 보장되는 것이지 개인의 결단과 주관적 의지에 의해 구현된다고 믿지 않는다. 실존주의의 입장에서 볼 때, 이것은 타협의 여지가 없는, 이론이 딛고 서 있는 근본자리가 다른 것이라고 할 수 있다. 더구나 불안과 허무의 발생원인이 존재론적 본질이 아니라 시대적인 특질이며 명확히 역사적으로 형성된 것이라고 파악하는 한, 인간의 존재 자체가 '내던져진 존재'이며 '자유롭도록 처단된 존재'라고 보는 실존주의

---

61) 최일수, 「니힐의 본질과 초극정신」, 『현대문학』, 1955. 10.

의 존재론의 밑자리와는 서로 섞일 수 없는 분명한 차이를 띠게 된다. 그런 까닭에 그는 전후의 불안과 허무의 원인을 전쟁과 분단상황이라는 구체적인 역사적 현실로부터 찾아내려고 애쓴다. 그것을 제거해야 불안과 허무의 요인이 사라진다는 논리는 한편으로는 대단한 낙관론이지만, 실존주의에 의탁하여 세계적 보편성에 함몰되어 있던 당시의 지식인 사회의 전반적인 분위기에서는 소중한 통찰이 아닐 수 없다. 당시에는 도무지 구체적인 현실에서 출발하는 논의가, 그 논의의 진실성 여부를 접어두고라도 그 시도 자체로서 매우 값진 것으로 보일 만큼, 논리의 추상화 경향을 드러내고 있었다. 이 점은 작품에서도 마찬가지였다.

논쟁은 더이상 이어지지 않고, 오상원은 창작을 통해 자신의 실존주의 이해를 확장해 갔고, 최일수는 이듬해에 다시 한번 실존주의를 주제로 글을 쓰지만 위의 글보다 더 진전된 논의는 보여주지 않는다.

(2) 김동리와 이어령의 논쟁

최일수와 오상원의 짧았던 논쟁에 견주면, 김동리와 이어령 사이에 일어난 1959년의 논쟁은 우선 대여섯 차례의 논전이 있었고, 그 기간도 거의 두 달이나 걸렸다는 점에서 확연히 구분된다. 더욱이 당대 문단의 거물인 김동리와 재기발랄한 신예비평가의 격돌이어서 논쟁의 가치나 진면목과는 상관없이 저널리즘의 관심을 끌기에 여러 가지 흥미로운 요소를 갖춘 논쟁이었다. 이런 몇 가지 요소들 때문에 이 논쟁이 널리 알려졌지만, 실지로 실존주의 논쟁이라는 이름을 붙이기에는 여러 가지로 함량 미달의 논쟁이었다. 그러나 구체적인 우리 작품을 둘러싸고 논쟁이 벌어졌으며, 이 논쟁의 당사자들인 김동리와 이어령이 반드시 기성세대와 신세대의 실존주의 이해방식을 대변한

다고 볼 수는 없지만, 어떤 의미로든 실존주의 이해방식의 상이함이
근본 원인으로 작용한 논쟁이라는 점에서 다시한번 논쟁의 과정과 의
미를 살펴볼 필요가 있는 것이다.

김동리는 조연현과 더불어 당시 문단의 지배적인 위치를 차지하고
있기도 했지만, 동시에 신진 비평가들의 집중적인 비판과 극복의 대
상이기도 했다. 많은 신진 비평가들은 김동리의 예의 순수문학론에
대해서 매우 부정적인 태도를 취했고, 그 의의를 그다지 높게 인정하
지 않고 있었다.62) 마찬가지로 김동리 역시 젊은 비평가들에 대해서
여러 가지 불만을 느끼고 있었고, 논쟁의 좀더 먼 이유는 이러한 세
대간의 갈등에서도 찾을 수 있을 것이다.

김동리와 이어령 사이의 논쟁은 처음에 김동리와 김우종 사이에
벌어진 두어 차례의 논전 과정에서 그 불똥이 번져나가게 되어 일어
난 것이다. 김동리가 '59년 벽두에 신문지상에 발표한 글에 대해 김우
종이 비판하면서 시작된 이들 두 사람의 논쟁의 쟁점은63)은 1)신세대
비평가들의 객관성과 성실성, 2)본격소설과 통속소설, 중간소설의 구
분 기준으로 요약될 수 있는데, 이어령이 이 논쟁에 개입하게 된 계
기는, 김우종이 글의 말미에 '실존문학, 극한의식 등의 개념을 자의적
으로 사용하고 있고, 우리 말도 잘 모르는 문장에 대해 「지성적」이라
는 평가를 내린 데 대해 배신감 같은 것을 느낀다'64)고 비판한 것에
대해 다시 김동리가 '원한다면 「실존적」, 「극한의식」, 「지성적」 등으

---

62) 물론 김양수나 김상일과 같이 김동리의 순수문학론를 옹호하는 입장을 보
   이는 젊은 비평가들도 있었다. 그러나 대부분의 젊은 신예 비평가들은 기
   성 비평가나 작가들의 문학론에 대해 비판적이었다고 할 수 있다. 김동리
   에 대한 비판 중에서 가장 격렬한 것으로는 김종후의 「무위문학의 본질-
   김동리를 해부한다」(『현대문학』, 1958. 6)를 꼽을 수 있다.
63) 이 논쟁의 좀더 상세한 과정은 김윤식, 『한국근대문학사상사연구 2』, 아세
   아문화사, 1994, 182~188쪽을 참조할 것.
64) 김우종, 「중간소설론을 비평함」, 『조선일보』, 1959. 1. 23.

로 규정한 이유를 구체적으로 입증할 용의가 있으니 가쉽이 아닌 좌
표에 입각한 의견을 제시하라'고 요구한 데서 비롯되었다.

이어령은 「영원한 모순」에서 김동리에게 세 가지 질문을 던진다.
1)오상원의 문장이 어째서 지성적인 문장인가? 2)한말숙의 「신화의
단애」에서 '실존성'을 인정한다고 했는데 실존주의에 이런 용어와 개
념이 있는가? 3)추식의 「인간제대」에 '극한의식'이 나타나 있는가?[65]
1)의 질문은 실존주의와 직접 관련이 없고, 또 이를 둘러싸고는 논쟁
이라기보다는 인신공격에 가까운 설전이 벌어졌을 뿐이므로 이 글에
서는 다루지 않기로 하고, 실존주의와 직간접으로 관련되는 2)와 3)을
둘러싼 논의의 전개과정을 살펴보도록 하겠다. 김동리는 반박문인 「
좌표 이전과 모래알과」에서 '실존성'이란 개념이 하이데거의 용어이
며 독일어로 'Existenzialität'라는 것을 밝히고, 극한의식의 문제에 대
해서는 '만약에 야스퍼스와 말로와 싸르트르 사이에 극한의식이 차이
가 있을 수 있다면, 그들과 다른 추식(秋湜)류의 극한의식도 있을 수
있다'는 논지로 이어령의 문제제기에 대답했다.[66]

실존주의 철학에 '실존성'이란 용어는 없고, 그것은 김동리가 조작
해 낸 것이라고 공격한 이어령에게 독일어 사전을 근거로 대면서 '실
존성'이란 용어의 존재를 확인시켰으니, 표면적으로 보면 이어령의
그 호기롭던 공격이 무색해진 셈이 되었지만, 실상 그의 불만은 용어
의 문제가 아니라 「신화의 단애」나 「인간제대」의 소설을 실존주의 소
설이라고 볼 수 없다는 데서 비롯된 것이므로, 용어 확인은 이 논쟁
에서 지엽적인 것에 불과한 것이었다. 그래서 이어령은 구체적으로
작품분석을 통해서, 이 소설들과 실존주의는 무관함을 밝히려고 애썼
다. 이 논쟁이 '실존주의논쟁'이라는 이름을 얻을 수 있는 근거는 이

---

65) 이어령, 「영원한 모순」, 『경향신문』, 1959. 2. 9~10.
66) 김동리, 「좌표이전과 모래알과-이어령씨에 답한다」, 『경향신문』, 2. 18~
   19.

대목부터라고 할 수 있다.

논쟁의 추이를 살피기 전에 문제의 초점이 되었던 한말숙의 「신화의 단애」와 추식의 「인간제대」를 잠깐 살펴보도록 하자. 「신화의 단애」는 『현대문학』으로 등단한 한말숙의 추천완료작이면서, 앞에서 본 것과 같이 김붕구 역시 흥미롭게 읽었다던, 그 여류소설가의 등단작에 해당하는 것이다. 주인공 진영은 미대에 다니는 여대생이면서, 등록금이 없어 학교를 쉬고 댄스홀에 나가 직업댄서로 일한다. 하숙비 대신에 화구 일체를 주인에게 뺏기고 하숙집을 쫓겨 나왔다. 그는 애인 경일의 집에 가서 자다가 경일의 친구인 준섭의 하숙집에 가서 자기도 한다. 댄스홀에서 만난 미남 청년과 삼십만환에 합의를 보고 일주일 동안 같이 살아주기로 약속하기도 한다. 준섭의 집에 가서 잤다는 사실을 알고 애인 경일이 호되게 때려도 오히려 매가 아프지 않다. 그리고, 매일 어줍짢은 연애편지나 보내는 준섭보다도 등줄기를 마구 때리는 경일의 품에 안겨 사랑을 나누고 싶은 욕망을 느낀다. 댄스홀에서 만난 미남청년이 삼십만환을 마련해 오고 진영과 호텔방에 들어서려는 순간, 청년은 뒤쫓아온 형사에게 병역기피자로 체포되어 끌려간다. 수중에 삼십만환을 쥔 진영은 호텔 레스토랑에서 양식을 청해 먹고, 구두와 백, 립스틱을 사고, 비싼 화구도 산다. 화방에서 고호의 화집을 집어든 그녀는 그림의 섬뜩함에 진저리친다.

> 까마귀가 날고 있다. 사육(死肉)을 파먹고 산다는 날짐승……금시에라도 썩은 물이 악취를 풍기며 뚝뚝 떨어질 것 같다. 진영은 자기 자신이 까마귀 같다는 느낌이 온다. 팁으로 해서 살아 있는 그녀의 살이 까마귀의 살만 같다. 진영은 진저리를 치며, 몸을 흔들어 본다. 볼통한 젖가슴이 육중하게 흔들거린다. 진영은 다만 그녀의 실존을 재확인할 뿐이다.[67]

---

67) 한말숙, 「신화의 단애」, 『현대한국문학전집 13』, 신구문화사, 1967, 340쪽.

이어령은 이 작품이 결코 실존주의와 관련이 없으며, 그 이유는 진영의 행동이 충동적이고 그녀의 인생관은 낙관적이며 궁극적인 생의 목적을 관능해방(본능충족)에 두고 있으므로, 이러한 인물은 결코 실존적 인물일 수 없다는 것이다.

> 이러한 진영은 하이덱거가 말하는 비실존적 인간―즉 일상적 생활에 얽매어 있는 바로 그 '세인'에 불과하다. 그러니까 진영이의 생활은 '우려'(Sorge―현존재가 일상계의 존재로써 표시되는)의 본래적 성격을 잃고 단순한 세인으로서 전락되어 있는 상태에 지나지 않는 것이다. 진영이가 그러한 전락 속에서 '본래의 나'로 돌아가고 그래서 자기가 무(無) 앞에 직면해 있다는 것을 자각하게 될 때 비로소 실존을 의심하게 되는 것이다. 그러나 진영은 '본래의 나'와 '존재의 자각' 이전에서 헤매고 있다.[68]

'실존성'이라는 개념에 대한 이어령의 무모한 자신감과 그 패배만 제외한다면, 논쟁 과정에서 실존주의에 대해 좀더 치밀한 이해를 보여주는 쪽은 김동리보다도 이어령 쪽이다. 「신화의 단애」에 대한 이어령의 해석은 타당하다고 할 수 있다. 「신화의 단애」의 주인공 진영은 물론 기존의 가치나 윤리의 본질에 구속되거나 안주하지 않고, 스스로 그 틀을 벗어나기 위해 애쓴다는 점에서 이어령이 말하듯이 단순한 세인(世人, 이어령은 하이데거의 Das Mann의 개념으로 이 말을 쓴 듯하다.)은 아니지만, 그의 기투는 윤리와 접속되지 못하므로, 진실성 있는 결단이라고 볼 수는 없다. 실존주의 소설이라기보다도 실존주의가 풍미하는 세태에 기대어 풍속의 변화를 날카롭고 섬세하게 포착한 소설이라고 하는 쪽이 옳으리라고 본다. 그러나, 이 소설이 실

---

68) 이어령, 「논쟁의 초점―다시 김동리씨에게」, 『경향신문』, 1959. 2. 27.

존주의 소설인가 아닌가 하는 점보다도, 기성세대의 대표격인 김동리
와 신세대의 비평가인 이어령이 이 소설을 가운데 두고 실존주의를
어떻게 다르게 이해하고 있었던가가 논쟁을 이해하는 우리의 초점이
되어야 할 것이다. 이 소설이 김동리에게 실존주의적인 것으로 이해
된 데에는 그의 독특한 실존주의 이해방식이 가로 놓여 있다. 그는
딱히 실존주의에 대한 이론적 탐구를 시도한 적은 없지만, 누구보다
도 실존주의에 대한 분명한 입장을 견지하고 있었다. 그의 실존주의
에 대한 생각은 소설 「실존무」(1955)에서 가장 잘 드러난다.

이미 소설의 제목에서 다분히 실존주의에 대한 희화화의 의도가
나타나고 있기도 하지만, 이 소설 속에서 대단한 실존주의자로 등장
하는 이영구라는 인물 자체가 작가에 의해 우스꽝스럽고 허풍과 식언
(食言)에 능하며, 혼인의 순결 따위에는 아무 관심도 없는 지식인 파
락호 정도로 묘사되어 있다. 월남한 지식인 김진억과 역시 남편이 납
북되어 과부 아닌 과부로 살고 있는 장계숙 사이의 로맨스에 끼어든
이영구는 서로 사랑하면서도 결혼을 망설이는 두 사람에게 실존주의
를 역설하며 당장 결혼할 것을 주장하는가 하면, 그 자신 장계숙에게
청혼했다가 미처 확실한 대답도 듣기 전에 나어린 처녀와 결혼식을
올리고, 다시 일 년이 채 안되어 이혼해 버리기도 한다. 한 마디로
천방지축이라고 할 수밖에 없는 이영구의 입을 통해 실존주의가 운위
되는 한에서, 독자는 진지하게 실존주의를 고민할 수는 없게 된다. 그
것은 기껏 찰나주의나 니힐리즘의 다른 이름 정도에 불과한 것, 또는
방종한 풍속을 합리화하는 철학이나 사조라는 이름의 구실에 불과할
뿐이다.

「천만에, 궤변이 아닙니다. 가장 진보된 현대 사상이요, 현대철
학입니다. 극작가(소설 속에서 이영구의 직업 — 인용자)란 철학이
나 시나 소설을 다 알아야 하는 직업이기 때문에 나는 항상 현대

철학에 대해서 관심을 가지는 사람입니다마는, 현대철학에 와서는 과거와 미래가 없읍니다. 오직 있는 것은 현재 뿐입니다. 이것이 과거 철학과 근본적으로 판이한 점입니다.」

「선생님, 그건 찰나주의와 어떻게 다릅니까.」

이번에는 여기자가 물었다.

「찰나주의와도 다릅니다. 찰나주의는 어디까지나 순간적인 향락을 추궁하는 사상이지마는 실존주의는 순간이고 행복이고 그런 문제가 아닙니다. 그것은 어디서나 우리 인간의 존재를 기준으로 해서 우리 인간의 의지와 판단과 행동 그 자체에다 절대적인 의미를 두는 겁니다. 찰나주의보다 열배나 더 심각하고 엄숙한 사상입니다.」

「그래서 그 사상이 들어가면 결혼 같은 것도 아무렇게나 하게 되는 거에요?」

계숙이 또 한번 물었다.

「아무렇게나가 아닙니다. 엄숙한 선택입니다.」

「그런게 무슨 엄숙한 선택이에요?」

「그러면 장여사는 그 이외에 무슨 다른 엄숙한 생(生)의 목적이 있읍니까?」

「그거야 살아간다는거지요.」

「살아서 가긴 어디로 간다는 말입니까?」

(……)

「자네는 나가 연극이나 놀게, 실존주의는 무스거 말라 **빠진** 실존주의야, 생의 목적이 없다면 한껏해야 니힐리즘이나, 페시미즘이겠는데 그 따우는 누구나 중학시절에 한번씩 다 치른 거지 뭐야?」[69]

결국 진억과 계숙은 결혼하지만, 둘 사이에 첫 아이가 태어난 뒤 얼마 지나지 않아, 북에 두고온 처자(妻子)들이 뒤늦게 월남하여 진억의 집으로 찾아오게 되고, 이 사실을 안 계숙은 큰 절망에 빠지게 된

---

69) 김동리, 「실존무」, 『실존무』, 인간사, 1958, 142~143쪽.

다. 이런 상황을 보고 영구는 술에 취해 찾아와 예의 그 실존주의 타령을 늘어놓으며, '사상의 빈곤 탓이다. 사상이 빈곤한 자는 알콜로 대신 채워야 된다'고 주정 비슷한 넋두리를 늘어놓는다. 이번만은 계숙도 그 실존주의를 뿌리치지 못한다.

> 증오와 경멸의 불길이 활활 타는 두 눈으로 영구를 노려보고 섰던 계숙은, 대어들어 따귀라도 갈길 듯이 두어 걸음 그의 곁으로 가까이 닥어서더니 다음 순간 그는 고뿌의 술을 받아서는 한숨에 반 넘어 쭉 드리켜 버렸다.
> 「됐어! 됐어! 부라뽀야, 부라뽀오! 실존주의가 무엇인지 이제는 아는 거야! 됐어, 됐어! 부라뽀오! 부라뽀오!」
> 영구는 기쁨에 못 이긴듯이 어느듯 자리에서 일어나 혼자 엉둥이를 흔들며 춤추는 시늉을 내었나.
> 식모아이가 뛰어와 그녀의 손에서 술잔을 뺏으려 하자, 계숙은
> 「애 놔 두어, 나, 이선생하고 같이 마실테다!」
> 하고 계집애를 밀쳤다.
> 「오오 이에스! 오오 부라뽀오! 오오 엑지스탄시알리즘! 오오 마이 미세스! 오오 마이 허어트!」
> 영구는 반 미친 사람처럼 두 팔을 벌린 채 온 몸을 뒤틀며 엉둥이를 흔들어 대었다.
> 「그렇지요, 이선생! 저도 춤 출줄 알아요, 거, 이선생 잘 추시는 거 있잖아요. 무슨 부루스라는 거!」
> 계숙은 어느듯 영구의 가슴 앞에 닥아서며 그의 손을 잡았다.[70]

가족과 결혼이라는 기존 질서가 실존주의라는 새로운 풍속도의 이론적 지주에 의해 결코 파괴될 수 없다는 것, 현실은 개인들의 자유로운 선택에 의해 간단히 변화될 수 없는 완고한 질서라는 사실을 이

---

70) 김동리, 「실존무」, 앞의 책, 162쪽.

소설은 일깨우고 있다. 이것은 한편으로는 전쟁이란 것을 신세대 작
가나 비평가처럼 천지개벽과 같은 체험으로 받아들인 것이 아니라,
잠시 풍파를 일으켰다가 지나가는 역병(疫病)정도[71]로 치부하고 있었
다는 것을 의미하며, 아울러 '존재는 본질에 앞선다'는 실존주의의 명
제를 풍속의 차원으로 끌어내려 실연(實演)해 보이고 있는 것이라고
할 수 있다.

실존주의야 말로 전쟁과 문명의 혼란을 경험한 대부분의 전후 세
대들에게는 존재에 대한 인식뿐만 아니라, 현실세계의 전부를 새롭게
인식할 수 있는 철학의 계보에서 새로운 기원을 이룩한 것으로 받아
들여졌지만, 김동리에게는 실존주의가 그 정도의 무게와 의미를 지니
지 못했던 것이다. 「신화의 단애」를 두고 이어령과 김동리 사이에 벌
어진 논쟁의 근본적인 이유는 이러한 인식의 차이 때문이다.

이어령의 「논쟁의 초점」에서 제기한 문제에 대해 김동리는 뚜렷한
논리적 대응을 보여주지 못한다. 다만, 이어령이 '실존성 개념에 대한
자신의 무지를 솔직히 시인만 했더라도 던져진(사실성) 의미와 던지

---

71) 고은, 『1950년대』, 청하, 1989, 16쪽. '기성작가들의 대부분이 전쟁을 흉년,
악역(惡疫)쯤으로 생각했기 때문에 그 전쟁으로부터 자동성(自同性)을 얻
지 못한 사실에 의해서 새로운 세대에게 전쟁의 의미를 박탈당했다'. 기성
세대의 작가들이 전쟁을 일상의식 속에 용해시켜버렸다는 점에 대해서는
김윤식도 같은 의견을 제시하고 있다. 김윤식, 앞의 책, 181쪽. 그러나 김
윤식은 이 논쟁에서 김동리가 보여준 실존주의 이해가 '그의 대세를 파악
하는 원숙성으로 요약될 수 있다'고 했는데, 실존주의에 대해 필요이상으
로 과민한 반응을 보이며, 주체적으로 소화하기보다는 무비판적으로 이론
의 보편성에 함몰되어갔던 신세대들의 자세도 비판의 여지가 있는 것이
분명하지만, 전쟁이나 그 이후의 혼란을 그저 하나의 '어지러운 풍파'정도
로 이해할 수밖에 없었던 김동리의 자세도 그 몰역사성과 추상적인 현실
인식이라는 점에서 비판의 여지를 안고 있다. 50년대 소설에 나타난 전전
세대(戰前世代)와 전후세대(戰後世代)의 전쟁인식에 대한 차이는 다음을
참조할 것. 한수영, 「월남작가의 작품에 나타난 반공이데올로기와 1950년
대의 현실인식」, 『역사비평』, 1993, 여름.

는(실존성) 의미가 무엇인지를 확연히 보여주려 했는데, 시인하지 않
으므로 보여주지 않는다'고만 대응했다.[72]

「인간제대」를 둘러싼 '극한의식' 개념의 이해에서 비롯된 상이성도
「신화의 단애」와 엇비슷한 양상이라고 할 수 있다. 이어령은 '그렇게
따진다면 이 세상 소설 중에는 극한의식이 드러나지 않는 소설이 없
을 것'이라고, 극한의식이란 개념을 좀더 엄중하게 쓸 것을 강조하지
만, 김동리는 '극한의식이란 저마다의 극한의식이 있을 수 있다'는 논
리로 대응하는 까닭에 논의가 생산적인 접점을 찾기가 어렵게 되었
다. 이어령이 「논쟁의 초점」을 발표한 뒤에도, 김동리의 「초점, 이탈
치말라」, 다시 이어령의 「희극을 원하는가」, 김동리의 「눈물의 의미」
로 논쟁은 3월까지 계속되지만, 논리의 싸움이라기보다는 여과되지
않은 감정의 분출과 인신공격에 가까운 말싸움으로 떨어져버리고 만
다.

실존주의가 50년대 우리 문학에 미친 영향력에 비하면 논쟁다운
논쟁은 거의 없었다고 해도 지나친 말이 아니다. 하나의 외국이론이
나 사조가 들어오게 될 때, 반드시 번잡한 논쟁 과정을 거쳐야 그것
이 바람직하게 수용되는 것이라고는 생각할 수 없다. 그러나 주체적
수용이란 어떤 경우에도 필요한 것임을 감안한다면, 해설과 번역의
풍요로움에 견주어 그것을 우리의 구체적 현실과 지적 풍토에 비추어
검토하고 비판적으로 수용하려는 노력은 참으로 적은 것이었고, 실존
주의 문학론을 둘러싼 논쟁은 당시 비평의 양적 번화함에 비해 질적
빈곤의 한 단면을 보여주는 경우라고 할 수 있을 것이다.

---

72) 김동리, 「초점, 이탈치말라—비평의 윤리와 논리적 책임」, 『경향신문』,
    1959. 3. 9.

제5장 모더니즘론의 이념과 방법

1. 50년대 모더니즘론의 성격과 지향점

1950년대는 1930년대와 더불어 모더니즘 문학과 그에 관한 문학론이 우리 문학사의 전개과정에서 하나의 중심적인 흐름을 형성하는 또 하나의 연대였다. 그래서 어떤 사람은 1930년대의 모더니즘에 대한 상대적 개념으로 1950년대의 모더니즘을 '후기 모더니즘'이라고 이름붙이기도 한다. 우리 문학사에서 모더니즘의 위상이 이러한 특징을 지닌 까닭에, 50년대의 모더니즘 문학을 이해하기 위해서는 우선 30년대의 모더니즘과의 연관성을 가장 먼저 살펴보아야 할 것이다. 지배와 영향의 측면으로 살핀다면, 50년대는 30년대와 비교할 수 없을 정도로 모더니즘의 위세가 강한 시기였다. 이말은 지배와 영향의 양적 측정을 염두에 두고 하는 말은 아니다. 적어도 30년대의 모더니즘은 바로 앞 시기에 절대적인 영향력을 행사하고 있던 프로문학의 리얼리즘에 대한 하나의 반동으로 출발했으며, 모더니즘이 세력화되기 시작한 30년대 중반 이후는 리얼리즘 대 모더니즘의 두 개의 주류가 형성되어, 이 둘 사이의 긴장과 갈등, 그리고 길항작용에서 빚어지는 다양한 역동성이 30년대 우리 문학을 여러 가지 의미에서 풍부하게 만들었던 까닭에, 모더니즘의 영향력과 성과는 리얼리즘 문학을 하나의 타자로 설정하지 않으면 온당하게 그 전체적인 면모가 드러나지 않게끔 되어 있는 것이다.[1] 그러나 50년대는 모더니즘과 길항할 만한 또다른 축의 부재, 즉 리얼리즘의 축이 형성될 수 없었던 까닭에 넓게 보면 실존주의 문학까지 포괄하는, '광범위한 모더니즘' 문학의 독자적인 전성기였다고 할 수 있다.[2] 이 점이 30년대 모더니즘의 위상과 구별되는 50년대 모더니즘의 큰 특징이 될 것이다. 50년대 문학의 구도에서 리얼리즘 축이 형성되지 못했던 것은 이 시기 문학의 큰 특

---

1) 이것은 문학사 전체의 흐름을 염두에 둔 말이다. 개별 갈래의 문학사적 전개양상은 또다른 특수성을 지니고 있다. 예컨대, 시의 경우 1930년대는 프로문학의 성격을 계승한 시, 모더니즘 경향의 시, 전통적인 서정시의 경향이 혼재되면서 다양한 시문학의 전개과정을 빚어낸 것으로 볼 수 있다. 한계전, 「1930년대 시문학의 일반적 경향」, 『1930년대 민족문학의 인식』(해강 이선영교수 화갑기념논총), 한길사, 1990. 그러나 1930년대 문학사 전체의 흐름을 볼 때, 중심적 흐름은 리얼리즘과 모더니즘의 양대 경향으로 대별할 수 있지 않은가 생각하며, 이런 점에서 모더니즘은 프로문학을 중심으로 한 리얼리즘의 대타적 성격으로 파악할 수 있으리라고 본다.
2) 이것은 시적 성취의 여부와는 구별시켜 이해해야 할 논의다. 모더니즘의 영향력이 컸던 것에 비해, 시적 성취는 오히려 그 영향력만큼 두드러진 것이라고 볼 수 없는 것이 50년대 모더니즘 시의 한 특징이다. 문학사적 안목에서 볼 때, 오히려 이 시기의 시문학적 성취는 전통 서정시 계열이라 할 수 있는 서정주나 유치환, 청록파의 세 시인을 비롯해, 이들의 시정신과 방법을 잇는 일군(一群)의 시인들에게서 더 빛나는 부분이 있음이 사실이다. 그러나 시적 성취의 여부와 상관없이 이들의 존재는, 30년대의 리얼리즘 문학이 모더니즘에 대해 가졌던 대타적 의미와는 달리, 모더니즘의 영향력을 견제할 수 있는 구심적 역할로 자리잡지는 못했다고 생각한다. 이럴 경우 모더니즘의 영향력이란 공과(功過)를 함께 가지는 것이며, 논자에 따라서는 긍정적 성과보다 그 폐해를 더 강조하는 이도 있다. 염무웅, 「50년대 시의 비판적 개관」(『민중시대의 문학』, 창작과 비평사, 1984에 수록). 이 글에서 염무웅은 50년대 모더니즘의 폐해는 김수영에 이르러 비로소 극복된다고 보았다.

징이라고 할 수 있는데, 이것이 50년대 문학 전체에 해당하는 하나의 결격사유이자, 그와 동시에 부재하는 리얼리즘 문학의 성격을 실존주의 문학이나 모더니즘 문학 내부에서 보완하려는 움직임을 낳게 만드는 계기가 되기도 했다는 점에서 우리의 관심을 끈다. 앞장에서 우리는 실존주의 문학이 서로 상반되는 두 가지의 계기를 동시에 내포하고 있었고, 그것이 작품과 문학론을 통해 어떤 방식으로 구현되는가를 살펴본 바가 있는데, 이와 거의 같은 맥락으로 이 시기의 모더니즘은 언어와 관련된 시적 발상의 모더니즘적 전회(轉回)와 더불어서 문명비판과 휴머니즘적 가치를 옹호하며 시와 현실의 관계를 적극적으로 모색하려는 모더니즘적 시도(試圖) 역시 뚜렷한 지향점을 형성하게 되었던 것이다.

50년대의 모더니즘은 집중적으로 시를 통해 구현되었고, 문학론도 시론을 중심으로 전개되었다는 점 또한 30년대의 모더니즘 문학과 구별되는 점이다. 30년대의 모더니즘이 시로 시작되기는 했지만 시와 소설 양쪽에서 동시에 창작과 이론의 일정한 성과를 나타냈던 것에 비한다면, 실존주의 문학의 모더니즘적 성격을 제외하고 나서는 집중적으로 시를 통해 구현되었던 것이 이 시기 모더니즘의 또다른 특징이다. 50년대 모더니즘이 시에 미친 영향력은 이 시기의 시와 시인들의 경향을 조감하면 금세 확인할 수 있는 사실인데, 대체로 살펴 본 모더니즘 문학의 지형은 다음과 같다.

50년대의 모더니즘에서는 우선 문학운동의 성격을 띠면서 그룹이나 동인형태로 나타난 일련의 흐름을 거론할 수 있는데, 이 경우에 해당하는 시인들로는 1951년에 피난수도인 부산에서 결성되어 환도 이후 해체되었던 이른바 <후반기>3) 동인들과 1957년에 동인지『현대

---

3) 당시에는 '후반기'를 한자로 '後半期' 또는 '後半紀'로 썼다. 이것은 동일한 사람의 글에서도 각기 다르게 표시되기도 한다. 그 뜻은 '20세기의 나머지 반의 시기'라는 뜻이다.

의 온도』및『전쟁과 음악과 희망과』,『평화에의 증언』등에 참가했
던 시동인들을 들 수 있다. <후반기> 동인들은 박인환, 김경린, 김규
동, 조향, 김차영, 이봉래 등4)이었으며, 위에 거론한 50년 후반의 동
인지로 묶이는 모더니즘 시인들은 김수영, 김춘수, 김종문, 임진수, 이
홍우, 이인석, 이상노, 김종삼, 김광림, 전봉건, 김원태, 김정옥, 김호,
이영일, 이철범, 이활 등이었다.5) 이들과는 다소 다른 형태로 처음부
터 부산을 기반으로 하여 활동한 고석규도 50년대 모더니즘 문학에서
빼놓을 수 없는 존재이며, 영문학자이면서「하여지향」연작 등의 시와
여러 편의 시론을 통해 활동했던 송욱 역시 이 시기의 모더니스트 반
열에서 매우 중요한 위치를 차지하는 인물이다. 그러나 딱히 동인이
나 그룹의 형태를 이루지는 않았지만, 모더니즘의 영향 아래에서 시
작 활동을 하며, 직간접으로 모더니즘과의 친연성(親緣性)을 부인하기

---

4) <후반기> 동인의 정확한 숫자와 사람에 관해서는 다소의 이견이 있다. 오
   세영 교수에 의하면, <후반기> 동인을 박인환·김경린·조향·이봉래·김
   규동의 5명으로 보는 견해(김춘수·김수영)와 여기에 김차영·양병식을 포
   함하는 견해(김차영), 양병식을 빼고 김차영을 비롯해 김수영·김종문·박
   태진·전봉건·이활을 첨가시키는 견해(김규동) 등이 있다고 한다. 오세영,
   「<후반기>동인의 시사적 위치」(『문학사상』, 1981.1) 이러한 견해 차이는
   <후반기> 동인들의 특성, 즉 성문화된 동인들의 공표형식이 없었다는 점과
   해체하기까지 동인지나 기관지가 없었던 점, 그리고 전쟁과 환도의 과정에
   서 나타난 이합집산의 유동성 등에 의해 생긴 것이라고 할 수 있다. 오세
   영의 글에서도 정리되고 있듯이, 이후에 <후반기> 동인은 '박인환·김경린
   ·이봉래·김규동·김차영·조향'의 여섯 명으로 보는 것이 통설이 되어있
   다. 그러나 김경린과 김규동 등 당시 동인들의 회고를 종합해 볼 때, 동인
   의 숫자는 고정되어 있었다고 보기는 어렵다. 그 결성시기와 장소도 1951
   년 부산이라는 것이 통설이나, 김경린의 회고에 의하면 '이미 1950년 6월
   이전에 기존의 <신시론> 동인들과 그 이후에 합세한 조향, 이한직 등과 서
   울에서 <후반기> 동인을 결성하고 새로운 사화집의 조판을 준비하던 중 전
   쟁을 맞았다'고 함으로써 결성시기와 동인의 면면이 통설과 다소 다르다는
   것을 알 수 있다.
5) 한계전,「한국전후시에 있어서 모더니즘적 특성과 그 가능성」,『시와 시
   학』, 1991, 봄, 432쪽.

어려운 시인들을 생각할 때, 50년대 모더니스트의 범위는 훨씬 넓어진다. 예컨대, 박남수, 김구용, 고원, 장호, 전영경, 신동집, 민재식, 성찬경, 신동문 등이 그들이다. 이렇게 볼 때, 등단 시기는 다소의 차이가 있지만 50년대에 활발히 활동했던 시인들은 몇 사람을 제외하고는 대부분 전통적인 서정시와의 관련보다는 모더니즘의 영향권에 훨씬 가까이 다가서 있었다고 할 수 있다. 물론 이럴 경우 모더니즘시의 미학적 범위와 권역(圈域)이 좀더 엄밀하게 따져져야 할 문제이기는 하나, 50년대 우리 문학에, 특히 시단에 모더니즘이 끼친 영향은 실로 커다란 것이었음을 부정하기는 어렵다.

40년대 후반과 50년대에 등단한 시인들에게 모더니즘이 이토록 큰 영향력을 발휘할 수 있었던 가장 직접적인 이유로는 무엇보다도 '전통서정시가 변화된 현실에 대해 너무도 무력하다'고 여긴 젊은 시인들의 인식을 꼽을 수가 있다. 이것은 결국 젊은 세대와 기성세대 사이에 존재하는, 전쟁체험과 전쟁 이후의 '현대'를 경험하는 동시대적 인식의 현저한 차이로 연결된다. 전후세대들이 기성세대와 자신들을 구별짓기 위해 제시한 세대론적 사고방식은 반드시 옳은 것일 수만은 없다. 세대론이란 엄밀하게 말하면 생물학적 순환론에 기대고 있으며, 낡은 것은 무조건 나쁘고 틀렸으며 새로운 것은 무조건 좋고 옳다는 도식론에 빠지도록 논리적 전제가 마련되어 있기 때문이다. 그러나 한편으로는 세대론적 발상의 이러한 비변증법적이고 순환론적인 결함에도 불구하고, 당시의 젊은 세대들이 기성세대의 문학이나 현실인식에 대해 가지는 불만과 거부는 일방적으로 이 결함에 포괄시켜 이해할 수 없는 타당성을 지니고 있기도 한 것이다. 젊은 비평가 이영일이 백철의 '믿고, 희망하고, 의욕하면서 도래할 신기원의 현실을 준비하자'[6]고 외치는 낙관론에 대해, '이토록 타협적이고 상식적이고

---

6) 백철, 「전형기의 문학」, 『사상계』, 1955. 10.

교양적이며 개념적인 평론을 본 적이 없다. 대체 무엇을 믿고 희망하고 의욕한단 말인가?'[7]라고 냉소적으로 비난하는 것이나, 김동리가 작품 「실존무」를 통해 실존주의를 희화적으로 만들고, 전화(戰禍)를 운명론적으로 감싸 안아버리는 태도에 대해 이어령이 도전한 일등이 모두 여기에 포괄되는 것이라고 할 수 있다. <후반기>의 동인이자, 57년도까지 활발하게 모더니즘론을 펼치는 이봉래의 다음과 같은 발언은 50년대 모더니즘과 신세대의 체험영역을 명징하게 연결지어 보여준다.

경험철학에서 오는 세대의 차이점은 그 세대가 놓여 있는 역사적, 정치적, 심리적 경위(境位)를 떠나서 논할 수가 없다. 왜냐하면 어떤 세대가 그 성격과 현실적 의의에 있어서 다른 세대와 이질적인 요소를 내포하고 있다는 것은 역사적 필연성에서 오는 현상이기 때문이다. 뒤집어 말한다면 어떤 세대의 특징적인 성격은 그 세대의 정신적 발육기에 있어서 형성되어가는 것이라고 하여도 좋을 것이다(……)이십대, 삼십대의 신세대가 사십대, 오십대의 세대와 다르다는 것은 결코 시간상의 구획에서 하는 말이 아니란 것(……)그것은 가장 감수성 예민하고, 사고방식이 어떤 '카테고리'에 고정화되지 않은 정신의 발육기에 얻은 체험과 이미 인생관이나 세계관이 일정한 자리를 잡을 시기에 얻은 체험과는, 그것이 동일한 체험이라고 할지라도 인간에게 작용하는 반응은 매우 다른 것이기 때문이다.[8]

이봉래는 당시의 이십대와 삼십대에 해당하는 젊은 시인과 작가들이 그들의 유년과 청년기에 맞닥뜨렸던 식민지 체험과 전쟁 체험의 부정성과 후유증을 열거하면서 장년이 되어서 이러한 체험을 했던 기

---

7) 이영일, 「역사적 경험과 문학」, 『시와 비평』, 1956. 1.
8) 이봉래, 「신세대론―작가를 중심으로 한 시론(試論)」, 『문학예술』, 1956. 4.

성세대와 어떤 차이가 있는가를 설명하기 위해 애쓴다. 예컨대, 지금 (50년대의)의 이삼십대는 '한글'을 송두리째 빼앗긴 세대였으며, '민족'이나 '조국'에 대한 관념을 키울 기회가 전혀 없었고, 식민지교육으로 인해 대상을 객관화하는 일체의 비평정신을 봉쇄당하고 오로지 우상에 대한 맹종만을 강요받았던 세대였으며, 해방이 되자 정신을 수습할 틈도 없이 밀어닥친 '프로그머티즘'과 '코뮤니즘'의 소용돌이에 다시 내동댕이쳐진 세대라는 것이다. 그러므로 이들 세대에게 불안·공포·절망·허무 등의 파멸적 요소가 형성되는 것이 자연스러운 현상이었다. 그러나 모더니즘과 좀더 직접 연결되는 것은 이 세대가 경험하고 느끼는 불안과 공포 또는 절망과 허무의 성격과 원인이 그러한 정신현상의 시발점이라고 할 니체나 쉐스토프의 19세기적 불안과 공포와는 다르다는 점이다. 신세대의 불안과 공포의 원인은 이른바 원자과학 시대라고 불리는 현대의 가공할 과학발전의 가속화와 그에 비례하는 비인간화 현상, 대중사회의 보편화로 말미암아 개인이 집단 속에 해소되어 버리는 익명의 시대, 코뮤니즘의 위협이 그 어느 때보다도 극에 달해 있는 시대로 요약될 수 있다. 바로 이러한 시대에 전통적인 서정시는 시대의 모습과 진실을 담아내는 문학의 그릇으로는 적합하지 않다는 의식, 퇴영적이며 구태의연하다는 인식이 이들에게 넓게 퍼져 있었으며, 그러한 부정적 인식은 시의 방향을 자연스럽게 모더니즘쪽으로 선회하도록 만든 것이라 할 수 있다. 50년대 모더니즘의 성격과 지향을 좀더 분명하게 인식하기 위해서 30년대 모더니즘을 매개로 하여 이를 재구성해 볼 필요가 있다.

앞서도 잠깐 언급했지만, 1930년대 이후부터 본격적으로 전개된 모더니즘 문학은 문학사의 전개과정과 연관지어 볼 때, 바로 앞 시기에 큰 영향력을 발휘했던 프로 문학 계열의 리얼리즘 문학에 대한 대타적 의식을 하나의 형성 계기로 삼고 있으며, 프로 문학보다 더 이른 시기에 형성되었던 1920년대 이래 낭만주의적 경향의 애상적 서정시에 대한 비판적 의식을 다른 하나의 계기로 삼고 출발되었다. 특히 이러한 모더니즘 출현의 문학사적 계기는 시와 관련이 깊은데, 이 무렵 시와 시론을 통해 모더니즘 문학의 제일선에서 가장 왕성하게 활동했던 김기림의 발언, '모더니즘은 두 개의 부정을 준비한다. 하나는 <로맨티씨즘>과 세기말문학의 말류인 <센티멘탈·로맨티시즘>을 위해서고 다른 하나는 당시의 편내용주의의 경향을 위해서였다.…… 그래서 <모더니즘>이 전통적 <센티멘탈·로맨티시즘>을 향해서 공격한 것은 내용의 진부와 형식의 고루였고 편내용주의에 대한 불만은 관념성과 말의 가치에 대한 소홀이라는 점이었다'9)에서 30년대 모더니즘의 구체적 지향이 무엇을 향한 것이었던가 분명하게 확인된다.

1950년대에 다시 우리 문학계에 등장하는 모더니즘의 이론이 거의 시론에 집중되어 있다는 점에서 30년대 모더니즘 시론의 문학적 지향은 여러 가지로 중요한 의미를 띠게 된다. 동시에 50년대의 모더니스트들이 30년대의 모더니즘을 거론할 때는 예외없이 김기림을 그 대상으로 설정한다는 점에서도 김기림의 의미 또한 중요하다. 편내용주의와 과도한 감상적 낭만주의에 대한 문학적 반발로 시작된 것이 30년대 모더니즘 운동의 지향점이었다면, 50년대 모더니즘은 전통서정시에 대한 반발이 하나의 축을 이루고, 30년대 모더니즘에 대한 비판과 극복이 다른 하나의 축을 형성한다고 전제할 수 있다. 전통서정시에 대한 신세대 시인과 비평가들의 불만은 앞에서 짧게 살펴보기도 했거니와, 전통서정시에 대한 문제는 다시 '전통론'의 문제로, 그리고 시에서의 '서정'과 '지성'의 문제로 번져 나가서 50년대 모더니즘론의 핵심적인 문제로 떠오르게 된다.10) 더욱이 전통서정시와 시의 '서정

9) 김기림, 「모더니즘의 역사적 위치」, 『시론』, 백양사, 1947, 74~76쪽.
10) 이 당시에는 시단의 흐름을 전통서정시와 모더니즘시로 나누는 것이 보편화된 분류법이었을 정도로 두 흐름의 비중과 역학관계는 큰 것이었다고

성'에 대한 평가의 문제는 모더니즘론 내부에서도 전일적(全一的)인 형태로 유지되었던 것이 아니라 모더니스트들 사이에서도 이를 둘러 싸고 서로 다른 견해가 제출되기도 하였던 까닭에, 모더니스트들이 한결같이 전통적인 서정시를 부정했다고만 단정하기 어려운 복잡한 사정이 나타난다. 예를 들면, <후반기> 동인들이었던 김규동과 이봉 래의 경우 가장 극단적으로 전통 서정시를 비판하고 부정하는 것에 비해, 같은 모더니스트로 묶일 수 있는 전봉건은 '서정'의 문제에 대 해 이들과 다른 입장이었으며, 고석규의 경우는 오히려 모더니스트들 에 의해 대체로 거부되었던 서정주를 높이 평가하면서 모더니즘과 서 정의 융합을 적극적으로 주장하고, 신진 비평가였던 홍사중 역시 리 리시즘의 회복이 한국 현대시의 활로임을 주장한다. 물론 '서정성'의 회복이나 현대시의 '지성'과의 융합을 주장했던 모더니스트들이 전통 서정시에 대한 적극적인 옹호론자였거나 지지론자였던 것은 아니다. 이들이 거론하는 '서정'과 전통 서정시의 '서정' 사이에는 상당한 거 리가 놓여 있다. 결국 전통 서정시와 시의 '서정성'에 대한 모더니스 트들의 다양한 스펙트럼은 현대시의 미적 모더니티를 무엇으로 규정 하고 있었던 것인가의 문제로 귀결되는 것이라 할 수 있다. 그리고 이러한 문제는 50년대 모더니즘론의 형성계기의 다른 한쪽을 이루고 있는 30년대 모더니즘에 대한 비판과 그 극복의 문제에도 직접 연결 되는 것이기도 하다.

이 무렵 비교적 활발하게 시론을 발표했던 모더니즘 논자들에게 30년대 모더니즘론, 특히 김기림의 시와 시론은 빠짐없이 거론되는 고찰의 대상이었다. 그리고 그러한 고찰에서 공통적으로 나타나는 현

할 수 있다. 당시의 시단의 경향을 조망하는 대표적인 글로는 정창범의 「현대시의 두 경향」(『현대문학』, 1955. 7), 구상의 「우리 시의 이념과 방 법」(『문학예술』, 1955. 7), 김광림의 「현대시의 정황」(『자유세계』, 1955. 7) 등을 들 수 있다.

상은 이들이 한결같이 30년대 모더니즘에 대해 매우 높은 강도로 비판하고 부정한다는 사실이다. 대표적인 경우로 이봉래와 고석규, 그리고 송욱을 들 수 있다. 이봉래와 고석규가 주로 김기림이 모더니티의 외면적인 측면으로서 언어의 기교에 집착했다는 점을 비판한다면, 송욱의 경우는 김기림이 동양의 시전통에 무지했던 까닭에 리듬이나 운을 파괴하는 쪽에서 시적 모더니티를 구했으며, 이것은 결국 모더니즘이 전통과 긴밀히 결부되어야 한다는 엘리어트식의 명제와도 배치되는 것일 뿐더러 그의 모더니즘적 시도를 실패로 돌아가게 만든 근본원인이라고 비판한다. 이런 점에서 볼 때, 김기림으로 대표되는 30년대의 모더니즘을 비판하는 이들의 이론적 입각점도 동일한 것은 아니라고 할 수 있다.

50년대의 모더니즘 시와 시론이 자신들의 주장에 부합할 만큼 30년대의 모더니즘을 제대로 극복했는가 하는 문제를 일단 접어 둔다면11), 적어도 모더니즘의 성격과 지향에서 50년대의 모더니즘은 30년

---

11) 50년대 모더니즘을 30년대와 비교하면서 그 극복의 성패 여부를 고찰한 연구는 아직 풍부한 편은 아니다. 기존의 연구 중에서 이 문제에 일정한 성과를 이루고 평가에 뚜렷한 입장을 보인 것으로는 한계전의 앞의 논문을 들 수 있다. 여기에서 한계전은 '50년대의 모더니즘이 여러 성격으로 나누어지기 때문에 한 마디로 규정하기는 어렵다는 것'을 전제한 후, '박인환, 김수영, 김춘수, 김종삼 등의 시에서는 30년대의 김기림이나 삼사문학류의 모더니즘을 넘어선 것만은 분명하다'고 적극적으로 평가하고 있다(「한국전후시에 있어서 모더니즘적 특성과 그 가능성」). 이와는 달리 50년대 모더니즘이 그들이 비판한 김기림의 모더니즘보다 실상은 후퇴한 것이라는 견해도 있다. 문혜원은 「전후 모더니즘 문학의 성격규명을 위한 시론」(『관악어문연구』 제16집, 1991. 12)에서 스티븐 스펜더가 30년대와 50년대에 모더니즘 시론에 수용되는 과정을 통해 오히려 진보성의 측면에서 50년대 모더니즘은 30년대의 적극적인 진보성으로부터 후퇴했다고 부정적인 평가를 내렸다. 이영섭도 「50년대 남한의 현실인식과 시적 형상」(『1950년대 남북한 문학』, 평민사, 1991)에서 50년대 시를 넓은 의미의 모더니즘 시로 규정한 뒤 '해방과 전쟁의 혼란한 상황에 사로잡힌 시인들의 근시안적인 태도는 50년대 사회현실의 진정한 모순과 허위의 실상에 접근하지

대의 그것과 몇 가지 측면에서 달랐다는 점만큼은 분명한 듯하다. 논의의 순서가 다소 바뀌었지만, 30년대와도 구별되는 50년대 모더니즘론의 이러한 특성을 제대로 살펴보기 위해서는 우선 이 시기 모더니즘론의 범위를 획정(劃定)하는 작업이 필요하다. 주지하다시피 '모더니즘'에 대한 정확한 규정은 매우 어려운 작업에 속한다. 그것은 경우에 따라 하나의 성쇠주기를 가진 사조(思潮)가 되기도 하고, 또 때에 따라서는 일정한 세계관적 기반 아래에 이루어지는 예술방법이나 창작방법 또는 세계관 그 자체를 가리키기는 말이 되기도 한다. 더욱이 '모더니즘'으로 포괄되는 일정한 예술사조나 창작의 경향이 서구로만 한정하더라도 예술과 문학의 독특한 발전과정과 역사에 따라 각 나라마다 서로 다르게 발현된 까닭에 일괄적으로 규정짓기가 매우 곤란하다. 12) 예컨대 유럽 대륙의 중심국가였던 프랑스나 독일을 중심으로

못한 채 30년대의 추상적 관념을 토대로 한 모더니즘의 전철을 밟았다'고 부정적으로 평가한다. 한계전과 이영섭의 경우는 시론을 직접 연구대상으로 삼지 않은 까닭에 본 논문의 연구 대상인 시론의 고찰 결과와 직접 비교하기 어려운 난점이 있기는 하나, 대체로 50년대 모더니즘시의 가능성을 60년대의 김수영에서 구하고 있다는 사실은 논자들마다 대동소이하다는 점을 생각한다면, 50년대 모더니즘 시론에서 이미 그러한 적극적인 현실참여의 의지를 발견할 수 있다는 점에서 부정적 평가는 재고되어야 하리라 생각하며, 시론을 직접 고찰의 대상으로 삼은 문혜원의 경우, 당시 모더니스트들이 제출한 시론의 다양한 스펙트럼을 면밀히 살피지 않고 내린 결론이라는 점에서 본 논문의 논지와는 다소 다르다고 하겠다. 최유찬의 「1950년대 비평연구(1)」도 이 시기 모더니즘 시론을 집중적으로 분석한 글인데, 그는 30년대 모더니즘과는 직접 비교고찰하지는 않지만 대체적으로 이 시기 모더니즘 시론에 대해 비판적인 견해를 제시했다. 그가 비판적으로 보게 된 중요한 이유의 하나인 당시 시론에 끼친 엘리어트의 영향에 대한 분석은 매우 타당하나, 이 시기 모더니즘 시론에 끼친 엘리어트의 영향 못지 않게 위스턴 오든과 스티븐 스펜더 등 이른바 '뉴컨트리 파'의 영향이 지대했다는 점을 간과하고 있어 모더니즘 시론의 전체적인 면모를 살피지는 못했다고 생각된다.

12) 경우에 따라 모더니즘의 개념적 속성을 규정하려는 이론적 시도도 없지는 않다. 예를 들면, 유진 런은 모더니즘 일반의 미학적 형태와 사회적 전망

전개되었던 아방가르드 예술과 영국을 중심으로 한 영미 모더니즘은 넓은 의미에서 모더니즘으로 포괄되기는 하지만, 예술에 대한 인식이나 창작의 근본원리에서 많은 차이를 지니고 있으며, 같은 영미 모더니즘 내에서도 흄과 엘리어트 그리고 리쳐즈로 이어지는 일련의 모더니즘적 경향은 1930년대에 부상한 이른바 오든그룹의 성향과도 상당히 다르다. 그러므로 50년대 우리 문학의 모더니즘론을 이해하는 길은 모더니즘 일반론을 통하기보다는, 모더니즘론의 구체적인 성격을 통해 그 범위와 갈래를 나누어 이해하는 편이 더 용이하리라고 생각한다.

　50년대에 한정해서 볼 때, 그 파장의 크기와 영향력을 일단 무시한다면 시와 시론을 통해 형성된 모더니즘의 줄기는 대체로 네 갈래의 방향으로 전개되어 나샀나고 볼 수 있다. 첫째로는 디디이즘과 초현실주의에 기반한 아방가르드의 흐름인데, 이 흐름을 대표하는 것은 <후반기> 동인의 한 사람이었던 조향이었다. 다다이즘과 초현실주의의 창작경향이 그러했듯이, 이 경우에는 대단히 과격한 형식실험을 시도하고 전통적인 시의 이미지 창조와 시어의 구사를 파괴하면서 꿈이나 무의식, 자동기술법 등의 초현실주의의 방법론을 두루 적용시키려고 애썼다. 그러나 조향으로 대표되는 아방가르드풍의 모더니즘은

을 다음과 같이 정식화했다. 1)미학적 자의식 또는 자기 반영성, 2) 동시성, 병치 또는 몽타지, 3) 패러독스, 모호성, 불확실성, 4) <비인간화>와 통합적인 개인의 주체 또는 개성의 붕괴. 『마르크시즘과 모더니즘』, 김병익 옮김, 문학과 지성사, 1986, 46~49쪽. 한편, 루카치는 모더니즘에 포괄되는 예술에 나타난 이데올로기적 특징들을 다음과 같이 규정한다. 1)존재론적 기반 혹은 인간관에 내재해 있는 비역사적·반사회적 특성, 2) 창작상의 원근법(perspective)의 무시, 3) 현실에 대한 정태적 접근과 역사에 대한 무지(無知), 4) 인간이 주체에 대하여 무의미하다는 윤리적 콤플렉스, 5) 왜곡된 인간형으로서의 괴짜와 사회적 범인(凡人)의 제시라는 인물의 양극화, 6) 무기력하고 불안한 인간의 묘사. 루카치, 「모더니즘의 이데올로기」, 앞의 책.

영향력이나 그 파장의 범위, 또는 이론이나 작품의 성과로 볼 때 이 시기 모더니즘의 중심적인 위치를 차지하기는 어렵다. 조향의 초현실주의에 대한 경사는 40년대부터 비롯되어 <후반기> 동인시절에도 가장 이채로운 경향으로 나타났지만, 초현실주의에 기반한 그의 모더니즘적 시도는 반향이 크지 않아 외로운 것이었다.[13] 다다이즘과 초현실주의에 바탕을 둔 이러한 모더니즘의 흐름은 해방 이전 이상(李箱)에 의해 시도된 이후로 간간이 이어져 내려오던 것이었는데, 50년대의 모더니즘에서 뚜렷한 성과를 내지 못한 이유는 여러 가지를 들 수 있겠지만, 무엇보다도 다다이즘을 계승한 초현실주의의 예술사적 의의는 사조가 지닌 미학적 방법론에 못지 않게 그것이 표방하고 있는 정치적이고 사회적인 입장, 즉 인간해방을 강조하는 무정부주의적이고 반체제적인 정치적 성향을 빼놓을 수 없다고 할 수 있는데[14], 그러한 정치적 측면은 사상(捨象)하고 오로지 미학적 방법만을 수용하려고 했기 때문에 이러한 모더니즘운동은 이미 일정한 한계를 안고 출발한 것으로 볼 수 있다.

두번째로는 이미지와 메타포를 중심으로 하여 시의 새로운 방법론을 모색하는 한편, 전통 서정시에 결여되어 있는 시의 '지성'의 문제나, 시의 '사변성'을 현대시의 중요한 요소로 인식하고 이를 시에 적극적으로 반영하려는 일련의 작업을 들 수 있다. 시에서 회화적 이미

---

13) 조향에 대한 최근의 연구로는 이광수, 「조향의 전기 시세계 연구」(송하춘·이남호 편, 『1950년대의 시인들』, 나남, 1994에 수록)가 있다. 이 논문에는 조향에 관한 연구서지도 정리되어 있다.

14) 쉬르운동에 가담한 여러 인물들의 정치적 행보는 쉬르 운동이 단지 예술운동에 국한된 것이 아니라 해방과 관련된 정치적 입장과 밀접한 관련이 있다는 사실을 단적으로 보여준다. 쉬르운동이 전개되는 과정에서 나타난 멤버들의 이합집산은 정치적 입장의 차이가 가장 큰 이유였다. '쉬르레알리즘의 제2선언'은 쉬르운동의 정치적 입장을 정리하기 위한 것이기도 했다. 앙드레 부르통, 「쉬르레알리슴의 제2선언」 (송재영 옮김, 『쉬르레알리슴 선언』, 성문각, 1978)을 참조.

지의 확대를 시적 모더니티의 가장 중요한 요소로 인식하려고 했던 것은 이미 1930년대 우리 시단의 모더니즘운동에서도 나타났던 것이므로, 이러한 흐름은 30년대 모더니즘의 연속선상에 놓여 있는 것이라고 볼 수 있다. 물론 이 당시에 시론을 통해 새로운 시적 태도와 방법론을 모색했던 사람들은 그들의 작업이 단순히 30년대 모더니즘을 계승하고 있다고 생각하지 않았으며, 명백하게 나타나는 30년대 모더니즘의 한계를 극복하는 작업이라는 의미를 부여했다. 이러한 모더니즘의 흐름에는 영미 모더니즘 중에서도 엘리어트를 중심으로 한 주지주의 계열의 시와 시론의 영향이 가장 컸다.15) 대부분의 시인들이 엘리어트의 영향을 직간접으로 받고 있으며 시론에서 엘리어트가 차지하는 비중 역시 절대적으로 높았다. 엘리어트 시론의 영향은 앞에서 전통 논의의 전개양상을 언급하는 가운데 잠깐 살펴본 바 있는데, 이 당시 전통부정론이나 전통단절론을 내세웠던 대부분의 논자들은 '전통'의 개념을 엘리어트의 「전통과 개인적 재능」에서 빌려왔던 것인바, 엘리어트의 전통 개념은 그의 '몰개성론'과 맞짝을 이루는 것이다. 이미지나 메타포를 둘러싼 여러 논의들과 그로부터 빚어진 현대시의 '난해성'에 관한 비판 및 재비판등의 논쟁적인 논의들 역시 논의의 발단과 이론적 근거가 엘리어트를 중심으로 한 주지주의 계열의 모더니즘에서 비롯되고 있음을 발견할 수 있다.

그러나 한편으로는 현대시의 특질을 위의 경우와 같이 언어 운용의 방법론적 변혁에서 추구하는 경향을 비판하면서, 시를 통해 현대사회의 여러 모순을 직시하고 현실을 적극적으로 비판하며 그 변혁에 참여하는 데에서 현대시의 정체성(正體性)을 모색해야 한다는 주장도 모더니즘론을 통해 제기되었다. 이러한 논의들은 전쟁으로 피폐해진

---

15) 엘리어트의 문학론은 1958년 이창배의 번역으로 한 차례 망라된다. 『T.S. 엘리옽 문학론』(정연사)은 엘리어트의 『Selected Essays』를 중심으로 하여 그의 문학논집에 실린 논문과 비평들을 편역한 것이다.

50년대의 현실을 시가 적극적으로 반영할 것을 주장하고, 시에서 언어의 측면보다는 현실에 대한 비판적 지성을 더 중요시하는 경향을 보였다. 이들의 시론에서는 1930년대에 부상한 영국의 오든그룹의 시와 시론, 특히 오든과 스펜더의 영향이 많이 나타난다. 오든과 스펜더는 이미 30년대의 김기림에 의해서도 일정부분 수용된 바 있지만, 이 시기에 <후반기>동인이었던 박인환과 이봉래는 시론을 통해 이들의 논의를 적극적으로 수용하면서, 현대시의 방향을 언어운용의 방법론적 변혁으로부터 현실에 대한 비판적 인식과 태도의 문제로 전환하려고 애썼다.

　50년대 모더니즘론의 네번째 경향으로 50년대 후반에 수용되기 시작한 뉴크리티시즘을 들 수 있다. 가장 먼저 뉴크리티시즘을 소개하기 시작한 것은 백철이며, 원전의 번역이나 해설을 통해 접근한 것은 김용권이었다.[16] 그러나, 50년대 후반에 소개·수용되기 시작한 뉴크리티시즘은 우리 문학과의 상관관계로 보거나 시론으로서 끼친 영향면에서 볼 때 60년대 이후의 성과로 논의해야 옳으리라고 본다.[17] 분

---

16) 뉴크리티시즘과 모더니즘의 관계는 이글턴의 「영문학연구의 발흥」(앞의 책)의 59~71쪽과 백낙청, 「모더니즘에 관하여」(『민족문학과 세계문학 2』, 창작과 비평사, 1985에 수록) 401~430쪽 및 이상섭, 『복합성의 시학』(민음사, 1987) 11~35쪽을 참조. 이글턴과 백낙청은 주로 엘리어트 등의 영미모더니즘과 미국 뉴크리티시즘에서 나타나는 이데올로기적 연관을 통해 둘 사이의 밀접한 상관관계를 논하고 있으며, 이상섭은 뉴크리티시즘이 그들의 이론적 연원을 엘리어트와 리쳐즈의 문학이론에서 구하고 있다고 보고, 그들 논의의 상당부분이 엘리어트와 리쳐즈 문학론의 직접적인 계승의 위치에 있는 것으로 파악했다.

17) 뉴크리티시즘과 한국문학의 관계에 대해서는, 김윤식, 「뉴크리티시즘에 대하여」(『숙대 논문집』9집, 1969. 12) 및 전기철, 「전후 문예비평의 전개양상에 대한 고찰」(서울대 박사논문, 1992), 김동환, 「1950년대 문학의 방법적 대상으로서의 외국문학 이론」(『한국전후 문학의 형성과 전개』, 태학사, 1993에 수록), 김형자, 「뉴크리티시즘과 한국적 수용현상」(구인환 외, 『한국전후문학 연구』, 삼지원, 1995에 수록) 등을 참조.

석비평이라는 이름으로 50년대 후반에 등단한 젊은 비평가들이 자신
들의 비평작업에서 이러한 관심을 내보이기는 하지만, 유종호가 지적
하고 있듯이 이 당시에 이루어진 분석적인 비평은 뉴크리티시즘과는
별 관계없는 것이며, '하나의 시귀나 언어군에 대한 전례없는 세밀한
분석과 설명'이 시도되고 있는 정도의 유사성을 가질 뿐, 독특한 언어
모델을 설정하고 있는 뉴크리티시즘의 방법론을 동원한 것은 아니었
다.[18]

　이렇게 나누어 볼 때 50년대 모더니즘론은 아방가르드와 뉴크리티
시즘의 성격은 중심적인 것으로 보기 어려우며, 아주 한정된 논의에
지나지 않았던 것이라 할 수 있다. 그에 비해 주류를 형성했던 것은
두번째와 세번째의 흐름이었다. 물론 이러한 흐름 이외에도 릴케를
비롯한 실존주의 철학이나 문학론의 영향도 간과할 수 없는 것이지
만, 앞에서 언급한 모더니즘론들과 서로 섞이거나 복합적인 형태로
나타난다.

　이러한 모더니즘론의 성격을 바탕으로 하여 다양한 쟁점과 구체적
인 지향점이 형성되었던 것인데, 50년대 모더니즘의 지향은 첫째로
전통 서정시에 대해 새로운 현대시의 '지성'을 확립하는 것이었고, 두
번째로는 30년대 모더니즘을 극복하고 진정한 시적 모더니티를 수립
하는 것이라고 정리할 수 있으며, 이러한 지향점에 의해 50년대 모더
니즘론은 현대시에서의 서정과 지성의 문제, 시와 현실의 문제, 그리

---

18) 유종호, 「비평의 반성」(『비순수의 선언』, 신구문화사, 1962에 수록), 192~
198쪽. 원래의 발표지면은 『현대문학』, 1958, 4~5. 이 글에서 유종호는 뉴
크리티시즘에 대한 관심이 우리 비평계로 보아 반드시 무익한 일은 아니
라고 전제하지만, 당시의 한국 비평계에서 이루어지고 있는 분석적 경향
은 또다른 인상비평으로 떨어지고 말았다고 비판한다. 유종호의 이러한
평가는 곧 비판의 대상이었던 김우종의 반박을 불러 일으켜 작은 논쟁이
일게 된다. 김우종, 「비평의 자유」(『현대문학』, 1958. 10)와 유종호, 「비평
의 제문제」(『현대문학』, 1958. 12), 김우종의 「논쟁의 모랄」(『동아일보』,
1958. 12. 3) 등을 참조.

고 시적 모더니티를 확립하는 문제 등을 중심으로 전개되어 나갔다고 할 수 있다. 이러한 모더니즘론의 전개과정에서 모더니즘에 대한 비판적 논의가 제기되어 모더니즘론은 이러한 비판적 논의에도 일정한 이론적 대응을 하지 않을 수 없었는데, 모더니즘 바깥에서 제기된 비판론은 대체로 모더니즘시의 '난해성'에 대한 공격이 주류를 이루었다.

2. 〈후반기〉 동인의 모더니즘론

50년대의 모더니즘론을 고찰하기 위해서는 <후반기> 동인들에 대해 먼저 주목하지 않을 수 없다. 이들은 50년대 모더니즘 운동의 선편을 쥐면서 모더니즘의 영향력을 확대하는 데에 중요한 역할을 할 뿐 아니라, 우리 근대 문학사에서의 모더니즘 운동의 맥락을 30년대에서 40년대를 거쳐 50년대로 이월시키는 교량 구실을 하고 있기 때문이다. 그리고 모더니즘이라는 하나의 지표로 모이기는 했지만 동인들의 지향하는 모더니즘의 색깔이 모두 같지는 않았던 까닭에 50년대 한국 모더니즘의 다양한 갈래를 형성하는 데에도 이들의 역할이 적지 않았기 때문이다. <후반기> 동인들의 모더니즘을 살펴보기 위해서는 40년대의 <신시론> 동인들의 면모를 살피지 않을 수 없으며, 또한 이들의 사화집이었던 「새로운 도시와 시민들의 합창」을 언급하지 않을 수 없다. 왜냐하면 <신시론> 동인들이야말로 30년대와 50년대의 모더니즘을 연결짓는 교량적 역할을 했고, <신시론> 동인의 면모가 그대로 <후반기> 동인으로 이어지는 까닭이다. 김경린의 회고에 의하면 <신시론> 동인이 결성되기 시작한 것은 1947년 후반이라고 한다. 해방 되기 전부터 모더니즘에 강한 열의를 가지고 있었고, 1940년부터 일본의 모더니즘 그룹이었던 <VOU> 동인으로 활동한 적이 있는 김경린을 박인환이 찾아오게 되고, 박인환을 통해 김경린이 김수영과 임호권을 알게 되며, 여기에 불문학을 전공한 양병식이 가담하면서 <신시론> 동인이 만들어지게 되었던 것이다.[19]

김경린의 시와 시론이 50년대 모더니즘에서 가장 우수한 것이라고 보기는 어렵지만, 그는 <신시론> 동인 이후 <후반기>와 50년대 후반의 <DIAL>동인[20)에 이르기까지 식민지와 해방공간 그리고 50년대로 이어지는 모더니즘 운동에서 가장 주도적인 인물이었으며, 모더니즘에 대한 지향만 확인한다면 설사 모더니즘에 관한 입장이 다르더라도 함께 운동을 해나간다는 의지를 지닌 모더니스트였다. <신시론> 시대부터 그 이후까지 그의 시론은 이미지즘과 그 이후의 엘리어트의 영향이 가장 두드러지게 나타난다.

　　현대시는 언어에 관한 모든 약속을 파기함으로써 출발하였다. 과거에 있어서 언어는 사상을 보편화하려는 재료에 불과하였으므로 관념을 위한 기구인 동시에 표현의 재료에 불과하였던 것이다. 그러나 현대시에 이르러 기호를 위한 언어로부터 사고를 위한 언어에로 발전하여 이에 따라, 언어는 새로운 기능을 발휘할 수 있는 기회를 가질 수가 있었다 그러므로 현대 시인들은 언어의 시각적, 취각적, 음향적, 색채적인 면에 이르기까지 예민하지 않을 수 없었던 것이다. 언어와 언어와의 새로운 결합에서 발생하는 이미지의 수정막적 효과는 현대시가 쌓아 올린 화려한 피라

---

19) 김경린, 「검은 준열의 시대를 불태운 사람들－모더니즘의 역사적 배경과 에콜 운동의 발자취를 살펴보며」(김경린 편저, 『한국 모더니즘시운동 대표 동인 시선』, 앞선책, 1994), 18～19쪽. 그런데 신시론의 초기멤버는 김경린, 김병욱, 박인환, 김경희, 임호권 등이었는데, 동인지인 「신시론」1호를 발간한 이후 김병욱과 김경희가 사상적인 불일치로 탈퇴하고, 그 이후에 김수영과 양병식이 가담하면서 사화집 「새로운 도시와 시민들의 합창」을 발간하게 되었다고 한다. 「후반기 문예특집의 '노트'」(『주간국제』, 1952. 6. 16). 여기서는 앞의 책, 84쪽에서 재인용함.
20) 1957년도에 나온 사화집 『현대의 온도』의 동인들을 가리킨다.

맛이 아닐 수 없는 동시에, 이것이야말로 현대시가 우리에게 주
고 간 귀중한 선물인 것이다.21)

모더니즘 운동을 재개(再開)하는 일종의 선언과 같은 성격을 지니고
있는 위의 글은 그러한 재개의 의미를 현대시의 이미지화에 대한 가
능성으로 설정하고 있다. 이미지에 대한 김경린의 천착은 50년대 들어
와 발표하는 「현대시의 신경향」(1954)이나 「현대시의 원근」(1954), 「현
대시의 제문제」(1957), 「현대시의 <이메이지>와 <메타포어>」(1957), 「
현대시와 이메이지」(1957) 등으로 계속 이어진다. 이미지에 대한 이론
을 매개로 하여 현대시의 새로운 장을 열었던 것은 T.E 흄과 에즈라
파운드였다. 이들 두 사람을 중심으로 하여 1908년 무렵부터 시작된
이미지즘 운동은, 흄의 반낭만주의와 반휴머니즘, 반자연주의에 기반
한 고전주의적 철학관의 논리적 바탕과 파운드의 이미지에 입각한 시
창작 실험 및 한시(漢詩)로부터 차용한 이미지 기법의 이론화 등에
힘입어 현대시의 가장 중심적인 이론으로 자리잡게 된다. 그리고 이
들의 이론은 20년대의 엘리어트로 이어지면서 이른바 '객관적 상관
물'과 같은 좀더 확장된 이론적 지반을 확보하게 된다.22) 이미지즘
이론의 골자는 '종래의 시가 언어의 음악성에 치중하였다면 현대시는
사물의 정확한 윤곽을 얻기 위해 시각적 이미지를 사용해야 하며 시
는 결국 이미지와 메타포의 문제'라는 것으로 요약될 수 있다.23) 김

21) 김경린, 「현대시의 구상성」, 『신시론』1집, 1948, 산호장. 여기에서는 앞의
    책, 20쪽에서 재인용 함.
22) 한국 모더니즘 시에서 이미지즘과 그 이후의 주지주의적 모더니즘을 뚜렷
    이 구별하는 견해도 있다. 문덕수, 『한국 모더니즘시 연구』, 시문학사,
    1981, 37~61. 그는 이미지즘을 '일반적 모더니즘(Popular Moodernism)'으로
    주지주의적 모더니즘을 '본격 모더니즘(High Modernism)'으로 나누어 보려
    는 데이빗 퍼킨스(David Perkins)의 견해를 좇아, 30년대 모더니즘 시인 가
    운데 정지용과 김광균을 이미지스트로 김기림을 모더니스트로 분류하여
    고찰하면서, 이 둘 사이의 차별성을 비교적 뚜렷이 부각시키고 있다.

경린의 시론에서 거듭 이미지의 문제가 현대시 이해와 작법의 핵심적
인 개념으로 논의되는 것은 그가 현대 영미시의 이러한 흐름에 직접
적인 영향관계에 놓인다는 것을 뜻한다. 그런데, <신시론> 시절부터
그나름의 이미지에 관한 시론을 전개하던 김경린은 50년대 후반에 들
어와서 좀더 정치한 이미지론을 제시하게 되는데, 그것은 <후반기>
동인들의 시작업을 비롯하여 모더니즘 시에 대한 평단과 독자들의 비
판과 힐난에 이론적으로 대응해야 하는 필요성에 부딪쳤기 때문이다.
모더니즘 시단의 바깥에서 제기되는 비판의 가장 중요한 골자는 '시
의 난해성'으로 대표된다. 그는 현대시가 난해한 이유를 두 가지 차원
에서 접근한다. 그 하나는 현대시가 난해한 것은 현대가 복잡하기 때
문에 어쩔 수 없이 생겨난 필연적 현상이라는 것, 즉 시는 시대의식
의 반영이며 시대의식은 불가피하게 일정한 시대에 대한 의식적 반응
에 의해 형성되므로, 복잡다단한 현대사회를 시적으로 표현한 현대시
는 고전적인 시작법에 의거한 시에 익숙한 독자들에게는 어려울 수밖
에 없다는 적극적 옹호론이다. '필자의 견해로는 현대시의 난해성을
기교의 발달이 아니라 현대시의 정신적인 바탕을 이루고 있는 신경
의식의 세계가 현대의 부조리한 사회의 생활환경과 더불어 복잡화하
여짐에 따라서 이러한 신경의식을 시적인 세계에 구현화하기 위한 방
법으로서(……)오히려 이의 현상은 현대시가 남길 하나의 공적으로 높
이 평가되어야 하리라고 생각한다'[24]는 주장이 그것이다. 이것은 엘
리어트의 「형이상학파 시인」에 나오는 현대시의 난해성에 관한 논리
와 거의 동일한 것이다. 엘리어트는 '현대의 문명은 변화가 매우 많으
며 복잡한 까닭에, 이러한 다양성과 복잡함이 세련된 감수성에 작용
하게 되면 그 결과 다양하고 복잡한 작품이 나올 수밖에 없을 것'이

---

23) 이창배, 『20세기 영미시의 형성』, 민음사, 1994, 106~119쪽.
24) 김경린, 「현대시의 제문제-주로 기교적인 면을 중심하여」, 『문학예술』,
    1957. 3.

라고 했다.25) 엘리어트로부터 끌어온 김경린의 이러한 난해성 옹호 논리는, 현대시가 난해하다는 지적에는 부분적으로 동의하지만, 난해하지 않은 전통시를 통해서는 현대를 도저히 표현할 수 없기 때문에 시대의식을 드러내지 못하는 전통시의 '쉬움'보다는 현대를 적극적으로 표현하려는 현대시의 '어려움'을 선택하겠다는 현대시의 비교우위론이라고 할 수 있다.

그러나 그는 여기서 머물지 않고, 당시의 모더니즘시들이 난해하다는 비판을 사는 이유를 다른 방향에서도 구하고 있다. 그것은 모더니즘시의 형성과정과도 관계되는 것으로, 현대 사회의 급격한 변화에 부응하기 위한 현대시의 모색과정이 시가 궁극적으로는 '언어로 된 예술'이라는 본질론을 돌보지 않고 전복적이고 생경한 이미지의 비유기적 조합이나 다다이즘 이후의 파괴적인 실험 등에 영향을 입음으로써 스스로 화를 자초했다는 자기반성론이라고 할 수 있다. 특히 한국의 현대시는 감각에만 의존해 온 과거의 순수시에 대한 하나의 반발로서 '다채로운 이메이지만으로 구성되는 이메이지의 바리에이슌'에만 의지하는 경향이 강한데 이러한 매너리즘에 대한 자기경계가 필요하다고 주장한다.26) 이러한 논리로 볼 때, 그가 같은 동인인 조향이 시도하는 다다이즘이나 초현실주의에 기반한 모더니즘 작업을 그리 호의적으로 받아들이고 있지 않았음을 확인할 수 있다. 그의 시가 같은 <후반기> 동인들의 시중에서도 가장 덜 과격한 이유도 그의 이러

---

25) T.S 엘리어트, 「*The Metaphysical Poets*」, Faber and Faber Limited, London · Boston. 289쪽. 이경식 편역의 『문예비평론』, 215쪽 참조.
26) 김경린, 「현대시의 원근」, 『조선일보』, 1954. 12. 13. 정창범도 이러한 논지에서 현대시의 난해성을 비판한다. 그는 '난해한 시'와 '불가해한 시'를 나누어보면서 한국의 현대시 대부분이 불가해한 시로 채워지고 있다고 비판하면서, 그렇게 된 이유로 '신기한 이메이지만을 찾는 나머지 효과와는 동떨어진 낯선 단어만을 골라서 쓴 때문'임을 지적했다. 「현대시의 두 경향」, 『현대문학』, 1955, 7.

한 의식과 무관하지 않은 것으로 보인다. 그의 시론이 갖는 역사적 맥락을 살펴보면, 이미지즘과 그에 바탕한 영미모더니즘에 충실한 것으로는 김기림으로 대표되는 30년대 모더니즘의 충실한 계승이며, 실상 그것을 뛰어넘거나 다른 지향을 나타낸 것은 아니었다. 그의 글에서 30년대 모더니즘에 대한 비판이 거의 나타나지 않는 까닭도 이런 사실과 관련되어 있을 것이다. 그의 글에서 유일하게 보이는 30년대에 대한 비판이라고 할 수 있는 부분은 「새로운 도시와 시민들의 합창」에 실려 있는 일종의 시작노트에서 '우리의 많은 선배들도 자기 스스로가 <모더니스트>임을 자처했고 또한 <아방갈트>임을 자랑하였으나 그들은 너무나 강한 현실의 저항선을 넘어 신영토을 개척하지 못하였기에 시의 국제적인 발전의 <코-스>와는 정반대의 방향에 기울어지고 말았던 것이다'27)라는 부분인데, 이것은 이론적 비판이라기보다는 그가 보기에 30년대 당시의 모더니스트들이 시의 모더니즘적 지향을 끝까지 유지하지 못하고 전통서정시나 종교시 등으로 방향전환하거나, 또는 시작활동을 중단해버린 사실 등에 대한 비판이라고 보는 것이 옳을 것이다.

<신시론>과 <후반기>로 연결되는 또하나의 모더니스트로 박인환을 들 수 있다. 박인환의 시와 시론은 앞의 김경린과도 다를 뿐 아니라 다른 <후반기> 동인들과도 구별된다는 점에서 이채로운 존재다. 「새로운 도시와 시민들의 합창」에 시를 실은 네 사람28), 즉 김경린, 박인환, 임호권, 김수영 중에서도 박인환의 시경향이 나머지 세 사람의 경향과 단연 이질적이라고 할 수 있는데(물론 보는 각도에 따라 서정성이 두드러지는 임호권도 이질적인 요소를 다분히 내포하고 있지만), 여기에 실린 다섯 편의 시, 「열차」 「지하실」 「인천항」 「남풍」 「인도

27) 『새로운 도시와 시민들의 합창』, 도시문화사, 1949, 13쪽.
28) 양병식은 직접 창작한 시를 싣지 않고 스티븐 스펜더, 에즈라 파운드, 엘뤼아르 등의 번역시 세 편을 싣고 있다.

네시아 인민에게 주는 시」 중에서 「지하실」을 뺀 나머지 네 편의 시
는 시의 이미지와 멧세지가 비교적 선명하게 부각되면서 그러한 이미
지와 멧세지가 유기적으로 연결되어 나타난다. 그리고 그 시들은 시
의 앞부분에 '시작노트'의 형식으로 실은 산문의 내용과도 부합된다.

> 나는 불모의 문명 자본과 사상의 불균정한 싸움 속에서 시민
> 정신에 이반된 언어 작용만의 어리석음을 깨달았다.
> 자본의 군대가 진주한 시가지는 지금은 증오와 안개 긴 현실
> 이 있을 뿐…… 더욱 멀리 지난 날 노래하였던 식민지의 애가이
> 며 토속의 노래는 이러한 지구에 가라앉아 간다.
> 그러나 영원의 일요일이 내 가슴 속에 찾아든다. 그런 때에는
> 사랑하던 사람과 시의 산책의 발을 옮겼던 교외의 원시림으로 간
> 다. 풍토와 개성과 사고의 자유를 즐겼던 시의 원시림으로 간다.
> 아 거기서 나를 괴롭히는 무수한 장미들의 두꺼운 온도.[29]

아주 짧은 이 산문은 해방 이후부터 50년대 중반까지 걸쳐 이루어
지는 박인환의 시와 시론의 양상을 거의 예언적 성찰로 요약해주고
있는 흥미로운 글이다. 우선 이 글에는 '시민정신에 이반된 언어작용'
을 어리석다고 비판함으로써 앞에서 살펴본 엘리어트류의 모더니즘
의 한쪽 측면, 즉 엘리어트가 17세기 형이상학파 시인들로부터 발견
한 시작법의 새로운 전통인 '아주 이질적인 관념들이 폭력적으로 함
께 묶여 있는 방식'으로부터 비롯된, 감수성의 분열을 극복하기 위한
'언어적 등가물'을 발견하려는 모더니즘적 시도에 대해 회의를 표명
하고 있다. 엘리어트는 '우리의 문명은 굉장한 다양성과 복합성을 내
포하고 있고 이 다양성과 복합성이 시인의 세련된 감수성에 작용하여
다양하고도 복잡한 결과를 낸다. 시인은 자기가 의도하는 바를 말하
기 위하여 언어에 완력을 구사하든가 필요하다면 언어를 해체시켜야

---

29) 박인환, 「장미의 온도」, 『새로운 도시와 시민들의 합창』, 53쪽.

한다'30)고 했다. 이것은 앞에서 살펴 본 김경린 시론의 핵심을 이루
는 것이기도 한 것인데, 결국 이미지나 메타포와 같은 언어조작을 통
한 새로운 시적 표현의 지평에 현대시의 가능성을 확보하려는 노력을
박인환은 비판하고 있는 것이다. 그는 그러한 언어작용이 온전히 '시
민정신'을 구현하는 것이라고 보지 않는 것이다. 그렇다면 그에게는
시가 구현해야 할 또다른 '시민정신'이 있다고 볼 수밖에 없는데, 유
추컨대 그것은 '불모의 문명, 자본과 사상의 불균정한 싸움'에 시가
반응하는 것이며, '자본의 군대가 진주한 시가지의 증오와 안개에 덮
인 현실'을 시로 표현하는 것이라고 볼 수 있다. 엘리어트의 영향력이
지배적인 당시의 분위기 속에서, 그가 30년대 영국시단을 풍미한 이
른바 '뉴컨트리파'의 오든이나 스펜더31)의 시론에 주목하며, 그의 시

---

30) T.S 엘리어트, 앞의 글, 같은 쪽.
31) '뉴컨트리파'란 1930년대에 영국 시단에 부각되기 시작한 일련의 모더니
즘 시인들, 예컨대 위스턴 오든(Wystan Hugh Auden), 스티븐 스펜더
(Stephen Spender), 루이스 맥니이스(Louis MacNeice), 데이 루이스(Cecil
Day Lewis) 등을 가리킨다. 이들에게 '뉴컨트리파'라는 이름이 붙게 된 계
기는 이들의 선배 시인인 마이클 로버츠(Michael Roberts)가 이들의 시를
한데 모아 『New Signature』(1932) 와 『New Country』(1933)라는 공동시집을
묶어낸 것에서 비롯되었다. 이들에게 큰 영향을 끼치면서 좌장 역할을 한
오든의 이름을 따서 '오든 그룹'이라고 부르기도 한다. 이들은 바로 앞세
대인 엘리어트의 모더니즘에 가장 큰 영향을 받았지만, 엘리어트가 현대
문명에 대한 비판적인 자신의 사상을 카톨릭에 귀의하는 것으로 해소시킨
것과는 달리, 당시 영국 지식인들에게 큰 영향을 끼쳤던 마르크스주의와
그에 기반한 계급혁명에 크게 고무되어, 현대시는 이러한 일련의 사회적
이며 정치적인 상황을 직접 표현하고, 시인 역시 이러한 정치적 현실에
뛰어듦으로써 현대시의 새로운 지평을 열어야 한다고 주장했다. 이들 오
든 그룹에 속하는 시인들은 각자 독특한 시적 개성을 가지고 있으며, 그
들이 영국시단에서 주목을 받기 시작했던 1930년대에 공통적으로 지니고
있던 이러한 현실관이나 정치의식, 또는 모더니즘에 대한 인식을 끝까지
고수한 것도 아니어서 일률적으로 규정할 수 없는 일이기는 하나, 적어도
이들의 정치의식이 가장 선명하게 부각되었던 1930년대에는 일정하게 공
유하는 시적 경향이 존재했으며, 바로 그 시기의 이들의 시와 시론이 우
리 현대 시문학에 일정한 영향을 끼쳤다는 사실이 매우 중요한 것이라고

와 시론에 그들의 영향이 두드러지게 나타나는 것은, 모더니즘을 이해하는 그의 인식과 밀접하게 연결되어 있다. '식민지의 애가'나 '토속의 노래'라고 표현한 부분은 1920년대의 감상적 낭만주의 경향의 시나 그 이후의 전통서정시를 가리키는 말일 터인데, 이에 대한 비판의 입각점 역시 언어문제보다는 시와 현실의 관계로부터 빚어지는 이러한 시들의 무력함에 놓여있는 것임을 알 수 있다. 이러한 몇 가지 짧은 언술 속에 해방 공간에서의 박인환의 시적 지향이 어디에 놓여 있으며, 그의 모더니즘 이해가 어떤 양상을 띠고 있는지, 그 대체적인 내용이 드러난다고 볼 수 있는데, 그와 더불어서 그의 내면 속에 여전히 낭만적이며 개인주의적 지향이 숨길 수 없이 배태되어 있음을 위 인용문의 후반부를 통해 확인할 수 있다. 오든과 스펜더 등 이른바 '뉴컨트리파'의 모더니즘시가 우리 시단에 영향을 미치기 시작한 것은 1930년대부터이다. 김기림의 시와 시론에 이들의 영향의 흔적이 곳곳에 나타나거니와, 특히 30년대의 임학수의 번역시집인 『현대영시선』(학예사, 1939)을 통해 본격적으로 이들의 시가 소개되는바, 이 시집에는 엘리어트를 제외하고는 대부분 뉴컨트리파인 오든과 C.Day 루이스, 스펜더 등의 시편들 다수를 번역해 놓고 있다

이들의 시에 공통적으로 놓여있는 시적 지향은 이들의 시를 편집해서 『뉴컨트리』를 엮었던 마이클 로버츠의 서문을 통해 확인할 수 있다.

> 아직 가치있는 무언가를 갖고 있는 영국인이, 혁명만이 지금의 이 상황을 타개할 수 있음을 깨달아야 할 때가 왔다. 빈자(貧者)에 대한 감상적인 동정을 보일 때는 지났고, 우린 모두 같은 처지에 놓여 있는 것이다. 명색뿐인 민주주의 제도에서 지식인들이 취해온 정치와의 거리감을 이젠 둘 수 없게 되었다. 선택의 기로

생각한다. 이창배, 앞의 책, 319쪽.

에 서게 된 것이다.[32]

뉴컨트리파의 시와 시론은 이미 30년대에 우리 시단에 소개될 무렵부터[33] 엘리어트 이후의 현대시의 새로운 가능성으로 인식되었으며, 박인환에게 끼친 이들의 30년대 작업의 영향은 매우 흥미로운 것이 아닐 수 없다. 다시 말하자면, 「새로운 도시와 시민들의 합창」에 실린 박인환의 시 네 편은, 해방 직후에 문단의 주도권을 장악하고 있던 좌파 문학의 정치적 영향이 이들의 시에서 그 흔적을 나타내보인다고 할 수도 있으나, 그보다 좀더 직접적이고 근본적인으로는 박인환이 수용하고 이해한 30년대 뉴컨트리파의 영향에 의해 탄생된 것이 아닌가 생각한다. 미국 여행을 하고 돌아온 뒤, 해방 직후와 50년대 초반의 시들보다 훨씬더 내면적이고 실존적인 시풍으로 변모하게

---

32)마이클 로버츠, 『뉴컨트리』의 「서문」. 범대순, 『1930년대 영시 연구』, 한신문화사, 1986, 5쪽에서 재인용함. 이들의 모더니즘이 앞세대의 엘리어트와 달라지게 된 사회적 배경은, 1920년대 말에 미국에서 시작된 대공황의 영향을 받은 1930년대 영국의 만성적인 실업과 불경기라는 직접적인 경제적 원인과, 1933년 히틀러의 집권으로 시작된 파시즘의 대두와 이에 대항하는 전유럽적인 인민전선의 형성이라는 정치적 원인으로 나누어 볼 수 있다. 1936년에 일어난 스페인 내란은 오든 그룹의 시인들이 직접 자신들의 정치적 성향을 실천적인 운동에 투신할 수 있는 계기를 만들어 주었다. 스페인 내란에 뛰어들기 전부터 이들은 이미 공산당원이거나 공산당에 가입하기 직전의 상태에 놓여 있었는데, 스페인 내란이 발생하자 오든과 스펜더는 인민전선에 가담하여 내란의 소용돌이 가운데로 뛰어든다. 그러나 이들의 정치적 성향이 볼세비키적인 조직적 혁명 운동을 용인하고 그러한 대의에 기꺼이 복무할 만큼 철저히 공산주의에 입각한 것은 아니었다. 궁극적으로 이들의 세계관은 진보적인 자유주의나(오든의 표현에 따르자면 pink liberalism) 양심적이며 반성적인 부르주아지의 의식에 뿌리를 내리고 있는 것이어서 40년대 이후에는 정도의 차이는 있지만, 각자 30년대에 보여주었던 진보적 성향의 현실주의에 입각해 있던 방향을 종교와 명상적인 시풍으로 바꾸거나 문명비판적인 경향으로 변모시키게된다.
33) 문덕수의 『한국모더니즘시연구』의 김기림 항목에는 따로 '뉴컨트리파의 영향'만을 집분 분석한 부분이 있다. 앞의 책, 33~36쪽 및 207~216쪽을 참조.

되는 연유 역시, 그의 초기시가 보여주던 현실지향적인 시세계가 개
인주의적 경향을 완전히 불식할 수 없는 양심적인 진보적 지식인의
고뇌에서 비롯된 것이며, 좌파의 문학과는 태생이 다르다는 점을 입
증해 주고 있다.

　뉴컨트리파의 영향이 김기림과 박인환의 시에 어떻게 달리 나타나
는가를 비교해보면 서구의 문학이 수용되는 토착화의 과정이란 것이
원산지의 문학과 수입국의 문학의 닮은 정도를 따지는 비교문학적 고
찰 못지않게 중요하다는 사실을 발견하게 된다. 사실상 김기림의 시
에서 발견하게 되는 뉴컨트리파의 영향이란 그들이 지향했던 진보적
인 정치성향이나 현실인식이라기보다는, 현대의 기계문명을 과감히
시의 소재로 끌어들여 현대과학과 기계문명으로 표상되는 모더니즘
시의 '건강성'과 '명랑성'을 부각시키는 측면이 훨씬 두드러진 것이었
다. 예컨대, 김기림의 「아츰 飛行機」나 「飛行機」 등은 스펜더의 시 「
The Landscape near an Aerodrome(비행장 부근의 풍경)」에서 시적 모
티브를 차용하고 있고, 스펜더의 「The Express(급행열차)」는 김기림의
『시론』에 번역되어 인용되기도 하거니와 그의 「태양의 풍속」이나 장
시 「기상도」에 여기에서 모티브를 차용한 것으로 알려진 몇 개의 시
편들이 있는데, 이러한 시들에서 김기림은 비행기나 급행열차를 현대
문명의 총아로 등장시키면서 이러한 시적 소재를 통해 그는 자신이
지향하는 바, 모더니즘시의 '명랑성'과 표상으로서의 건강성을 드러내
보여줄 뿐[34], 현대문명의 모순성과 문제점에 대한 비판으로 발전하는
시적 인식을 보여주지는 못한다.

　① 레일을쫓아가는汽車는風景에대하야도 파랑빛의 「로맨티시즘」에
　　대하야도 지극히 冷淡하도록 가르쳤나보다 그의 끝없는 旅愁를

---

34) 강은교, 『1930년대 김기림의 모더니즘 연구』, 연세대 박사학위논문, 1987,
　　62~66쪽.

감추기위하야 그는 그붉은 情熱의가마우에 검은 鋼鐵의조끼를 입
는다

—「汽車」 중에서

② 파랑날개가 팔락이는 어린飛行機는
　日曜日날아침의 유쾌한樂士올시다.
　새벽이 새여간뒤의 아침하눌은 「풀라티나」의줄을느린 「하―프」
　그줄을 따리면서 훌륭한 音樂을타는 「푸로펠라」는 「싸포」
　의손보다도 더이쁜
　五月의바람보다도 더가벼운
　새벽하눌을 수놓는눈송이보다도 더흰손의임자.
　나의가슴의 鈍한城壁에 물결처넘지는 音樂의湖水
　구름밖으로 나를실고가는 흰날개를가진 녀의音樂이여.

—「아츰 飛行機」 전문

김기림의 위의 시들과 스펜더의 다음의 시들에서 나타나는 이미
지들을 비교해보자.

③ 처음에는 강력하고 명백한 선언
　피스톤의 검은 성명이 있고 나서, 조용하게
　여왕처럼 미끄러져 그녀는 역을 떠난다
　인사도 없이 억제된 마음으로
　교외에 초라하게 밀집된 집뜰과 가스공장을 지나
　그리고는 마침내 공동묘지 비석에 새겨진
　죽음의 따분한 페이지를 지나간다

—「급행열차」 중에서[35]

④ 깜박거리는 돛대 꼭대기의 불빛과
　착륙장 저 너머로, 그들은 바라본다

---

35) 스티븐 스펜더, 「The Express」, 범대순 역, 『20세기 영미시선』, 탐구당,
　　1987, 142쪽.

일하는 전초지들, 여윈 검은 손가락들
혹은 무시무시한, 미친 사람 같은 굴뚝들
그리고 웅크린 건물들, 슬픔에 젖은 여자의
얼굴같이 나무 뒤에 이상한 모습을 한 채 서있는
여기 몇 채의 집이 덧문 뒤로
희미한 빛을 비치며 신음하는 곳에서
고향을 떠난 허전한 마음을 그들은 깨닫는다
쫓겨나 낯선 달 아래 떨고 있는 개마냥.

마지막 사랑의 선회로, 그들은 비행장 너머의
들판을 지나간다. 거기선 꼬마들이 하루 종일
마른 풀을 쥐어 뜯으며, 그들의 고함소리는 야생 새처럼
가장 가까운 지붕 위에 앉았다간 이내 시끄러운 도시 속에 숨어
버린다

　　　　　　　　　　　　　 - 「비행장 부근의 풍경」 중에서36)

　김기림의 시 「아침비행기」와 「기차」에서는 이 현대문명의 이기(利
器)가 긍정적이고 밝게 묘사되어 있다. 하늘을 가르는 비행기로부터
번져나는 서정적 자아의 경쾌하고 밝은 정서들과, 기차가 냉담한 반
응을 보이며 질주하는 '풍경(자연)'과 '로맨티시즘'에서 현대문명의 우
울한 이면을 발견하기란 쉽지 않다. 그러나 스펜더의 시에서는 현대
문명의 상징인 이러한 기계들과 현대문명의 뒷그늘에 가려져 있는 소
외된 계급들의 모습이 대비적인 이미지로 구성되어 있다. 예컨대, '기
차'가 출발함과 동시에 스쳐가는 주변의 풍경을 통해 현대문명의 진
보에 희생된 존재들의 이미지가 '공동묘지에 새겨진 죽음의 따분한
페이지'로 상징되는 것들로 대비되어 드러난다. 「비행장 부근의 풍경
」은 비행기 트랩에서 내린 승객의 시선에 비친 비행장 주변의 모습을

---

36) 스티븐 스펜더, 「*The Landscape near an Aerodrome*」, 범대순 역, 앞의 책,
146~148쪽.

묘사하고 있다. 비행장이라고 하는 거대한 공간의 위용과 대조적으로 그 주변에는 고향을 버리고 도시로 기어든 빈민들의 모습이 있고, 그들의 초라한 마을 풍경과 음산한 공장굴뚝이 배경으로 놓인다. 김기림은 오든 그룹의 시정신을 빌려왔다기보다는 그들 시의 소재를 빌려온 것이라고 보는 것이 타당할 것이다. 그에 비하면 박인환의 「열차」는 스펜더에 한결 근접해 있다. 여기서 내가 강조하고자 하는 것은 김기림과 박인환 중에 누가 스펜더를 더 정확히 이해하고 있었느냐 하는 것이 아니라, 스펜더를 이해하고 수용하는 방식이 달라지면서, 30년대와 50년대 모더니즘의 방향이 어떻게 다르게 나타나는가 하는 문제이다.37)

> 궤도 위에 철의 풍경을 질주하면서
> 그는 야생한 신시대의 행복을 전개한다
> — 스티븐 스펜더어

> 暴風이 머문 정거장 거기가 出發點
> 精力과 새로운意慾아래
> 列車는 움지긴다
> 激動의時間
> 꽃의秩序를 버리고

---

37) 문혜원은 「전후 모더니즘 문학의 성격규명을 위한 시론」에서 김기림과 50년대 모더니스트들을 중심으로 스펜더 수용양상을 비교하고 있다. 그러나 문혜원은 이 글에서 김기림이 전기(前期) 스펜더를, 즉 사회주의에 경도되어 있던 스펜더를 받아들였고, 50년대의 모더니스트들은 방향전환한 후기의 스펜더를 받아들여, 오히려 진보성의 측면에서는 30년대보다 후퇴한 것으로 해석해서, 이 논문의 논지와 정반대의 평가를 내리고 있다. 그러나 작품 분석을 통해서도 확인되듯이, 김기림의 스펜더 수용을 진보적인 성격으로 이해하기에는 무리가 있으며, 오히려 엘리어트를 넘어선 현대시의 가능성을 스펜더를 위시한 오든 그룹을 통해 확보하려고 애쓴 것은 50년대 모더니스트들이라고 보는 것이 타당하리라고 생각한다.

空閨한 나의 運命처럼
列車는 떠난다
검은記憶은 田園에 흘러가고
速力은 서슴없이 죽엄의 傾斜를 지난다(……)

가난한 사람들의 슬픈 慣習과
封建의터넬 特權의帳幕을 뚫코
핏비린 언덕넘어 곧
光線의進路를 따른다
다음 헐버슨 樹木의集團 바람의呼吸을앉고
눈이 타오르는 처음의 綠地帶
거기엔 우리들의 恍惚한 永遠의거리가 있고
밤이면 列車가 지나온
커다란 苦難과 勞動의 불이 빛난다
彗星보다도
아름다운 새날보담도 밝게
　　　　　　　　　　―「열차」 중에서

위의 시에서 보듯이, 박인환은 '열차'로 상징되는 현대문명의 진보
성에 주목하면서도, 그러한 현대문명이 '핏비린 언덕'을 넘고, '죽음의
경사'를 지나며, '커다란 고난과 노동'을 거친 것임을 대조시키고 있
다. 이것은 단순히 문명비판이라고 보기 어렵고, '모더니티'의 양면성,
즉 그것은 봉건의 부정으로서의 진보를 내포하는 동시에, 걷잡을 수
없는 그 자체의 관성과 속력으로 말미암은 모더니티의 내재적인 모순
과 부정성을, 그가 인지하고 있음을 보여주는 것이다. 막연히 '문명비
판'이라고 하기에는 시에서 나타난 이미지들의 대조와 그 기능이 간
단치가 않으며, 중층적인 의미를 내포하고 있는 것으로 읽힌다. 동시
에 그러한 모더니티에 대한 양면적인 인식은 구체적인 현실의 모티브
를 통해 형상화되지 못하고 매우 추상적으로 나타나 있다. 박인환의

「열차」와 스펜더의 「급행열차」를 비교분석한 글은 몇 편이 있는데38),
30년대 김기림의 시에 나타난 스펜더 수용과 해방 이후 박인환의 스
펜더 수용의 다른 점을 밝히면서, 이 비교분석의 결과를 50년대 모더
니즘의 새로운 방향과 연결지어서 논의한 글은 아직 없었던 것으로
판단된다.

30년대 오든그룹의 활동뿐만 아니라, 그 이후 각자 새로운 개성을
구축한 후기의 오든그룹의 영향도 박인환의 시론에서 발견된다. 오든
그룹에 대한 박인환의 구체적인 이해를 보여주는 글로는 『주간국제』
의 '후반기'특집에 실린 「현대시의 불행한 단면」을 들 수 있다. 이 글
은 엘리어트 이후의 현대 영미시를 개관하는 내용으로 되어 있는데,
분량의 3분의 2정도를 오든과 스펜더에 대한 해설로 채우고 있다. 한
가시 눈익기 볼 졈은 이 글에서는 오든이나 스펜더의 변화에 대해 특
별한 언급이 없다는 사실이다. 다시 말하면, 그는 오든그룹의 특성을
30년대 이후부터 줄곧 유지되는 하나의 '일관성'으로 파악하고 있다
는 것이다. 그 '일관성'을 여전히 모더니즘의 계보에 속하면서도 엘리
어트와 구별되는 오든그룹의 사회지향적 정신으로 이해하고 있음이
글을 통해 드러난다. '뉴컨트리파의 지도적 역할을 하여 온 W.H. 오
덴은 시를 기능과 수법 이전의 문제인 사회적 효용의 입장에서 재검
사하여 엘리엇과는 단절된 입장에 있었으나 그의 불안과 전통 문명에
대한 비판, 순수한 표현과 새타이어의 정신은 일관성이 있는 것이다'
라는 구절이나, '그들은 시작(詩作) 이외에 정치와 사회에 큰 관심을
경주하여 시인이란 그 사회의 사람들을 계몽하여 지도하는 특별 임무

38) 박철석, 「박인환론」(『한국현대시인론』, 학문사, 1983에 수록)과 김정임,
「박인환시 연구」(연세대 석사학위논문, 1993)가 대표적이다. 박철석은 여
기서 박인환의 「열차」가 스펜더의 「급행열차」를 모방했음을 밝히는 데 그
치고 있다. 「열차」를 꼼꼼히 분석하면서 스펜더의 「급행열차」와 비교대조
한 것은 김정임의 논문인데, 단순히 모방한 것이 아니라 박인환이 주체적
으로 소화하려 했음을 밝히는 데 주안점을 두었다.

를 지닌 사회적인 책임있는 인간이라고 생각하였다'는 구절 등에서
이러한 점이 확인된다.

> 오덴은 그의 사회적인 책임은 시를 쓰는 데 있고 인간에 성실
> 하려면은 이 세계 풍조를 그대로 묘사하여야만 한다고 생각하고
> 있는 것이다. 이는 오덴뿐 아니라 현대시의 발전을 위하여 한국
> 의 일각에서 손가락을 피로 적시며 시의 소재와 그 경험의 세계
> 를 발굴하고 있는 후반기 멤버의 당면된 최소의 의무일지도 모른
> 다.39)

여기에서 박인환은 <후반기> 모더니즘운동의 기본적인 취지를 오
든과 연결지으면서, 시가 사회에 적극적인 관심을 표명해야할 것을
강조하고 있다. 박인환의 이러한 모더니즘 인식이 당시 <후반기> 동
인들 모두에게 공유되었던 것은 아니었던 것으로 보인다. 앞에서 살
펴 본 김경린의 시론은 좀더 엘리어트에 충실한 '이미지론'에 집중된
것이었으며, 조향의 경우 역시 박인환이 견지하고자 했던 모더니즘과
는 상당한 거리가 있었다.

그런 가운데, 박인환의 이러한 시적 지향의 연장선상에서 시론을
전개한 사람으로는 역시 <후반기> 동인의 하나였던 이봉래였다. 그는
57년도 이후 영화쪽으로 작업의 영역을 바꾸는 바람에 거의 논의의
대상이 된 적이 없었으나, 적어도 그의 모더니즘 시론(詩論)은 주목할
부분이 적지 않다고 생각한다. 그의 모더니즘론의 전체적인 윤곽을
확인할 수 있는 글은 「현대시의 발상과 경위」(1952)이다. 이 글에서
이봉래는 현대시의 발상이 서로 다른 두 가지 흐름으로부터 시작된
까닭에 그 흐름이 교차되면서 이루어진 지금의 현대시는 여러 가지
한계와 모순을 안고 있다고 전제한 후, 그 두 가지 흐름을 다다이즘

---

39) 박인환, 「현대시의 불행한 단면」, 『주간국제』, 1952. 6. 16. 여기서는 김경
린 편, 『한국 모더니즘시운동 대표 동인시선』, 95쪽에서 재인용함.

으로부터 비롯된 초현실주의와 영미 모더니즘으로 크게 나누었다. 그는 초현실주의가 파괴와 저항을 통한 새로운 방법과 논리의 구축이라는 애초의 의도에도 불구하고, 극단적인 현실의 왜곡과 신비주의적인 논리의 비약으로 말미암아 파탄에 이르렀으며, 현실과 유리된 순수한 공간에 은둔하고 말았다고 비판한다. 이러한 현대시의 흐름에 하나의 대척점을 이루고 있는 것은 '개인이 끊임없이 개인을 객관화하고', '시대의 사회적 현실과 시인의 위치 또는 사회의 일원인 시인을 둘러싼 시대의식에 주목하는' 또다른 흐름이다. 이러한 두 흐름은 인간정신이 봉쇄상태에 빠진 유럽이라는 전통과, '역사를 등진 이 세대의 시인이 인생의 위기를 구축하는 일정한 상징과 의식과 전례를 인간 사회에 확립하자는 욕망에서 비롯되었다'는 공통점을 가지지만 현대시로서의 지향은 분명히 나르나는 것을 강조한다.

그러나 언어의 연금술에 의한 음악적 조형적인 표현으로서 현대인의 모든 감각과 의식을 시화한 19세기의 상징주의에서 심미적 요소를 제외한 시적 수단을 자기의 시에 육체화한 초현실주의와, 고독한 개성의 시정에 집약된 과거의 모든 시작품을 부정함으로써 언어에 대한 절대적인 확신과 시의 외형적 변화는 사상자체의 변화를 의미한다는 전제 아래 사회적 입장에서 노래해 온 W.H.오덴, 세실 디 루이스, 루이 마그니스 등의 일단의 시인과의 시의 발상의 경위는 대차적이란 것을 잊어서는 안될 것이다(……)만약 여기에 하나의 근사성이 있다면 그것은 허무적인 환멸감이 시의 발상의 저류가 되고 있다는 것과 이러한 허무감에서 탈출하려는 저항의식이 소극적이나마 시 정신의 지주가 되고 있다는 점일 것이다. 동시에 하나의 배치성을 찾으려면 시작 과정의 방법론에 있어서 양자는 서로 문학의 리얼리티를 대립되는 방향에서 찾고 있는 것이다.[40]

---

40) 이봉래, 「현대시의 발상과 경위」, 김경린 편저, 앞의 책, 73~74쪽에서 재인용함.

　이봉래 역시 박인환과 마찬가지로 오든 그룹의 모더니즘에서 현대
시의 가능성을 확보하려고 애쓴다는 점을 윗글을 통해 알 수 있다.
다만 그는 40년대 이후의 오든 그룹에 주목하고 있다는 사실이 다르
며, 그러한 까닭은 30년대 정치지향적인 그들의 시가 사상과 세계관
의 노출로 인해 지나친 정치성과 자가당착으로 인해 '시적 미(美)의
상실'이라는 오류를 낳았다고 지적하고 있는 데서 알 수 있듯이, 시의
현실지향과 이것의 예술적 형상화라는 두 가지 문제의 난맥상을 이봉
래가 무겁게 의식하고 있었기 때문이다. 그가 이 글에서 제기하는 현
대시의 과제는 다음과 같이 세 가지로 정리될 수 있다. 첫째는 현대
시의 한 흐름인 초현실주의의 문제점을 직시하고 새로운 방향을 모색
하는 일, 둘째, 시인과 시를 현실과의 부단한 교섭을 통해 객관화할
때의 세계관의 생경한 노출과 미의 형상화의 실패를 경계하는 일, 셋
째, 전통 서정시의 낡은 관습과 감각 및 세계관을 비판하고 극복하는
일이다. 이 내용은 50년대 이봉래 시론의 전체적인 윤곽에 해당한다.
　김규동과 더불어서 이봉래는 전통 서정시를 비판하는 데 누구보다
도 적극적인 모더니스트였다. 당연히 그는 50년대 '전통부정론'의 선
두주자에 해당한다. 이미 「현대시의 발상과 경위」에서 전통서정시에
대하여, '수동적인 영탄과 염세적인 애감을 기조로 한 언어의 의장(意
匠)'이라고 비판하고, '<자연의 발견>이라든가 <향토적인 심미> 따위
소극적 관념은 청산되어야 할 유산' '근대적인 초속(超俗)의 경지에
전락한 시인들이 얻은 심미적인 대상은 애감에 찬 현세방기의 자기
위안의 노래일 뿐'이라고 전통서정시에 대해 격렬한 저항의지를 불태
운다. 물론 전통서정시에 대한 이 저항논리의 배경에는 당시 시단에
서 의연히 헤게모니를 장악하고 있는 청록파류의 전통 서정시인 집단
을 비판함으로써 젊은 자신들의 위상을 높이려는 전략적 의도도 깔려

있었으리라 짐작되거니와, 정도 이상으로 자신들의 작업을 타매하는 기성 시단에 대한 반발감도 어느 정도 작용했을 것이다. 그러나 전통 서정시에 대한 부정과 비판의 진정성은 이론적으로 분명한 자기 기반을 지니고 있는 것이었다. 그것은 다른 말로 바꾸자면, 왜 50년대에 다시 모더니즘 운동이 전개되어야 하는가 하는 '모더니즘 운동'의 자기정체성의 확보와 관련된 것이기도 하다. 그런 점에서 이봉래는 김경린과 같이 엘리어트의 '이미지'와 '메타포'에 충실한 모더니즘 노선은 30년대 모더니즘의 답습이며, 그것만으로는 모더니즘 운동이 재기되어야 할 당위성을 확보할 수 없다고 생각한 것이다. 따라서, 그는 '시의 현실지향'을 통해 30년대 모더니즘과 전통 서정시를 동시에 극복할 수 있는 새로운 모더니즘 운동의 논리를 확보하려고 애쓴 것으로 보인다.

    또는 우리 시단에 있어 박목월씨나 조지훈씨나 기타 이에 속하는 시도(詩徒)들의 고색창연한 소위 서정시와 오늘, 인간정신에 숨어 있는 일체의 기본적 요소를 언어의 계화(階和)에 포착하자는 새로운 시정신과 어떠한 연관성을 가졌는가라는 문제에 큰 관심을 가지지 않을 수 없다.(……)일찌기 '에마뉴엘 무니에'는 오늘날 기계와 기술의 진보가 인간성을 억압하고 시정신을 마비시키고 있는 것은 기술적 진보가 비인간적인 탓이기 때문에가 아니라 기술적 진보를 이용하고 있는 사회의 구조에 그 결함이 있다고 지적한 적이 있었는데, 이것은 곧 시의 과학성을 거부하고 시의 현실성조차 무시하는 나머지 위희(慰戱)의 세계에서 말초감각이나 신비적인 자연관조나 체념적인 정서 등을 무당의 넋두리처럼 노래함으로써 자기도취와 현실도피를 꾀하고 있는 소위 청록파 시인들에게 주는 통렬한 경고문이라고 볼 수 있는 것이다.41)

────────────

41) 이봉래, 「현대시의 새로운 가능」, 『자유세계』, 52.4

그는 이러한 전통 서정시의 폐단을 극복하기 위해서는 '서정'의 변혁이 필요하며 이것은 시에 '지성'을 도입함으로써 가능하다고 주장한다. 그가 주장하는 지성의 내용은 다음과 같다. '지성은 전진을 위하여 언제나 투쟁적이다. 따라서 지적 태도란 자기가 사회에 점하는 위치와 시가 자기 속에 점하는 위치와의 관계를 명확히 파악하는 태도다. 오늘의 시가 현실 속에 '참가'하자면 우선 이 지성을 확립하여야 함은 매우 당연한 일이다. 지성이 확립됨으로써 서정은 변혁되는 것이다.'42) 이러한 현대시의 '지성'론은 감상적인 낭만주의 시의 '감상성'을 부정하면서, '지성'을 강조했던 김기림의 모더니즘론과 그 뿌리가 맞닿아 있다. 그러나, 김기림의 '지성'이 시의 건강성에 대한 모색에서 나왔으며, 객관적 태도를 통해 '지성'을 추구하고자 했음에도 불구하고 결과적으로 자신이 발딛고 있는 현실적 토대는 물론, 동양의 전통적인 사고체계 전부를 '비지성'으로 단정함으로써, 박제된 건강성이라는 평가에서 자유롭지 못한 것이라고 한다면,43) 이봉래의 '지성'은 현실도피적인 '서정'으로부터 '현실지향'적이며 '현실참여'적인 '지성'을 강조한다는 점에서 차이가 있다. 이럴 경우, '현실'의 내포가 과연 무엇인가 하는 것이 문제제기의 진정성을 가늠하는 하나의 잣대가 될 것이다.

　　① 그렇다면, 지금 미증유의 민족적 위기와 혼란 속에서 몸부림치고 있는 우리 시단은 과연 이러한 과제를 극복할 수 있는 조건과 의욕을 내포하고 있는 것인가? ……지금 우리 시단의 혼미와 저조는 시인이 어떠한 위치에서 조국의 위기와 인간성의 붕괴를 구제하겠느냐라는 근본적인 문제부터 비판과 검토를 가하지 않는 한 영원히 이 문제는 해결되지 않을 것이다.44)

---

42) 이봉래, 「서정의 변혁」, 『조선일보』, 1954. 3. 8.
43) 강은교, 앞의 글, 64쪽.
44) 이봉래, 「현대시의 새로운 가능」, 앞의 책.

② 시인에 있어서의 성실성은 시를 쓴다는 행위 속에 표현되는 것이다. 일제의 침략이 가장 왕성하였던 시절 ─ 말하자면 현대문명이 파괴적 위기에 직면한 그러한 시절에 살고 있었던 그 (김기림을 가리킴 ─ 인용자)가 장시 「기상도」에서 노래한 것은 무엇이었던가? ……이 몇 구절 안되는 시를 읽어보더라도 그가 얼마나 '오프티믹'한 방관주의자였던가를 알 수 있을 것이다.…… 현대에 있어 시를 쓴다는 행위는 벌써 비극적이다. 왜냐하면 시를 쓴다는 자의식의 저변에 사회적 책임이 숨어 있기 때문이다.…… 역사의식이 없이 다만 현대적 소재라든지 현대적 '이데올로기'만을 관념적으로 노래한다면 그것은 새로운 것을 위한 새로운 현대적 이단에 끄치고야 말 것이다.[45]

박인환의 시론에서 나타나는 '현실'이나 '시대'의 문제가 추상적이고, 종종 문명비판적인 커다란 이야기로 비약되는 것과는 달리, 이봉래는 '현실'을 세계적인 동시성의 문제로 치환하는 데 그치지 않고, 그것을 전후의 한국현실과 연결시키려고 애쓴다는 점에 주목할 필요가 있다. 그리고 '지성'과 연결된 이러한 '현실지향'의 논리는 김기림의 '지성'과도 구별되는 것이다. 그의 글에서 '진정한 문학은 진정한 사회의 개혁이 이루어지지 않으면 창조될 수 없다'[46]는 말이 자주 반복되어 나타나는데, 이러한 선언적 문장이 그의 논리와 겉돌며 생경하게 읽히지 않는 이유는 그가 모더니즘의 문제점과 한계를 인식하고 있었고, 거기에 기반하여 전통 서정시의 모순들을 극복하려고 했기 때문이며, 이것은 몇 겹의 논리 전개의 중층적인 과정을 거쳐 도달한 것이었다. 물론 이러한 시론들이 제시하는 모더니즘 시의 방향과 당시의 시창작에서 이루어지는 성취의 문제는 나누어 살펴야 할 문제이

---

45) 이봉래, 「한국의 모더니즘」, 『현대문학』, 1956. 4.
46) 이봉래, 「문학과 문학인의 생활」, 『평화신문』, 1956. 10. 17.

다. 그러나 이러한 시론들이 곧바로 시창작에 반영되어 이 시기의 모더니즘시들이 괄목할 만한 성취를 이룩한 것은 아니었다고 하더라도, 50년대 모더니즘론의 이론지향이 엘리어트에 편중되었던 것이 아니라, 그와는 다른 방향을 모색하는 흐름이 존재했다는 사실이 중요하며, 이런 다양성이 이 시기 문학의 성격에 끼친 영향은 결코 적은 것이라 볼 수 없다.

요약하건대, 50년대 모더니즘론은 김경린의 시론에서 나타나듯이, 김기림으로 대표되는 30년대 모더니즘의 충실한 계승자이거나 그 한계로부터 새로운 지향점을 모색하는 흐름 하나와, '언어에 대한 현대적 자각'으로 표상되는 그러한 흐름에 반발하여 현실비판적이며 정치지향적인 흐름의 두 가지로 나아간 것으로 정리될 수 있다고 보며, 전자의 흐름이 지속적으로 유지되었던 데 비해, 후자의 흐름은 매우 단속적(斷續的)이었던 까닭에 모더니즘의 한 흐름으로 분명하게 드러나지 않은 차이를 가지고 있을 뿐이라고 생각한다. 이를테면, 후자의 흐름은 박인환의 시와 이봉래의 시론으로 출발되었다가 박인환의 요절과 이봉래의 도중하차로 인하여 그 흐름이 묘연해지게 되었으며, 이 흐름은 60년대의 김수영에 의해 다시한번 성공적인 재기로 이어진 것으로 볼 수 있다는 것이다. 물론 이 경우에, 그 자신이 깊이 침잠해 있던 50년대의 모더니즘을 부정하고 그것을 극복한 자리에서 성취한 60년대 김수영 시의 '현실지향성'을 50년대 <후반기> 동인들의 '현실지향성'과 동질적인 것으로 볼 수 있는가의 문제가 제기된다. 결과적으로 말한다면, 50년대의 모더니즘은 다음과 같은 준열한 비판을 견뎌낼 만큼 탄탄한 것은 결코 아니었음을 인정하지 않을 수 없다.

우리나라 모더니즘에 있어서의 새로움은 새로운 현실인식과 새로운 사회적 실천을 통해 얻어진 창작방법의 새로움이라기보다 그러한 인식과 실천이 빈약한 상태에서 서구적 현대 문예이론의 학습을 통해 받아들여진 새로움인 것이다. 그렇기 때문에 30년대 (및 그후)의 우리나라 모더니즘 이론과 작품들은 당대의 식민지적 현실의 극복을 위한 그 어떠한 투쟁과도 거리가 멀 수밖에 없었고, 따라서 식민지체제의 질곡에 시달리던 우리 민중의 생활감정과 동떨어진 공허한 작품밖에 산출할 수 없었던 것이다. 민족과 민중의 현실을 떠나서 구해지는 현대성이란 어떠한 예술적 세련에 의해서도 상쇄될 수 없는 자기상실을 결과한다는 것을 여기서 우리는 거듭 확인하게 된다.47)

그러나 한편으로는 이러한 평가는 50년대라는 특수한 문학적 상황의 여러 가지 미묘하고 복잡한 역학관계를 돌보지 않은 결과론이라고 할 수도 있다. 이를테면, 서정주 등을 비롯한 전통 서정시가 여전히 일구어내고 있는 시적 성취가 빛나는 것이기는 해도, 그 성취 역시 우리 시가 지향해야 할 궁극적인 수준을 염두에 둘 때는 매우 제한적인 성취일 수밖에 없으며, 좀더 가혹하게 평가한다면, 그러한 성취는 시대착오적인 의식이 언어의 눈부신 의장에 올라타 있는 형국이라고 할 수 있는 것이 아닌가. 그렇다면, 이러한 제한적 성취를 전면적인 성취로 인정할 수 없는 논리의 빈 여백에, 이 시기 모더니즘론에서 제기되는 이러한 현실지향적인 성격이, 서구사회와 우리 현실을 곧바로 등치시키는 보편성에 함몰되는 오류를 빚기는 했더라도, 시가 현실과 부단한 교섭을 시도해야 한다는 교의(敎義)에 주목했다는 사실에 있어서 만큼은 30년대 모더니즘론과는 다른 자리에 서 있는 것이며, 제한적이나마 모더니즘으로서의 가능성을 인정해 줄 수 있지 않은가 생각한다.

김경린, 박인환, 이봉래 등의 <후반기> 동인들의 모더니즘론을 일별해 볼 때, 48년 이후로부터 50년대에 이르기까지 모더니즘 운동의 지향이 어떻게 이루어졌던가의 대강을 짐작할 수 있다. 그것은 영미

---

47) 염무웅, 앞의 글, 197쪽.

모더니즘의 수용과 이해의 차이로부터 비롯되었으며, 현대시의 지평
을 언어작용의 기교와 방법에서 구하는가, 시정신으로 대표되는 태도
와 사상에서 구하는가 하는 문제로 크게 나누어진다고 볼 수 있다. <
후반기> 동인들만을 염두에 둘 때, 조향의 입지는 이 어디에도 마땅
히 설 자리가 없었다는 사실을 우리는 발견하게 된다. 세 사람의 시
론을 통해 확인되듯이, 김경린은 현대시의 과격한 언어실험에 대해
우려를 표명하고 있었으며, 이봉래는 초현실주의를 명백히 세계관과
예술방법적 차원에서 영미 모더니즘과는 다른 자리에 위치시키고 이
를 배제하고자 했다. 이들이 끝내 모더니즘 운동을 함께 할 수 없었
던 것에는 여러 가지 이유가 있겠지만, 그 이유의 가장 밑바탕에는
모더니즘에 대한 이들의 상이한 이해가 가로놓여 있었던 것이다.

3. 현대시의 모더니티에 대한 여러 견해들

(1) 현대시의 서정성과 지성

  <후반기> 동인들의 모더니즘론은 기성 시단으로부터 철저하게 외
면당하거나 비판되었다. 모더니즘 운동을 비판하는 기성시단에 대한
불만은 이미 「새로운 도시와 시민들의 합창」 후기에서도 발견되는 것
인데, 모더니스트들 특히 <후반기> 동인들의 글에서 기성시단의 모더
니즘 폄하와 비판에 대한 불만은 매우 강도높은 어조로 나타나고 있
다. 그러나 한편으로는 모더니즘 내부에서도 <후반기> 동인들의 시적
지향에 대해 비판이 제기되었다. 이러한 비판의 선편을 쥐었던 모더
니스트는 전봉건이었다. 그 역시 넓은 의미에서 보자면 50년대 모더
니스트의 범주에 속할 뿐 아니라, 그의 시와 시론에서 나타나는 모더

니즘의 성격은 박인환이나 이봉래의 모더니즘론과 공통적인 요소를
많이 가지고 있는 것이었다. 김춘수는 그의 시를 가리켜 다른 50년대
여타의 모더니스트들보다 '훨씬 시가 드라이하지 않고 서정적으로 처
리되어 있다'[48]고 평가하고, 고석규 역시 전봉건의 시를 통해 모더니
즘시에서의 서정과 지성의 통합가능성을 확인한다는 점에서 그의 시
가 다른 모더니스트와 구별되는 특징을 지니고 있음을 짐작할 수 있
다. 그러나 그의 시론을 통해 나타나는 시의 지향은 넓은 범주에서
현실지향적인 성격을 지니고 있는 것이었다. 그는 시의 변혁이 단지
'방법'의 문제에 있지 않고, '대상'의 문제에 있음을 강조한다. 그의
말로 다시 바꾸면, 모더니즘시가 '어떻게 쓸 것인가'에 골몰할 것이
아니라, '무엇을' 쓸 것인가를 고민해야 한다는 것이다. 그런 관점에
서 그는 송욱의 형식실험을 비판하고, 심춘수의 『한국현대시형태론』
작업에 대해서도 그 의의를 반 정도밖에 인정해 줄 수 없다고 회의적
인 태도를 보인다. 그는 보들레르가 동시대의 시인들보다 더 높은 시
인의 영예를 누리는 까닭은 '방법론적인 비평정신'과 더불어서 '사회
에 대한 최소한의 결의'를 지니고 있었기 때문이며, 바로 '시의 사회
에 대한 비평정신의 여러 문제'야말로 우리 시가 다루어야 할 가장
중대한 문제라고 역설한다.[49] 그의 눈에 비친 <후반기> 동인의 모더
니즘은 어떠한가.

　　독자는, 저 '인간을 파탄의 시궁창으로 몰아 넣으려는 모든 것
　　에 저항'함을 지상과제로 삼고 있는 이 땅의 모더니스트의 클럽
　　인 <후반기> 동인의 작품들이 그 아름다운 생각과는 어긋나는 사
　　회참가 이전의 브루죠아적 심리주의 문예에서 벗어나지 못하고

---

48) 김춘수, 「전후 15년의 한국시」, 『한국전후문제시집』, 신구문화사, 1961,
　　311쪽.
49) 전봉건, 「현대시의 의상-시인의 손」, 『현대문학』, 1955. 5.

있는 것으로서 일으키고 있는 그들 스스로의 희극적인 모순과 비극에 대해서, 즉 시에서 음과 개념을 쫓아내고 주로 이마쥬에만 의존하며 개인의 심상세계를 오-트마틱하게 기술하던 1920년대의 모더니스트들의 버릇과 같은 소브류죠아적 의식을 그 작품에 청산하지 못하면서 부르짖는 그들의 사회참가의 문학이기에는 당연히 요청되는 사회주의적 레아리즘문학과는 창작방법론으로도 정반의 각도에 위치하는 개인주의적, 브루죠아적 심리주의 문학 바로 그것이었다는 놀라운 사실에 대해서, 또는 백보를 양(讓)하여 그들은 형식, 방법을 선행시켜서, 그 다음에 그것에 그들의 사회참가의 의식을 추종시키려고 한다고, 즉 구체적으로 말하면 모더니즘이라는 용기(用器)를 설정하고, 그것에 의식을 담는 것으로서, 작품이 사회참가한 것으로 된다는 이론을 갖는다고 해도, 이것이 그들의 의식적인 과오라는 것에 대해서… 구체적이고 본격적인 비평을 기다리고 있는 것이다.[50]

한 문장이 지나치게 긴 까닭에 의미전달이 분명하지 않은 이 문장의 골자를 간추려보면, 1) <후반기> 동인의 사회참여 주장은 개인주의적이고 부르주아적인 것이다, 2) 그들은 시에서 음과 개념을 쫓아낸 20년대 모더니스트의 버릇을 답습하고 있다, 3)형식과 내용이 통일되어 있지 않다는 것으로 요약할 수 있을 것이다. 3)항의 원래 의미는 '형식과 방법을 선행시켜서 그 다음 그것에 그들의 사회참가 의식을 추종시키므로 비판한다'는 것인데, 이것을 나는 형식과 내용의 통일에 대한 그의 논리화라고 해석하고자 한다. 위의 논지에 따르면, 전봉건은 진정한 사회참가의식은 개인주의적이고 소부르주아적인 범주를 벗어나야 한다는 것으로, 이것은 지식인의 내면화되고 고립적인 저항에 대한 비판으로 읽힌다. 이 시기에 모더니즘에 대해서 어떤 비평가보다 많은 관심을 기울인 최일수의 다음과 같은 발언이 전봉건의

---

50) 전봉건, 「시의 비평에 대하여-시와 비평의 위기」, 『문예』, 1953. 12.

이러한 논지와 부합되지 않는가 생각된다.

> 그러므로 우리가 오늘 그들의 시세계를 옳게 비판하고 이해하
> 기 위해서는 먼저 그들에게 공통적으로 일관하여 흐르고 있는 어
> 두운 불안과 회의와 고뇌등 그러한 시세계의 내부에서만이 새로
> 운 인간성을 찾으려 하고 있는 그들의 시적 사고를 먼저 예리하
> 게 분석하면서 과연 그러한 것이 진정한 의미에서 젊은 지성이
> 가야할 옳은 길이었던가를 근본적으로 추구하지 않으면 안된다
> (……) 이 내면편향은 어디서 오는가 하면, 그것은 이미 그에게
> 있어서 자기의 정신적 불안의 위기를 극복할 수 있는 유일한 방
> 향이란 망망한 대해에서 사방을 휘둘러보아야 자아밖에는 없다는
> 데서 오는 것이다.51)

공교롭게도, 최일수가 '모더니즘 시를 일거에 세칭화하기 전에 먼
저 그들이 현재 민족보다도 세계인이라는 범인간으로 흐르고 있는 도
시 <인텔리>적인 경향을 본질적으로 파들어가 그들의 결함을 논리적
으로 비판할 수 있는 성의를 가져야 한다'고 윗글의 전반부에서 제시
한 모더니즘 비판의 접근방식은, 전봉건이 「현대시의 의상」이라는 글
후반부에서 일본시인 草野心平의 말, '시의 음악성에 몰입했던 시대
나 이미지에 치우쳤던 시대나 모두 서구의 시풍에 치우친 결과를 낳
았다는 사실을 인식하고, 서구 시의 요소를 '비타민'이나 '칼로리'정
도로 섭취해서, 진정한 '아세아'적인 시를 써야 한다'는 것을 결론으
로 이끌어내는 논리52)와 일맥상통하는 것이다. 그들의 결론이 모두
모더니즘 시의 현실지향성과 민족적 특수성을 강조하는 논리에 기대
고 있기 때문이다. 그런데 궁극적으로 전봉건의 시론에서 제기되는
'현실관'은 휴머니즘으로 뭉뚱그려질 수 있다. 그가 <후반기> 동인들

---

51) 최일수, 「현대시의 순수감각 비판」,『문학예술』, 1956. 5.
52) 전봉건, 「현대시의 의상」, 앞의 책.

의 사회참가를 비판하는 논리의 바탕에는 현실의 부정성을 회복할 수 있는 가능성과 미래지향적인 전망이 없다는, 그 나름의 휴머니즘적인 낙관론이 깔려 있다. '시인은 절망과 위기의 현재로부터 감격과 그침 없는 새출발을 감행해야하는 존재'[53]라는 그의 규정이 이를 대변해준다.

그러나 50년대 시단에서 좀더 커다란 파장을 불러일으키는 것은 그의 논지의 두번째 항목인 '음과 개념을 쫓아내고, 심상세계를 오토매틱하게 기술하는 <후반기> 동인'이라는 대목이다. 후자는 초현실주의의 '자동기술법'을 가리키는 것으로 보이며, 이는 <후반기> 동인 중에서도 조향을 뜻하는 것이 분명해 보인다. 좀더 복잡한 문제를 낳게 되는 것은 전자의 부분이다. 현대시에서 음을 쫓아냈던 것은 이미지스트들이었으며, 개념을 쫓아낸 것은―만일 이 때의 '개념'을 지시대상에 대한 산문적 의미의 기호라는 뜻으로 풀이할 수 있다면―상징주의의 충실한 후예이자 그 완성자인 폴 발레리였다고 볼 수 있다. 음이 쫓겨난 현대시의 자리를 메꾼 것은 회화적 이미지이며, 개념이 쫓겨난 자리를 메꾼 것은 시에서 언어의 산문적 기능을 배제한 언어의 절대순수성이다. 적어도 이 뒤의 경향은 <후반기> 동인들과 쉽게 연결되지는 않지만, 현대시가 안고 있는 '난해성'의 문제와는 어떤 의미로든 연결된다는 점에서, 아마도 전봉건이 '개념'을 몰아냈다고 쓴 것은 발레리를 염두에 두었다기보다는 현대시의 '난해성'에 대해 비판하고자 하는 의도가 더 강했던 것으로 보인다. 이러한 문제는 결국 전통시와 현대시에서의 '서정'의 문제나 운율의 문제로 귀착되며, 이것은 50년대 모더니즘 시론에서 매우 중요한 의미를 차지하게 된다.

전봉건이 <후반기> 동인들의 모더니즘론을 비판하면서 이러한 사항들에 대해 문제제기의 선편을 쥐었다면, 본격적으로 이에 대해 깊

---

53) 전봉건, 「오늘의 시인의 모습―J.S '밧하'의 모습」, 『예술집단』, 1955. 12.

이있는 논의를 전개했던 대표적 인물은 고석규라고 할 수 있다. 그는 당대의 비평가들이 50년대의 시단을 전통시와 현대시로 나누는 이분법에 대해 크게 반발한다. '도대체 전통시란 범주가 성립가능한가?'라는 그의 반문에서 확인되듯이, 모더니스트들이 청록파나 서정주의 시에 대해 '전통시'라는 딱지를 붙이고, 그러한 전통시의 '서정성'과 현대시 사이에 '만리장성'을 쌓으려는 일체의 이론적 시도에 대해 비판을 서슴지 않는다. 그의 이러한 이론적 바탕에는 물론 엘리어트의 '전통론'이 놓여있다. '주지하는 바와 같이 엘리어트는 가장 지성적인 전통주의자인데 그에게 있어서 전통이란 한 마디로 모든 역사와 조류 속에서 발견되는 불멸적 결합 또는 가장 세계적인 질서를 지칭한 것이라 본다. 엘리어트의 모더니티란 어디까지나 <과거적 현재>에 의한 것이었으며 따라서 전통과 모더니티는 가장 유기적인 것으로 판단되는 것이다'54)라는 그의 말에서 확인되듯이, 시의 전통에 대한 대부분

---

54) 고석규, 「모더니티에 관하여」, 『고석규유고전집 1』, 책읽는 사람, 1993, 66 쪽. 고석규는 1958년도에 26세로 요절한 젊은 비평가다. 최근에 그의 유고 전집이 묶여져 나왔으므로, 앞으로 그의 글은 연도를 따로 밝히지 않고, 유고전집의 면수를 밝히는 것으로 대신한다. 고석규의 비평은 오랫동안 연구의 대상이 되지 못해 오다가 최근 그의 유고집이 발간되고, 월남 이후 그의 정착지였던 부산의 연구자들에 의해 조금씩 논의되기 시작하면서 최근에 여러 편의 연구 논문이 나오게 되었다. 그에 관한 연구가 활발해 지면서 역설적으로 50년대 비평가 연구로는 그에 관한 것이 가장 많지 않은가 생각된다. 고석규의 시와 시론에 대해 집중적인 성과를 낸 사람은 김윤식으로 「고석규의 정신적 소묘」를 비롯한 네 편의 논문이 있고, 남송우, 구모룡, 박홍배, 문혜원, 임태우 등이 고석규의 비평을 중심으로 연구 성과를 냈다. 이상에 언급한 연구성과들은 모두 『고석규의 면모』(『고석규 유고전집 5』, 책읽는 사람, 1993)에 수록되어 있다. 이 외에 최근의 연구성 과로는 김동환의 「이분법적 사유구조와 영웅지향성 - 고석규론」(『한국 전후문학연구』, 삼지원, 1995에 수록)이 있다. 이상의 고석규 연구에서 하나 지적하고 싶은 것은 기왕의 대부분의 연구가 그의 비평의 형이상학적 특성과 실존철학적 특성에 지나치게 몰두하는 바람에, 실제로 50년대 모더니즘론의 전체적인 구도 속에서 고석규의 비평이 어떤 위상과 의미를 갖는가 하는 문제는 거의 다루지 못하고 있다는 점이다. 그러한 한계는 고

의 이론은 엘리어트로부터 빌려온 것이다. 그런데 여기서 발견하게 되는 흥미로운 사실 하나는, 이미 민족문학과 전통론을 다룬 장에서도 살펴 본 바 있듯이, 전통단절론이나 전통부정론을 내세우는 사람들 역시 엘리어트의 '전통론'에 기대고 있다는 점이다. 결국 이러한 차이는 엘리어트의 '전통론'을 해석하는 차이가 아니라, 문학사에 대한 인식의 차이이며, 우리 문학의 전통을 이해하는 차이라고 볼 수밖에 없는 것이다.

당대 모더니스트들의 가장 집요한 공격 대상이었던 서정주나 청록파 시인들을 고석규가 옹호하는 이유는 '리리시즘이 안티 모더니티가 아니다'는 그의 명제로 집약된다.

> 잠깐 모더니티와 전통성의 문제를 제쳐놓고라도 모더니티가 리리시즘을 배격하지 않을 수 없다는 조건과 병행하여 먼저 리리시즘이 안티 모더니티란 그 사실의 여부를 우리는 검토해야 될 것으로 본다(……) 20년 전의 도피적 리리시즘에서 부분적으로 각성치 못하였거나 그것을 잘못 알면서 오히려 엑스타시적 경악으로 질주하는 사이비 모더니티가 있다면 우리는 무엇보다도 여기에 예리한 격론을 가하여야 할 것이니 하물며 그것이 전통에 대한 맹목적 반박과 리리시즘의 분리를 그 규약으로 성립시킨다면 이와 같은 등차는 극히 유해로운 것이라 아니할 수 없는 것이다.55)

고석규에 의하면, 서정성을 모더니티와 대척점에 놓은 것은 첫째는 김기림의 오류였으며, 김기림의 모더니즘이 20년대 '센티멘탈 로맨티

석규 개인에 관한 연구이기 때문에 생기는 것이라고 볼 수도 있겠지만, 고석규 비평의 전체적인 면모는 그의 비평이 지니는 형이상학적 특성만 고찰할 것이 아니라, 이 시기 모더니즘비평의 전체 구도 속에서 그의 위치가 해명될 때 비로소 온전히 파악될 수 있으리라고 생각한다.
55) 고석규, 앞의 글. 66~68쪽.

시즘'의 극복으로서 반서정주의를 표방한 것은 그 나름으로 일정한 문학사적 개연성이라도 있는 것이지만, 김기림의 모더니즘적 선동이 끝난 뒤에, 도피적 리리시즘을 반성하고 새로운 리리시즘의 경지를 개척한 일군의 시들을 김기림 이전의 시들에서 나타났던 리리시즘과 동일시해버린 50년대 비평가들이 두번째의 오류를 범한 동시에 결정적인 사이비 모더니티를 수립하는 잘못을 저질렀다는 것이다. 그런 까닭에, 서정주나 청록파의 시인들은 김기림이 부정했던 20년대의 리리시즘을 극복한 '적극적인 리리시즘'에 기반해 있는 시인들이며, 그 리리시즘의 성격은 '자아와 존재에 대한 내면적 통찰이자 반성이며, 생명에 대한 종합적 의식'으로 채워진 것이어서, 오히려 생경한 말초적 인어감각과 현대의 과학문명에 대한 즉물적인 '경악'에 침잠해 있는 '속악한 모더니즘시'보다 훨씬 가치로운 것이라는 결론에 도달하게 된다.

이런 관점에서 고석규는 모더니즘시들이 정작은 그들이 비판하고 있는 '감상'에 스스로 함몰되어 있다고 거꾸로 모더니즘의 감상성을 지적한다.

그것은 '필요 이상으로 슬픈 표정을 하는 것'이 편석촌의 반역하려던 감상이라고 한다면 '필요 이상으로 기쁜 표정을 하는 것'이 내가 통박하려는 오늘의 감상이기 때문이다. 오히려 '필요'라는 가치규준이 문제가 되겠다. 어쨌든 나는 두 가지의 감상을 전제할 수밖에 없다. 그것은 '현대의식'이라는 곧장 은폐된 감상이 실은 음풍영월하던 개방된 감상에 못지 않게 감상적이라는 이유를 저버릴 수 없는 까닭이다. 모지에서 이봉래씨가 「한국의 모더니즘」이란 제하에 역사의식이 핍절한 시인의 '에고이스틱'한 약점을 탄핵함으로써 그 감상을 지적한 일이 있었다. 그러나 나는 이와 달리 과학물질에 대한 맹목적 경악이 시인의 비평의식 내지는 존재방식에 이르기까지 아주 치명적인 감상을 동반하고 만다

는 '메카니스틱'한 흡수를 경계하려는 것이다.[56]

본래 위의 인용문에서 주공격대상은 이봉래가 아니라 김규동이었다. 고석규는 김규동이 전통시를 공격하면서 곧잘 내세웠던 '<화조농월풍>의 서정으로는 현대의 고도한 과학기술과 문명에서 파생되는 정서를 포착할 수 없다'는 '서정 변혁'의 논리를 묵과할 수가 없었던 것이다. 김규동의 시론의 중요한 축을 이루고 있는 이 '새로운 서정'에 대한 논리는 이러한 비판을 불러일으킬 만한 여지를 지니고 있었던 것이라 생각된다. 예컨대, '현대에 있어서 아직도 자연주의적 문학정신을 애완하면서 있는 시인들은 골동품적 가치로밖에 인정되지 않는다'든가, '시는 음악의 상태에 접근한다든가 시는 철학을—혹은 어떤 '이데올로기'를 그 내용으로서 간직하고 있어야 한다는 등의 무모한 부르짖음은 20세기 후반의 오늘날에 있어서는 우스꽝스러운 '넌쎈스'가 아닐 수 없겠다'는 것이 전통시에 대해 그가 공격하는 중요한 논지인데, 이것을 뒷받침하는 현대시의 당위를 변화된 현대문명의 외적 특성에 모두 떠맡김으로써 그 타당성의 폭을 좁히고 있기 때문이다.

① 이러한 시의 추종자들은 또한 '땜'과 '모-터'와 '테레비죤'의 기류를 피하여 비석과 전설이 흔한 마을에 안주의 영토를 발견하는 것이었으며 이것을 그들은 시의 위생학으로 믿어왔다. 그러기에 흔히 휘황찬란한 전등불과 화려한 Z기의 속도는 그들의 '인스피레이슌'을 파괴하여 아주 공허한 것으로 만들어 버리기 쉬운 괴물일 수밖에 없었다.[57]

---

56) 고석규, 「'모더니즘'의 감상」, 앞의 책, 72쪽.
57) 김규동, 「현대시의 위치—개성과 독자성의 문제를 중심으로」, 『사상계』, 1955. 9.

② 자연의 풍물에 교체된 현대문명 자체의 인상 한 오리, 초하(初
夏)의 바람결 대신에 우리의 머리 위를 스쳐가는 '젯트'기의 속
도가 얹어주는 인상—그런 것이야말로 현대인의 새 서정을 마련
해 줄 수 있는 아름다운 동기가 되어야 할 것이다.[58]

김규동의 진의가 단지 현대문명과 기계 자체를 찬양하는 데 있는
것은 결코 아니었을 것이다. 그는 전통시의 서정을 통해서는 '자아와
현실의 유기적인 연관을 능동적으로 찾아낼 길이 없음'을 깨달았기
때문에, 아무리 대상인 현실이 변하더라도 시적 자아는 천년 전이나
지금이나 변함없는 '화조풍월'격의 서정에 절망한 것이었다. 다시 말
하면 젯트기가 날고 원자폭탄이 떨어지는 현실이라면 그에 걸맞는 시
적 자아가 형성되어야 한다는 것이 극도로 단순화시켜 본 그의 논지
라고 할 때, 고석규는 변화된 현실에 대한 반성없이 다만 시적 자아
의 변화만을 요구하는 김규동의 논리야말로, '기계물질의 외재성에
대한 탄(憚)으로만 이루어진 옾티미즘적 방관'[59]이며, 이것은 현대시
로 위장한 대단한 '감상'이라는 것이다. 그는 김규동의 시론에서 시의
과학이 방법의 차원이 아니라 목적의 차원으로 격상되는 위기를 읽었
던 것이다. 고석규는 '과학은 단지 사물을 조직적으로 지시하는 구체
적 수단에 불과할 뿐 구경적 의미에 있어서의 사물의 본질을 알아볼
수는 없기 때문에 시적 질서가 필요하다'는 리쳐즈의 말을 인용하면
서, 현대문명에 대한 실존적 반성이 결여된 당시 모더니즘시론에 대
해 반성을 촉구한다.
고석규의 시론은 이 지점에서 또하나의 시적 모더니티를 제시하는
데로 나아가게 되는데, 그것은 현대시에 필요한 서정을 '철학적 서정'

---

58) 김규동, 「현대시와 서정—낡은 세대와 교체되는 새세대」, 『한국일보』,
1956. 6. 4.
59) 고석규, 앞의 글, 75쪽.

으로 규정한다는 점이다. 그 역시 시에서의 '감상성'은 극복되지 않으면 안될 요소로 보았다는 점에서는 <후반기> 동인들을 비롯한 여타의 모더니스트들과 같은 생각을 가지고 있었으나, '서정성은 곧 감상성'이라는 도식에 동의하지 않았다는 점은 앞서 살핀 바와 같다. 그렇다면 청록파나 서정주로 대표되던 당시의 시를 놓고 생각할 때, 여타의 모더니스트들이 '서정성 곧 감상성'이라는 도식으로 이들의 시를 폄하할 때, 고석규가 옹호한 이들 시의 '서정성'의 다른 특질은 무엇인가? 그것은 한마디로 존재론적 성찰에 다다른 서정성, 곧 '철학적 서정성'이라고 할 수 있는 것이다.

> 바야흐로 서정은 철학함으로써 그의 순화를 돕고 모든 사고성의 근원을 다짐할 수가 있는 것이다. 다만 세기를 거듭할수록 서정은 거의 농도를 더할 뿐이며 주지(主知)의 한계가 그만큼 드러났을 때―주지란 끝끝내 합리적인 경험인데―사뭇 인간은 서정의 원군을 손짓하지 않을 수 없다. 서정은 돌아갈 피안처럼 언제나 눈물에 흐려졌다. 「로고스」가 홀로 「파토스」를 견제하지 못하였음은 비단 희랍만의 비애가 아니라고 생각된다.[60]

그의 시론에 실존주의가 틈입하는 지점도 여기라고 할 수 있다. '무(無)의 적극화는 무의 부정화일 것이며 나아가선 무의 수동성을 초월함일 것이다. 던져짐에서 던져감으로 역승하려는 나의 현존은 던져짐의, 즉 있었던 바를 새삼 부정 타개하는 데서만 가능할 줄 안다. 이리하여 나의 피투(被投)는 나의 투기(投企)로, 나의 수동은 나의 능동으로 각각 전기된다'[61]는 구절에 사실상 그의 실존철학에 관한 이해의 요체가 농축되어 있다. 시문학사에 관한 그의 안목에 김소월과 이

---

60) 고석규, 「서정의 순화―우리시의 당면과제」, 앞의 책, 127쪽.
61) 고석규, 「지평선의 전달」, 앞의 책, 59쪽.

상과 윤동주가 확고부동한 위치를 차지하고 있는 까닭은, 이들 시인
이 자신에게 주어진 현실의 고뇌를 회피하려 하지 않고, 끝끝내 그
부정성에 뛰어듦으로써, 그 부정성을 다시 부정하려고 했기 때문이다.

그가 30년대 모더니스트들 중에 김기림과 정지용을 버리고 이상을
선택하는 이유도 여기에 있거니와, 근본적으로 30년대 모더니즘을 비
판하는 고석규의 입각점이 다른 모더니스트들의 30년대 비판의 논리
와 구별되는 것도 그의 모더니티에 대한 규정이, 특히 서정과 대비되
는 '지성'에 대한 이해방식이 전혀 유다르다는 사실에서 비롯된다. 그
는 기림과 지용이 언어적 양식과 가치규준을 설정함으로써 모더니즘
의 외면성을 강조했던 반면에, 이상은 모더니즘을 애초부터 그러한
양식적 규준으로 받아들이지 않고 모더니즘적 혼미를 체험으로써 수
행하는 내면성으로 일뀐했디고 본다. 30년대 후반에 접어들면서, 애초
의 모더니즘에 대한 낙관으로부터 지용이 전통으로 회귀하고 다시 순
수의 세계를 구가하는 쪽으로 전환하거나, 기림이 경향파와 합류하게
되는 것(아마도 전체시론을 가리키는 듯하다)이 모두 그들의 모더니
티가 지닌 결함으로 인한 것이었다면, 그러한 도피나 해소를 시도하
지 않고 끝까지 위기의식의 실천에 투기함으로써 철저하게 자학적 반
항을 고수한 이상이야말로 모더니즘의 실재의식을 확인시켜 준다는
것이다.62) 이러한 30년대 모더니즘 비판은 이봉래 등의 <후반기> 동
인들의 비판논리와도 전혀 다른 것일뿐더러, 누구보다도 30년대 모더
니즘이 실패한 모더니즘이라고 목소리를 높였던 송욱의 비판논리와
도 이질적인 모더니티 이해방식이다.

엘리어트의 '전통론'에 관한 그의 이해도 이러한 실존주의적 역설
로부터 가능해진다. 하나의 시적 개성이 자신의 개체로서의 개성을
내던질 때, 비로소 더 큰 지평 속에서 하나의 매개로 완성되고, 애초

---

62) 고석규, 「이상과 모더니즘」, 앞의 책, 157~159쪽.

에 그가 지녔던 '개질(個質)'은 초개성으로 번져간다는 것이, 그의 엘리어트 전통론에 관한 해석이다. 이것은 유명한 엘리어트의 시의 몰개성론에 관한 '백금의 촉매작용'의 비유[63]를 그가 실존철학의 논리로 재해석한 것이라 볼 수 있다.

그가 중앙문단에 알려지게 되는 출세작이자 동시에 유고평론이 된 「시인의 역설」이라는 장문의 비평은 그의 이러한 역설과 부정, 그리고 반어의 시론을 집약한 글이라고 할 수 있다. 궁극적으로 그가 설정한 현대시의 모더니티란, 첫째는 모더니티가 반서정주의가 아니라는 점과 둘째로는 모더니티란 언어양식의 실험을 통한 외재적 측면이 아니라, 존재에 관한 성찰을 담보하는 '철학적 서정'으로 구현되어야 한다는 것으로 요약할 수 있다. 당대의 문인 중에서 고석규의 이러한 시론에 가장 깊은 이해를 보이고 있었던 것은 김춘수였다고 할 수 있다. 고석규 역시 김춘수의 「인인(隣人)」 등의 시에서 이른바 '리리칼한 지성'을 발견하며 이를 높이 평가하기도 했다.

김윤식의 지적처럼, 고석규의 비평은 대단히 사변적이며, 형이상학이나 실존철학에 대한 깊은 이해가 글의 곳곳에 배어있다. 존재에 대한 그의 천착은 전쟁의 참화를 겪고, 월남한 청년지식인의 내면의식을 그대로 보여주는 전후 새로운 감수성의 한 유형을 이루는 것임에는 틀림없다. 그러나 한편으로는 고석규의 이러한 모더니티의 설정은, 그가 부정했던 속악한 모더니즘만큼이나, 시와 문학을 현실과는 멀리 떨어진 형이상학의 지평으로 밀어 올려버리는 또다른 편향이라는 회의를 불러 일으킨다. 전통부정론의 맹목에 과감히 맞서고, 사이비 모더니티에 대해 적극적인 비판을 제기했던 그의 정당한 출발에도 불구하고, 실존철학에 기반해 있는 그의 세계관은 모더니즘을 현실이나 역사와 올바르게 연결짓지 못하고, 고립된 내면세계로 가라앉히거나,

---

63) T.S.엘리어트, 「*Tradition and the Individual Talent*」, 앞의 책, 17~18쪽.

상황에 대한 하나의 실존적 기투(企投)로 대체하고 있다. 그의 글에서는 드물게 소설에 대한 논의가 이루어지는 「민족문학의 반성」이라는 글에서, 그는 선우휘의 「불꽃」에 대해 '비로소 우리 문학에 <사상의 문학>이 성립됨을 본다'고 적었다.[64] 그는 「불꽃」에서 비로소 '재래의 범민족적인 고정관념을 시정하고 역사상황과 부단한 교섭 중에서 행동하고 의식하는 작품'을 발견하게 되었다는 것인데, 「불꽃」이 실존주의 문학과 맺고 있는 관계항의 의미를 앞 장에서 검토한 바 있거니와, 「불꽃」에서의 '역사'란 객관현실의 운동과 변화에 수반되는 합법칙적 과정에 대한 인식의 대상이 아니라, 지극히 주관적이고 파편화된 허무주의적 사유의 대상으로 나타난다. 모더니즘 시인이자 시론가인 고석규의 비평적 감식안(鑑識眼)에 소설 「불꽃」이 포착된 것은 그의 사유체계에 견주어 볼 때, 결코 우연한 일이 아닌 것이다. 넓은 의미에서 고석규의 모더니티는 전봉건이 <후반기> 동인들의 모더니즘을 부정하면서 거론한 '소부르주아적 의식세계'로부터 그리 멀리 벗어나지 않은 위치에 놓인 것이라고 볼 수도 있는 것이었다. 그러나 그가 50년대에 펼쳐보였던 모더니즘론은 30년대 모더니즘론의 피상성을 극복하는 일정한 수준에 도달해 있는 것임에는 틀림없다고 할 수 있다.

시의 '서정성', 즉 리리시즘의 문제에 관해서는 모더니스트들의 도식론에 변증법적 이해를 촉구하는 글들이 여러 편 제기되고, 그 글들은 조금씩 차이는 있지만 대체로는 리리시즘의 부정이 시의 모더니티가 아니라는 생각에서 출발하고 있다. 고석규와는 좀더 다른 각도에서 이 문제를 제기하고 나섰던 이는 홍사중이었다. 그는 「리리시즘의 영토」라는 글에서, 이른바 '정통시'의 서정이 시대착오적이고 현실도피적인 한에서 젊은 모더니스트들의 '반서정주의'는 용인될 수밖에

---

64) 고석규, 「민족문학의 반성」, 앞의 책, 133쪽.

없는 역사적 필연성을 가진 것이었다고 '반서정주의'의 논리를 일부 용인하였다. 그러나 젊은 모더니스트들은 과거의 부정적인 '서정'을 버리고 새롭고 건강한 '서정'을 추구하는 쪽으로 나아가지 않고, '서정' 그 자체를 현대시에서 부정해버림으로써 또다른 과오를 저질렀다고 비판한다. 그도 고석규의 논리와 마찬가지로, 현대시에서도 '리리시즘'은 필수적인 요소라고 본다. 그 이유는, 시란 인간의 내면세계 즉 내적 인간을 표현해 내야만 하는 것이며, 리리시즘은 바로 그러한 표현을 가능케 해주는 조건이기 때문이다. '내적 인간'이란 좀더 부연하자면, 정치나 경제적 해결만으로 회복할 수 없는 현실의 고뇌를 통해 분해된 자아의 발견에 이르는 인간이며, 리리시즘은 이 분해된 자아를 생활의 재건을 통해 통합시켜주는 조건이 된다는 것이다.

> 현실의 증명은 인간적 조건의 기반 속에서 인간의 자유를 절대화하고 그 절대적인 것을 불가피한 역사적 혹은 집합적인 것 속에서 경험화하며 체계화하여야만 하는 것이다. 경험하며, 행동하는 것 자체가 혁명적인 것으로 되기 위하여는 지금이야말로 시인이 무엇을 사고하며, 무엇을 노래해야만 하는가에 대한 투철한 인식이 있어야만 하는 것이다. 이와 같이 절대적인 것으로서의 인간의 또는 자유를 위한 대사회적인 저항의 아름다움, 여기에야말로 우리의 참다운 '리리시즘'이 깃들어 있는 것이 아닐까. 곧 건전한 리리시즘이란 현실에 대한 비타협정신에 다름없다고 우리는 하나의 커다란 명제를 세우고 싶은 것이다.65)

리리시즘을 규정하는 홍사중의 말 속에는 실존주의적 사고의 흔적이 나타난다. 리리시즘이 '인간과 자유를 위한 대(對)사회적인 저항의 아름다움'이며, '현실에 대한 비타협정신'이라고 정의를 내리는 대목이 그 증거다. 이러한 실존주의의 편린은 고석규의 '철학적 서정'에서

---

65) 홍사중, 「리리시즘의 영토」, 『현대문학』, 1957. 2.

읽을 수 있는 실존주의의 내용과는 다소 구별된다고 할 수 있다. 고석규의 경우에 존재의 형이상학적 측면이 훨씬 더 강하게 부각되는 반면, 홍사중은 기존의 가치와 질서에 대한 저항으로서의 실존주의에 더 많이 기울고 있다. 현대시의 모더니티에 개입되는 실존주의의 영향에서도 50년대 실존주의 이해의 두 방향이 다른 모습으로 나타난 것이라고 볼 수 있다. 그러면서도 한편으로는 같은 글의 후반부에서 '주지주의의 시대는 지나갔고 인생에 있어서의 신화의 중대성이 다시 인식되기 시작한 시대가 돌아왔다'고 하고, '리리시즘은 사라진 신화성(神話性)을 회복하는 것에 그 본령이 있다'고 결론맺음으로써, '로고스가 홀로 파토스를 견제할 수 없었다'고 선언하면서 현대시에서 '서정의 회복'을 강조했던 고석규의 논리와 비슷한 귀결점에 이르고 있다.

전통서정시를 비판하는 <후반기> 동인들이 낡은 시의 '서정'을 비판하면서 현대시의 모더니티를 '반서정주의'에서 구하려던 움직임에 대해, 당시 모더니즘 내부에서는 전봉건·고석규·홍사중 등에 의해 다른 의견이 제기되어 시의 서정성을 둘러싸고 활발한 논의가 전개되었다. 이러한 논의는 상호간에 논쟁의 형태로 이루어진 것은 아니었지만, 모더니즘론의 전개과정에서 도식적인 전통단절론이나 부정론의 편향성을 극복하고 현대시에서 '서정성'의 문제가 제대로 방향을 잡는 데에 일정한 기여를 한 사실은 주목할 필요가 있다고 본다. 시의 서정성에 대한 일련의 논의는 송욱 등에 의해 현대시의 운율을 포함한 형태의 문제가 제기되면서 좀더 복잡하고 폭넓은 논의로 나아가게 된다.

(2) 현대시의 운율과 시형태

현대시의 모더니티에 관해서 여러 가지 문제를 제기하고, 그 문제의식을 시창작과 연결지음으로써 하나의 시론(詩論)을 세우려고 애썼던 또 한 사람의 모더니스트로 송욱을 들 수 있다. 그는 비평가이면서 자신의 시론을 실제 시창작에 적용했던 시인이었고, 서구의 시이론을 주체적으로 수용하기 위해 애썼던 영문학자이기도 했다. 『시학평전』에는 50년대와 60년대에 그가 전개했던 시론이 망라되어 있어 그의 시론의 전체적인 면모를 확인해 볼 수 있는데, 그 서문에서 외국 문학이론과 한국문학의 관계를 다음과 같이 밝히고 있다.

> 그러므로 한국문화는 외국문화의 영향을 받아서 새로운 통일성을 갖출 수 있는 탄력을 가진 것에 틀림없을 것이며, 외국문화는 외국문화대로 어떤 변함없는 절대적 규범이 아니라, 이 나라에 들어오면 우리에게 새로운 관점과 줄기찬 활동을 약속할 수 있도록 변화하고 조정되어야 하는 것으로 보아야 마땅하다. 외국문화를 어떤 고정된 것으로 생각하여 받아들이는 것은 결코 우리 문화를 기름지게 하는 태도가 아닐 뿐더러 우리의 주체성과 비평의식을 송두리채 부정해 버리는 비참한 결과가 될지도 모른다. 문학비평에서도 가장 어렵고 가장 해결하기 곤란한 문제는 이 나라의 특수한 문학상황 안에서 한편으로는 외래사조를 우리 입장에서 과감하게 그리고 주동적으로 소화하며 한편으로는 우리 자신의 문학을 건설하는 방법을 찾아내는 것이다.66)

인용문에 나타난 그의 생각은 한 마디로 '비판적 수용이 필요하다'는 말로 요약할 수 있다. '비판적 수용'이 이루어지기 위해서는 '외국이론에 대한 절대적인 배척'과 '무비판적인 맹종'을 다 경계할 수 있

---

66) 송욱, 『시학평전』, 일조각, 1970, 5쪽.

는 변증법적 자세가 필요하다. 그러나 그가 보기에 당시의 우리 비평
계는 이러한 변증법적 자세가 드물고, 외국 문학이나 이론에 대한 문
단의 반응은 둘 중의 어느 한 쪽으로 편향된 태도가 만연해 있다고
비판한다. 그는 이것을 '<해묵은 전통>과 <아주 새로운 외래사조>가
야릇하게 혼합된 상태'라고 표현한다.

송욱은 「현대시의 반성」에서 우리 현대시의 형태와 운율 문제에
대해 본격적인 비판을 전개한다. 글의 부제인 '정형시·자유시·산문
시'에서 짐작되듯이, 이 글에서 송욱은 당시 시단에서 혼란스럽게 사
용되고 있던 시형태의 개념을 재정리하고, 모더니즘시의 형태실험에
대해 비평적 접근을 시도했다. 그의 비판의 요지를 재구성해 보면, 한
국의 현대시는 파괴하거나 해체할 만한 정형시적 전통이 있지도 않은
가운데, 열심히 무언가를 해체하거나 파괴하려 애쓰고 있으며, 이른바
'자유시'나 '산문시'라는 이름으로 통용되고 있는 현대시의 형태들은,
서구에서처럼 면면한 시형태의 전통에서 비롯된 것이 아니라, 태생을
알지 못할, 일종의 '형태적 사생아'라는 것으로 요약된다. 따라서, 그
는 한국의 현대시가 당면한 시형태적 과제는 해체나 파괴, 또는 실험
이 아니라, 하나의 정형시적 형태를 수립하는 것, 현대시다운 운율의
체계를 수립하는 일이 더 시급하다는 주장을 편다.

자유시에 대한 T.S.엘리엇트의 의견이 생각납니다. 훌륭한 시를
쓰려는 시인의 입장에서 본다면 어떠한 시도 자유로울 수 없다는
것입니다. 또한 미국시의 거장인 로버트·후로스트는 그저 자유
로운 시를 쓰려는 것은 넷트 없이 정구를 하려는 것과 같이 싱거
운 것이라고 합니다. 현재 이 나라의 시인이 시에 대하여 느끼는
절망은 이와 흡사한 일종의 권태가 아니겠습니까? 자유시는 생명
을 상실한 형식에 대한 반항인 동시에 새로운 형식의 창조와 과
거의 형식의 갱신을 위한 준비를 의미하였던 것입니다. 이것은
시를 만드는 입장에서 말한다면 '가장 자유로운' 시라도(그것이

훌륭한 시라면) 그 배후에는 어떤 단순한 리듬의 망령(T.S.엘리엇
트의 표현)이 숨어 있어서 독자가 정신을 차리지 못한 때는 전진
하여 그를 위협하고 그가 각성할 경우에는 물러나가는 것이 사실
이라고 할 수 있습니다. 어떤 인공적인 제약을 배경으로 하고 나
타나는 자유만이 참된 자유인 까닭입니다.[67]

그의 자유시론이 이러한 까닭에 '이 나라의 현대시문학에는 문학적
혁명의 의욕을 느낄 만한 대상이 없다'고 단정짓게 된다. 시형태에 관
한 일종의 '전통부정론'이라고 할 수 있다. 그러므로, 한국 현대시의
자유시나 산문시의 개념은 앞에서 말한 것처럼, 어떤 전통적인 시형
식을 부정하고 등장한 새로운 혁명인지 도무지 계보를 짐작할 수 없
는 것이라는 판단이 가능하게 된다. 한국 현대시가 해야 할 일은 파
괴나 실험이 아니라 건실한 운율의 체계를 수립하는 것이며, 이 경우
에 서구의 전통적인 운율의 체계에 대한 깊은 이해가 큰 도움이 된다
고 그는 생각한다. 그는 이 새로운 운율의 체계를 시에서 음악성을
회복하는 일로부터 시작해야 하리라 주장한다. 그가 생각하는 시의
음악성은 전통적인 시에서 일정한 단어나 자구의 반복에 의해 형성되
는 것이 아니다. 그는 엘리어트의 말을 빌려 시의 음악성에 관한 정
의를 내리는데, 그 내용은 '어떤 용어의 음악성은 전후에 있는 말로부
터 시작하여 그 문맥상의 다른 모든 말과 그 용어의 관계, 즉 하나의
교점에서 발생한다'는 것이다. 좀더 구체적으로 설명하고 있는 그의
말을 살펴보자.

현재 이 나라의 시인으로서 리듬의 유지를 위하여 노력하고
있는 사람의 작품을 보면 거개가 동일한 말의 반복이 그 특징인
것 같은데 지루한 인상을 받습니다. 이것은 어떤 단어라는 것이

---

67) 송욱, 「현대시의 반성」, 『문학예술』, 1957. 3.

항시 반복되기에는 지나치게 큰 단위라는 것을 말합니다. 오히려 우리는 단어의 일부인 모음이나 자음, 혹은 음절의 반복 내지는 변화를 통하여 더욱 효과있게 시의 음악성에 도달할 수 있다고 봅니다. 단어 전체가 되풀이되면 그 단어의 일정한 의미가 되풀이되는데 이것은 의미상의 암시력이라고 하는 시의 음악성에 막대한 해를 끼치는 결과가 됩니다. 또한 지금까지 시인들의 대상이 주로 어휘의 세련에 있었고, 사고 내지 심리표현에 중요한 문장론적 세련에 착안한 바가 없었음은 이 나라의 시문학의 현단계를 말하는 주목할 만한 사실입니다.68)

그의 초기시를 살펴보면 7·5조나 변형된 7·5조의 운율이 매우 빈번하게 등장하는 것을 발견할 수 있다. '벗어라 안개를 / 부신 네 몸이 / 떨리는 잎새마다 / 빛을 배앝게'(「숲」)라든가, '불꽃을 가지고 / 밤을 준 것을 / 울지도 못하고 / 머리만 숙여'(「꽃」), 또는 '있을 수 있다고 / 생각하기에 / 붉은 해가 돋으면 / 뵈오리라고'(「있을 수 있다고」), '하늘을 땅을 / 소매가 쓸면 / 둥둥 연꽃이 / 이 몸이 진다'(「승려의 춤」) 등과 같은 것이 그 좋은 예이다. 이러한 전형적인 7·5조의 음수율이 지켜지는 것 외에도 변형된 7·5조의 시들도 초기시 중에서는 상당히 많다. 예를 들면, '그대와 나는 / 밤 하늘에 부딪친 / 번갯불이니 / 눈물이 설레는 / 바다를 간다'(「<쥬리엣트>에게」)에서와 같이, '밤 하늘에 부딪친'이 삽입됨으로 해서 7음절과 5음절이 행마다 번갈아 나타나는 규칙을 약간 변형시키기는 하지만 기본적으로 7·5조의 음수율을 벗어나지 않는 것을 볼 수 있다. 이러한 율격감각으로부터 위와 같은 운율과 시형태에 대한 의식으로의 전환은 매우 의미심장한 것이다. 위의 인용문에서 보듯이, 그는 동일한 말의 반복이 아니라 모음이나 자음, 또는 음절의 반복과 변화가 현대시의 음악성을 더욱 효과있게 만든다는 새로운 자각에 도달하게 된 것이다. 이 대목

---

68) 송욱, 앞의 글.

에 이르러, 그의 연작시인 「하여지향」을 떠올리지 않을 수 없다. 이
대목은 바로 「하여지향」에서 시도되고 있는 새로운 실험을 이론적으
로 뒷받침하고 있는 구절이기 때문이다. 「비순수의 선언」이라는 유종
호의 평문은 바로 송욱의 연작시 「하여지향」에 대한 충실한 이론적
지원사격이자 동시에 날카로운 비판이기도 한 글인데, 유종호가 「하
여지향」연작을 좋게 보는 측면도 바로 그의 시가 일상회화를 대담하
게 끌어들이면서, 재치와 유머를 통해 일종의 '비평적 시'를 시도하
며, 청각적 음악성에서 의미론적 음악성으로 과감히 전이하려 한다는
점에 있었다.69) 그러나 유종호 역시 송욱의 시에 '시로서의 완전한
심미감(審美感)'이 존재하지 않는다는 점을 유보조건으로 다는 것을
잊지 않고 있다. 김춘수도 송욱의 이러한 시작업이 형태에 대한 그의
고민으로부터 비롯되었음을 지적하고 있다. 그는 송욱의 「하여지향」
이 한국에서 횡행하는 '자유시'에 대한 하나의 저항이자, 한국에는 정
형시다운 정형시의 전통이 없다는 그의 콤플렉스가 반영된 작업이라
고 보았다. 그는 송욱의 이러한 시도가 우리 말의 교착어다운 특질
때문에 성공하기가 매우 어렵지만, 형태에 대한 그의 고민과 이를 타
개해보려는 진지한 노력만큼은 소중한 것이라고 적극적으로 평가했
다.70)

「하여지향」연작은 단순히 시의 운율이나 음악성의 측면에서만 이
야기될 수 있는 시들은 아니다. 좀더 근본적으로는 이러한 음의 유사
성에 의한 조합을 통해 단어가 지닌 의미적 연결고리를 파괴시키고
궁극적으로는 수사학의 해체를 의도하고 있는 것이다.71) 논의의 대상

---

69) 유종호, 「비순수의 선언」, 『사상계』, 1960. 3.
70) 김춘수, 「형태의식과 생명긍정 및 우주감각」, 『김춘수전집 2』, 535~536쪽.
71) 한계전, 「송욱론」, 『한국현대시연구』(정한모교수 퇴임기념논문집, 민음사,
    1989) 111쪽. 그는 「하여지향」을 운율의 측면보다는 수사학의 해체라는 측
    면에서 조망하고자 한다. 「하여지향」연작에서 발견되는 문체론적 특징은
    1)의미체계의 전도 2)어법의 전도 3)말투의 호응 4)폭력적인 언어의 결합

이 될 만한 몇몇 구절을 살펴보자.

    뭇사람이 싫어서 내가 싫고
    싫음이 싫으면 죽음으로 圓으로,
    피묻은 螺線을
    미치게 두루 돌며 기어오른다
    倭亂과 胡亂과 洋擾를 겪고
    움직여야 하니까 動亂을 거처,
    목이며 四肢가
    갈라지다 합치고 하는 사이에
    歷史가 넣은
    주릿대가 틀리는데
                        — 「하여지향 3」

    골목처럼 그림자진
    거리에 피는
    孤獨이 梅毒처럼
    꼬여 박힌 8字라면,
    淸溪川邊 酌婦를
    한 아름 안아 보듯
    癡情같은 政治가
    常識이 病인양하여
    抱主나 아내나
    빗과 살붙이와
    現金이 實現하는 現實 앞에서,
                        — 「하여지향 5」

「하여지향 3」에서 '왜란'과 '호란'과 '동란'의 '란'자 운에 맞아 떨어지는 각운이나 「하여지향 5」의 '고독이 매독처럼'에서의 '독'자의

등으로 요약하고 있다.

운맞추기, '치정같은 정치'에서의 음운도치에 의한 의미의 전도, '현금이 실현하는 현실'과 같은 것이 「하여지향」연작을 형태와 운율에 대한 그의 의식의 반작용으로 해석하게끔 만드는 요소라고 할 수 있다. 이러한 예들은 그의 시에서 흔하게 발견할 수 있다. '시시한 是是非非' '會社같은 社會' '輕音樂에 맞추어 / 輕食事를 하다가 / 內憂가 肺病이면 / 花柳病이 外患이다' '理論이 道理없어 / 微妙한 妙味는 / 오로지 土亭秘訣' '才談과 肉談과 私談을 하다 / 感傷과 中傷과 外上을 거저' 등으로 계속되는 「하여지향」 연작에서의 음악성에 관한 새로운 시도는, 주로 한자단어가 음독될 때의 유사성과 그 의미의 대조에서 생기는 긴장과 유우머, 그리고 말바꾸기나 두운, 각운, 요운 등을 연결시켜 일정한 음상의 교차가 의미의 복합적인 효과로 번지도록 하는 시어 운용의 묘미를 통해 나타난다. 그러나 실지로 송욱이 의도한 것은 단순히 각운이나 요운 등의 음운에 대한 형식실험이 아니라, 현실적인 의미의 경계선을 허물고 이질적이며 배타적인 의미들을 강제로 연결시킴으로써 상투적인 의식과 관습을 부정하고자 하는 시적 의도가 숨어 있는 것이다.72)

그러나, 송욱의 이러한 시도를 운율과 형태의식의 소산이라고 해석하든, 수사학의 해체를 의도한 것으로 이해하든 우리에게 문제로 남게 되는 것은 이러한 시도가 모더니즘시의 심미적 완성에 어떤 긍정적 기여를 하는가의 문제라고 할 수 있다. 이 점 유종호가 이미 지적한 바 있듯이, 그는 송욱의 이러한 실험이 궁극적으로 말의 재주 부림 이상이 아니지만, 이 실험의 나아갈 길에 희망을 걸고 있다고 했으며, 심미적 완성도의 성공에 대해서는 유보적인 태도를 보였다.73)

---

72) 한계전, 앞의 글, 113쪽.

73) 동시대의 모더니스트였던 김수영의 다음과 같은 지적도 음미할 만한 것이다. '내가 보기에 송욱도 실험을 위한 실험을 난행하다가 지쳐 떨어진 수많은 이른바 모더니스트들과 정도의 차이는 있지만 똑같은 실수를 범하고

김춘수 역시 이러한 시도의 진지함과는 별도로 우리 말이 가진 교착어로서의 특질 때문에 시도의 성과가 제대로 나타나기는 어렵다고 함으로써, 간접적으로 송욱의 실험을 실패로 규정했다. 이를 음운에 국한된 실험으로 보지않고 수사학의 해체의 시도이며, 궁극적으로 새로운 이미지의 창조를 기도한 것으로 해석하는 한계전 역시 송욱이 의도했던 만큼의 새로운 전망을 얻는 데 실패했다고 규정한다.

그의 시론과 시형식 실험에 깔려 있는 시의 '음악성'에 대한 이해는 철저히 서구시, 특히 영미시와 프랑스시에 기반한 이론체계이며, 좀더 정확하게는 엘리어트의 현대시론에서 비롯된 것이라고 할 수 있다. 그런 까닭에, 그는 우리 시의 전통에서 유지되고 있는 '음악적 요소'를 발견하고 재창조하는 데에 깊은 관심을 쏟을 수가 없었고, 당연히 전통부정론을 내세울 수밖에 없었다. 서구시의 라임과 미터, 그리고 스텐짜에 관한 이론으로 우리 시에 내재해 있는 독특한 율격을 이해하기란 처음부터 무리한 일이다. 그러므로 그는 소월의 시에서, 현대시의 새로운 방향을 거꾸로 돌리려는 시대착오적인 부정성만 발견할 수 있었을 뿐[74], 소월의 시가 지닌 율격이 민요로부터 이어져 내려오고, 더 거슬러 올라가서 그것이 우리 시의 전통적인 율격이라 할 '3음보'체계의 창조적 계승이라는 측면은 발견할 수가 없었던 것이다.

있는 것같다. 만약에 그의 실험이 실험을 위한 실험이 아니라면 그는 당연히 그의 스테이트먼트의 장기를 발전시켜 나가야 할 것이다. 그리고 그의 발전은 순수시로의 퇴보가 아니라, 풍자적인 스테이트먼트의 순화(세련)의 방향을 취해야 할 것이다.', 『김수영전집 2』(민음사, 1981), 359쪽.

74) 송욱, 앞의 책, 136~144쪽. 그 전거(典據)를 보이면 다음과 같다. '소월은 민요의 리듬을 떠나면 매우 곤란을 느낀 것 같으며 어색하게 되고 마는 것 같다. 소월은 민요형식과 산문, 이 두 가지에 대하여 꼭 같이 거리를 가지는 <자기의 리듬>을 창조하겠다는 의식이 별로 없었을 것이다. 그리고 새로운 리듬을 지닌 걸작 「진달래꽃」이나 「초혼」은 음악성에 대한 의식적 탐구의 결과가 아니라 순전히 천재와 우연이 자아낸 작품이라고 생각해야 할 것이다.'

그는 김기림과 정지용의 30년대 모더니즘을 가혹하리만치 격한 어조로 비판하는데, 그가 기림을 비판하는 중요한 근거인 '동적(動的)인 전통의식과 내면성이 없었기 때문에 천박하게 외국풍의 문물을 등장시키고, 외국지명이나 물건의 이름을 나열하는 것을 모더니즘으로 착각했다'75)는 주장에서의 '동적인 전통의식'은 김기림뿐 아니라, 송욱 자신의 비평이론 안에서도 그다지 활발하게 작용한 것 같지는 않다.

시의 형태에 대한 전통론의 입장에서 볼 때, 송욱과 정반대의 방향에서 형태에 관한 정리 작업을 시도한 사람이 있었는데, 그것은 바로 김춘수였다. 그의 『한국현대시형태론』은 이 시기에 이루어진 중요한 시이론적 성과물의 하나이며, 넓은 의미에서 형식주의적 방법을 동원해 우리 현대시의 역사적 계보를 구성해보려고 시도한 첫작업에 속한다고 볼 수 있는 것이다. 김춘수의 형태론이 송욱의 형태론과 다른 방향에서 출발했다고 볼 수 있는 것은, 송욱의 경우 철저히 서구적인 시형태 개념으로 우리 시를 재단하고 그런 연후에 '형태에 관한 한 전통은 없다'는 결론에 도달한 데에 비해, 김춘수는 거꾸로 서구시의 형태로부터 혼란스러워진 우리 현대시의 바른 길을 잡는 방법은 우리 시의 형태적 특성을 재구하는 것에 있다고 본 때문이다.

> 오늘날 시는 완전히 형태의 무정부상태를 이루고 있다. 이것은 형태가 없다는 말이 아니라(형태가 없는 시는 없기 때문에), 한 시대가 능히 시인할 만한 형태가 시에 있어서 해체되어 버렸다는 말이다. 이것 역시 모든 가치가 해체되어가고만 있는 시대의 한 풍조일 것이다. 이것은 비단 한국에만 국한된 현상이 아니라 세계적인 현상인데, 세계란 개념은 오늘에 있어 서구란 개념과 직통해 버리기 때문에 오히려 시에 있어서의 형태의 해체현상은 한국이 스스로 만들어낸 것이 아니라, 피동적으로 서구에서 받아왔

---

75) 송욱, 앞의 책, 189~194쪽.

다고 해야 할 것이다. 서구적인 근대 내지 현대시의 전통이 희박한 한국에 있어서는 그러니까 자칫하면 한국적 전통마저 완전히 상실해 버릴 우려가 없지 않다. 이런 해체현상 속에서 한국만이 제 홀로 제 전통을 바로 찾아 시의 현대적 형태를 세울 수 있으리라는 것은 오만인지는 모르겠으나, 그에 대한 염원만은 버릴 수 없는 것이다. 그리고 시의 현대적 형태를 바로 세운다는 것은 시 그것을 바로 세우는 데 있어 불가결의 요소가 될 것이다. 현대시 50년에 있어서의 그 형태의 변천상과 해체해간 과정을 더 듬어 보는 중요한 까닭이 여기에 있다.[76]

김춘수는 『한국현대시형태론』에서 시형태의 변화양상을 기준으로 우리 현대시의 변화과정을 셋으로 나누었다. 육당의 신체시 실험에서부터 『창조』지의 등장 이전까지를 제1기라 하고, 『창조』이후부터 김소월까지를 자유시 시험시대라고 하여 제2기로 보며, 소월 이후 50년대 당대까지를 제3기로 나누었다.[77] '정신의 방향과 사적(史的) 위치를 증명하는 구체적인 대상은 양식 외에 아무 것도 없다. 시도 문화의 양식을 밑받침으로 한 형태가 정신의 방향과 사적 위치를 증명하는 것이라는 것은 두말할 여지가 없을 것 같다'는 그의 말에서 분명하게 드러나듯이, 그는 시의 형식에서 시장르의 본질이 드러난다는 믿음을 가지고 있다. 그의 형식관(김춘수는 '양식'과 '형태'라는 개념을 거의 구별없이 함께 사용하고 있다. 그런 점에서 넓은 의미의 '형식'에 포괄하여 그의 개념을 이해하고자 한다)은 형식의 변증법적 발전과정을 가장 중요하게 여긴다는 점에서 독특하다. 서정시 장르는 서사시(소설)나 극시(희곡)와 서로 자극하고 흡수하고 반발하며, 창작

---

76) 김춘수, 『한국현대시형태론』, 문장사, 1982, 21쪽. 원래 이 책은 『문학예술』, 1955년 8월부터 이듬해 4월까지 연재된 「형태상으로 본 한국의 현대시」를 보완하여 1959년 해동문화사에서 간행한 것인데, 여기서는 문장사가 간행한 『김춘수전집 2』에 실린 『한국현대시형태론』을 인용한다.
77) 김춘수, 앞의 책, 96쪽.

문학은 토의(討議)문학과 그러한 관계를 유지한다. 문학의 각 장르가 모두 이러한 과정을 거치면서 변화·발전해 나간다는 것이 그의 형식관의 요체이며, 그것은 '이 변증법적 과정은 항상 문학을 보다 살찌게 하기 위한 섭리'라는 명제에 집약되어 있다. 그가 서구의 형식이론을 단순히 우리 시에 적용하는 데 그치지 않고, 우리 시의 변화·발전 과정에서 전통적인 시형식과 외래적인 형식이 상충하고 길항하는 관계의 양상에 주목한 것은 이러한 그의 논리에서 비롯된 것이다.

예를 들자면, 김춘수는 민요적 율격에 바탕한 소월의 시형태를 일면적으로 부정하거나 폄하하지 않는다. 그 역시 송욱과 마찬가지로 소월의 율격체계를 부정적으로 본다는 점에서는 똑같지만, 부정적 평가의 결론에 이르는 과정이 다소 다르며, 무엇보다도 소월시의 형태적 특성에 내재해 있는 시사적(詩史的) 의미의 이중성을 부각시키려고 했다는 점에서 구별된다. 그는 소월에 이르러 한국 현대시는 반성기에 접어들었다고 보았다. 소월 이전의 현대시가 전통적 시형태를 일방적으로 파괴·해체하면서 충분히 자각된 현대시의 새로운 형태를 창출하는 데에는 이르지 못하고 하나의 방종(放縱)으로 흐르는 경향에 소월이 하나의 반동(反動)으로 등장하며 이 흐름에 제동을 걸었다는 것이다. 그는 소월의 이러한 반동이 소월 이후에 전개된 신시에 또다른 반동(反動)의 명분을 제공하면서 일정한 반성적 자양분을 제공했다고 본다.

향가 이래의 전통시의 입장에서 소월의 위치를 말할 수도 있고, 전통시와는 일단의 결별에서부터 출발한 신시의 입장에서 그의 위치를 말할 수도 있다. 그러나 전통시건 신시건 간에 시의 재료인 언어가 한국어라는 점을 생각할 적에 신시라고 해도 언어상의 제약을 벗어날 수가 없을 것이기 때문에 이것들(전통시와 신시)을 순전히 다른 것으로는 볼 수가 없다. 전통시의 계승자로

서의 소월과 신시에의 영향으로서의 소월의 양면에서 그의 위치
를 설정해야 되겠다.(……) 남들이 거진 맹목이 되어 앞만을 바라
고 저돌(猪突)하고 있을 적에 그는 눈을 뜬 채 뒤를 바라고 한걸
음 한걸음 거슬러 올라갔다. 소월은 그의 반성으로 하여 한국의
신시에 한 선을 그었다. 한국의 신시가 전통시와 어느 모로든지
관계지어져 있는 이상은 소월을 무시하고 나갈 수는 없다. 그러
다가는 암초에 부닥칠 것이 필연이다. 물론 거기(소월에) 머물러
있어서도 안된다. 소월을 곁눈질하면서 조심성 있게 나아가야 한
다. 소월은 한국정서의 밑바닥을 헤쳐 본 사람이기 때문이다. 소
월은 파수병이다. 이 파수병에게 한번은 경례를 하고 지나가야
한다. 몹시 괴로운 부담이다. 그러나 이 부담을 치러야 한다. 한
국시의 세계시에로의 전개. 이 옥토 위의 접목(서구시와 한국시)
에 있어서는 소월이라는 가녀린 가지(枝)가 한몫 볼 날이 올는지
도 모른다.78)

　위의 인용문은 50년대의 모더니즘이 전면적으로 전통단절의 지평
위에 서 있던 것이 아니었음을 보여주는 또하나의 증좌라고 할 수 있
다. 물론 이봉래나 송욱의 경우처럼 전통부정론을 선언적으로 제기하
는 모더니스트들도 있었으나, 한편으로는 앞서 살펴 본 고석규나 또
김춘수처럼 전통시와 현대시의 연결고리에 관한 문제를 본격적으로
고민한 모더니스트들도 있었던 것이다. 그는 현대시가 전통시와 제대
로 교섭을 치루고, 그 터전 위에서 현대시다운 형태를 창출하는 일련
의 과정을 염두에 두고 있었던 듯싶다. 그런 과정을 상정할 때, 김소
월의 위치는 분명히 하나의 부담이 아닐 수 없으며, 소월 이후의 시
인들에게 하나의 반성적 계기로 작용한다는 것이다. 고석규나 김춘수
의 경우는 전통적인 시 요소의 전면적인 부정을 통해 현대시의 모더
니티를 규정하지는 않는다.

---

78) 김춘수, 앞의 책, 104쪽.

'서정성'의 문제에 천착하고, 자기 나름의 현대시의 '서정성'을 이론적으로 모색하기 위해 애썼던 고석규와는 달리, 김춘수의 경우에는 전통적인 시형태와 현대시의 시형태가 교섭하고 상호영향력을 행사하는 일련의 과정이 구체적으로 어떻게 드러나는가에 대한 치밀한 이론적 천착은 보이지 않는다. 그런 점에서, 현대시와 전통적인 시형식의 상호교섭에 대한 그의 주장이 하나의 당위로 그치고 만 아쉬움이 남는다. 그러한 당위는 김춘수 자신의 시창작에도 뚜렷하게 반영된 것 같지 않으며, 그가 염두에 두었던 당대의 모더니스트들에게도 큰 영향력을 끼쳤던 것으로 보이지는 않는다. 이런 사실들은 모더니티에 대해 배타적 규정을 시도하지 않는 그의 논리 전개와 무관하지 않은 것 같다. 다시 말하면, 그는 우리 현대시의 형식면에서 모더니티는 이러이러한 방향으로 나아가야 한다는 것을 역설하려고 하기보다는, 형식상의 모더니티가 어떤 모색의 단계를 거쳐왔던가를 펼쳐 보이는 데 더 주력했던 것이다. 이 점에서 그는 당대나 그 이전에 이루어지던 형식실험을 실험 자체의 가치로서 매우 너그럽게 용인한다. 예컨대, 형태상으로 가장 파격적인 실험을 시도하여 여러 가지로 파문을 일으켰던 김구용의 경우, 송욱은 그의 시가 단적으로 '산문' 그 자체이며, '산문시'란 언어도단이라고 부정적으로 평가하지만, 김춘수의 경우에는 김구용의 이러한 형식실험도 하나의 해체과정이며, 길게 보면 형식의 변증법적 발전 과정에서 나타나는 현상의 하나일 뿐이라고 보기 때문에 그다지 부정적인 잣대로 재단하려 하지 않는다. 이러한 차이는 여러 가지 이유에서 생겨나는 것이지만, 우선은 비평가가 형식의 문제에서 서구시와 서구의 이론을 어느 정도로 규범화하고 있는가 하는 점이 중요하게 작용하는 것으로 보인다. 그런 점에서 김춘수는 50년대 시의 해체적 실험이 분명히 서구의 영향을 받은 것이지만, 해체의 과정이나 결과는 결국 우리 시의 테두리 안에서 이루어지며, 그에 대한 판단도 우리 시의 현실적 토대로 그 잣대의 기능을 삼을 수밖에 없다는 입장을 보인다. 50년대의 현대시의 과제도 여전히 모색과 실험의 단계에 놓여 있다고 보면서, 그 모색의 과정은 곧장 서구 현대시의 이식으로서가 아니라 우리 시의 전통과 부단히 교섭하는 가운데에서 진행되어야 하리라는 점을 강조하게 되는 논리적 귀결도 여기서 연유한 것이라 생각한다. 송욱과 김춘수가 시형식의 여러 요소에 관한 시적 모더니티를 고민하고 있는 동안에, 유종호는 시적 모더니티의 문제를 형식보다도 훨씬 미시적 범주인 '언어' 자체의 문제를 통해 접근하고 있었다.

(3) 시어(詩語)의 모더니티

50년대 유종호 비평에서 가장 중요한 요소는 '언어에 대한 자의식'이라고 규정할 수 있다. 언어에 대한 자의식이란 범박하게 풀이하자면, 문학이란 언어로 이루어진 예술이라는, 문학에 관해서는 지극히 평범한 이 정의(定義)의 의미를 다시 되새기려는 비평의식이라고 할 수 있다. 하지만, 그 문학의 궁극적 매재(媒材)인 '언어'를 중심에 놓고 문학작품을 이해한다는 것은 과연 비평에서 어떤 의미를 가지는가 하는 물음으로 나아가게 되면 매우 다양한 논의를 낳게 되어 결코 범박한 풀이로 그칠 수 없는 문제로 변하게 된다. 비평가로 등단할 무렵의 초기 평문이면서 그의 비평이 서있는 자리를 명료하게 제시해주는 글인 「언어의 유곡(幽谷)」은, 언어에 대한 자의식으로서의 그의 비평적 태도와 더불어서, 비평의 모더니티란 무엇인가에 대한 그나름의 규정을 시도하고 있다는 점에서 중요한 글이다. 그는 이 글에서 언어와 언어가 가리키는 바의 사물의 실재성 사이에 놓인 괴리와 단절의 발견으로부터, 언어에 대한 자의식을 출발시킨다. 그에 따르면

언어와 그 언어가 가리키는 바의 사물의 실재성은 영원히 하나가 될
수 없는 단절의 관계에 놓여 있다. 이를테면, '언어를 매체로 하여 표
현에 착수한 이상은 그 표현이 아무리 실재(實在)에 방불한 것이라
할지라도, 실재는 조금도 그 실재성을 손상당하지 않은 채, 그렇다고
아무런 고무도 받지 않은 채 엄연한 침묵만을 지키고 있을 뿐이며,
언어는 언어 그 자체의 세계를 전개해 나갈 뿐이다'[79])는 말에서 그러
한 단절의 의식은 집약되어 나타난다. 언어와 실재 사이의 단절과 괴
리를 전제하는 첫번째의 이유는, 언어가 곧 그 언어가 가리키는 바의
세계의 반영이라고 믿는 소박한 리얼리즘을 경계하고자 함이다.

> 발레리가 레오날드. 다. 빈치를 얘기한 『각서(覺書)』의 종결부
> 분을 「Quant au vrai Léonard, il fut ce quil fut('진정한 레오날드는
> 그가 존재했다는 바로 그것이다'라는 뜻임 - 인용자)」라고 맺은
> 것은 이러한 의미에서 의미심장하다. 그의 당장의 언중의도야 무
> 엇이든 간에 나는 여기에서 발레리라고 하는 정치(精緻)한 분석
> 정신의 한 극치를 본다. 의식적이든 무의식적이든 발레리의 이
> 말은 언어에 의한 어떠한 정밀한 사실(寫實), 분석, 표현에도 불구
> 하고 실재(대상)는 그저 저대로의 구체적인 존재방식을 유지하면
> 서 침묵을 지키고 있다는 사실을 암시하고 있다. 언어 및 언어세
> 계의 이러한 근본적인 한계성을 자각하고 난 뒤에 실재의 침묵에
> 서 느끼는 파스칼적인 공포(혹은 양심이라도 좋다), 참다운 리얼
> 리즘 정신이란 것이 있다면 그 진체(眞諦)는 바로 이러한 것이 아
> 닐까?[80])

언어와 그 대상인 실재의 세계가 맺고 있는 관계가 근본적으로 단
절과 괴리의 상태에 기반해 있는 것이라면, 언어를 궁극적인 매재로

---

79) 유종호, 「언어의 유곡」, 앞의 책, 144쪽.
80) 유종호, 앞의 글, 같은 쪽.

삼고 있는 문학의 존재이유는 절망 이외에 다른 것이 있을 여지가 없을 것이다. 「언어의 유곡」에서 유종호는 이에 대한 구체적인 대답을 마련해 놓지는 않았다. 그가 가장 중요하게 생각하고 있는 것은, 언어와 그 대상인 실재의 사이에 놓인 아득한 '절연'에 대한 실감, 이것이 비평의식의 가장 밑자리여야 한다는 생각 그 자체이다. 그런 점에서 그는 리얼리즘 자체를 부정하는 것이 아니라, 언어가 곧 대상의 반영이라고 믿는 소박한 리얼리즘을 부정하고 있는 것이며, 문학이 궁극적으로 절망적인 것이라고 보고 있는 것도 아니다. 이를테면 그의 비평의식의 출발은, 언어와 실재의 관계가 그러하므로, 실재와는 다른 언어의 세계를 따로 설정하는 필연적인 이유를 발견하는 데 있는 것이다. 그리고 거기에 이르기 위해서는 이상에서 거론한 언어와 실재 사이의 단절을 통절히게 실감하는 과정을 거치지 않으면 안된다는 것이다. 이것은 달리 표현하면 유종호가 규정하고 있는 '비평의 모더니티'라고 부를 수 있다.

> 현대문학이 제공해 주고 있는 여러 가지 화제, 가령 순수소설이라든가 관념소설의 문제, 혹은 난해성의 문제 아니 전통의 문제까지도, 그 생성의 기원은 다름아닌 언어의 유곡이었다(……)여기서 한 가지 지적하고 싶은 것은 오늘날 우리 문학세계에서 벌어지고 있는 온갖 후진적이며 비양식적인 추태는 문학자들의 언어의 근본성격에 대한 통탄할 만한 무의식이 그 원인의 절반이 되어 있다는 사실이다.[81]

비평의 관점이 이러한 까닭에, 그는 시의 모더니티에 관해서 다른 논자들처럼 어떤 준엄한 범주를 설정하거나, 스스로 배타적인 규정성을 따로 만들려 하지 않는다. 그 이전에 우선 그는 모더니즘을 하나

---

81) 유종호, 앞의 글, 149쪽.

의 '주의'로 표방하고 있지도 않다. 그런 점에서 유종호의 비평을 모더니즘 내부의 논의로 묶기에는 다소의 논리적 영성함이 있음을 밝힐수밖에 없다. 그러나, 그의 비평에서 시의 모더니티에 대한 논의는 만만치않은 비중을 차지하고 있다. 그는 당대의 모더니스트들의 시에대해서 대체로 부정적인 태도를 보인다. 그 이유를 몇 가지로 정리해보면, 첫째, 시가 쓸데없이 난해하다는 점이며[82], 둘째, 형식적 실험이시의 음악성을 파괴하는 쪽으로만 치닫고 있다는 점[83], 셋째, 시의 진정한 모더니티를 우리말의 특질에서부터 구하지 않는다는 점[84] 등으로 요약할 수 있다. 현대시가 쓸데없이 난해하다는 비판은 거꾸로 말하자면 난해해야 할 진정한 이유를 현대시가 제대로 보여주지 못한다는 의미도 되는 것인데, 모더니스트들은 대체로 시의 난해성의 원인을 현대사회의 복잡함과 문명의 혼돈으로 돌리지만, 이에 대한 비판은 모더니즘 안팎에서 아주 다양하게 제기되었다. 현대시의 형식실험이 시의 고유한 음악성을 파괴하는 쪽으로 나아간다는 사실에 대한비판은 이미 전봉건이나 송욱에 의해서도 제기된 것이며 앞에서 논의한 바 있다. 그는 당대의 모더니즘에 대해서는 호의적인 태도를 보이지 않았으나, 우리의 시가 현대시다운 성격과 요소를 갖추어야 한다는 점에 대해서는 어떤 모더니스트보다도 강한 의지를 드러냈다. 그런 점에서 그는 당대 모더니즘의 흐름과는 다른 통로로 그 나름의 시적 모더니티를 추구했던 것이라고 할 수 있다.

시의 모더니티에 관한 그의 논의가 빛나게 되는 것은, 우리 현대시가 안고 있는 모더니티의 딜레머를 우리말의 다층적인 성격으로부터밝히는 대목이다. 「토착어의 인간상」이 바로 그것인데, 여기서 유종호는 우리 말에서 상당 부분을 차지하고 있는 서양어의 한자 역어(譯

---

82) 유종호, 「현대시의 표정」, 앞의 책.
83)유종호, 「불모의 도식」, 앞의 책, 296~298쪽.
84) 유종호, 「토착어의 인간상」, 앞의 책, 179~180쪽.

語)와 토착어의 문제에 천착한다. 그가 토착어라고 부르는 것은 우리 말을 구성하고 있는 단어 중에서 순전히 토박이말인 것, 이를테면 한 자로 표기할 수 없는 집, 들, 물, 나무, 토끼, 나그네, 아낙네, 늙은이, 구름, 하늘 따위와, 한자말이지만 이미 우리 말로 옮겨온지 오래되어 한자어라는 의식이 약화된 말들 이를테면, 주전자, 산신령, 귀신 따위 를 합친 개념이다. 물론 학문적으로 엄밀한 범주구분은 아니다. 그가 토착어를 내세우는 것은 그와 상대되는 말들과 대비하기 위한 것이 다. 그가 토착어와 대비하는 것은 근대 이후 서양의 문물과 사상을 표현하기 위해 우리가 만들거나 수입해서 쓰는 한자말들이다.

우리 토박이말의 정서적 연상대는 곧바로 '전근대적 인간상'과 이 어진다는 것이 그가 파악한 하나의 특질이며, 그런 까닭에 토박이말 은 근대의 삶을 표현하는 데 일성한 한세를 띨 수밖에 없다는 것이 다. 이 토박이말이 근대적 삶을 다룬 작품에서는 거의 제대로된 문학 언어의 기능을 하지 못하다가, 전근대적 삶을 다루는 작품에서는 돌 연 활기를 띠며, 어떤 의미에서는 작품의 미적 완성도를 높이는 데 결정적인 기여를 하기까지에 이르는 것이 그 단적인 예다. 그러나 이 한계는 명백하다. 그는 우리 문학이 추구해야 할 문학언어의 모더니 티는 다른 가능성에 있다고 주장한다.

> 손쉬운 토착어의 조직과 세련은, 결국 토착어의 전근대적 인간 상의 형상에만 안주하게 될 위험성이 많으며, 그렇게 함으로써 현대 한국의 진면목을 잃어버리고 일면적인 한국만을 고집하는 보수에의 길로만 일편단심 걸어가게 될 위험성이 있는 것이다. 물론 전근대적인 인간상도 그것이 현실적인 인간상인 이상, 그것 은 마땅히 부각되어야 하며 또 사실상 우리의 신문학 중에서 우 수한 부분을 차지하고 있는 토착어의 인간상의 형상은 응분의 평 가를 받아야 한다. 그러나 우리 문학의 새로운 가능성은 토착어 의 자리를 대치하여 가고 있는 생경한 언어군을 어떻게 예술적으

로 형상해 가느냐는 점에서 찾지 않으면 안될 것이다.85)

이 때의 생경한 언어란, 서양에서 생긴 말이 일본을 거쳐 수입되면
서 정착된 한자번역어를 말한다. '후살이' '나그네' 등이 전근대적 인
간상을 떠올리게 만드는 토박이말이라면, 변증법, 민주주의, 관념형태,
인도주의, 신(神) 따위가 수입된 서양말의 한자역어들이다. 후자는 우
리에게 생경하며, 심미적인 감동을 불러일으키는 언어로 작용하기에
는 한계가 명백하다. 현대시의 딜레머는 여기서 비롯된다는 것이 그
의 견해다.

> 우리는 항용 어떤 작품을 두고 지나치게 관념적이어서, 에술적
> 인 형상화에 성공하지 못했다든가 혹은 대화 언어가 부자연하다
> 든가 하는 평언(評言)을 접하게 되는데, 이런 경우엔 작가의 능력
> 여하보다도 더 많이 앞서 말한 바와 같은 우리말의 불행한 근본
> 성격이 작용하고 있기 때문이다. 그런 경우엔 대개 등장 인물의
> 자의식이나 어떤 관념적인 의식 내용, 그리고 모종의 이데를 노
> 린 경우가 많다. 그리고 이러한 근본성격이 고유정서를 태반으로
> 하지 않은 시 작품을 생경한 비시(非詩)로 전락케 하였으며, 많은
> 번역소설을 재미없는 것으로 만들어 버렸다. 불행한 사태다. 그리
> 고 이러한 불행한 사태에 대한 의식적 극복책은 과문한 탓인지
> 모르지만 적극적인 움직임을 보여 주지 않고 있다.86)

유종호보다 좀더 일찍 시의 현대화와 시어의 난맥상을 고민한 사
람은 김현승이었다. 그는 「우리말의 특질과 현대시의 과제」에서 유종
호와 매우 비슷한 방식으로 현대시와 시어의 관계를 고찰하면서, 현
대시가 안고 있는 딜레머를 밝혀보려고 했다. 그는 이 글에서 우리

---

85) 유종호, 앞의 글, 179쪽.
86) 유종호, 앞의 글, 176~177쪽.

시어를 구성하고 있는 말의 집합을 '감각어'와 '문화어'로 나누었다. '감각어'란 말 그대로 감각을 표현하기 위해 동원되는 말들인데, 우리 말은 본래 이런 감각어가 풍부하게 발달해서 자유롭게 감각어를 구사 하여 표현할 수 있는 장점이 있다고 했다. 그러나 감각어는 사상이나 관념을 표현하는 데는 어려움이 따른다. 특히 현대시는 일정한 사상 이나 철학적 세계관을 시에 담아내는 것을 큰 특징으로 삼는데, 이럴 때는 어쩔 수 없이 '문화어'를 동원하지 않을 수 없다고 했다. 그가 말한 '문화어'란 유종호의 수입된 '한자어'와 매우 비슷한 개념이다. 문화어란 문화의 발전과 생장에 수반되는 언어다. 그러므로 현대문화 를 구가하기 시작한 지 불과 반세기가 되지 않는 우리에게는 현대문 화를 받아들이면서 생겨난 문화어의 전통이나 역사란 것도 채 반세기 가 되지 못한 생경한 것이다. 그는 이러한 현상이 시에 어떤 작용을 초래하는지 다음과 같이 밝히고 있다.

> 우리의 문화어는 진정한 언문일치가 실현된 연조로 보나 서구 문화의 수입이란 것을 중심하여 생각할 때 그 가장 오래인 것이 반세기의 전통밖에 갖지 못하였다는 이론이 성립될 수 있다. 그 리고 정상적인 상태에서는 정신적 진전의 내적 수요에 따라, 그 에 공급될 외면적인 언어가 언제나 동일한 템포로 발달되어 나감 이 문화성장의 이상적인 조건일 텐데 우리 문화의 이러한 후진적 특수성은 전체의 언어가 개인의 사상에 뒤떨어지는 현상을 면하 지 못하고 있다. 한자어란 그 표의문자의 성질상 학문상의 용어 나 문명사상(事象)을 함축있게 표명하는 실용적인 용어로서는 간 편하고 적합할지 모르나, 미학적 가치에 있어서는 그 불필요한 면적과 둔중성 때문에, 우리의 감각어가 가지는 것과 같은 그러 한 친밀감을 도저히 줄 수 없는 예술적 동화성이 희박한 언어이 다. 그리하여 이와 같은 우리의 문화어의 빈곤성 때문에 가장 많 은 고통을 받아야 하는 사람들은 누구보다도 현대의 주지적인 시 인들이다.87)

　김현승이 마지막에 지적한 '문화어의 빈곤성'이란 좀더 정확히 말하자면 '빈곤성'이라기보다는 심미적 작용의 상대적인 열등성이라고 할 수 있다. 감각어는 독자들에게 친숙하고 익숙한 세계를 펼쳐보이는 데 반해 낡고 사라져가는 세계를 노래하는 데에 적합할 뿐 더이상 현대사회와 현대문명을 표현하고 반영하는 언어적 매재(媒材)의 역할을 제대로 할 수 없으며, 현대사회를 표현하기 위해 동원하는 한자어는 미처 시어로서 자리잡지 못한 생경함 때문에 전달코자 하는 미적 효과를 충분히 살려내지 못한다는 것이다. 그러므로 이것은 현대시가 안고 있는 하나의 '진퇴양난'이다. 그는 주지적인 현대시가 난해하다는 평을 받는 것도 이런 문제와 무관하지 않다고 본다. 그러나 결론은 이러한 난점에도 불구하고 한자어나 문화어는 새로운 시어로 자리잡지 않으면 안되며, 현대시가 안고 있는 중요한 과제의 하나는 이것을 극복하는 데 있다는 점으로 귀착된다. 유종호도 그러한 결론을 내세우거니와, 김현승도 '현단계의 생경한 우리의 문화어를 어떻게 하면 친화력을 가지는 우리의 시어로서 개척할 수 있을까 하는 문제는, 우리의 현대시가 무엇을 쓸까 하는 문제보다도 결코 가볍지 않다'는 것으로 귀결된다.

　시어의 문제에 관한 한, 근본적으로는 어떤 단어나 말에 본질적으로 시적 요소가 존재한다고 보기는 어렵다.[88] 말이 놓인 자리와 그 자리에 의해 규정되는 특정한 역할과 기능에 의해 시적 의미와 기능은 만들어지게 되는 것이다. 그런 점에서 시의 모더니티에 대한 이런 접근방식은 다른 논자들에게서 찾아보기 힘든 구체성을 얻는 섬세하고 미시적인 분석태도이긴 하지만, 그러나 한편으로는 이러한 접근은

---

87) 김현승, 「우리말의 특질과 현대시의 과제」, 『현대문학』, 1956. 11.
88) 이상섭, 『문학비평용어사전』, 민음사, 1976, 162쪽.

지나치게 현상분석적인 한계를 안고 있는 것이기도 하다. 문학언어의 모더니티에 대한 이런 접근방식 자체는 엄밀하게 말하면 일정한 역사적 한계에서 비롯된다고 볼 수 있다. 유종호의 글에도 있듯이, 50년대란 전근대적인 것과 근대적인 것이 교체되는 시기였으며, 이런 환경 속에서는 토박이말의 정서적 연대란 '버려야 할 유산' 이상으로 상정되기 어려울 것이기 때문이다. 그러나 이 글이 발표된 지 예닐곱 해 뒤에, 김수영의 「거대한 뿌리」에서 우리는 토박이말의 정서적 연상대가 '서글픈 전근대적 인간상'으로부터 다른 방향으로 바뀌는 것을 보게 되지 않는가. 이것은 토박이말 자체에 그러한 '정서적 연상대'가 하나의 본질로 내재해 있는 것이 아니라, 토박이말이 문학언어로 움직이는 공간이나 환경의 문제가 좀더 근본적인 것임을 일깨워주는 문학사적인 사례가 되는 것이라고 생각한다. 김수영은 유종호가 지적한 현대시와 우리말의 특질이 교차하면서 만들어낸 미묘한 교착의 상황을 헤치고 나오기 위한 시인다운 고투의 과정을 보여준다. 그는 사라져가는 토박이말에 향수와 연민을 느낀다. 그 자신 그러한 토박이말을 자유자재로 부려쓸 능력이 없는 세대에 속한다는 사실에 절망하기도 하고, 언어에 관한 이 딜레머를 치열하게 극복하고 나온 작품이 눈에 띄지 않는 현실을 분개하기도 한다.

　　그러나 내가 보기에는 우리 시단에는 아직도 이런 언어의 교체의 어지러운 마찰을 극복하고 나온 작품이 눈에 띄지 않는다. 내가 아름답다고 생각하는 말들은 아무래도 내가 어렸을 때에 들은 말들이다. 우리 아버지는 상인이라 나는 어려서 서울의 아래대의 장사꾼의 말들을 자연히 많이 배웠다. <마수걸이> <에누리> <색주가> <은근짜> <군것질> <총채> 같은 낱말 속에는 하나하나 어린 시절의 역사가 스며있고 신화가 담겨있다. 또한 <글방> <서산대> <벼룻돌> <부싯돌> 등도 그렇다. 그러나 이런 향수에 어린 말들은, 현대에 있어서 <아름다운 것>의 정의-즉 쾌락의 정의

　　－가 바뀌어지듯이 진정한 아름다운 말이라고는 할 수 없다. 그
　　런 것을 아무리 많이 열거해 보았대야, 개인적인 취미나 감상밖
　　에는 되지 않고, 보편적인 언어미가 아닌 회고미학에 떨어지고
　　마는 것이 고작이다. 그러면 진정한 아름다운 우리말의 낱말은?
　　진정한 시의 테두리 속에서 살아있는 낱말이다. 그리고 그런 말
　　들이 반드시 순수한 우리의 고유의 낱말만이 아닌 것은 물론이
　　다.89)

　　시 「거대한 뿌리」의 시작노트로 쓴 이 산문에서 김수영은 유종호
가 제기했던 토박이말의 정서와 근대적 시정신 사이에 놓인 공백을
메꾸어보기 위해 애쓰는 고뇌의 흔적을 보여준다. 시어의 문제는, 송
욱이 김기림의 시에 대해 '모더니즘을 이국취향의 단어를 나열하는
것 정도로 오해하고 있었다'90)고 비판할 때에도 제기되었던 것이며,
고석규가 당대의 모더니스트들을 향해 '현대문명에 경악하는 낙관적
인 정서야말로 또하나의 대단한 감상에 지나지 않는다'91)고 비판할
때에도 등장했던 문제였다. 김수영은 이 토박이말과 현대어의 문제를
해결하는 하나의 통로를 발견한다. 그것은 말 자체에 내재한 속성이

---

89) 김수영, 「가장 아름다운 우리말 열개」,『김수영전집 2』, 민음사, 1981, 281
　　쪽.
90) 송욱, 앞의 책, 194쪽. 앞절에서 언급한 송욱의 「하여지향」에서 내보인 시
　　적 실험도 넓은 의미에서 '시어'의 문제와 연결된다고 볼 수 있다. 그는 「
　　하여지향」의 서언에서 밝히기를, '나는 한국어의 무한한 가능성을 믿는다.
　　나의 모국어가 어떤 외국어에도 못지 않다고 생각한다. 이에 대한 근거는
　　별로 없다. 다만 한국어는 나의 예술의 유일한 표현수단이기 때문에 그렇
　　게 믿는 것이다. 자기의 악기를 탓하는 연주가가 있다면 그는 청중의 폭
　　소나 분격을 살 것이다'1)고 했다. 유종호나 김현승과는 다른 입장에 서있
　　는 발언이다. '한국어는 나의 또하나의 육체이다. 나는 이 육체로서, 보고
　　듣고 생각하고 웃고 울려고 한다. 나의 모국어는 나의 법신(法身)이다. 한
　　국어는 나의 조국이다'라고 선언할 수 있었던 까닭에, 그는 대담하게 시어
　　의 일탈과 파격을 감행한다.
91) 고석규, 앞의 책, 73쪽.

아니라, 그 말이 '진정한 시의 테두리' 안에서 어떻게 살아움직이는가
를 관건으로 한다는 것이다.

시인의 이러한 고투는 60년대를 거쳐 70년대에 이르면 좀더 많은
전범(典範)92)들을 얻게 된다. 토박이말이 사멸의 운명에 놓이고, 이것
을 붙드는 한 시는 보수적인 평온함에 안주하는 것이라고 본 것은 토
박이말이 지닌 시적 기능의 일면적인 진실이다. 그리고 현대시의 교
착상을 시어의 문제로 접근한 것 역시 부분적인 정당성을 얻을 뿐이
다. 유종호는 토박이말에 너무 쉽게 퇴영적이고 전근대적이며 운명론
적인 굴레를 씌워버렸던 것은 아닌가 생각한다. 결과적으로 이러한
인식은 전통의 문제로 귀결되지 않을 수 없다. 쌓여있는 과거의 문학
과 언어에서 무엇을 읽어내고 솎아내며 이어받을 것인가 하는 문제
다. 말과 그 말의 배후에 놓인 역사가 겹쳐지는 부분을 섬세하게 읽
어내려고 애썼던 그였지만, 시의 모더니티 문제에 관해서 그가 제시
했던 견해는 일정한 한계를 지닌 것이었으며, 그것은 단지 그의 한계
라기보다는 전통과 현대의 상호침투를 변증법적으로 파악하기 어려
웠던 50년대 비평의 전반적인 인식체계에서 비롯된 한계이기도 한 것
이다.

---

92) 신경림과 김지하가 그러하며, 부분적으로는 김남주도 여기에 포괄할 수
    있을 것이다. 최근의 시인들로는 김용택이나 고재종과 같은 시인들도 생
    각할 수 있다.

제6장   결   론

1950년대 한국의 문학비평은 시기적으로 1948년의 대한민국 정부 수립과 1960년의 4·19혁명 사이에 걸쳐서 전개된다. 이 시기의 비평은 그동안 연구자들의 다양하고 풍부한 고찰이 이루어지지 않은 채 몇몇 단편적인 접근을 통해, 그리고 50년대가 우리 현대의 사회사 및 정치사에서 차지하는 위상과 곧장 연결되어, 종종 문학의 '단절기'나 '반동기'로 인식되어 왔었다. 단절기나 반동기로 이 시기의 문학 및 비평을 이해하려는 입장의 중요한 근거는, 이 시기에 이루어진 문학 및 비평이 서구문학의 무비판적인 수입과 피상적인 모방으로 일관했으며, 반공이데올로기와 독재적인 정치환경으로 인해 순수문학이라고 하는 현실도피적이고 체제순응적인 관제문학만이 그 존재의 근거를 확립할 수 있었고, 문학이 그 존재와 활동의 기반인 구체적 현실과 역사에 대해 외면하고 세계적 동시성의 추구라는 보편성의 미망으로 치달았던 사실 등이라고 할 수 있다.

1950년대의 문학에 대한 연구는 이제 본격적인 출발의 시점에 놓여 있다고 판단되며, 기왕에 제출되어 있는 이 시기의 문학에 대한 위와 같은 전제 및 선입관들은 이 시기의 문학의 양상이 좀더 풍부하게 고찰되고 그 실제의 모습이 올바르게 재구성될수록 수정될 여지가 많으리라고 생각된다. 실제로 이 시기의 문학에 대해 이루어진 개별적인 연구들 중에서는 기존의 인식을 허물고 이 시기의 문학에서 새로운 의미를 밝혀낸 성과들도 상당수 나타나고 있다. 문학비평에 한정하여 살펴볼 때, 이 시기의 비평은 단순히 단절기나 반동기 또는 휴지기(休止期)로 규정할 수 없는 다양성과 역동성을 띠고 있었다. 비평의 전개과정도 일면적인 서구이론의 수입이나 모방에 그친 것이 아니라, 그러한 외국의 이론과 문학을 우리의 현실에 비추어 토착화시키거나 비판적으로 수용하려는 움직임이 무시하지 못할 만큼 활발하게 이루어진 사실을 발견할 수 있다. 순수문학론의 실제위상은 알려져 있는 것보다 무척 미미한 것이었으며, 오히려 이러한 관제적 성격의 미학이 지닌 수동성과 탈정치적 논리에 저항하고 이를 극복히려는 비평이 더욱 적극적으로 전개되었다고 할 수 있다. 이러한 비평의 양상은 특히 1955년을 분수령으로 하여 50년대 후반에 접어들면서 본격적으로 나타나게 되는데, 그것은 새로운 세대의 젊은 비평가들이 대거 등장하여 소수의 기성비평가들이 독점하고 있던 평단의 비평적 이념과 좌표를 새롭게 형성했기 때문이었다. 물론 이러한 비평논의의 다양성과 역동성은 50년대 전체를 지배하고 있던 전쟁 이후의 폐허화한 현실과 과도하게 경직된 반공이데올로기 및 자유민주주의의 올바른 제도적 확립의 실패와 그로 인한 일인 독재체제라는 정치적·사회적 기반에서 완전히 자유로운 것이 아니었음을 인식하는 것이 무엇보다 중요하다.

그럼에도 우리가 이 시기의 비평에서 좀더 눈여겨 보아야 할 것은, 전쟁과 가난, 참담한 정치적 현실과 전후 사회의 혼란이라는 바탕 위에서, 한 사회를 구성하고 있는 지성(知性)이 이러한 혼란과 좌절, 파괴와 절망의 현실을 어떻게 인식하고 있었으며, 어떤 방향으로 극복을 모색했던가 하는 점이며, 그러한 인식과 극복의 모색이 비평담론 속에 어떻게 나타나고 있는가 하는 점이다.

이러한 문제의식으로 1950년대의 비평을 고찰한 본 논문이 논의의 전개를 통해 밝히려고 애썼던 이 시기 비평의 성격 및 그 전개양상은 대체로 다음과 같이 정리할 수 있다.

먼저 1950년대 비평의 지형은 55년을 기준으로 하여 전반기와 후반기로 나누어 볼 수 있는데, 전반기는 한국전쟁 기간이 삼분의 이를 차지하는 까닭에 제대로 비평적 활동이 이루어지기 어려운 여러 가지 조건 속에 놓여 있었다. 우선 많은 비평가들이 이념에 따라 공간이동을 하는 바람에 남한에 남아서 활동할 수 있는 비평가가 기성세대 중에서는 손가락으로 꼽을 만큼 극히 적은 숫자였으며, 전쟁의 여파로 인하여 극심한 물자부족에 시달리면서 비평을 포함한 일체의 문학활동이 순조롭게 이루어질 수 있는 매체가 생겨날 수 없었다. 이러한 물질적 조건 외에도 대부분의 문인이 전쟁 기간 동안에 육·해·공군에 소속되어 종군활동을 벌였고, 전쟁을 치르면서 이른바 반공이데올로기가 남한 전체의 강력한 지배이데올로기로 부상하게 되자 사상과 토론 및 발표의 자유가 극도로 위축되었기 때문에 활발한 비평활동이 이루어지기 어려운 이데올로기적 조건이 형성되었다. 그런 이유들로 인해 전반기에는 뚜렷한 비평의 좌표가 마련되지 못했으며, 백철과 조연현, 곽종원 등 소수의 기성세대 비평가들에 의해 유지되고 있던 비평계는 기성세대 스스로 젊은 세대의 출현을 전망하고 이들을 통해 비평영역의 수혈작용을 기대하는 상황을 맞게 된다. 1955년은 여러 가지 의미에서 50년대 비평의 분기점이 되는 해인데, 첫째로는 이 해를 시작으로 하여 스무 명 가까운 신진 비평가들이 대거 등장해서 비평계에 활기를 불어넣게 되며, 둘째로는 『현대문학』을 비롯해 『문학예술』 및 『자유문학』 등의 문예잡지가 속속 창간되고, 『사상계』, 『자유공론』, 『신태양』 등 문예에 많은 지면을 할애하는 종합잡지들이 생겨나면서 비평활동이 이루어질 수 있는 공간이 전반기와 비교하기 어려울 만큼 증대된다는 점을 특징으로 꼽을 수 있다. 그러나 가장 의미있는 것은, 반공이데올로기에 근거한 전선문학(戰線文學)의 영향력이 강고했던 전반기의 일률적인 상황을 뚫고, 대거 등장한 이들 신진 비평가들에 의해 비평 영역에서 다양한 비평방법들이 시도되고, 그 과정에서 여러 가지 비평의 쟁점이 생겨나게 되었다는 점이다.

이러한 물질적 · 정신적 조건을 기반으로 하여 이 시기의 비평을 그 성격과 영향력의 측면에서 나누어 볼 때, 주류를 형성한 비평은 민족문학론과 실존주의 문학론 그리고 모더니즘론으로 크게 삼분할 수 있다. 물론 이러한 세 가지의 흐름에 50년대 비평의 전체가 포괄될 수 없음은 당연하다. 그러나 이 중심적인 흐름에 포괄되지 않는 비평적 논의들은 50년대 비평의 전체적 지형에서 살펴보았을 때, 그 의미가 적거나 지엽적인 것이라고 할 수 있으며, 대부분의 비평적 논의는 이 세 가지 축을 중심으로 하여 전개되었다고 본다.

민족문학론의 경우, 해방 직후의 몇 년 동안에도 민족문학의 개념과 성격, 그리고 그 이념적 토대를 둘러싸고 좌우익 간에 치열한 논쟁과 대립의 양상을 보였던 일이 있었는데, 50년대에도 민족문학론은 비평에 있어서 가장 중심적인 주제가 되었다. 이 시기 민족문학론의 성격은 해방 직후에 우익쪽의 민족문학론의 이념과 성격을 계승하는 흐름이 하나의 중심을 구성하고 있는 한편에 그러한 민족문학론의 보수적 성격과 이데올로기적 편향성에 맞서 새로운 민족문학을 구상하는 비평적 논의들이 전개되었다. 우리 문학사에서 '민족문학'이라는 개념의 내포와 외연은 매우 다양한 층위로 나타나게 되는데, 가장 본질적인 이유 중의 하나는 '민족' 개념의 상이한 이해방식에서 비롯된 것이다. 김동리로 대표되는 전자의 민족문학론에서 논의되고 있는

'민족'개념 및 '민족문학'의 성격과 최일수로 대표되는 새로운 민족문학의 구상은 이 시기에 전개된 민족문학론의 다양한 층위 가운데 가장 극명하게 대비되는 것들이다. 이 때의 새로운 민족문학에 대한 구상은, 우리 문학의 위치를 제 2차 세계대전 이후에 식민지 상태에서 독립한 국가나 민족들의 범주, 이른바 제3세계의 지평 위에 두어야 함을 주장하고, 그 문학의 성격을 분단상황이라는 민족의 현실을 직시하고 이를 극복하는 것으로 규정한다.

민족문학에 관한 총론적 성격의 이러한 논의들은 대립점이 분명해지고 그 전망의 방향이 달라지면서 민족문학과 세계문학, 민족문학과 전통의 문제 등의 각론적 쟁점들을 형성시킨다. 이러한 논의들은 한국전쟁 이후 물밀듯이 밀려오는 서구문학에 대해 우리 민족문학의 정체성을 확립하고 주체적인 문학을 수립하기 위한 비평적 노력의 결과이며, 다른 한편으로는 한국문학의 세계성을 확보하기 위한 구체적인 방편 모색의 결과이기도 한 것이다. 이 과정에서 한국문학의 상황을 세계문학과 동시적인 것으로 간주하여 보편성을 강조하는 논의가 제기된 한편으로, 서구문학이 물질문명적 속성으로 인해 봉착한 정신적 위기와 한계를 동양문학과 한국문학이 타개해 나갈 수 있다는 탈서구적 논의도 비교적 활발하게 개진된다. 그런 한편으로, 우리 문학의 정체성을 서구문학과는 이질적이며 아시아 여러 나라들과는 동질적이라는 전제 하에, 민족적 특수성을 세계성의 가장 중요한 특질로 인식하려는 논의들도 제기되었다.

실존주의 문학론은 해방 이전부터 간헐적으로 소개되어 오다가 전쟁과 더불어서 혼란과 파괴, 참담한 폭력을 경험한 지식인들에게 새로운 세계인식의 이론적 지침으로 받아들여지면서 빠른 속도로 퍼져나갔다. 실존주의 문학론은 주로 불문학 전공자들을 중심으로 수용·확산되었는데, 그 수용과정에서 몇몇 비평가들에 의해 그 철학적 기반과 이념의 성격을 둘러싸고 비판적 논의에 부딪치기도 한다. 비판적 논의를 전개한 논자들인 정태용과 백철, 그리고 최일수 등은 실존주의 문학이 파시즘 아래에서 전망을 상실한 소부르주아지의 철학이며, 인간의 고립과 소외, 불안 등을 선험적인 존재조건으로 상정하는 까닭에 비역사적이며 허무주의적인 관념이라고 보았다. 그러나 이들의 비판적 논의와는 상관없이 실존주의 문학은 급속도로 수용되면서 넓게 퍼져나갔다.

철학의 통로보다도 주로 문학작품을 통해 받아들여진 이 시기의 실존주의는 한국적 상황의 특수성 속에서 각기 이질적인 두 가지 성격을 나타내게 된다. 그 하나는 실존주의 철학이 내포하고 있는 세계관적 기반에 근거한 것으로, 탈역사적이고 탈이념적이며 객관현실의 규정성보다도 실존하는 존재의 주관적 인식을 더 우위에 두려는 제반 사유의 특징을 드러내는 것인데, 이러한 여러 특징들은 루카치가 규정한 바, 넓은 의미의 모더니즘적 세계관을 나타내는 것이었다. 실존주의의 이러한 모더니즘적 성격은 50년대의 소설에 커다란 영향을 끼쳐 장용학과 손창섭의 소설에서 이런 특징들이 두드러지게 나타나게 된다. 실존주의의 다른 한 가지 성격은 강력한 휴머니즘의 지향을 통해 현실의 부조리에 과감히 맞서는 '앙가쥬망'의 기획으로 나타난다. 이 경우에는 문학을 통해 작가가 현실에 적극적으로 참여하고, 문학은 현실의 부정성과 부조리를 고발·폭로하며, 실존적 존재로서의 인간을 억압하는 모든 상황조건에 저항하는 것을 그 속성으로 하는 까닭에 앞서의 모더니즘적 성격과는 다른 리얼리즘의 한 계기를 내포하게 된다. 그러나 이 경우에 상정된 억압적 상황과 부조리한 현실은 역사적이고 구체적인 현실의 토대가 아니라 매우 추상적이며 초역사적인 개념으로 설정된 탓에, 민족이 당면한 현실의 문제를 반영하기보다 추상적 인간조건을 문제제기의 대상으로 설정했고, 그런 이유로

해서 문학의 사회적 기능과 역할을 끝까지 올바로 이끌어 나갔던 것은 아니었다. 특히, 싸르트르와 까뮈를 중심으로 해서 논의되었던 실존주의 문학은 50년대 후반으로 갈수록 반공 이데올로기의 배타적 역기능으로 인해 싸르트르를 철저히 거부하고 까뮈 일변도로 실존주의를 받아들이는 편향적 태도를 낳게 된다. 마르크스주의와 실존주의를 자신의 이론체계에서 통합해 보려고 애썼던 싸르트르의 경우, 그의 실존철학이나 참여문학론은 많은 비평가들에 의해 공산주의적인 이론으로 오해되었으며, 그 이후로는 역사적 전망을 상정하지 않는 까뮈의 실존주의가 이 시기 실존주의 문학에 지배적인 영향력을 행사한다.

실존주의의 수용과정에서 두 번의 논쟁이 있었는데, 최일수와 오상원의 논쟁은 실존주의의 성격과 이념적 기반을 중심으로 한 것이었고, 김동리와 이어령의 논쟁은 실존주의의 개념 이해와 작품에 대한 적용 여부를 둘러싸고 일어난 것이다. 특히 김동리와 이어령의 논쟁은 실존주의에 대한 세대간의 이질적인 이해방식을 보여주었다는 점에서 흥미로운 논쟁이었다. 이 두 번의 논쟁은 실존주의의 수용 태도와 그에 대한 이해 수준의 일단을 보여준다는 점에서 의미를 찾을 수 있다.

1930년대 이후 우리 근대문학이 리얼리즘과 모더니즘의 두 축을 중심으로 하여 발전해 왔다는 전제를 받아들일 때, 50년대는 이러한 두 개의 축에서 리얼리즘의 축은 거의 존재의 여부를 확인하기 어려울 정도로 위축되어 있었다. 그와는 상대적으로 모더니즘의 지배력과 범위는 근대문학 전개과정의 그 어떤 시기보다도 지대한 것이었다. 특히 시론을 중심으로 전개된 이 시기의 모더니즘론은 30년대 모더니즘을 비판하고, 전통서정시를 부정하면서 새로운 모더니즘 운동을 표방하게 된다. <후반기> 동인들에 의해 시작된 50년대의 모더니즘운동은 그 이론적 근간으로서 두 가지 흐름을 형성하게 되는데, 하나는 엘리어트로 대표되는 이미지즘 이후의 현대 영미시로부터 차용한 '이미지와 메타포' 등의 언어작용에 관한 시론이며, 다른 하나는 이른바 '뉴컨트리 그룹'으로 대표되는 30년대 현실참여적 시론이었다. <후반기> 동인 중에서는 김경린이 전자의 흐름을, 박인환과 이봉래가 후자의 흐름을 각각 대표하고 있었다. 특히 후자의 경우, 모더니즘의 정체성을 언어작용에 의한 시어의 개혁에서 구하기보다는 시인의 현실참여와 시를 통한 현실비판 등, 시정신의 현실지향적 성격에서 확보하려고 애썼다는 점을 그 특징으로 한다.

 <후반기> 동인들에 의해 촉발된 50년대 모더니즘론은 전통 서정시와 현대시의 관계에 대한 다양한 모색이 이루어지면서, 서정성의 문제, 시의 음악성과 형태의 문제, 시어의 모더니티에 관한 문제 등으로 논의의 범위를 넓혀간다. 이 과정에서 전봉건, 김춘수, 송욱, 고석규, 홍사중, 유종호 등의 젊은 비평가들이 활발한 논의를 전개하면서, 50년대의 모더니즘론은 현대시와 전통서정시 사이의 일방적인 단절로부터 변증법적인 지양의 과정을 모색하기에 이른다. 전봉건은 <후반기> 동인들의 모더니즘론에 대해 이의를 제기하면서 현대시에서의 음악성의 필요와 서정성의 회복을 제기한다. 고석규는 50년대의 시를 현대시와 전통시로 나누는 이분법에 반대하면서, 시의 모더니티는 반서정주의(反抒情主義)가 아님을 역설한다. 그는 진정한 모더니즘은 존재론적인 성찰을 보여주는 '철학적 서정'을 구현해야 한다고 강조하고, 이런 점에서 모더니스트들이 전통서정시라고 배척하는 일련의 시들이 이러한 '철학적 서정'의 가능성을 지니고 있으며, 그것이 현대시의 모더니티로 계승되어야 한다고 주장한다. 송욱은 시의 음악성 회복을 적극적으로 주장하면서, 음악성을 단순히 단어의 어구의 반복에 의해 만들어진다고 볼 것이 아니라, 음절이나 음소의 반복에 의해 형

성되는 것으로 볼 것을 주장한다. 그의 이러한 주장은 「하여지향」 연작을 통해 실제 시창작으로 실험되기에 이른다. 시의 음악성에 관한 한 그는 철저히 전통부재론의 입장에 서있었던 데 비해, 김춘수는 한국 현대시의 형태를 통시적으로 고찰하는 작업을 통해, 현대시의 형식실험이 나아갈 길이 어디에 있는가를 모색한다. 유종호는 시어의 모더니티 문제에 천착하여, 토착어와 한자 번역어의 '정서적 연대'를 통해 우리 말의 역사적 성격이 현대시를 어떻게 질곡에 빠뜨리는가를 구체적으로 입증해 보이려고 했다. 현대시의 모더니티를 둘러싸고 개진된 이 다양한 논의들은 결과적으로, 모더니즘론의 출발점이었던 전통단절론 혹은 전통부재론의 도식성과 비역사적 한계를 돌아다보게 만드는 계기가 되었으며, 진정한 모더니티는 전통과의 부단한 모색과정 없이 형성될 수 없다는 자각을 낳게 된다.

이러한 50년대 비평의 전개양상과 구체적인 논의의 내용들을 고찰함으로써 이 시기 비평의 몇 가지 특질을 다음과 같이 추론할 수 있다.

먼저 이 시기의 비평은 분단과 한국전쟁 등으로 인하여 우리 근대문학의 유산이 온전히 계승되지 못한 상황에서 출발하였다. 그런 까닭에 특히 해방 이전의 프로문학의 유산이 계승되지 못하고, 그와 더불어 변증법적 문학이론과 리얼리즘론 등이 자유롭게 논의될 수 없는 이데올로기적 제약 속에 놓여 있었기 때문에, 이러한 상황은 이 시기의 비평담론의 진보적 성격에 근본적인 제한요인으로 작용하였다. 이러한 문학 외적인 한계는 결과적으로 이 시기에 상대적으로 진보적인 논의를 전개한 비평가의 의식체계와 비평작업 자체에도 영향을 미쳐, 그 진보성이 상대적인 진보성으로 머물도록 만들었다. 따라서 이 시기의 비평을 고찰한다는 것은 이러한 근본적인 조건을 인식하는 일이 하나의 선결과제가 된다고 볼 수 있다. 그럼에도 불구하고 이 시기의 비평은 비평이 견지해야 할 사회적 기능과 역할을 회복하기 위한 다양한 노력을 시도했으며, 그러한 시도는 민족문학론에서만이 아니라, 실존주의 문학론이나 모더니즘론에서도 하나의 흐름으로 나타났다. 그런 점에서 이 시기는 비평의 본질적 기능의 하나인 문학과 현실에 대한 비판적 기능을 회복해 나가는 과정이라고 볼 수 있다.

둘째로, 이 시기는 근대문학의 어떤 단계보다도 서구문학의 유입과 그 영향력이 지대했던 시기였고, 따라서 한국문학과 서구문학의 상호 교섭이 활발했던 시기라고 할 수 있다. 이 시기의 비평은 급격히 유입되는 서구문학을 한편에서 적극적으로 수용하면서, 다른 한편으로는 이러한 서구문학을 타자화(他者化)하여 그에 대한 한국문학의 자기동일성을 확보하려고 노력했다. 민족문학과 세계문학의 관계설정에 관한 제반의 논의나 전통론에 관한 여러 논의들은 궁극적으로 이러한 문제에 귀착되는 비평담론이었으며, 자기동일성 확보의 문제는 전통 단절론을 기치로 내건 모더니즘론 내부에서도 모더니티의 올바른 이해를 추구하는 과정에서 자연스럽게 제기되기도 했다. 한국문학과 세계문학의 정당한 관계 설정은 지금도 여전히 이론적 모색이 진행중인 주제라고 볼 때, 이 시기의 비평이 보여준 이론적 모색의 과정에서 나타난 구체적인 개별 논의의 내용들은 하나의 역사적 검증사례로 설정할 수 있을 것이다.

셋째, 이 시기의 민족문학론에서 제기되었던 제3세계적 민족문학의 논리나 분단현실에 대한 천착을 강조하는 논리 등은 70년대 이후에 개념정립된 '제3세계문학론'과 '분단문학론' 등의 이론적 원형에 해당한다고 볼 수 있는 것이다. 50년대 당시에는 이러한 논의가 이데올로기의 제약을 뚫고 자유롭게 개진될 수 있는 여건이 아니었다는 근본적 한계를 지니고 있으나, 거꾸로 그러한 열악한 상황 속에서 반공 이데올로기에 침윤된 냉전논리의 두꺼운 벽과, 반국적(半國的) 사고체계의 두터운 각질을 뚫고 제기된 이러한 논의의 가치는 매우 값진 것이며, 그러한 논의의 추이를 60년대와 70대와 연계지어 고찰할 필요성이 대두된다고 할 수 있다. 이러한 연장선상에 실존주의의 참여문학론의 비평사적 의의가 설정될 수 있다. 싸르트르가 배척되고 까뮈일방으로 수용된 50년대 후반의 참여문학론이 그 기본적인 성격으로 오히려 부정적인 결과를 낳게 되지만, 실존주의 문학론에 의해 촉발된 참여문학론은 60년대로 이월되면서 다시 싸르트르의 복권을 통해 우리 비평사에서 논쟁의 형태로 재등장한다는 사실을 염두에 둘 때, 이 시기의 실존주의 문학론에서 제기된 '앙가쥬망'이론은 60년대의 참여·순수논쟁을 거치고 70년대 이후의 진보적인 민족문학론으로 그 명맥이 이어지는 것이라고 파악할 수 있는 것이다.

이러한 점들을 생각할 때, 50년대의 비평에 관한 '비평사적 단절'이나 '반동기'라는 선입관은 불식되어야 하며, 오히려 문학사와 비평사의 연속선상에서 그 의의와 가치가 규명되어야 옳을 것이라고 판단된다. 이 논문은 이러한 작업을 위한 하나의 시론(試論)이라고 볼 수 있다. 그러므로 이 논문에서 미처 고찰하지 못한 문제이며, 동시에 앞으로 더 깊은 논의가 이루어져야 할 몇 가지 사항들을 정리해 본다면, 우선 50년대와 60년대, 그리고 70년대의 비평들이 전체적이면서 유기적으로 고찰될 필요가 있다는 것이다. 그렇게 해야 50년대 비평의 역사적 의미가 성과와 한계 양 측면에서 좀더 분명하게 밝혀질 수 있을 것이다.

둘째는, 민족문학론과 실존주의 문학론, 모더니즘론으로 크게 나누어 고찰한 이 논문의 유형학적 시도 때문에 이 범주에 포괄되지 못한 다른 비평적 논의들이 좀더 정치(精緻)한 연구의 성과들을 통해 그 의미가 밝혀질 필요가 있다. 특히 이 논문에는 이른바 기성세대에 속하며 보수적인 문학관을 지닌 문인들의 견해가 충분하게 다루어지지 못한 한계를 안고 있는데, 50년대 비평의 온전한 양상이 재구성되기 위해서는 이러한 논의들에 대해서도 면밀한 검토가 필요하리라 생각된다.

세번째로는, 50년대 비평에서 여러 논자들에 의해 다루어진 근대문학과 현대문학의 상관관계에 대한 논의를 좀더 집중적으로 조명할 필요가 있다. 궁극적으로 이러한 논의는 50년대 비평에서의 '근대성' 인식에 관한 문제로 귀결된다. 우리 근대문학이 안고 있는 '근대성'의 딜레머를 당대 비평가가 어떻게 얼마나 변증법적으로 인식하고 있는가 하는 문제에 해당할 것이다. 참여나 순수문학의 논쟁구도나, 보수와 진보를 가르는 문단의 진영구도를 이분법의 틀에서 벗어나게 만드는 하나의 통로도 여기에 있는 것이 아닌가 생각한다. 결국 우리 문학에서의 '근대성'을 제대로 인식하기 위해서는 우리 역사가 지닌 근대와 전근대 사이의 특수한 정황을 바르게 인식하는 일이 필요하며, 이 문제는 역사 발전이 가지는 보편성과 특수성의 다양한 상호침투를 제대로 이해하는 일이 급선무라고 할 수 있다. 그런 점에서 이 문제는 비단 50년대 비평에 국한시킬 수 없는 광범위한 성격을 띤 것이라고 할 수 있는데, 50년대에 이러한 논의들이 상대적으로 활발하게 개진되었다는 점에서 진지한 고찰이 이루어질 필요가 있는 것이다.

50년대의 비평은 한국전쟁이라는 전대미문의 파괴와 폭력적 경험, 그리고 전후의 혼란스럽고 궁핍한 사회 질서 속에서 형성되었다. 이러한 역사적 체험은 우리 문학을 세계문학의 위상 속에서 인식하도록 하는 계기가 되었던 한편으로, 비평담론의 사회적 기능과 정치적 역할을 이데올로기적 제약 속에서 다시 건져올리는 회생의 계기를 만들기도 했다. 이 시기에 이루어진 다양한 비평적 논의와 그 성과 및 한계들은 4·19혁명과 6,70년대의 급변하는 사회를 거치며 전개된 현대 비평의 역사적 연속선상에 위치해 있는 것이다.

참고문헌

〈단행본〉(국내)

감태준 외, 『한국현대문학사』, 현대문학사, 1989.

고 은, 『1950년대』, 청하, 1989.

고석규, 『여백의 존재성』, 책읽는 사람, 1993.

구인환 외, 『한국전후문학연구』, 삼지원, 1995.

김 현, 『사회와 윤리』, 일지사, 1974.

김경린 편저, 『한국 모더니즘시운동 대표동인 시선』, 앞선책, 1994.

김기림, 『시론』, 백양사, 1947.

김동리, 『문학과 인간』, 백민문화사, 1948.

김동욱, 『국문학개설』, 민중서관, 1976.

김붕구, 『불문학산고』, 신태양사 출판국, 1958.

김성용, 『제3세계와 비동맹운동』, 고려서적주식회사, 1978.

김수영, 『김수영전집 2 - 산문』, 민음사, 1981.

김영민, 『한국문학비평논쟁사』, 한길사, 1993.

―――, 『한국 현대문학비평사』, 소명출판, 2000.

김용직, 『한국현대시연구』, 일지사, 1982.

김윤식, 『한국근대문예비평사연구』, 일지사, 1976.

_____, 『한국근대문학사상연구 2』, 아세아문화사, 1994.

_____, 『한국현대문학사(증보판)』, 일지사, 1983.

김은전 · 김용직 외, 『한국현대시사의 쟁점』, 시와시학사, 1991.

김재용,『북한문학의 역사적 이해』, 문학과 지성사, 1994.

김재홍,『한국전쟁과 현대시의 응전력』, 평민사, 1978.

김종길,『시론』, 탐구당, 1980.

김춘수,『김춘수전집 2 - 시론』, 문장사, 1982.

김치수 · 김현 편,『사르트르의 문학세계』, 문학과 지성사, 1994.

남궁곤 외,『1950년대의 한국사회와 4 · 19혁명』, 태암, 1991.

문덕수,『한국 모더니즘시 연구』, 시문학사, 1981.

박이문,『현상학과 분석철학』, 일조각, 1983.

박인환,『선시집』, 산호장, 1955.

_____,『목마와 숙녀』, 근역서재, 1976.

박철석,『한국현대시인론』, 학문사, 1983.

백 철,『문학의 개조』, 신구문화사, 1959.

백낙청,『민족문학과 세계문학』, 창작과 비평사, 1978.

_____,『민족문학과 세계문학 2』, 창작과 비평사, 1985.

범대순,『1930년대 영시연구』, 한신문화사, 1986.

서경석 외,『한국전후문학의 형성과 전개』,『문학과 논리』제3호, 태학
        사, 1993.

서준섭,『한국모더니즘문학연구』, 일지사, 1988.

손세일 편,『한국논쟁사 2』, 청람문화사, 1976.

_____편,『한국논쟁사 5』, 청람문화사, 1976.

송두율,『역사는 끝났는가』, 당대, 1995.

송 욱,『시학평전』, 일조각, 1983.

_____,『하여지향』, 일조각, 1971.

송하춘 · 이남호 편,『1950년대의 소설가들』, 나남, 1994.

_____ 편,『1950년대의 시인들』, 나남, 1994.

신동욱,『한국현대비평사(증보판)』, 시인사, 1988.

신영덕,『한국 전쟁기 종군작가 연구』, 국학자료원, 1998.

신형기,『변화와 운명』, 평민사, 1997.

염무웅, 『민중시대의 문학』, 창작과 비평사, 1979.

유성호, 『한국현대시의 형상과 논리』, 국학자료원, 1997.

──, 『상징의 숲을 가로질러』, 하늘연못, 1999.

유종호, 『비순수의 선언』, 신구문화사, 1962.

이대근, 『한국전쟁과 1950년대의 자본 축적』, 까치, 1987.

이상섭, 『복합성의 시학』, 민음사, 1987.

────, 『문학비평용어사전』, 민음사, 1976.

이선영, 『소외와 참여』, 연세대출판부, 1971.

────, 『한국문학의 사회학』, 태학사, 1993.

────편, 『문예사조사』, 민음사, 1986.

이선영·김병민·김재용 편, 『현대문학비평자료집(이북편)』, 태학사, 1993.

이승훈, 『모더니즘 시론』, 문예출판사, 1995.

이어령, 『저항의 문학(개정판)』, 기린원, 1986.

이종석, 『현대북한의 이해』, 역사비평사, 1995.

이창배, 『20세기 영미시의 형성』, 민음사, 1994.

임헌영, 『한국현대문학사상사』, 한길사, 1988.

────편, 『문학논쟁집』, 태극출판사, 1976.

정명환, 『문학을 찾아서』, 민음사, 1994.

조가경, 『실존철학』, 박영사, 1993.

조건상 편, 『한국전후문학연구』, 성대출판부, 1994.

조윤제, 『국문학개설』, 동국문화사, 1955.

진덕규 외, 『1950년대의 인식』, 한길사, 1990.

최원식, 『민족문학의 논리』, 창작과 비평사, 1982.

최일수, 『현실의 문학』, 형설출판사, 1976.

한계전, 『한국현대시론연구』, 일지사, 1990.

한국문인협회 편, 『해방문학 20년』, 정음사, 1966.

한국문학연구회 편, 『1950년대 남북한 문학연구』, 평민사, 1991.

한국철학사상연구회 편, 『철학대사전』, 동녘, 1990.

현대문학연구회 편, 『한국전후문학연구』, 태학사, 1991.
홍효민, 『행동지성과 민족문학』, 동문사, 1978.

〈단행본〉(국외)

Breton, André, 『Les Manifestes du Surréalisme』, 송재영 옮김, 『쉬르레알리
　　슴 선언』, 성문각, 1978.
Camus, Albert, 『L'homme Révolte』, 서호성 옮김, 『반항적 인간』, 문조사,
　　1970.
　　　　　　, 『Le Mythe De Sisyphe』, 김현곤 옮김, 『시지프스의 신화』,
　　문조사, 1970.
Crossman, Richard(ed.), 『The God That Failed』, Haper & Brothers
　　Publishers, New York, 1949. 이영원 옮김, 『실패한 신』, 범양사,
　　1983.
Eagleton, Terry, 『Literary Theory: An Introductioon』, 김명환 · 정남영 · 장
　　남수 옮김, 『문학이론입문』, 창작과 비평사, 1986.
Eliot, T. S, 『The Sacred Wood』, Butler & Tanner Ltd, Frome and London,
　　1972.
　　　　　, 『Selected Essays』, Faber and Faber Limited, London · Boston,
　　1951.
　　　　　, 『Notes Toward The Definition Of Culture』, 김용권 옮김, 『문
　　화의 이론』, 을유문화사, 1958.
　　　　　, 이경식 편역, 『문예비평론』, 범조사, 1985.
　　　　　, 『The Waste Land』, 황동규 옮김, 『황무지』, 민음사, 1995.
Hauser, Arnold, 『Sozialgeschichte Der Kunst Und Literatur』, 백낙청 · 반성
　　완 옮김, 『문학과 예술의 사회사-근세편 하』, 창작과 비평사,
　　1981.
Heinemann, Fritz, 『Existenzphilosophie』, 황문수 옮김, 『실존철학』, 문예출

판사, 1993.

Hobsbawm, E, J, 『Nations And Nationalism Since 1780』, 강명세 옮김, 『1780년 이후의 민족과 민족주의』, 창작과비평사, 1994.

Jameson, Fredric, 『Marxism And Form』, 여홍상 · 김영희 옮김, 『변증법적 문학 이론의 전개』, 창작과비평사, 1984.

Lentricchia, Frank, 『After The New Criticism』, 이태동 · 신경원 옮김, 『신비평 이후의 비평이론』, , 문예출판사, 1994.

Lukacs, Georg, 『Realism In Our Time』, 황석천 옮김, 『현대리얼리즘론』, 열음사, 1985.

_____, 『實存主義か マルクス主義か』, 城塚 登 · 生松敬三 譯, 岩波現代叢書, 1953.

Lunn, Eugene, 『Marxism And Modernism』, 김병익 옮김, 『마르크시즘과 모더니즘』, 문학과 지성사, 1986.

Marx, Karl & Frederic Engels, 『Karl Marx Frederic Engels Collected Works』 vol 6, Progress Publishers, Moscow, 1976.

_____, 『칼 맑스 · 프리드리히 엥겔스 저작선집 1』, 박종철출판사, 1991.

Novack, Geoorge, 『Existentialism vs. Marxism』, 김영숙 옮김, 『실존과 혁명』, 한울, 1983.

Richards, I. A, 『Principles Of Literary Criticism』, 김영수 옮김, 『문예비평의 원리』, 현암사, 1981.

Sartre, Jean−Paul, 『L'existentialisme Est Un Humanisme』, 방곤 옮김, 『실존주의는 휴머니즘이다』, 문예출판사, 1975.

_____, 『La Nausée』, 양병식 옮김, 『구토』, 정음사, 1954.

Spender, Stephen, 『The Making Of A Poem』, Hamish Hamilton, London, 1957.

_____, 『Poem』, 범대순 옮김, 『20세기 영미시선』, 탐구당, 1987.

_____, 『The Still Center』, 범대순 옮김, 『20세기 영미시선』, 탐

구당, 1987.

Williams, Raymond, 『*Culture And Society 1780~1950*』, 나영균 옮김, 『문화와 사회』, 이화여대출판부, 1988.

久野 收·鶴見俊輔, 『日本近代思想史』, 심원섭 옮김, 문학과 지성사, 1994.

〈논 문〉

강만길, 「4월혁명의 민족사적 맥락」, 『4월혁명론』, 한길사, 1983.

강은교, 「1930년대 김기림의 모더니즘연구」, 연세대 박사학위 논문, 1987.

고명수, 「민족 주체의 재건과 역사적 현실태에 대한 개안」, 『현대시』, 1995. 8.

김창원, 「전통논의의 전개와 의의」, 『한국현대시사의 쟁점』, 시와시학사, 1991.

김 철, 「한국보수우익 문예조직의 형성과 전개」, 『구체성의 시학』, 실천문학사, 1993.

김동환, 「1950년대 문학의 방법적 대상으로서의 외국문학 이론」, 『한국전후문학의 형성과 전개』, 태학사, 1993.

김윤식, 「뉴크리티시즘에 대하여」, 『숙대논문집』 제9집, 1969, 12.

김정임, 「박인환시 연구」, 연세대 석사학위 논문, 1993.

김형자, 「뉴크리티시즘과 한국적 수용현상」, 『한국전후문학연구』, 삼지원, 1995.

문혜원, 「전후 모더니즘문학의 성격규명을 위한 시론」, 『관악어문연구』 제16 집, 1991. 12.

박태순, 「4·19의 민중과 문학」, 『4월혁명론』, 한길사, 1983.

박헌호, 「50년대 비평의 성격과 민족문학론으로의 도정」, 『한국전후문학연구』, 성대출판부, 1993.

백낙청, 「문학과 예술에서의 근대성 문제」, 『창작과 비평』, 1993 겨울.

염무웅, 「5,60년대 남한문학의 민족문학적 위치」, 『창작과 비평』, 1992 겨울.

_____, 「현실과 밀폐된 개인」, 『현대한국문학전집10』, 신구문화사, 1967.

오세영, 「후반기동인의 시사적 위치」, 『문학사상』, 1981. 1.

윤여탁, 「1950년대 한국시단의 형성과 참여시의 형태」, 『한국전후문학의 형성과 전개』, 『문학과 논리』제3호, 태학사, 1993.

이광수, 「조향의 전기 시세계 연구」, 『1950년대의 시인들』, 나남, 1994.

이영섭, 「50년대 남한의 현실인식과 시적 형상」, 『1950년대 남북한 문학』, 평민사, 1991.

이종석, 「북한연구방법론 — 비판과 대안」, 『역사비평』, 1990 가을.

전기철, 「한국 전후문예비평의 전개양상에 대한 고찰」, 서울대 박사학위 논문, 1992

정현기, 「문학비평의 충격적 휴지기」, 『한국현대문학사』, 현대문학사, 1989.

정희모, 「한국 전후장편소설 연구」, 연세대 박사학위 논문, 1994.

최유찬, 「1950년대 비평연구(1)」, 『1950년대 남북한 문학』, 평민사, 1991.

최혜실, 「실존주의 문학론」, 『한국전후문학연구』, 삼지원, 1995.

한강희, 「1960년대 한국 문학비평 연구」, 성균관대 박사학위 논문, 1998.

한계전, 「1930년대 시문학의 일반적 경향」, 회강 이선영교수 화갑기념논총, 『1930년대 민족문학의 인식』, 한길사, 1990

_____, 「송욱론」, 정한모교수 퇴임기념논문집, 『한국현대시연구』, 민음사, 1989.

_____, 「한국전후시에 있어서 모더니즘적 특성과 그 가능성」, 『시와시학』, 1991, 봄 — 여름.

한수영, 「1950년대 한국소설연구: 남한편」, 『1950년대 남북한 문학』, 평민사, 1991.

_____, 「월남작가의 작품에 나타난 반공이데올로기와 50년대의 현실인

식」, 『역사비평』, 1993, 여름.

──, 『문학과 현실의 변증법』, 새미, 1997.

≪저자 약력≫

　연세대학교 중문과를 마침. 같은 학교 대학원 국문과에서
근대소설과 근대비평을 공부함.1987년에「1920~1930년대 농
민문학론 연구」로 석사학위를, 1996년에 「1950년대 한국
문예비평론 연구」로 박사학위를 받음. 연세대학교, 추계예술
대학교, 광운대학교 등에서 강의함. 현재 선문대학교 국문과
겸임교수. 엮은 책으로『홍수-식민지시대 농민소설선』(1989)
이 있으며, 평론집『문학과 현실의 변증법』, 공저로 「한국
문학의 이해」(2000)가 있다.

한국 현대 비평의 이념과 성격

인쇄일 초판 1쇄　2000년 06월 01일
　　　　 2쇄　2015년 08월 15일
발행일 초판 1쇄　2000년 06월 10일
　　　　 2쇄　2015년 08월 22일

지은이 한 수 영
발행인 정 찬 용
발행처　국학자료원
등록일 1987.12.21. 제17-270호

서울시 강동구 성내돈 447-11 현영빌딩 2층
Tel : 442-4623~4 Fax : 442-4625
www. kookhak.co.kr
E- mail : kookhak2001@hanmail.net
ISBN 978-89-8206-505-7 (93810)
가 격 13,000원